Es ist März, in London steht der Frühling vor der Tür – und Liv Silber vor drei Problemen.
Erstens: Sie hat Henry angelogen.
Zweitens: Die Sache mit den Träumen wird immer gefährlicher. Arthur hat Geheimnisse der Traumwelt ergründet, durch die er unfassbares Unheil anrichten kann. Er muss unbedingt aufgehalten werden.
Drittens: Livs Mutter Ann und Graysons Vater Ernest wollen im Juni heiraten. Und das böse Bocker, die Großmutter von Grayson, hat für die Hochzeit ihres Sohnes große Pläne, allerdings ganz andere als die Braut.
Liv hat wirklich alle Hände voll zu tun, um die drohenden Katastrophen abzuwenden …

Kerstin Gier ist Bestsellerautorin und schreibt überaus erfolgreiche Bücher für Jugendliche und Erwachsene. Ihre Leser lieben die Romane besonders für ihren einmaligen Witz, ihren unvergleichlichen Erzählton und ihre perfekte Mischung aus Humor, Romantik und Spannung. Die Autorin lebt mit ihrer Familie und zwei Katzen in der Nähe von Köln.

Weitere Informationen finden Sie auf www.fischerverlage.de

Kerstin Gier

Silber

Das dritte Buch der Träume

Roman

just dreaming

FISCHER Taschenbuch

Aus Verantwortung für die Umwelt hat sich der S. Fischer Verlag zu einer nachhaltigen Buchproduktion verpflichtet. Der bewusste Umgang mit unseren Ressourcen, der Schutz unseres Klimas und der Natur gehören zu unseren obersten Unternehmenszielen.

Gemeinsam mit unseren Partnern und Lieferanten setzen wir uns für eine klimaneutrale Buchproduktion ein, die den Erwerb von Klimazertifikaten zur Kompensation des CO_2-Ausstoßes einschließt.

Weitere Informationen finden Sie unter:
www.klimaneutralerverlag.de

MIX
Papier | Fördert gute Waldnutzung
FSC® C083411

5. Auflage: Oktober 2023

Erschienen bei FISCHER Taschenbuch
Frankfurt am Main, Oktober 2018

Satz: Dörlemann Satz, Lemförde
Druck und Bindung: CPI books GmbH, Leck
Printed in Germany
ISBN 978-3-596-19878-8

Für alle Träumerinnen und Träumer da draußen

»All that we see or seem
is but a dream within a dream.«
EDGAR ALLAN POE

»Lassen Sie uns über Ihren Dämon reden. Haben Sie in dieser Woche seine Stimme gehört?« Er lehnte sich zurück, faltete die Hände vor seinem Bauch und sah sie abwartend an. Sie erwiderte seinen Blick aus diesen ungewöhnlichen, türkisfarbenen Augen, die ihn von Anfang an fasziniert hatten. Wie eigentlich alles an ihr. Ohne Zweifel war Anabel Scott die attraktivste Patientin, die er jemals behandelt hatte, aber das war es gar nicht, was ihn so fesselte. Es war die Tatsache, dass er sie auch nach so vielen Therapiestunden immer noch nicht durchschaute. Sie schaffte es stets von neuem, ihn zu überraschen und ihn aus der Reserve zu locken, und er hasste es. Es ärgerte ihn jedes Mal, wenn sie es schaffte, ihm das Gefühl zu geben, ihr unterlegen zu sein, wo er doch der promovierte Facharzt war und sie erst achtzehn Jahre alt und hochgradig gestört.

Aber heute lief es ganz gut. Heute hatte er die Kontrolle.

»Er ist nicht mein Dämon«, antwortete sie und schlug die Augen nieder. Ihre Wimpern waren so lang, dass sie Schatten auf ihre Wangen warfen. »Und nein, ich habe nichts gehört. Und nichts gespürt.«

»Nun, das wären dann – lassen Sie mich kurz nachrechnen – sechzehn Wochen, in denen Sie den Dämon weder gehört noch gesehen noch gespürt haben, richtig?« Er ließ seine Stimme mit Absicht ein wenig überheblich klingen, er wusste, dass er sie damit provozierte.

»Ja«, sagte sie.

Der kleinlaute Tonfall gefiel ihm. Er erlaubte sich ein kleines Lächeln. »Woran könnte es Ihrer Meinung nach liegen, dass Ihre Halluzinationen verschwunden sind?«

»Möglicherweise ...« Sie biss sich auf die Unterlippe.

»Ja? Sprechen Sie lauter.«

Sie seufzte und strich sich eine ihrer glänzenden, goldenen Locken aus der Stirn. »Möglicherweise liegt es an den Tabletten«, gab sie zu.

»Sehr gut erkannt.« Er beugte sich vor, um eine Notiz zu machen, *a.K., ds. V., hr. verk.*, Buchstabenkürzel, die er in diesem Moment frei erfand. Weil er wusste, dass sie über Kopf mitlas und sich jetzt fragte, was um Himmels willen das hieß. Nur mit Mühe verkniff er sich ein triumphierendes Grinsen. Ja, ohne Zweifel hatte sie eine sadistische Seite in ihm geweckt, und, ja, er hatte schon lange aufgehört, sich professionell zu verhalten. Aber es war ihm egal. Anabel war keine Patientin wie die anderen. Es war ihm wichtig, dass sie seine Kompetenz endlich anerkannte. Er war schließlich Dr. Otto Anderson, und irgendwann würde er der Chefarzt der Psychiatrie sein. Der Institution, in der sie vermutlich den Rest ihres Lebens verbringen würde. »Tabletten sind zur

Behandlung einer polymorphen psychotischen Schizophrenie wie der Ihren unerlässlich«, fuhr er fort, während er sich wieder zurücklehnte und sich an ihrem Gesichtsausdruck weidete. »Allerdings haben wir therapeutisch noch weit mehr getan. Wir haben Ihre Kindheitstraumata freigelegt und die Ursachen für Ihre Wahnerinnerungen analysiert.« Das war stark übertrieben. Vom Vater des Mädchens hatte er erfahren, dass sie ihre ersten drei Lebensjahre in einer dubiosen Sekte verbracht hatte, in der man schwarzmagische Rituale durchführte, aber Anabel selber konnte sich an nichts erinnern. Auch seine Versuche, mit Hypnose dorthin vorzudringen – eine Methode, die er unerlaubterweise angewendet hatte –, hatten zu keinerlei Erfolg geführt. In Wahrheit waren sie genauso weit wie am Anfang der Therapie. Er war nicht mal sicher, ob die Ursachen für Anabels psychotische Störungen wirklich in ihrer Kindheit begründet lagen, er war sich in gar nichts sicher, was sie betraf. Aber egal – Hauptsache, sie sah in ihm den erfahrenen Arzt, der in ihr Inneres blicken konnte und dem sie alle ihre Einsichten zu verdanken hatte. »Sie sind endlich bereit zu akzeptieren, dass Ihr Dämon nur in Ihrer Phantasie existiert hat.«

»Nennen Sie ihn nicht immer so.« Sie schob den Stuhl zurück und stand auf.

»Anabel!«, sagte er streng. Es war doch gerade so gut gelaufen. »Unsere Sitzung ist noch nicht beendet.«

»Doch, doch, das ist sie, Doktorchen«, erwiderte sie.

»Mein Wecker klingelt gleich. Ich habe einen Termin bei einer Studienberaterin, und den darf ich keinesfalls verschlafen. Sie werden lachen, aber ich erwäge ein Medizinstudium, um mich später auf forensische Psychiatrie zu spezialisieren.«

»Reden Sie keinen Unsinn, Anabel!« Ein merkwürdiges Gefühl ergriff ihn. Irgendetwas stimmte nicht. Mit ihr. Mit ihm. Mit diesem Raum. Und warum lag plötzlich der Maiglöckchenduft des Parfüms seiner Mutter in der Luft? Fahrig griff er nach dem Stift. Studienberaterin – so ein Blödsinn. Sie befanden sich in der geschlossenen Abteilung der Klinik, und Anabel konnte ohne seine Erlaubnis nirgendwohin, nicht mal in den Park. »Setzen Sie sich sofort wieder hin. Sie kennen die Regeln. Ich beende unsere Sitzungen, sonst keiner.«

Anabel lächelte mitleidig. »Sie Ärmster. Wissen Sie denn immer noch nicht, dass Ihre Regeln hier nichts weiter sind als – wie nennen Sie das? – Wahnerinnerungen?«

Er spürte, wie ihm die Luft wegblieb. Da war etwas, ein Gedanke, eine Erinnerung, ganz tief in ihm drin, eine Information, von der er wusste, dass er sie dringend an die Oberfläche holen musste. Weil sie wichtig war. Lebenswichtig. Aber er schaffte es einfach nicht, bis dahin vorzudringen.

»Jetzt gucken Sie nicht so schockiert.« Anabel war schon an der Tür und lachte leise. »Ich muss wirklich weg, aber ich komme Sie nächste Woche wieder besuchen. Versprochen. Bis dahin träumen Sie einfach was Schönes.«

Ehe er etwas erwidern konnte, hatte sie die Tür hinter sich geschlossen, und er hörte, wie sich ihre Schritte auf dem Gang entfernten. Dieses Biest wusste genau, dass er sich nicht die Blöße geben würde, ihr nachzurennen und damit allen zu zeigen, dass er seine Patientin nicht unter Kontrolle hatte. Aber das war das letzte Mal, dass sie ihm auf der Nase herumgetanzt war, noch einmal würde sie die Sitzung nicht gegen seinen Willen beenden. Das nächste Mal würde er sich Unterstützung von den Pflegern holen, vielleicht würde er sie auch fixieren lassen – es gab noch einige Möglichkeiten, die er nicht ausgeschöpft hatte.

Als er Anabels Akte zuklappte und in die Schublade zurücklegte, hatte er noch immer den leichten Maiglöckchenduft in der Nase, der ihn an seine Mutter erinnerte. Und für einen winzigen Moment glaubte er sogar, seine Mutter zu hören, wie sie seinen Namen schluchzte.

Aber dann war beides verschwunden und alles wie immer.

1.

Es gab Tapiokapudding als Nachtisch, aber den hätte es eigentlich gar nicht gebraucht, um mir den Appetit zu verderben. Dafür hatte die Sache mit Rasmus schon gesorgt.

»Isst du den nicht, Liv?« Grayson zeigte auf meinen Pudding, der blass und glasig in seinem Glas vor sich hin wabbelte. Seine eigene Portion knubbeligen Schleim mit Ananaskompott hatte Grayson bereits verschlungen.

Ich schob ihm das Glas hin. »Nein, kannst du gerne haben. Wieder ein Stück britische Tradition, dessen Zauber sich mir leider nicht erschließt.«

»Banausin«, sagte Grayson mit vollem Mund, und Henry lachte.

Es war ein Dienstag Anfang März, die Sonne schien durch die deckenhohen, schlecht geputzten Fenster der Schulkantine. Sie zauberte zarte Streifenmuster auf Wände und Gesichter und tauchte alles in ein warmes Licht. Ich bildete mir sogar ein, den Duft von Frühling in der Luft zu spüren, aber vielleicht lag das auch nur an dem dicken Narzissenstrauß auf dem Lehrertisch, wo meine Französischlehrerin Mrs Lawrence gerade Platz genommen hatte. Sie sah aus, als hätte sie noch schlechter geschlafen als ich.

Der Frühling lag also in der Luft, Grayson, Henry und ich hatten unseren sonnenbeschienenen Lieblingstisch in der Ecke neben dem Ausgang ergattert, und vorhin hatte ich erfahren, dass der Geschichtstest morgen ausfallen würde, kurzum, alles hätte herrlich entspannt sein können, wenn mir besagte Sache mit Rasmus nicht so schwer im Magen gelegen hätte.

»Tapiokapudding gibt's auch in lecker.« Henry, der sich wohlweislich keinen Nachtisch genommen hatte, lächelte mich an, und für ein paar Sekunden vergaß ich unsere Probleme und lächelte zurück. Vielleicht würde ja doch noch alles gut werden. Wie sagte Lottie immer? »Es gibt keine Probleme, nur Herausforderungen.«

Genau. Wie langweilig wäre das Leben denn ohne Herausforderungen? Wobei es absolut nicht nötig gewesen wäre, noch eine Extraherausforderung oben auf den Haufen mit den anderen Herausforderungen zu packen, denen ich ohnehin schon ausgesetzt war. Aber leider hatte ich genau das getan.

Passiert war es vorgestern Abend, und ich hatte immer noch keine Ahnung, wie ich aus der Nummer wieder herauskommen sollte.

Henry und Grayson hatten bei uns zu Hause für eine Matheklausur gelernt, und als sie damit fertig waren, hatte Henry auf dem Weg zur Haustür einen kleinen Umweg über mein Zimmer gemacht, um mir gute Nacht zu sagen. Es war schon spät, im Haus herrschte längst Ruhe, selbst Grayson wähnte Henry auf dem Nachhauseweg.

Ich war ehrlich überrascht, Henry zu sehen, nicht nur wegen der nachtschlafenden Zeit, sondern auch, weil wir es noch nicht geschafft hatten, unseren Beziehungsstatus neu zu definieren und offiziell von »unglücklich getrennt« zu »glücklich versöhnt« zu ändern. Wir waren in den letzten Wochen zwar stillschweigend wieder dazu übergegangen, Händchen zu halten, und ein paarmal hatten wir uns auch schon geküsst, weshalb man den Eindruck gewinnen konnte, es sei alles so wie früher oder jedenfalls auf dem besten Weg dorthin – aber das war es nicht. Die Erlebnisse der letzten Monate und die Dinge, die Grayson mir über Henrys Liebesleben vor meiner Zeit erzählt hatte, hatten Spuren hinterlassen, und zwar in Form eines hartnäckigen Minderwertigkeitskomplexes, meine sexuelle Unerfahrenheit (oder wie meine Mutter sagte »Zurückgebliebenheit«) betreffend.

Wenn ich nicht so glücklich gewesen wäre, dass wir uns wieder nähergekommen waren, hätte ich mir vielleicht die Mühe gemacht, diese schwelenden Gefühle unter dem Glück und der Verliebtheit genauer zu analysieren, und wenn ich das getan hätte, wäre das mit Rasmus vielleicht gar nicht erst passiert.

So aber wurde ich von mir selber überrumpelt.

Als Henry seinen Kopf durch die Tür steckte, war ich gerade im Begriff, meine neue Aufbissschiene einzulegen. Der

Zahnarzt alias Charles Spencer hatte festgestellt, dass ich im Schlaf offenbar mit den Zähnen knirschte (was ich sofort glaubte), und die Schiene sollte nun verhindern, dass ich mir nachts den Zahnschmelz wegschmirgelte. Ob sie wirkte, konnte ich nicht beurteilen, in erster Linie schien sie den Speichelfluss zu fördern, weshalb ich sie auch »mein blödes Sabberteil« nannte.

Bei Henrys Anblick ließ ich das Ding sofort unauffällig zwischen Matratze und Bettrahmen verschwinden. Es war schon schlimm genug, dass mein Schlafanzugoberteil nicht zum Unterteil passte und auch sonst nicht unbedingt vorteilhaft aussah, obwohl Henry behauptete, er fände karierten Flanell wahnsinnig sexy. Was dazu führte, dass ich ihn küsste, sozusagen als Belohnung für das nette Kompliment, und dieser Kuss führte zum nächsten, der diesmal etwas länger andauerte, und schließlich (ich hatte mittlerweile ein bisschen das Gefühl für Zeit und Raum verloren) lagen wir auf meinem Bett und flüsterten uns gegenseitig Dinge zu, die wie Zeilen aus kitschigen Songtexten klangen und mir in diesem Moment trotzdem kein bisschen kitschig vorkamen.

Unser Beziehungsstatus tendierte also eindeutig in Richtung »glücklich verliebt«, und ich neigte dazu, Henry zu glauben, dass ich in kariertem Flanell wahnsinnig sexy war.

Doch dann hielt er mittendrin inne, strich mir eine Haarsträhne aus der Stirn und sagte, ich müsse keine Angst haben.

»Angst wovor?«, fragte ich noch etwas benommen von all den Küssen zurück. Ich brauchte ein paar Sekunden, um zu realisieren, dass das hier gerade im wirklichen Leben stattgefunden hatte und nicht wie sonst im Traum, wo uns niemand stören konnte. Weshalb es sich wohl auch so viel intensiver anfühlte als sonst.

Henry stützte sich auf seinen Ellenbogen. »Du weißt schon. Angst davor, dass es zu schnell geht. Dass ich dich irgendwie überfordern könnte. Oder zu etwas drängen, zu dem du noch nicht bereit bist. Wir haben wirklich alle Zeit der Welt für dein erstes Mal.«

Und da passierte es. Ich konnte es mir heute im hellen Frühlingslicht der Schulkantine nicht mehr erklären, wobei … erklären konnte ich es schon, aber leider machte es das auch nicht besser. Schuld war auf jeden Fall Henrys Wortwahl. Dieses verdammte *erste Mal*.

Es war das Stichwort, das den Minderwertigkeitskomplex auf den Plan rief, und er brachte auch gleich noch seinen Freund mit: den gekränkten Stolz. Beide waren fest überzeugt, dass ich Henry wegen meiner Unerfahrenheit irgendwie leidtat, jedenfalls sahen Henrys Blicke manchmal sehr nach Mitleid aus.

Jetzt zum Beispiel.

»Oh. Du denkst, ich habe noch nie mit einem … Jungen geschlafen?« Ich setzte mich auf und wickelte die Bettdecke fester um mich. »Ach so, ich verstehe.« Ich lachte ein bisschen. »Du hast diesen Jungfräulichkeitskram bei eurem Dämonenspiel echt ernst genommen, oder?«

»Ähm, ja.« Henry setzte sich ebenfalls auf.

»Aber das habe ich doch nur gesagt, damit ich bei euch mitmachen konnte.« Der gekränkte Stolz ließ mich Dinge sagen, über die ich später ebenso sehr staunte wie Henry. Der dicke Minderwertigkeitskomplex klatschte derweil begeistert Beifall.

Die Verwirrung, die sich in Henrys Miene abmalte, und die Art, wie er eine Augenbraue hochzog, gefiel mir ausgesprochen gut, von Mitleid keine Spur mehr.

»Wir haben ja nie richtig darüber gesprochen«, plapperte ich los, und beinahe hätte ich vergessen, dass ich hier gerade das Blaue vom Himmel herunterlog, so überzeugend klang meine Stimme. »Ich hatte natürlich nicht so viele Freunde wie du Freundinnen, aber tja, da gab es … diesen Jungen, mit dem ich zusammen war. In Pretoria.«

Weil Henry nichts sagte, sondern mich nur abwartend anschaute, fuhr ich fort: »Es war nicht die große Liebe oder so, und wir waren auch nur drei Monate zusammen, aber der Sex mit ihm war …« An dieser Stelle meldete sich der gekränkte Stolz (dieser Mistkerl) schlagartig ab, und ich war wieder auf mich allein gestellt.

Und hasste mich sofort leidenschaftlich. Warum hatte ich das getan? Anstatt die Gelegenheit für ein ehrliches Gespräch zu nutzen, machte ich alles nur noch schlimmer. Als Erstes lief ich feuerrot an, weil ich mich außerstande sah, den begonnenen Satz zu beenden. *Der Sex mit ihm war ... hallo?* Jetzt erst fiel mir auf, wie intensiv mir Henry die ganze Zeit in die Augen sah. »... ganz okay«, murmelte ich mit letzter Kraft.

»Okay«, wiederholte Henry gedehnt. »Und wie ... hieß ... der Typ?«

Ja, wie hieß er denn, du blöder gekränkter Stolz? So was muss man sich doch vorher überlegen! Je länger das Zögern vor einer Lüge, desto schlechter der Lügner, das wusste doch jedes Kind.

»Rasmus«, schob ich also schnell hinterher. Weil es der erstbeste Name war, der mir einfiel, wenn ich an Südafrika dachte. Und weil ich trotz allem immer noch eine gute Lügnerin war.

Rasmus war der Name des asthmatischen Chow-Chows unserer Nachbarn gewesen, den ich gehundesittet hatte. Für hundert Rand die Stunde war ich mit ihm, einem Mops namens Sir-Barks-Alot und unserer eigenen Hündin, Buttercup, spazieren gegangen.

»Rasmus«, wiederholte Henry, und ich nickte erleichtert. Klang doch ganz gut. Es gab schlimmere Namen für erfundene Exfreunde. Sir-Barks-Alot, zum Beispiel.

Überraschenderweise wechselte Henry an dieser Stelle das Thema, obwohl ich mich innerlich bereits auf ein Verhör gefasst gemacht hatte. Genauer gesagt wechselte er gar nicht das Thema, sondern begann wieder mich zu küssen. Als ob er mir beweisen wollte, dass er das viel besser draufhatte als Rasmus. Was definitiv auch nicht der Fall gewesen wäre, wenn es Rasmus wirklich gegeben hätte – kein Rasmus dieser Welt konnte besser küssen als Henry, da ging ich jede Wette ein.

Das war jetzt zwei Tage her, und seitdem hatten wir meinen erfundenen Exfreund nicht mehr erwähnt. Mein Minderwertigkeitskomplex hatte zwar diesen einen winzigen Moment des Triumphes gehabt, aber langfristig gesehen war die Rasmus-Lüge keine gute Therapie. Und deswegen hatte ich nun an diesem Dienstagmittag mit einem verknoteten Magen zu kämpfen, selbst ohne Tapiokapudding und obwohl Henry mich anlächelte.

Grayson hatte meine Portion mittlerweile inhaliert und sah sich hungrig in der Kantine um, als würde er eine gute Fee erwarten, die an unseren Tisch schwebte, um weitere Puddingschüsseln zu servieren.

Statt der guten Fee rauschte aber nur Emily an uns vorbei, nicht ohne Grayson einen Blick zuzuwerfen, für den sie definitiv einen Waffenschein gebraucht hätte. Dabei hätte sie fast den armen Mr Vanhagen über den Haufen gerannt, der sich allerdings mit einem beherzten Sprung in Richtung Lehrertisch rettete, während Emily ihren Weg in Richtung Essensausgabe fortsetzte, wo bereits Graysons Schwester Florence stand und auf sie wartete.

Emily war seit einigen Wochen Graysons Exfreundin, und

die Vorsilbe »Ex« verkraftete sie nur schlecht. Ich bewunderte Grayson für die stoische Ruhe, mit der er Emily begegnete. Auch jetzt grinste er nur. »Ich dachte, ich hätte meine Dosis verächtlicher Blicke für heute schon im Englischkurs erhalten.«

»Ich glaube, sie hat die Dosis erhöht.« Henry beugte sich vor, um einen besseren Blick auf Florence und Emily zu bekommen. »Ich bin natürlich kein professioneller Lippenleser, aber ich bin ziemlich sicher, dass sie deiner Schwester gerade erzählt, wovon du heute Nacht geträumt hast. Warte mal ... Häschen? Echt?«

Weil es immer Spaß machte, Grayson aufzuziehen, und es mich dazu noch von meinen eigenen Problemen ablenkte, machte ich sofort mit. »Oh, etwa der flauschige Häschentraum? Was Emily das wohl über dich verrät?«

Grayson legte den Löffel in die Schüssel und bedachte uns mit einem milden Lächeln. »Wie oft soll ich euch noch erklären, dass ihr euch geirrt habt? Emily weiß nichts von dem Traumkorridor. Abgesehen davon würde sie niemals in den Träumen anderer Menschen herumspionieren. Dafür ist sie viel zu vernünftig und realistisch.«

Phantasielos traf es wohl eher, aber das konnte ich nicht mehr anbringen, weil Grayson schon fortfuhr: »Ich verstehe nicht, wieso ihr ständig wieder damit anfangt. Es ist doch seit Wochen absolut nichts mehr passiert. Die Sache ist ein für alle Mal vorbei.«

Wie immer, wenn er das sagte – und er sagte es ziemlich oft, wahrscheinlich, um sich selber davon zu überzeugen –, wünschte sich ein Teil von mir (der gutgläubige, harmoniesüchtige), dass er damit recht haben möge. Und es stimmte ja: In den Traumkorridoren herrschte seit Wochen nichts als friedliche Stille.

»Arthur hat seine Lektion gelernt. Er wird uns in Ruhe lassen«, sagte Grayson mit Nachdruck, und die gutgläubigen und harmoniesüchtigen Stimmen in meinem Inneren tröteten sofort ins selbe Horn: *Genau! Man muss nicht immer vom Schlimmsten ausgehen! Und Menschen ändern sich. In jedem steckt ein guter Kern. Sogar in Arthur.*

»Na klar, Grayson.« Henry runzelte spöttisch die Stirn. »Und bestimmt hat er dir längst verziehen, dass du bei ihm eingebrochen bist und ihn im Schlaf verprügelt hast, der Gute.«

Arthur saß gar nicht weit von uns entfernt, direkt hinter dem Lehrertisch, an dem sich Mr Vanhagen angeregt mit Direktorin Cook unterhielt, während die übernächtigte Mrs Lawrence den Eindruck machte, als würde sie jeden Augenblick mit ihrem Kopf in die Suppe sinken. Arthur lachte gerade über etwas, das Gabriel gesagt hatte, und zeigte dabei seine perfekten Zähne. Von den Verletzungen, die Grayson ihm zugefügt hatte, war nichts mehr zu sehen, sein Gesicht wirkte wieder genauso engelhaft schön wie vorher. Er machte einen ausgesprochen gelösten, selbstsicheren Eindruck. Sofort bereute ich es, hingeschaut zu haben. Sein Anblick machte mich immer wieder von neuem wütend. Und die Tatsache, dass die anderen keine Ahnung hatten, mit wem sie da an einem Tisch saßen.

»Möglicherweise ist er noch sauer auf mich«, räumte Grayson ein. »Aber er ist klug genug zu wissen, wann er aufgeben muss.« Energisch stapelte er seine diversen Teller und Schüsseln zusammen. »Niemand würde auch nur noch einen Gedanken daran verschwenden, wenn ihr nur endlich damit aufhören würdet, durch Traumtüren zu gehen, die es eigentlich gar nicht geben dürfte.« Offensichtlich ärgerte ihn der zweifelnde Ausdruck in unseren Gesichtern, denn er wandte den Blick ab, fügte aber mit trotzig vorgeschobenem Kinn hinzu: »Alles ist in bester Ordnung.«

Die harmoniesüchtigen, gutgläubigen Stimmen in meinem Inneren waren jetzt endgültig verstummt.

»Na klar, alles ist bestens.« Ich funkelte Grayson an. »Bis auf ein paar Kleinigkeiten, wie die Tatsache, dass Arthur ewige Rache geschworen hat, nachdem es ihm nicht gelungen ist, meine kleine Schwester zu ermorden. Oder dass die blutrünstige Anabel ihren Psychiater in einen gruseligen Dauerschlaf versetzt hat und wieder frei herumläuft. Oder dass deine total vernünftige und moralisch über jeden Zweifel erhabene Exfreundin sich nachts in deine Träume schleicht. Aber wie gesagt, das sind ja nur Kleinigkeiten. Alles ist in bester Ordnung.«

»Das ist doch gar nicht wahr.« Obwohl ich in der Aufzählung nur einen Bruchteil unserer Probleme erwähnt hatte, pickte sich Grayson nur das vergleichsweise harmlose Wort »Exfreundin« heraus. »Selbst für den unwahrscheinlichen Fall, dass es wirklich Emily gewesen sein sollte, die ihr im Traumkorridor gesehen habt, war das eine einmalige Angelegenheit.« Er knallte einen benutzten Löffel zu den Schüsseln aufs Tablett. »Mal abgesehen davon, dass sie garantiert kein Interesse an meinen Träumen hat – meine neuen Sicherheitsvorkehrungen könnte sie gar nicht mehr überwinden. Ihr übrigens auch nicht«, setzte er mit grimmigem Unterton hinzu.

»Ui, lässt einen der fürchterliche Freddy etwa jetzt *Tapiokapudding* rückwärts buchstabieren?«, wollte ich sagen, aber ich kam nur bis »Freddy«, denn in diesem Augenblick sprang Mrs Lawrence auf und kletterte auf den Lehrertisch.

Und uns sollte bald klar werden, dass wir die ganze Zeit wie Menschen gewesen waren, die gemütlich am Rand eines Vulkans picknicken. Sie wissen zwar, dass der Vulkan jeden Augenblick ausbrechen kann, und sie reden und streiten auch darüber, wie furchtbar gefährlich das ist, aber erst, wenn die Erde unter ihnen bebt und Lava in die Höhe schießt, begreifen sie, dass es nun wirklich ernst ist. Und dass sie den Zeitpunkt verpasst haben, sich zu retten.

Weil sie mehrere Gläser umstieß, hatte Mrs Lawrence sofort die volle Aufmerksamkeit aller Anwesenden. Ein paar

Lehrer sprangen auf, weil ihnen Saft oder Wasser auf die Klamotten tropfte, Direktorin Cook brachte geistesgegenwärtig die Vase mit den Narzissen in Sicherheit, und die Schüler um uns herum begannen zu tuscheln.

Mrs Lawrence war um die vierzig und erinnerte mich mit ihrem schmal geschnittenen Gesicht, den dunklen Haaren und dem langen, zarten Hals immer an diese französische Schauspielerin mit dem überlangen Pony, Sophie Irgendwas. Sie trug mit Vorliebe helle Blusen, Chanel-Kostüme und hohe Schuhe, auf denen sie wahnsinnig schnell gehen konnte. Ihre Haare waren höchst elegant und trotzdem lässig hochgesteckt, und sie konnte unfassbar streng gucken, wenn man seine Hausaufgaben nicht erledigt hatte. Insgesamt entsprach sie so ziemlich jedem Klischee, das man in Sachen Französischlehrerin haben konnte, und wir hatten immer den Eindruck gehabt, Direktorin Cook hätte sie nicht eingestellt, sondern direkt von einem Filmset engagiert.

Das Bild litt jetzt allerdings gewaltig. Völlig unbeirrt von der Hektik um sie herum stand sie auf dem Lehrertisch zwischen all den benutzten Schüsseln und umgekippten Gläsern und breitete mit einer dramatischen Geste die Arme aus.

Im ersten Moment dachte ich, sie würde vielleicht eine Art »Club der toten Dichter«-Rede halten wollen und ein Gedicht von Whitman zitieren, was merkwürdig genug gewesen wäre, auch angesichts ihres Unterrichtsfachs, aber leider lag ich da falsch.

»Wie ihr vielleicht wisst, weil es im Blog dieser anonymen Schlampe Secrecy zu lesen war, hatten Giles Vanhagen hier und ich in den letzten beiden Schuljahren eine Affäre«, sagte sie mit ihrer klaren Stimme, vor der normalerweise nicht nur Fünftklässler zitterten. Mr Vanhagen, der mit einer Serviette gerade versucht hatte, den Inhalt der umgefallenen Gläser aufzutupfen, erstarrte, und ihm wich jegliche Farbe aus dem Gesicht.

Es wurde mucksmäuschenstill im Saal.

»Affäre«, wiederholte Mrs Lawrence und zog verächtlich die Mundwinkel nach unten. »Ich kann das Wort nicht leiden. Es macht alles so schäbig, so klein und so verachtenswert, während es mir doch so rein, so wunderbar, so süß vorkam. Ich war so verliebt, so glücklich und so sicher, dass wir füreinander geschaffen waren.«

Im Nachhinein fand ich es bemerkenswert, dass in einem Raum voller pubertierender und nicht gerade für ihre Feinfühligkeit berühmter Teenager niemand kicherte oder lachte oder gar sein Handy zückte, um diesen denkwürdigen Augenblick festzuhalten, aber ich sah nur in schockierte, verwunderte Gesichter. Und keiner rührte sich. In der ehrwürdigen Institution der *Frognal Academy for Boys and Girls* hatte man garantiert noch nie einen Lehrer auf einem Tisch gesehen. Wenn hier überhaupt mal jemand durchdrehte, dann sicher nur total gesittet hinter verschlossenen Türen.

»Ich habe ihm geglaubt, als er schwor, seine Frau zu verlassen«, fuhr Mrs Lawrence fort und richtete einen zittrigen Finger auf Mr Vanhagen, der offenbar gerade überlegte, ob es klüger war, unter dem Tisch Zuflucht zu suchen oder in Richtung Ausgang zu sprinten.

»Dabei hätte ich es besser wissen müssen!« Mrs Lawrence drehte sich auf dem Absatz herum, wobei sie ein weiteres Glas umschmiss. »Männern darf man niemals trauen, Mädchen, hört ihr? Sie sind nur darauf aus, euch das Herz zu stehlen, um es dann mit Füßen zu treten!« Sie blickte in die Runde. »Soll ich es euch beweisen?«, rief sie. »Soll ich euch zeigen, was er mit meinem Herzen getan hat?«

Eine zweifelsfrei rhetorische Frage, auf die sie keine Antwort erwartete, wobei ein beherztes Nein oder ein gezieltes Wurfgeschoss in Richtung ihres Kopfes vielleicht die Katastrophe hätte verhindern können, die nun ihren Lauf nahm. Aber dazu waren wir alle viel zu fassungslos.

Langsam, ganz langsam knöpfte Mrs Lawrence ihre Chanel-Jacke auf, ließ sie über ihre Schultern gleiten und auf den Salat von Mr Daniels fallen. Dann öffnete sie die Knöpfe ihrer Bluse, einen nach dem anderen.

»Seht genau her«, rief sie dabei. »Ich zeig euch, wo er mir das Herz aus der Brust gerissen hat.«

Ich merkte, wie ich die Luft anhielt. Alle hielten die Luft an. Noch zwei Knöpfe, und wir würden sehen, welche Farbe Mrs Lawrence' BH hatte.

Direktorin Cook fand als Einzige die Kraft, sich zu rühren. Behutsam stellte sie die Blumenvase auf dem Boden ab und streckte ihre Hand aus. »Christabel, meine Liebe! Bitte kommen Sie von diesem Tisch herunter.«

Mrs Lawrence starrte die Direktorin irritiert an. »Mein Herz«, murmelte sie. »Ich muss es ihnen doch zeigen.«

»Ja, ich weiß!«, sagte Direktorin Cook, und ihre Stimme zitterte ein wenig. »Kommen Sie! Gehen wir in mein Büro.«

»Wo …?« Langsam ließ Mrs Lawrence ihre Hand sinken und schaute an sich hinab. Der Absatz ihres linken Schuhs parkte in Mr Vanhagens Suppenteller, und Erbsensuppe tropfte herab, als sie ihn herauszog. »Was ist passiert? Wie komme ich …? Warum …?« Pures Entsetzen stand jetzt in ihrer Miene, und sie begann leicht zu schwanken. Wie jemand, der aus dem Tiefschlaf hochgeschreckt ist und nicht weiß, wo er ist.

»Alles ist gut, Christabel«, versicherte ihr Direktorin Cook. »Sie müssen nur von diesem Tisch herunterkommen. Andrew, wenn Sie ihr bitte die Hand reichen könnten?«

»Warum … wer …?« Mrs Lawrence sah sich panisch im Raum um, ihr Blick irrte orientierungslos über unsere Gesichter.

Genau wie Mia nach dem Schlafwandeln, schoss es mir durch den Kopf, und zusammen mit ein bisschen Magensäure kroch die Erkenntnis in mir hoch. Mrs Lawrence war nicht grundlos durchgeknallt, dieser Auftritt hatte Methode. Und er war eigens für uns inszeniert worden. Jemand hatte

Mrs Lawrence wie eine Marionette benutzt, nur um uns etwas zu beweisen.

Nämlich, dass er uns haushoch überlegen war. Und mehr als nur einen Schritt voraus.

»Das ist ein Traum, oder?«, stieß Mrs Lawrence hervor. »Das *muss* ein Traum sein.«

»Leider nicht«, wisperte ein Mädchen hinter mir, und ich war sicher, dass alle im Raum die stammelnde und schwankende Frau genauso bemitleideten wie ich.

Alle. Außer einem.

Während Mr Daniels und der immer noch totenbleiche Mr Vanhagen Mrs Lawrence vom Tisch halfen und Mrs Cook den Arm um sie legte und sie aus der Cafeteria führte, wandte ich langsam den Kopf und schaute hinüber zu Arthur. Er schien nur darauf gewartet zu haben, denn anders als sonst hielt er meinen Blick mit seinen klaren blauen Augen fest. So lange, bis auch Henry und Grayson ihn anstarrten. Ohne Zweifel waren sie zu demselben Schluss gekommen wie ich.

Arthur lächelte. Nicht mal triumphierend, aber auf eine widerwärtige Art und Weise zutiefst zufrieden.

Während die Schüler ringsherum aus ihrer Schockstarre erwachten und aus dem Saal zu strömen begannen, deutete Arthur eine kleine Verbeugung in unsere Richtung an.

»Und das war erst der Anfang, Leute«, flüsterte er, als er sich ein paar Sekunden später im Gedränge an uns vorbeischob. »Versucht, das nachzumachen, wenn ihr könnt.«

2.

Henry fasste sich als Erster wieder. »So viel also zu Arthur und seiner geläuterten Seele.«

»Scheiße«, sagte Grayson nur und vergrub das Gesicht in seinen Händen. Die ganze Kantine summte plötzlich wie ein Bienenschwarm.

»Wie hat er das angestellt?«, fragte ich, und das Entsetzen in meiner Stimme machte mir noch mehr Angst, als ich ohnehin schon hatte. »Wie konnte er Mrs Lawrence im Traum so manipulieren, dass sie mitten am Tag auf den Tisch klettert und einfach so ihr Leben ruiniert?« Ich starrte auf das Chaos rund um den Lehrertisch.

Henry zuckte mit den Schultern. »Eine besonders perfide Art von Hypnose, vermutlich. Er brauchte nur einen persönlichen Gegenstand und musste ihre Tür ausfindig machen.«

»Ja, klingt supereinfach«, sagte Grayson ironisch.

»Aber warum die arme Mrs Lawrence? Was …« Ich verstummte kurzzeitig, weil Emilys Bruder Sam sich gerade an unserem Tisch vorbei Richtung Ausgang schob. Seit der Sache mit Mr Snuggles pflegte er im Vorbeigehen immer leise »Schäm dich« zu mir zu sagen, und neuerdings sagte er es auch zu Grayson, aber heute schien er zu erschüttert zu sein, um daran zu denken. Ich wartete, bis er außer Hörweite war, dann fragte ich noch einmal: »Warum Mrs Lawrence? Was hat sie Arthur getan?«

»Nichts, von dem ich wüsste.« Grayson war genauso ratlos wie ich. »Arthur hat Französisch schon vor zwei Jahren abgewählt.«

»Es war nichts Persönliches, nehme ich an«, sagte Henry. Anders als Grayson wirkte er nicht niedergeschlagen, sondern auf seltsame Art belebt. »Er hat Mrs Lawrence wahrscheinlich einfach zufällig ausgesucht, zu Demonstrationszwecken. Für uns.« Er warf einen Blick auf seine Armbanduhr. »Los, Grayson, wir müssen mit Mrs Zabrinski über Kubofuturismus in der Russischen Avantgarde diskutieren.«

Mit einem tiefen Seufzer nahm Grayson seine Jacke. »Scheiße, ich hab immer noch Gänsehaut am ganzen Körper. Ich hätte nie gedacht, dass ich mich mal so vor Arthur fürchten würde. Aber jetzt gerade habe ich das Gefühl, verglichen mit ihm gehen alle anderen Bösewichte der Welt noch in den Kindergarten.«

»Sieh es doch mal positiv«, sagte Henry und versetzte Grayson einen aufmunternden Schulterklaps. »Wenigstens wissen wir jetzt, warum er in den letzten Wochen so still war. Er hat eine Methode entwickelt, um die Weltherrschaft zu übernehmen.«

Obwohl Letzteres eindeutig als Scherz gedacht war, konnten weder Grayson noch ich darüber lachen.

»Wenn Arthur Menschen im Schlaf derart manipulieren kann, dass sie im echten Leben tun, was er möchte, dann ist das mit der Weltherrschaft gar nicht mal so weit hergeholt«, murmelte ich. »Und man könnte die Leute nicht mal warnen – wir wären schneller in der Psychiatrie, als wir *Traumtür* sagen könnten.«

»Tja.« Henry grinste schief. »Zu dumm, dass wir die Einzigen sind, die ihn aufhalten könnten.«

»Aber keine Ahnung haben, wie«, ergänzte ich leise.

»Wir … müssen aber doch etwas tun.« Grayson sah für ein paar Sekunden wild entschlossen aus. »Treffen wir uns heute Abend nach dem Training bei uns zu Hause. Wir brauchen einen Plan.« Während er sich die Jacke anzog, schien ihm aber etwas einzufallen, und die Entschlossenheit verschwand wieder aus seiner Miene und wich purer Verzweiflung. »Dieser Mistkerl! Er hat sich wirklich eine scheiß Zeit ausgesucht. Wie sollen wir denn die Welt retten und dabei gleichzeitig unsere Abschlussprüfungen schaffen?«

Henry lachte kurz auf. »Immerhin hat er dasselbe Problem. Ich glaube nicht, dass Arthur seinen Schulabschluss für die Weltherrschaft sausen lässt.«

Damit hatte er hoffentlich recht. Auch wenn man natürlich für die Weltherrschaft nicht zwingend A-Levels benötigte.

In den beiden Unterrichtsstunden nach der Mittagspause gab es kein anderes Thema als Mrs Lawrence' Nervenzusammenbruch und ihren Beinahe-Striptease. Angeblich war sie von Direktorin Cook direkt in eine Klinik gefahren worden, und vermutlich würden wir sie so schnell nicht wiedersehen. Mr Vanhagens Unterricht war ebenfalls ausgefallen. Vielleicht hatte er auch einen Nervenzusammenbruch bekommen, wie meine Freundin Persephone vermutete. Oder er war nach Hause zu seiner Frau gefahren und suchte sich einen neuen Job. Man wusste gar nicht, mit wem man mehr Mitleid haben sollte.

Als ich mich nach Schulschluss mit meiner kleinen Schwester Mia auf den Heimweg machte, hatte sich die Geschichte längst bis zu den Unterstufenschülern herumgesprochen.

Natürlich wollte Mia Einzelheiten wissen. »Stimmt es, dass sie sich in Erbsensuppe gewälzt hat und eine schleimige Spur durch die ganze Schule gezogen hat?«, fragte sie, kaum dass wir den Schulhof verlassen hatten.

Ich wollte gerade antworten, als jemand von hinten den Arm um mich legte. Automatisch nahm ich die Fäuste hoch.

»Bitte kein Kung-Fu. Ich bin's nur!« Henry ließ mich los und schlenderte neben uns her. Immer noch wirkte er unangemessen gutgelaunt. Aber vielleicht interpretierte ich das auch nur falsch. »Hi, Mia! Schöne Frisur.«

»Lottie nennt sie Sissis Nest.« Mia fasste sich an die geflochtene Krone auf ihrem Scheitel. »Liv und ich nennen sie Sissis Komposthaufen.«

»Sehr praktisch, wenn man mal nicht weiß, wohin mit dem Frühstücksei«, sagte Henry, nahm seinen Arm von meiner Schulter und griff stattdessen nach meiner Hand. »Ich geh ein Stückchen mit euch, ja? Warum fahrt ihr eigentlich nicht mit dem Bus?«

»Weil die Sonne so schön scheint.« Mia fixierte unsere ineinander verschränkten Hände und runzelte die Stirn. Bevor sie den Mund öffnen und etwas Peinliches fragen konnte (»Seid ihr jetzt wieder zusammen oder nicht? Und wenn nicht, warum haltet ihr euch an den Händen?«), ergänzte ich hastig: »Und weil im Bus immer ein Junge aus Mias Klasse mitfährt, der sie Prinzessin Silberhaar nennt. Gil Walker. Er schreibt ihr Liebesbriefe. Mit selbstgereimten Gedichten.«

»Das ist ja gruselig.« Henry lachte, und ich zwang mich, nicht auf die Kringel in seinen Mundwinkeln zu schauen und daran zu denken, wie es sich anfühlte, sie zu küssen.

»Ist es.« Mia ließ sich glücklicherweise vorübergehend ablenken. »Endlich mal jemand, der das nicht süß und rührend findet. Lottie, Mum und Liv wollten mir nämlich einreden, dass ich zartfühlende Worte finden muss, um den armen Jungen nicht zu kränken.«

»Also hat sie ihm ganz zartfühlend mitgeteilt, er solle sich gefälligst eine andere Prinzessin zum Anhimmeln suchen«, erklärte ich.

»Mit dem kleinen Zusatz, dass ich ihm andernfalls seine Gedichte dahin schieben würde, wo die Sonne nicht scheint.«

Schnaubend kickte Mia ein Steinchen auf dem Bürgersteig vor sich her. »Das hat ihn aber leider kein bisschen abgeschreckt, sondern gleich zu einem neuen Gedicht inspiriert.«

In der Tat. Selbst ich musste zugeben, dass das Busfahren keine Freude war, wenn jemand direkt hinter einem lautstark nach würdigen Reimen auf *himmelblaue Augensterne* und *glitzernde Zahnspange* suchte.

»Mia und ich haben schon überlegt, ein Gegen-Gedicht zu verfassen, mit dem Titel *Walker, der Stalker*«, sagte ich.

Henrys Lachkringel waren immer noch da. »Ach ja, die Liebe!«, stieß er mit einem theatralischen Seufzer aus. »Lässt einen merkwürdige Dinge tun. Übrigens, kannst du dich noch an Südafrika und einen gewissen Rasmus erinnern, Mia?«

Schlagartig war es vorbei mit dem Spaß.

»Rasmus?«, wiederholte Mia.

Oh mein Gott. Bitte nicht. Vor lauter Schreck war ich stocksteif stehen geblieben. So war das wohl mit Lügen, irgendwann holten sie einen gnadenlos ein. Jetzt würde Henry nicht nur merken, dass mein Exfreund frei erfunden war, sondern auch, dass es sich bei Rasmus um einen Hund handelte. Und dann wäre das Mitleid in seinem Blick sogar mehr als angemessen.

»Rasmus? Meinst du den Rasmus von den Wakefields?«, fragte Mia.

Ich stand immer noch wie angewurzelt auf dem Bürgersteig und versuchte, ihr auf telepathischem Weg mitzuteilen, dass sie die Klappe halten sollte. Leider funktionierte das nicht.

Mia und Henry sahen mich nur leicht irritiert an.

»Ähm … ja, der Rasmus von den Wakefields. Rasmus Wakefield«, sagte ich und zeigte hektisch in einen Vorgarten. »Ach, guckt doch mal diese wunderschönen Osterglocken.«

Mein armseliger Ablenkungsversuch verpuffte völlig wirkungslos. Ohne auf mich zu warten, drehten Mia und Henry sich wieder um und gingen weiter. Ich starrte ihnen hilflos hinterher.

»Wie war er denn so, der Rasmus?«, hörte ich Henry fragen.

»Wieso willst du das wissen?«, fragte Mia misstrauisch zurück.

»Ach, einfach nur so. Mochtest du ihn?«

Endlich schaffte ich es, mich wieder in Bewegung zu setzen.

»Rasmus? Ja, klar«, sagte Mia. »Er war ganz süß. Bisschen aufdringlich, vielleicht. So besitzergreifend. Die Wakefields hatten ihn total verzogen.«

Oh nein! Bitte nicht. Als Nächstes würde sie von seiner blauen Zunge sprechen.

»Aufdringlich und besitzergreifend, ja?« Henry sah sich kurz nach mir um und hob eine Augenbraue.

»Wartet doch mal!« Ich drängelte mich zwischen die beiden.

»Liv hat ihn immer *kleiner Sabberkopf* genannt, stimmt's Livvy? Aua.«

Mein Ellenbogencheck kam leider eine Sekunde zu spät. Mit einem kleinen, künstlichen Lachen hakte ich mich bei Mia und Henry ein. »Hab ich nicht. Hat einer von euch ein Pfefferminz dabei?«

Es war zwecklos. Mia schwelgte in Erinnerungen, und Henry … nun ja, sein Gesichtsausdruck war wie so oft schwer zu deuten.

»Hast du wohl, Livvy. Du hattest lauter alberne Kosenamen für ihn, weißt du nicht mehr? Butter war immer furchtbar eifersüchtig, sie hat ihm in die Beine gebissen, wenn du seinen Bauch gekrault …«

Jetzt reichte es aber! »Können wir bitte mal über was anderes reden?«, rief ich, möglicherweise eine Spur zu heftig. Etwas gedämpfter setzte ich hinzu: »Willst du denn gar nicht mehr wissen, wie das mit Mrs Lawrence war, Mia? Henry und ich waren live dabei.«

Dieses Mal funktionierte es. Endlich hatte ich Mias Aufmerksamkeit, und das Thema Exfreund beziehungsweise Ex-*Hund* war fürs Erste vom Tisch. Auch wenn ich befürchtete, dass Henry bei nächster Gelegenheit darauf zurückkommen würde.

Gebannt lauschte Mia, wie Mrs Lawrence auf den Tisch geklettert und ihre Rede gehalten hatte. Und wie sie uns beinahe die Körperstelle gezeigt hätte, an der Mr Vanhagen ihr das Herz herausgerissen hatte. Henry und ich erzählten die Geschichte abwechselnd, und Mia seufzte mitleidig.

»Schrecklich, dass man vor Liebeskummer verrückt werden kann«, sagte sie, nachdem wir geschildert hatten, wie Direktorin Cook eine völlig gebrochene Mrs Lawrence aus dem Saal geführt hatte. »Ein Nervenzusammenbruch vor so vielen Menschen – davon kann man sich doch nie wieder erholen.«

»Das war kein Nervenzusammenbruch«, sagte Henry. »Sie ist auch nicht vor lauter Liebeskummer verrückt geworden, und unter Drogen stand sie auch nicht. Sie war in einem ganz ähnlichen Zustand wie du, als du schlafgewandelt bist und aus dem Fenster springen wolltest.«

Ich sah ihn erschrocken an. Er würde doch jetzt hoffentlich nicht mitten auf der Straße anfangen, die Wahrheit über Arthur und die Träume zu enthüllen? »Musst du hier nicht abbiegen?«, fragte ich etwas barsch. Über diese Sache waren wir uns seit Wochen ganz und gar nicht einig: Henry war der Meinung, dass wir Mia in das Geheimnis einweihen sollten, schon damit sie sich selber schützen konnte, Grayson und ich waren dagegen. Sie war doch erst dreizehn, und die Sache war vorbei. Mias Unterbewusstsein hatte inzwischen ausreichende Schutzmaßnahmen getroffen (ihre Traumtür war gesichert wie Fort Knox), und Arthur hatte längst neue Ziele im Visier. Zu wissen, dass er in ihre Träume eingedrungen war und sie dazu gebracht hatte, schlafwandelnd Dinge zu tun, die sie beinahe das Leben gekostet hatten, würde Mia nur unnötig ängstigen und verwirren.

»Wie meinst du das?« Mia starrte Henry an.

Der wiederum sah mich an und seufzte, als er meine versteinerte Miene registrierte. »Das musst du deine Schwester fragen. Ich muss hier tatsächlich abbiegen. War aber sehr nett, mit euch zu plaudern.« Er gab mir ein Küsschen auf die Wange. »Wir sehen uns heute Abend.«

»Meint er wirklich, Mrs Lawrence sei geschlafwandelt?«, fragte Mia, während ich Henry hinterherblickte. Wie immer standen seine Haare wild nach allen Seiten ab. Früher hatte ich geglaubt, er würde sie extra morgens vor dem Spiegel mit allen zehn Fingern stylen, bis sie so lässig aussahen, aber mittlerweile wusste ich, dass er nicht weniger als vierzehn Wirbel auf dem Kopf hatte, die ihm die Arbeit abnahmen. Ich hatte jeden einzelnen dieser Wirbel ausfindig gemacht und gestreichelt und …

»Wirklich schlimm, was die Liebe mit den Menschen anstellt«, sagte Mia.

»Ja. Die arme Mrs Lawrence«, stimmte ich hastig zu.

»Ich spreche nicht von Mrs Lawrence.« Mia hüpfte auf einen Mauersims und balancierte vorwärts. »Was ist das jetzt mit dir und Henry? Seid ihr wieder zusammen oder nicht?«

»Schon. Irgendwie«, murmelte ich, erleichtert, dass wir das Thema gewechselt hatten. »Ich meine, wir haben nicht explizit darüber gesprochen. Es gibt da noch ein paar Dinge, die wir klären müssen. Und dann habe ich dummerweise … äh …«

Mia seufzte und sprang zurück auf den Bürgersteig. »Was hast du?«

»… einen Exfreund erfunden. Mit dem ich geschlafen habe.«

Mia starrte mich entgeistert von der Seite an. »Warum?«

»Damit Henry nicht denkt, dass er der Erste ist.« So ausgesprochen klang es noch schrecklicher, als ich gedacht hatte.

»Warum?«, fragte Mia wieder.

»Weil … weil …« Ich stöhnte. »Ich weiß es doch selber nicht so genau. Es ist einfach so passiert. Als wär das nicht ich selber gewesen, sondern eine hinterhältige Bauchrednerpuppe, die einfach drauflosgeplappert hat. Und jetzt glaubt Henry, ich hätte in Südafrika einen Freund gehabt. Und Sex.«

»Ich will wirklich nicht immer *warum* fragen, aber ich kann nicht anders.«

»Es … er hat immer so mitleidig … und dann war da diese … ach, das verstehst du nicht.«

»Allerdings nicht. Bitte, lieber Gott, lass mich niemals verliebt sein und dämliche Dinge tun, von denen ich selber nicht weiß, warum ich sie tue.« Mia hakte sich bei mir ein. »Na ja, wenigstens wird es mit dir und Henry nicht langweilig. Bin schon gespannt, wie du aus der Nummer wieder herauskommen willst.«

Ja. Ich auch. »Eine Sache noch. Wenn Henry noch mal nach Rasmus fragt, sag nicht, dass er immer so komisch gehechelt hat oder so …«

Mia blieb stehen und begann über das ganze Gesicht zu grinsen. »Oh, jetzt kapier ich das erst. Deshalb hat Henry sich so brennend für das pummelige Vieh von den Wakefields interessiert.« Sie kicherte haltlos. »Du hast deinen Exfreund Rasmus getauft.«

»Es war der erste Name, der mir eingefallen ist.« Allmählich konnte ich der Sache auch etwas Komisches abgewinnen.

»Oh Gott, Livvy, das kannst auch nur du bringen«, japste Mia. »Rasmus Wakefield. Gut, dass ich nicht gesagt habe, dass er an jede Laterne gepinkelt hat.«

»Oder dass er bei Regenwetter fürchterlich stank.«

»Dass er immer gejault hat, wenn du Gitarre gespielt hast.«

»Dass er mal in der Katzenklappe stecken geblieben ist.«

Als unsere Einfahrt in Sicht kam, taumelten wir immer noch vor Lachen und damit beinahe in einen unrasierten, jungen Typen hinein, der zwei Umzugskartons, eine Stehlampe und ein Saxophon über den Bürgersteig balancierte.

»Ziehen Sie hier ein?«, fragte Mia und zeigte auf das Nachbarhaus.

Der Typ nickte, was gar nicht so einfach war, denn zwischen dem obersten Karton und seinem Kinn klemmten zwei Bücher, die jetzt ins Rutschen gerieten. »Oh, gut.« Mia lächelte ihn erfreut an. »Die Leute, die da bisher gewohnt haben, sind furchtbar langweilig. Die Frau hat jeden Tag die Einfahrt gekehrt und mit den Amseln geschimpft.«

»Meine Mutter hat eine Amselphobie.« Der Typ seufzte, und dabei glitten die Bücher unter seinem Kinn weg.

»Ups«, machte Mia.

Ich fing die Bücher auf, bevor sie auf den Boden fallen konnten. Es handelte sich um einen schweren Wälzer mit dem Titel »Prozessrecht« und eine zerlesene Taschenbuchausgabe von John Irvings »Hotel New Hampshire«. Offenbar ein Jurastudent, der einen guten Literaturgeschmack hatte.

»Sieh an, der verlorene Sohn kehrt heim.« Florence bremste mit ihrem Fahrrad neben uns. Wie immer sah sie einfach umwerfend aus, kein bisschen ramponiert nach dem langen Schultag. Ihre braunen Locken waren zu einem Pferdeschwanz gebändigt, aus dem sich eine glänzende Strähne gelöst hatte, die ihr dekorativ ins Gesicht fiel. Wenn man ihr zauberhaftes Lächeln betrachtete, die strahlenden Augen und die niedlichen Grübchen, dann konnte man nicht glauben, dass sie jemals etwas Unfreundliches sagen oder tun würde. Aber der Eindruck täuschte. In letzter Zeit war sie sogar ganz besonders übellaunig. »Ich hab schon gehört, dass deine Freundin dich aus der Wohnung geschmissen hat«, sagte sie zu dem Unrasierten. »Deine Mum findet, sie ist das gemeinste Biest, das jemals geatmet hat. Du auch?«

»Das zweitgemeinste, gleich nach Poison Ivy.« Der Typ lächelte ebenfalls und zeigte dabei seine schönen Zähne. Dass ich ihm die Bücher hinhielt, bemerkte er gar nicht. »Hi Flo. Du bist ja groß geworden.«

Florence strich sich die Locke hinter das Ohr. »Tja, die Zeit bleibt nicht stehen, Matti. Im Herbst fange ich an zu studieren. Du solltest aufpassen, dass ich nicht noch vor dir mit Jura fertig bin. Ich habe gehört, dass du ein paar Prüfungen in den Sand gesetzt hast. Deine Mum sagt, vor lauter Liebeskummer wegen des Biestes.«

»Ex-Biest …« Jeder andere hätte sich vermutlich vor Verlegenheit gewunden, aber Matti sah nicht die Spur peinlich berührt aus, sondern wie jemand, der sich selbst mit einer Stehlampe unter dem Arm wohl in seiner Haut fühlt, und das, obwohl er gerade wieder bei Mutti einzieht.

»Sei froh, dass du sie los bist, Matti.« Florence tätschelte übertrieben mitfühlend seinen Arm, wodurch die Stehlampe ins Wanken geriet. »Sie erzählt nämlich überall gemeine Lügen herum. Dass ihr euch getrennt habt, weil du was mit ihrer besten Freundin hattest. Und mit der Schwester der besten Freundin. Und dass du lieber in Clubs rumhängst, als fürs Studium zu lernen. Und die letzten vier Monate deinen Anteil an der Wohnungsmiete nicht gezahlt hast, wegen der Schulden für einen absurd teuren Oldtimer mit einer Motorhaube, die viermal so lang ist wie der Kofferraum. Ungefähr, nein, *genau* so einen.« Sie zeigte auf den roten Wagen, der neben dem Bürgersteig parkte und tatsächlich eine ziemlich lange Motorhaube aufzuweisen hatte. »Was für eine unverschämte Lügnerin.«

»Das ist kein Oldtimer, sondern ein Morgan Plus 8, Baujahr 2012«, erklärte Matti vergnügt. »Der Vater eines Kumpels hat ihn zu einem so lächerlich niedrigen Preis verkauft, dass nur ein Idiot nicht zugegriffen hätte. Zur Strafe muss ich jetzt wohl ein paar Monate bei meinen Eltern wohnen und mir jeden Tag meine Leibspeisen kochen lassen. Aber das werde ich auch überleben. Bei so netter Nachbarschaft.« Er zwinkerte Florence zu. »Bestimmt hat Mum die Liebesbriefe aufgehoben, die du mir geschrieben hast. Vielleicht sollten wir sie mal zusammen lesen.«

Jetzt hatte Florence ein bisschen Mühe, das mitleidige Lächeln in ihrem Gesicht aufrechtzuerhalten. »Da war ich zwölf«, sagte sie und schob ihr Fahrrad weiter. Ihr Pferdeschwanz wippte wütend.

Matti grinste ihr hinterher. »Kommt mir vor wie gestern«, sagte er, während Florence und ihr Fahrrad in unserer Einfahrt verschwanden. Dann wandte er sich Mia und mir zu. »Und ihr seid?«

Zwei Mädchen, die mit offenem Mund zugehört hatten.

»Florence' zukünftige Stiefschwestern«, sagte Mia bereitwillig. »Ich bin Mia, und das ist Liv. Sie hatte auch mal eine Zahnspange.«

»Schön, euch kennenzulernen, Mia und Liv. Ich bin Matt.

Der Typ, der hier die nächsten Monate die Einfahrt kehren und Jagd auf Amseln machen wird.«

»Gut zu wissen.« Ich legte »Prozessrecht« auf den obersten Karton, und Matt klemmte das Buch mit seinem Kinn fest und machte sich auf den Weg zum Haus.

»Danke. Wir sehen uns bestimmt bald wieder«, sagte er über seine Schulter.

Bewundernswert, wie lang er die Kartons und die Stehlampe schon festhielt, vom Saxophon ganz zu schweigen, das bereits gefährlich in Schieflage geraten war.

Mia schien noch etwas einzufallen. »Hat deine Mutter Florence' Liebesbriefe wirklich aufgehoben?«, rief sie ihm hinterher. »Und wenn ja, würdest du sie mir verkaufen?«

Matt lachte. »Warum nicht? Ich kann jeden Penny gebrauchen.«

»Guck nicht so vorwurfsvoll«, sagte Mia, als wir schließlich in die Auffahrt zum Spencer-Haus abbogen. »Ich will sie nur für den Notfall.«

»Für deine Karriere als Erpresserin?«

»Besser Erpresserin als Diebin. Ich hab genau gesehen, dass du sein Buch geklaut hast. Warum eigentlich?«

»Ups.« Ich zog Matts Taschenbuch aus meinem Blazer und betrachtete es mit gespieltem Erstaunen. »Ja, tatsächlich. ›Hotel New Hampshire‹. Ich wollte es wohl einfach noch mal lesen.« Das war gelogen – wir hatten ein eigenes Exemplar im Regal, sogar signiert und mit einer persönlichen

Widmung für Mum versehen. In Wirklichkeit war ich spontan auf den Gedanken gekommen, es könnte nützlich sein, Matt einen persönlichen Gegenstand zu entwenden. Man wusste ja nie, ob man den nicht vielleicht mal brauchen würde. Und was könnte wohl ein persönlicherer Gegenstand sein, als ein mehrfach gelesenes offensichtliches Lieblingsbuch?

Der Frognal Academy Tittle-Tattle-Blog mit dem neusten Klatsch, den besten Gerüchten und brandheißen Skandalen unserer Schule

ÜBER MICH:
Mein Name ist Secrecy – ich bin mitten unter euch und kenne all eure Geheimnisse

UPDATE ACTIVITY

3. März

J'ai tremblé
tu as tremblé
il/elle a tremblé
nous avons tremblé
vous avez tremblé
ils/elles ont tremblé.

Oh ja, was haben wir nicht alle schon in Mrs Lawrence' Unterricht gezittert, wenn sie uns Verben konjugieren ließ. Und wehe, jemand kam zu spät. Ich habe im ersten

Jahr geglaubt, ihr strenges »L'exactitude est la politesse des rois« hieße: »Exakt wie eine Politesse!« und beziehe sich sowohl auf das Zuspätkommen als auch auf die Schuluniform. (In Wirklichkeit bedeutet es: »Pünktlichkeit ist die Höflichkeit der Könige«, das nur für die, die Spanisch gewählt haben und sich sonst wieder beschweren, dass mein Blog ihnen zu anspruchsvoll ist.) Aber damit ist jetzt Schluss. Möglicherweise wird niemals wieder ein Schüler in Mrs Lawrence' Französischunterricht schwitzen. Die letzte Lektion, die sie uns erteilt hat, war dann wohl: »Lass dich nie mit einem verheirateten Mann ein.« Sehr nützlich. Vielleicht sogar nützlicher als das Konjugieren von unregelmäßigen Verben. Obwohl sich ganz sicher niemand von uns vorstellen kann, jemals etwas mit einem Mann wie Mr Vanhagen anzufangen – auch dann nicht, wenn er unverheiratet wäre. Oder?

So oder so – es ist schrecklich, was heute in der Kantine passiert ist, so schrecklich, dass ich noch nicht mal ein Foto davon einstellen würde, wenn ich eins hätte. Das bin ich Mrs Lawrence schuldig, auch wenn sie mich eine anonyme Schlampe genannt hat. Die anonyme Schlampe sagt Ihnen jetzt mal was, Mrs Lawrence: Sie waren sowieso viel zu gut für Mr Vanhagen. Und Sie schaffen das schon, Psychopharmaka sollen ja die reinsten Wunder vollbringen. Und wer weiß – vielleicht kommen Sie ja irgendwann auch wieder zurück an die Frognal? Oder Sie treffen in der Klinik die Liebe Ihres Lebens und werden woanders glücklich. Ich finde, das hätten Sie verdient. Chaque chose en son temps. (Schlagt das gefälligst nach, ihr Französisch-Banausen, ich bin nicht eure Dolmetscherin, sondern nur die anonyme Schulschlampe.)

Apropos Schulschlampe: Angesichts des Dramas heute in der Schulkantine verblassen natürlich alle anderen Nachrichten. Deshalb hier nur die interessanteste: In genau diesem Augenblick befindet sich Jasper Grant auf der Fähre zwischen Calais und Dover. Obwohl er eigentlich noch bis zum Ende des Trimesters in seinem französischen Kaff bleiben sollte, musste sein Vater ihn heute dort abholen. Er wurde nämlich wegen eklatanter Verstöße gegen die Schulregeln von der Schule geschmissen, und seine Gastfamilie wollte ihn schnellstmöglich loswerden. Jetzt können wir nur raten, was er denn so Schlimmes getan hat. Aber das Gute ist: Ab morgen können wir ihn einfach selber fragen.

Ich für meinen Teil freue mich sehr – Jasper hat mir ehrlich gefehlt.

Wir sehen uns
Eure Secrecy

3.

»Juni? Etwa in diesem Jahr?« Mrs Spencer senior alias Graysons und Florence' Großmutter alias das Biest in Ocker alias die Frau, die ihren Bentley grundsätzlich über zwei Parkplätzen abstellte, oder kurz: »das Bocker«, starrte Mum entgeistert an. »Aber das ist doch gar nicht zu schaffen.«

»Bis zur Hochzeit sind es noch dreieinhalb Monate.« Mum saß am Küchentisch neben einem Berg zu korrigierender Klausuren, aber bevor das Bocker gekommen war, hatte sie die Beine hochgelegt und das Gesicht in die Nachmittagssonne gehalten. Sie lachte gutgelaunt. »Wir gehen das hier ganz locker an.«

»Wir?« Florence rümpfte ihre Nase. »Also, von diesem Wir möchte ich mich entschieden ausnehmen.« Obwohl sie Lotties Anwesenheit in diesem Haushalt offiziell für überflüssig hielt, lungerte sie doch jeden Nachmittag in der Küche herum und machte sich über Lotties Gebäck her. Heute gab es winzig kleine Apfel-Zimt-Muffins, die genauso lecker schmeckten, wie sie dufteten. Als Florence hineinbiss, verzog sie für einen Augenblick gegen ihren Willen verzückt das Gesicht. Weil sie aber bemerkte, dass Lottie und ich sie beobachteten, sagte sie rasch und möglichst unverzückt: »Grayson und ich können euch keinesfalls bei der Planung unterstützen, wir haben genug mit unseren A-Levels zu tun. Und im Juni ist auch der Abschlussball. Vielleicht solltet ihr wirklich an eine Verschiebung denken. Auf den Herbst. Oder ins nächste Frühjahr.«

»Ja, oder auf 2046, dann könnt ihr gleich euren achtzigsten Geburtstag in einem Aufwasch erledigen.« Mia griff sich drei Muffins und betrachtete sie für einen Moment nachdenklich, als überlege sie, ob sie gleichzeitig in ihren Mund passten. Taten sie.

»Keine Sorge – da gibt es nichts zu planen.« Mum schenkte uns allen ein gelassenes Lächeln. »Wir improvisieren einfach spontan. Das sind doch immer die schönsten Feste.«

»Aber …« Das Bocker tat, als müsse es nach Luft schnappen. »Das ist eine Hochzeit, kein Kindergeburtstag! Da braucht es mehr als ein paar Luftballons. Allein die Gästeliste … Normale Menschen haben den Sommer doch längst verplant.«

»Ja, Großtante Gertrude hoffentlich«, murmelte Mia.

»Das macht doch nichts. Wer Zeit hat, der kommt, wer nicht, eben nicht«, sagte Mum. »Es soll ja keine große Angelegenheit werden, nur eine nette, kleine, unkomplizierte Feier …«

»Aber Lottie darf ihr Festtagsdirndl anziehen.« Mia grinste.

»Und ich backe auf jeden Fall eine Torte.« Lottie strahlte. »Dreistöckig.«

»Das wird super«, sagte Mum enthusiastisch.

Das Bocker stöhnte. »Alle in Frage kommenden Locations sind natürlich für Juni längst ausgebucht – am Ende müsst ihr im Garten feiern.« Sie stieß ein kleines Lachen aus, um die Ironie ihrer Worte zu betonen, aber Mum merkte das gar nicht.

»Das ist eine gute Idee«, sagte sie anerkennend.

»Das ist eine Katastrophe«, sagte das Bocker.

»Nicht, wenn wir verhindern, dass Grandma, Großtante Gertrude und Großtante Virginia als The Supremes auftreten«, sagte ich, und da wurde das Bocker blass. Der Gedanke, dass wir auch noch eine Familie besaßen, schien ihr noch gar nicht gekommen zu sein.

»Oh, wie ich mich freue, noch mehr von euch kennenzulernen.« Florence verdrehte die Augen. Sie war zwar Graysons Zwillingsschwester, kam aber in punkto Nettigkeit ganz und gar nach ihrer Großmutter.

Auf deren Stirn hatte eine Ader angefangen zu puckern. »Eine kleine Gartenparty! Das kann man vielleicht veranstalten, wenn man einen Niemand heiratet. Ohne Familie und Verpflichtungen.« Aufgeregt begann sie, in der Küche auf und ab zu schreiten. »Im Gegensatz zu dir kann mein Sohn sich aber nicht einfach über die Traditionen und Prinzipien hinwegsetzen, die er seiner gesellschaftlichen Stellung schuldet. Du hast offensichtlich nicht die geringste Ahnung.«

»Und dir kommt Rauch aus den Ohren«, sagte Mum heiter.

»Unsinn«, sagte das Bocker, aber Mum hatte recht: Es kamen eindeutig kleine, weiße Wölkchen aus Bockers Ohren, begleitet von Dampflokgeräuschen. Und das war der Moment, in dem ich begriff, dass ich das gerade alles nur träumte. Allerdings hatte dieses Gespräch heute Nachmittag in der Küche genauso stattgefunden. Nur, dass die Ohren vom Bocker nicht gequalmt hatten und sich an der Küchenwand neben dem Kühlschrank keine grüne Tür befunden hatte. Die bemerkte ich aber jetzt.

Das Traumbocker war meinem Blick gefolgt. »Ich hatte noch nie viel für Kunsthandwerk übrig, viel zu verschnörkelt. Und dieser kitschige Eidechsentürknauf ist der Gipfel der Geschmacklosig… ach, du meine Güte!«

Der Türknauf hatte sich bewegt. Die feinen schwarzen und roten Schuppen schimmerten im Licht, während die Eidechse sich streckte, den Schwanz entringelte und ihre Augen öffnete.

»Du bist kein bisschen kitschig«, sagte ich, wie immer hingerissen von ihrer Schönheit. Als ich meine Traumtür das erste Mal gesehen hatte, war die Eidechse noch aus Messing gewesen und viel kleiner als jetzt. Abgesehen von einem freundschaftlichen Zwinkern ab und an hatte sie sich nie bewegt, während sie jetzt an der Tür auf und ab zu klettern pflegte und sich nur noch bequemte, die Türklinke zu spielen, wenn ich wirklich hinauswollte. Ihre Augen waren leuchtend türkis-blau und schauten – ganz im Gegensatz zu denen ihrer Schwester auf der anderen Seite der Tür – stets freundlich. Ich suchte immer noch nach einem Namen, der ihr gerecht wurde: mystisch, klangvoll und trotzdem irgendwie angenehm vertraut. Schließlich war sie eine Schöpfung meines Unterbewusstseins und damit ein Teil von mir selber. Genau wie ihr spitzzahniges, zischendes Pendant auf der anderen Seite der Tür.

»Viel zu bunt«, sagte das Bocker. »Und total unrealistisch. Die Proportionen stimmen hinten und vorne nicht.«

Ich wedelte das Bocker mit einer Handbewegung aus meinem Traum. Es war schlimm genug, dass sie in der Wirklichkeit so oft bei uns zu Hause vorbeischaute, wobei sie auffällig oft Tage wie heute bevorzugte, wenn Ernest auf Geschäftsreise war und Mum einen vorlesungsfreien Nachmittag hatte. Mia und ich hielten das für reine Schikane, aber Mum und Lottie mit ihrem hartnäckigen Glauben an das Gute im Menschen meinten, die arme, alte Dame wolle einfach nur am Familienleben teilhaben und sich nützlich machen.

Genau. Und die Erde war eine Scheibe.

Vorsichtig strich ich mit der Fingerkuppe über die glatten Schuppen der Eidechse. Zu meiner Freude begann sie zu schnurren wie Spot, unser Kater. Unrealistisch, aber irgendwie wunderbar.

»Nenn sie Liz«, schlug Mia vor. Sie, Lottie und Mum hatten sich neben mich gestellt, um die Eidechse zu bestaunen. Florence war offenbar mit dem Bocker verschwunden. »Ich finde, sie sieht aus wie eine Lizzy.«

»Nein, das ist viel zu … unprosaisch«, sagte Lottie. »Vielleicht Salamandria. Oder Nyx, wie die Göttin der Nacht.«

»Barcelona wäre doch passend.« Als Mum unsere irritierten Blicke sah, setzte sie hinzu: »Ihr wisst schon, wegen der berühmten Eidechse von Gaudí, die in … ach, vergesst es, ihr Kulturbanausen.«

Wie so oft im Traum gruselte ich mich ein bisschen, wenn mein Unterbewusstsein Informationen aus den Tiefen meines Gehirns hervorzauberte, von denen ich noch nie etwas gehört zu haben glaubte. Gleich morgen früh würde ich »Gaudí« und »Barcelona« in die Suchmaschine eingeben. Und hoffentlich keine Eidechse finden.

Jemand klopfte von außen gegen die Tür.

Die Eidechse rollte sich brav zum Türknauf zusammen, während ihr Pendant von der anderen Seite der Tür den Kopf zum Briefkastenschlitz hineinschob und zischte: »Es ist Henry.«

»Das nenne ich mal einen innovativen Türspion«, sagte Mum.

»Die könntest du Mata Hari nennen«, sagte Lottie.

Ich bückte mich. »Wonach hat es heute Abend in Graysons Zimmer gerochen?«, fragte ich durch den Briefkastenschlitz.

»Nach der Flasche Vetivér, die Grayson fallen gelassen hat und die seinen Teppich jetzt wohl auf ewig nach seinem Großvater riechen lässt«, antwortete Henry auf der anderen Seite. »Ich wette, er träumt heute Nacht von ihm.«

Ich öffnete die Tür. Henry hatte sich mit einer Hand in den Rahmen gestützt und grinste mich an.

»Hey, Käsemädchen. Darf ich reinkommen?«

»Ich weiß nicht. Es ist mitten in der Nacht«, sagte ich mit gespielter Koketterie. »Meine Mutter würde das niemals erlauben.«

»Unsinn«, sagte Mum hinter mir.

Henry steckte den Kopf in die Küche. »Ah, ein gemütlicher Familientraum. Und es riecht so lecker … nach frisch Gebackenem und … Zimt … Unglaublich, wie geruchsintensiv deine Träume in letzter Zeit sind.«

Noch unglaublicher, dass er riechen konnte, was ich träumte. Das war so verrückt, dass ich es vermied, länger darüber nachzudenken. Denn immer, wenn ich das tat, überkam mich Angst, Angst davor, dass es am Ende vielleicht doch keine logische und wissenschaftlich belegbare Erklärung für diese ganze Traumsache gab. Was wiederum bedeuten würde …

»Wer ist das denn?«, unterbrach Henry meine Grübeleien.

Unter dem Küchentisch war plötzlich ein ziemlich fetter Chow-Chow zum Vorschein gekommen und sah uns mit schiefgelegtem Kopf an. Rasmus, wie er leibte und lebte.

»So guckt er immer, wenn er Leckerli will«, sagte Mia mit einem schadenfrohen Kichern. »Ja, wo ist denn der kleine Ra…«

»Aua.« Henry rieb sich den Arm. Ich hatte ihn in den Korridor hinausgeschubst, war hinterhergeschlüpft und hatte die Tür hinter uns beiden zugeworfen – alles, bevor Mia das Wort zu Ende gesprochen hatte. Im Traum konnte ich mich schneller bewegen als Superman, wenn es sein musste.

»Der kleine Racker. Lass uns eine Kontrollrunde drehen«, sagte ich und hängte mich bei Henry ein. »Wir könnten zum Beispiel mal nachschauen, ob Grayson recht hat und man bei ihm wirklich nicht mehr einbrechen kann.«

»Aber da drinnen war es so gemütlich.« Henry warf einen bedauernden Blick auf meine Tür. »Während hier draußen vermutlich unsichtbare Spione und Psychopathen ihr Unwesen treiben.«

Ja, oder auch Dämonen. Ganz sicher konnte man da nicht sein. Der Korridor mit seinen verschiedenfarbigen Türen und dem sanften Licht hätte heiter und friedlich wirken können, aber das tat er nicht. Die Stille hatte etwas Lauerndes, und es war nicht auszumachen, von wo das Licht überhaupt kam – es gab weder Fenster noch Lampen, geschweige denn eine Decke, von der Lampen überhaupt hätten herabhängen können. Ein paar Meter über den Wänden begann ein diffuses Nichts, das man am ehesten mit dem hellgrauen Himmel vergleichen konnte, der an manchen Tagen über London hing. Die vielen verzweigten Gänge schienen kein Ende zu nehmen und verloren sich irgendwo im Schatten. Trotzdem liebte ich diesen Ort und die Vorstellung, dass hinter jeder der Türen eine andere Seele träumte und alle Menschen auf der Welt durch dieses Labyrinth miteinander verbunden waren. Es war ein magischer Ort, geheimnisvoll und gefährlich – eine Mischung, die ich einfach unwiderstehlich fand.

Ich schmiegte mich ein bisschen enger an Henry und holte tief Luft. »Gemütliche Träume können wir für den Rest unseres Lebens so viele haben, wie wir wollen. Wenn wir die Welt vor Arthur gerettet haben.«

Henry machte sich von mir los, nur um beide Arme um mich zu legen. »Dafür liebe ich dich so, Liv Silber«, murmelte er in mein Ohr. »Dass du immer für ein Abenteuer zu haben bist.«

Das ging mir mit ihm genauso. Ohne weitere Worte zu verlieren, verwandelten wir uns alle beide in Jaguare und trabten nebeneinander vorwärts. In einer anderen Gestalt fühlte ich mich hier immer ein wenig sicherer, und den Jaguar beherrschte ich mittlerweile so gut, dass es mich nicht viel Konzentration kostete, diese Verwandlung aufrechtzuerhalten. Im Gegensatz zu schwierigen Formen wie fliegenden Insekten, unbeweglichen Gegenständen oder der Königsdisziplin, dem Lufthauch, konnte ich den Jaguar stundenlang durchhalten. Manchmal, wenn ich morgens nach so einer intensiven Jaguar-Traumnacht erwachte, war ich noch so in meiner Rolle, dass ich das Bedürfnis unterdrücken musste, meine Pfote abzulecken. Einmal hatte ich Florence sogar angeknurrt, weil sie mir in der Küche den Weg zur Kaffeemaschine versperrt hatte.

Apropos Florence: Die elegante, schilfgrüne Tür, die heute neben der von Grayson lag, war garantiert ihre. Es sei denn, die Initialen F. C. E. S., die in silbernen Buchstaben auf dem Holz prangten, bedeuteten etwas anderes als »Florence Cecilia Elisabeth Spencer«, aber das war doch eher unwahrscheinlich.

Nach welchen Gesetzen die Türen angeordnet waren und warum sie ab und zu die Plätze wechselten, hatten wir noch nicht herausgefunden. Fest stand, dass die Türen von Menschen, denen man irgendwie nahestand, egal, ob im positiven oder negativen Sinn, sich niemals allzu weit von der eigenen entfernt befanden. Vielen Türen war der Besitzer schon von außen anzusehen, so wie bei Graysons Tür, die eine exakte Kopie unserer Haustür war, oder bei Mums Tür, bei der praktischerweise sogar der Name dabeistand: »Matthew's Mondscheinantiquariat – Öffnungszeiten von Mitternacht bis Morgengrauen«. Andere Türen waren nicht so eindeutig zuzuordnen, aber ich war mittlerweile sicher, dass die schlichte, in einem edlen Grau gestrichene Tür neben Mums Mondscheinantiquariat zu Ernest gehörte. Egal, wo Mum's Tür auch hinwanderte, die graue Tür blieb immer an ihrer Seite. Und die glänzend rot lackierte Tür mit dem protzigen goldenen Türklopfer passte perfekt zu Persephones Charakter, zumal sie immer dann näher an meine eigene heranrückte, wenn wir tagsüber Zeit miteinander verbracht hatten.

Nicht, dass ich jemals das Bedürfnis verspürt hätte, hinter eine dieser Türen zu schauen, aber es beruhigte mich irgendwie zu wissen, wem welche Tür zuzuordnen war. Wenn man sich so oft in diesem Korridor herumtrieb wie Henry und ich, waren einem die Türen zumindest in den Gängen rund um unsere eigenen alle vertraut – selbst dann, wenn sie die Plätze wechselten oder ihr Aussehen veränderten. Den halben Tag hatte mich die Frage umgetrieben, wie zum Teufel Arthur es wohl geschafft haben könnte, Mrs Lawrence' Traumtür ausfindig zu machen. Es gab hier viele Türen, die zu ihr gepasst hätten, andererseits fehlte ein echter Hinweis, was weiß ich ... ein eingravierter Eiffelturm oder eine »Bienvenue«-Fußmatte. Oder wenigstens ein Chanel-Türknauf. Aber wahrscheinlich war Arthur ganz pragmatisch vorgegangen. Nachdem er in den Besitz eines persönlichen Gegenstands von Mrs Lawrence gelangt war, hatte er ja einfach nur an allen in Frage kommenden Türen rütteln müssen, bis er eine gefunden hatte, die sich öffnen ließ. Das hatte bestimmt eine ganze Weile gedauert, aber das zeigte ja nur einmal mehr, wie entschlossen er seine düsteren Pläne verfolgte. Und wenn Mrs Lawrence' Unterbewusstsein keine unüberwindbaren Hindernisse eingebaut hatte, war es für Arthur ein Leichtes gewesen, über die Schwelle zu treten. Um dort zu tun, was immer er auch getan hatte.

Ich spürte, wie sich beim Gedanken daran mein Nackenfell sträubte. Und nicht nur deswegen: Mittlerweile waren Henry und ich nämlich abgebogen und befanden uns jetzt in dem Gang, in dem sowohl Arthurs als auch Anabels Türen lagen.

Für den Fall, dass Arthur uns irgendwie beobachtete, pflegten wir hier immer besonders selbstsicher und ruhig vorbeizugehen, egal in welcher Gestalt. Er sollte nicht denken, dass wir Angst vor ihm hatten. Ich warf also nur einen kurzen, möglichst verächtlichen Jaguarblick auf die Worte »Carpe Noctem«, die in die glatte Metalloberfläche seiner Tür gehämmert waren, dann wandte ich den Kopf ab und scannte weiter die Umgebung. Da, der schlichte, silberne Klingelknopf an der Tür gegenüber war neu. Und noch während ich ihn prüfend musterte, glitt er auseinander, schmolz in sich zusammen und floss schließlich als silbrig glänzender Strom an der Wand hinab auf den Boden, wo er sich neu formte, in die Höhe wuchs und schließlich in ein Mädchen mit welligen, langen Haaren verwandelte, das auffallende

Ähnlichkeit mit Botticellis Venus aufwies. Nur, dass sie noch viel, viel schöner war und Jeans und T-Shirt trug, anstatt nackt in einer Muschel herumzustehen. Anabel Scott, die wohl bestaussehendste Psychopathin der Geschichte.

»Sieh an, die Miezekatzen-Patrouille.« Anabel besaß ein einnehmendes Lächeln, das bei mir allerdings keinerlei Wirkung mehr zeigte, seit sie versucht hatte, mir die Kehle durchzuschneiden.

Bei Henry war ich da nicht so sicher. Er war zu seiner wahren Gestalt gewechselt und lächelte genauso einnehmend zurück. »Anabel, wie schön, dich zu sehen. Ist das etwa deine Tür? Gleich gegenüber von deinem Exfreund? Das ließe ja tief blicken. Oder hängst du hier als Klingel herum, um ihn ein wenig auszuspionieren?«

»Du wüsstest wohl gern, wo meine Tür ist, was? Damit du mir hinterherspionieren kannst.« Anabel lachte kurz auf und setzte dann mit einem Seufzer hinzu: »Das mit dem Spionieren ist aber nicht mehr so einfach, seit alle das Unsichtbarmachen beherrschen … Ich hätte Arthur nicht so viel beibringen sollen.«

Allerdings. *Eine* geniale Psychopathin hätte hier völlig genügt. Und Anabel war genial, daran führte leider kein Weg vorbei. Irgendwie hatte sie es geschafft, ihren Psychiater in diese Korridore zu locken, und während er hier wie ein Kind, das man in einem Spielzeugladen freilässt, seine Größenwahnsinnsphantasien ausgelebt und dabei geglaubt hatte, alles unter Kontrolle zu haben, hatte Anabel eine Methode gefunden, ihn in seinem eigenen Traum einzuschließen. Nachdem er ihre Entlassungspapiere unterschrieben hatte, wohlgemerkt. Jetzt lag Dr. Anderson, oder Senator Tod, wie er sich hier genannt hatte, mit einer Magensonde irgendwo in Surrey in einem Pflegeheim und … schlief. Die Ärzte hatten keine schlüssige Diagnose für seinen Zustand. Anabel hatte uns versichert, dass es ihm dabei blendend gehe, weil er sein Leben einfach weiterträume und gar nicht vom echten unterscheiden könne. Trotzdem und obwohl Senator Tod sich nicht gerade als Sympathieträger erwiesen hatte, tat er mir leid, wann immer ich an ihn dachte. Ich hatte zwar keine Ahnung, wie Anabel es angestellt hatte, den Mann in seinem Traum einzuschließen, aber vielleicht konnte man ihn befreien, wenn man seine Tür von außen öffnete. Dafür musste man sie allerdings erst einmal entdecken, und leider wusste nur Anabel, wo sie sich befand. Sie hatte recht: Das mit dem Unsichtbarmachen erschwerte das Spionieren erheblich.

Ich knurrte leise.

»Ich fürchte, Arthur kann mittlerweile Dinge tun, die nicht mal du beherrschst«, sagte Henry. Dass wir inzwischen wenigstens wussten, wo Anabels Tür war, behielt er für sich. Früher hatte sie sich tatsächlich genau gegenüber von Arthurs befunden, aber das auffällige zweiflügelige Gotikportal mit den goldenen Beschlägen war seit Anabels Zusammenbruch letzten Herbst spurlos verschwunden. Was bedeutete, dass die Tür ihr Aussehen komplett verändert haben musste, denn Anabel spukte ja weiterhin fleißig durch die Korridore. Wochenlang hatten wir nach ihrer Tür Ausschau gehalten, auch in sehr viel weiter entfernten Gängen, aber erst vor einer Woche hatte Henry sie gefunden, dank seines detektivischen Spürsinns und perfiden Beschattungstaktiken, wie er behauptete. Später gab er allerdings zu, dass es der pure Zufall gewesen war – und Glück noch dazu, weil er nämlich gerade unsichtbar durch die Gänge gestreift war, als sich eine leuchtend pinkfarbene Tür mit einem riesigen Hello-Kitty-Bild darauf geöffnet hatte und Anabel vorsichtig hinaus in den Korridor getreten war. Tatsächlich war es schwierig bis unmöglich, als Lufthauch oder andere unsichtbare Erscheinung Gegenstände zu bewegen und simple Dinge zu tun wie Türklinken herunterzudrücken, und es beruhigte mich zu wissen, dass Anabel offensichtlich mit denselben Schwierigkeiten zu kämpfen hatte. Eine Sekunde später war sie schon wieder unsichtbar gewesen, aber der Augenblick hatte Henry genügt. Er hatte gewartet, bis sie zurückgekommen war, um ganz sicherzugehen, dass es nicht nur die Tür von irgendjemandem war, den Anabel im Traum heimgesucht hatte. Die Hello-Kitty-Tür hatten wir natürlich schon hundertmal gesehen, sie war die mit Abstand geschmackloseste weit und breit, und niemals hätten wir Anabel dahinter vermutet. Man musste schon zugeben, dass ihre Tarnung perfekt war, ganz nach dem Motto: Wer auffällt, macht sich nicht verdächtig. Allerdings war es mir ein Rätsel, wie sie das hingekriegt hatte, ich war eigentlich der Überzeugung, dass man keinen Einfluss auf das Aussehen der eigenen Tür hatte. Sie schien sich ohne unser Zutun dem Seelenzustand seiner Besitzer anzupassen. Aber vielleicht hatte Anabel ja einen besonderen Trick angewandt – es wäre nicht das erste Mal, dass sie zu etwas fähig war, von dem wir nicht den blassesten Schimmer hatten. Jetzt gerade zum Beispiel schien sie sogar Henrys Gedanken lesen zu können.

»Du meinst das mit Mrs Lawrence. Ich habe in Secrecys Blog von ihrem Zusammenbruch gelesen.« Anabels Blick huschte einmal den Gang hinauf und wieder hinunter. »Arthur hat sie in den letzten Nächten mehrfach im Traum besucht, deshalb wusste ich sofort, dass er irgendwas damit zu tun haben muss. Ich hatte mich schon gefragt, was er ausgerechnet bei ihr zu suchen hat – er hat Französisch doch abgewählt …«

»Wir glauben, dass er sie zufällig ausgesucht hat, quasi als Versuchsperson für eine neue Methode, Menschen im Traum so zu hypnotisieren, dass sie tagsüber tun, was er will.«

Anabel nagte an ihrer Unterlippe. »Aber warum sollte er wollen, dass Mrs Lawrence in der Schulkantine auf einen Tisch klettert und sich und Mr Vanhagen bloßstellt?«

Das war eine gute Frage. Ich sah mit schiefgelegtem Jaguarkopf zu Henry hinauf.

Der zuckte mit den Schultern. »Einfach nur so. Um zu

beweisen, dass er Leben ruinieren kann.« Er machte eine kurze Pause, in der er sich umsah. »Weil er es kann.«

»Ja. Ja, vielleicht«, murmelte Anabel, und ihre Augen wurden ein wenig glasig. »Das würde zu Arthur passen. Oder jedenfalls zu dem Arthur, der aus ihm geworden ist.«

Dass Arthur irgendwann mal moralische Skrupel und etwas wie ein Gewissen besessen hatte, konnte ich mir schwer vorstellen, aber auch Henry und Grayson versicherten mir ständig, dass ihr ehemals bester Freund früher ein wirklich netter Kerl gewesen sei. Bevor er sich unsterblich in Anabel verliebt und dann gemerkt hatte, dass er ausgenutzt, manipuliert und für ihre Zwecke missbraucht worden war. Mein Mitleid hielt sich allerdings in Grenzen. Wo kämen wir denn hin, wenn jeder, der mal eine herbe Enttäuschung erlebte, automatisch zum Verbrecher mutierte? Da hatte ich für Anabel schon mehr Verständnis. Sie war schließlich auch nicht schon als durchgeknallte Psychopathin zur Welt gekommen. Ihre frühe Kindheit mit einer psychisch kranken Mutter in einer Sekte, in der man Dämonen anbetete und abartige Rituale vollzog, hatte sie zu dem Monster gemacht, das mir die Kehle hatte durchschneiden wollen. Und jetzt hatte dieses Monster ein weiteres Monster erschaffen – ein bösartigeres und gefährlicheres als Anabel selbst.

Uns war klar, dass es riskant war, und keinem von uns war wohl bei diesem Gedanken, aber um es mit Arthur aufnehmen zu können, brauchten wir Anabel als Verbündete. Noch schlimmer, als ohne ihre Hilfe gegen ihn antreten zu müssen, war die Vorstellung, dass sie sich am Ende vielleicht sogar wieder mit ihm zusammentun könnte. Das mussten wir um jeden Preis verhindern.

Henry räusperte sich. »Niemand weiß, was Arthur vorhat, aber mit solchen Fähigkeiten stehen ihm alle Möglichkeiten offen. Die Sache muss so ähnlich funktionieren wie das, was du mit Senator Tod angestellt hast, damit er deine Entlassungspapiere unterschreibt. Du musst uns sagen, wie du das gemacht hast, Anabel.«

»Damit ihr da auch noch mitmischen könnt?« Anabel bedachte Henry mit einem nachsichtigen Lächeln. »Ich kann mir schon vorstellen, was du damit alles versuchen würdest, Henry Harper. Nein danke! Es reicht, dass Arthur meinen Plänen in die Quere kommen könnte.«

»Und was wären das für Pläne?«, fragte Henry mit einem tiefen Seufzer.

»Ihr kennt sie doch längst.« Das Licht veränderte sich plötzlich. Es war, als würde sich ein Schatten über die unsichtbaren Lichtquellen legen. Anabel machte eine allumfassende Geste mit ihrer Hand. »Ihr wisst, wem wir das alles hier zu verdanken haben und was wir ihm noch schuldig sind.«

Um uns herum war es merklich kühler geworden. Ich war sehr froh, dass ich immer noch ein Jaguar war. So konnte ich Anabel reglos anstarren, ohne dass sie mir mein Unbehagen ansah.

»Ist die Sache mit dem Dämon nicht längst ausgestanden?«, fragte Henry sanft. »Ich dachte, in der Klinik hättest du begriffen, dass er nur einen Bestandteil deiner … Krankheit darstellt.«

»Ja«, sagte Anabel. »Das jedenfalls hat man mir versucht einzureden. Und ich bin vielleicht verrückt, aber sicher nicht dämlich. Ich ziehe durchaus die Möglichkeit in Erwägung, dass … dass der Herr der Schatten und der Finsternis nur in meiner kranken Vorstellung existiert hat. Aber was, wenn nicht? Würdet ihr da nicht auch lieber auf Nummer Sicher gehen wollen?«

Nein, wollten wir nicht. Wir hatten weiß Gott schon genug andere Probleme.

»Nimmst du deine Tabletten noch?«, erkundigte sich Henry stirnrunzelnd.

»Immer so herrlich direkt.« Anabel lächelte wieder. »Tatsächlich habe ich sie abgesetzt. Nur um zu sehen, was passiert. Und ob überhaupt etwas passiert. Wir dürfen also gespannt sein.« Plötzlich schien sie es eilig zu haben. Mit Schwung warf sie ihre Haare über die Schulter. »War wie immer nett, euch zu sehen.« Sie ging los, ohne einen Abschied von unserer Seite abzuwarten, und nach nur drei Schritten verschwammen ihre Konturen und wurden immer durchsichtiger, bis sie ein paar Meter weiter ganz verschwunden war. Die Kälte hatte sie mitgenommen.

4.

»Hat er denn wirklich Perpetua gesagt?«, fragte ich schon ganz automatisch und zum wahrscheinlich hundertsten Mal an diesem Tag. »Da kann man sich ja leicht verhören. Und du kennst doch Jasper. Zu mir sagt er auch immer Liz.«

»Bei dir ist es ja auch was anderes.« Persephones Unterlippe fing wieder verdächtig an zu beben, und ich schob sie hastig vor mir her durch den Schulflur in Richtung Hauptausgang.

Seit Jasper heute Morgen nur ein kleines, hingeworfenes »Hi, Perpetua« für Persephone übrig gehabt hatte, war ihre Welt völlig aus den Fugen. Sie hatte immer schon für Jasper geschwärmt, aber erst während seines Frankreichaufenthalts hatte sie sich – warum auch immer – unsterblich in ihn verliebt. Im Gegenzug hatte Jasper in derselben Zeit offenbar ganz vergessen, dass Persephone überhaupt existierte, jedenfalls, wenn man sein »Hi, Perpetua« weniger wohlwollend und eher realistisch interpretierte. Was ich natürlich nicht tat, weil Persephone ohnehin schon am Boden zerstört war, und das Letzte, was sie gerade gebrauchen konnte, war Realismus. In den Pausen hatte sie zwei Familienpackungen Taschentücher verbraucht und außerdem meinen Blazer ruiniert (wobei wir festgestellt hatten, dass ihre Wimperntusche wohl doch nicht wasserfest war), und es hatte auch nichts genutzt, dass ich eigens eine Krankheit mit dem Namen »Gesichts-und-Vornamen-Legasthenie« erfunden und Jasper angedichtet hatte. Langsam war ich mit meinem Latein am Ende.

Wenigstens war die Schule für diese Woche geschafft, es war Freitag, die Sonne schien, und das Wochenende begann. Schon seit Stunden sehnte ich mich nach nichts mehr als nach der Ruhe meines Zimmers, um fernab von Persephones Gejammer endlich mal ein paar dringend notwendige klare Gedanken zu fassen. Mit etwas Glück konnte ich mir vor dem Kung-Fu-Training sogar noch ein entspannendes Nachmittagsschläfchen genehmigen – ich hatte viel Nachholbedarf in Sachen Schlaf, und vielleicht kamen die klaren Gedanken ja von ganz allein, wenn ich weniger müde war.

Seit Henrys und meiner Begegnung mit Anabel im Traum waren zwei weitere Nächte vergangen, in denen wir ziemlich planlos durch die Korridore gestreift waren, auf die Türen unserer Lieben aufgepasst und wahlweise nach Anabel oder Arthur Ausschau gehalten hatten, immer in der Hoffnung, einen neuen Hinweis zu bekommen. Aber vergeblich. Es hatte absolute Stille geherrscht, Stille, die ich verdächtig, Henry aber beruhigend fand. So beruhigend, dass er gestern Nacht sogar mitten im Korridor angefangen hatte, über Rasmus zu sprechen. Offensichtlich hatte er bei Facebook einen

Rasmus Wakefield gefunden und wollte nun wissen, ob es sich dabei um »meinen« Rasmus Wakefield handele. Das zumindest konnte ich guten Gewissens verneinen und ihm versichern, dass »mein« Rasmus kein Fan von sozialen Medien war. Woraufhin Henry wissen wollte, was denn seine Hobbys gewesen seien.

»Er hat gerne mit Bällen gespielt«, erklärte ich wage. Und um nicht noch mehr über meinen erfundenen, südafrikanischen Exfreund, der eigentlich ein Hund war, sprechen zu müssen, fing ich (ungeachtet möglicher unsichtbarer Beobachter) an, Henry zu küssen, ein Ablenkungsmanöver, das eigentlich immer funktionierte. Aber dieses Mal – wenn auch erst nach einer Weile, in der zumindest ich alles vergaß, Rasmus, unsichtbare Spione, gefährliche Dämonen – brachte es Henry nur auf die Frage, wie Rasmus denn eigentlich geküsst habe.

Es war zum Verrücktwerden. Ich wurde diesen verdammten, erfundenen Kerl einfach nicht wieder los.

»Wenn ich es nicht besser wüsste, würde ich sagen, du bist ein bisschen eifersüchtig«, sagte ich anstelle von »Mit viel Zunge und ziemlich feucht«.

Henry nickte. »Gut möglich«, erwiderte er leichthin und streichelte dabei mit seinen Fingerkuppen über meine Wangen und meinen Hals. »Es interessiert mich halt, wer dir beigebracht hat, so gut zu küssen.«

Na, Rasmus jedenfalls nicht.

»Wer sagt denn, dass er mir das Küssen beigebracht hat und nicht umgekehrt?«, murmelte ich. »Ich bin vielleicht ein Naturtalent?« Auf jeden Fall aber eine schlimme, schlimme Lügnerin. Lange würde ich das nicht mehr durchhalten: Früher oder später musste ich Henry die Wahrheit sagen. Ich wusste nur nicht, wie, ohne vor Peinlichkeit im Boden zu versinken.

»Aber es war ja nicht nur das«, jammerte Persephone gerade wieder los. »Jasper hat mich auch gar nicht richtig angeschau…«

»Was ist denn da vorn los?«, rief ich laut und zeigte mit dem Finger in Richtung Hauptausgang, wo sich ein Menschenauflauf gebildet hatte. Manchmal war Ablenkung die einzige Rettung.

Und es funktionierte. Persephone zog die Nase hoch, glättete ihre kummervolle Miene und eilte neugierig auf den Kreis von Schülern zu, die sensationslüstern einem Schlagabtausch folgten, der offenbar in ihrer Mitte stattfand. Ich folgte ihr etwas langsamer, aber als ich mitbekam, um wen sich alle geschart hatten, stellte ich mich genau wie Persephone auf die Zehenspitzen, um besser sehen zu können.

Obwohl er fast ununterbrochen in meinen Gedanken herumspukte, hatte ich Arthur nach Mrs Lawrence' Zusammenbruch am Dienstag auch tagsüber nicht mehr zu Gesicht bekommen. Sogar in der Schulkantine schienen wir uns immer zu verpassen, und ich konnte nicht behaupten, dass mir sein

Anblick irgendwie fehlte. Dafür ertappte ich mich andauernd dabei, wie ich darauf lauerte, dass jemand aufstehen und etwas Verrücktes oder Schreckliches tun würde. Henry und Grayson sagten, das ginge ihnen ganz genauso, sogar beim Basketballtraining. Dass bisher nichts passiert war, erfüllte uns keineswegs mit Erleichterung, im Gegenteil, es steigerte die Spannung nur noch. Wer würde Arthurs nächstes Opfer sein? Und was würde er ihm antun?

Mein Verhalten nahm allmählich paranoide Züge an. Jeden Abend erkundigte ich mich so beiläufig wie möglich bei Mia, ob ihr auch nichts abhandengekommen sei, und erst, wenn sie mir versichert hatte, dass von ihren Sachen absolut nichts fehlte, konnte ich beruhigt zu Bett gehen. Ich grübelte viel darüber nach, ab wann ein Gegenstand ein persönlicher Gegenstand war. Zählte ein frisch gekaufter Bleistift? Oder musste man erst darauf herumkauen, um ihm eine persönliche Note zu verleihen? Und wie lang hielt die Wirkung vor? Ging ein Gegenstand nicht irgendwann in den eigenen Besitz über und verlor damit seine Wirkung? Das letzte Mal war es ein Handschuh gewesen, der es Arthur möglich gemacht hatte, in Mias Träume einzudringen, und ich würde lieber sterben, als das noch einmal zu erleben. Deshalb war es mir auch egal, dass Mia meine Fragerei allmählich verdächtig vorkommen musste. Am liebsten hätte ich *allen* gesagt, sie sollten höllisch auf ihre persönlichen Gegenstände aufpassen, besonders wenn Arthur in der Nähe war. Aber das ging natürlich nicht. Und vermutlich hatte er sich ohnehin längst besorgt, was er brauchte. Ich stellte mir vor, wie er seine Beutestücke in seinem Zimmer sammelte, gewissenhaft mit Namenszetteln versah und jeden Abend überlegte, wen er denn heute im Traum heimsuchen wollte. Damit er selber nicht noch einmal im Schlaf überrascht werden konnte, hatte er natürlich das geheime Schlüsselversteck beseitigt, mit dessen Hilfe Grayson im Januar bei ihm eingebrochen war und Mias Handschuh zurückgeholt hatte, und auch der Schleichweg auf das Grundstück, den die Jungs seit ihrer Kindheit kannten und nutzten, war seit neustem durch einen Zaun gesichert, wie Grayson herausgefunden hatte. Arthurs Schlaf sowie sein Diebesgut waren somit unantastbar. Im Haus von seinen Eltern pflegten jede Menge einflussreiche und berühmte Leute aus und ein zu gehen, Musiker, Politiker, Industrielle – nicht auszudenken, wen Arthur da schon alles beklaut und ausspioniert haben konnte.

Im Moment allerdings gab er sich nicht mit einflussreichen Leuten ab, sondern mit dem Frognal Academy Hassobjekt Nummer eins – und das hörte auf den Namen Theodore E. Ellis.

Theo Ellis war nicht etwa unbeliebt, weil er ein schwächlicher, intriganter Streber war oder ein fetter, gemeiner Schläger oder sonst irgendwie unangenehm – nein, es lag daran, dass er ein Basketballspieler der Extraklasse war, ein Riesentalent, ein Punktemacher, eine Bereicherung für jede

Mannschaft. Außerdem war er liebenswürdig, smart und gutaussehend. Das Problem war nur, dass Theo Ellis nicht auf die Frognal Academy ging, sondern auf die Roslyn High. Mit anderen Worten: Er spielte für die falsche Mannschaft. Und das war Grund genug, ihn abgrundtief zu hassen.

Freiwillig wäre Theo sicher niemals auf die Idee gekommen, sich auf feindliches Terrain zu begeben, aber zu seinem Pech hatte er Hebräisch als Prüfungsfach, und das hatten die Frognal Academy und die Roslyn Highschool wegen geringer Teilnehmerzahl zu einem Kurs zusammengelegt. Hier bei uns.

Wenn Theo freitags zum Unterricht kam, waren die Buhrufe, mit denen er in der Schule und auf den Gängen empfangen wurde, noch die harmloseste Variante. T-Shirts mit der Aufschrift: »Theo, ich will kein Kind von dir« (in den Farben unserer Schuluniform) hatten reißenden Absatz gefunden, und wenn die Gerüchte stimmten, kündigte unsere Hebräischlehrerin Mrs Ritzel immer dann einen Test und Extrahausaufgaben an, wenn ein wichtiges Spiel kurz bevorstand. Mrs Ritzel war ein großer Flames-Fan.

In den letzten Wochen hatte sich die Situation noch verschärft, wenn überhaupt möglich. Es sah nämlich danach aus, als ob Theos Mannschaft die Meisterschaft gewinnen würde, während die Flames mittlerweile abgeschlagen auf dem vierten Tabellenplatz herumdümpelten. Und da Fans bekanntlich noch schlechter verlieren können als ihre

Mannschaft, gab es im Internet sogar ein »Wir hassen Theo Ellis«-Forum, wo originelle Sprechgesänge wie »Stinker Theo, frisst sein Deo« oder »Theodore Ellis, Kapitän mit Hosenschiss« mit Preisen gekrönt wurden.

Theo bereute sicher bitterlich, nicht Spanisch gewählt zu haben, aber irgendwie bewunderte ich ihn auch, wie er es jeden Freitag schaffte, aufrecht durch unsere Flure zu schreiten und der geballten Feindseligkeit sämtlicher Anwesenden mit stoischer Ruhe zu trotzen.

Wie heute.

Wenn ihm unbehaglich zumute war, ließ er es sich jedenfalls nicht anmerken. Breitbeinig und mit verschränkten Armen stand er vor Arthur und erinnerte an einen Kleiderschrank aus massiver Eiche. Arthur mit seinen durchtrainierten ein Meter fünfundachtzig wirkte geradezu schmächtig gegen ihn. Das hielt ihn aber nicht davon ab, Theo zu beleidigen. Nicht so primitiv und direkt wie die Frognal-Flames-Fans, sondern auf Arthur-Art: Noch viel gemeiner.

»Aber nicht, dass deine A-Levels darunter leiden«, sagte er gerade mit weicher Stimme. »Schließlich rechnet deine Mutter fest damit, dass es wenigstens einer von euch im Leben zu was bringt. Aber dein Bruder soll ja jetzt auf Bewährung rauskommen, hab ich gehört.«

Beifälliges Gemurmel aus dem Publikum. Ich entdeckte Emilys glänzendes braunes Haar zwischen den anderen Köpfen und wunderte mich. Sie hatte sich nicht mal für Basketball interessiert, als sie noch mit Grayson zusammen gewesen war. Trotzdem lauschte sie der Unterhaltung gebannt. Neben ihr stand »Schäm-dich«-Sam und filmte das Ganze mit seinem Handy.

»Was du alles so hörst, Rauschgoldengelchen«, sagte Theo, und Persephone, die sich bei mir eingehakt hatte, holte laut Luft. »Wahrscheinlich beim Friseur, wenn sie dir die Lockenwickler reindrehen.«

Arthur bedachte ihn mit einem nachsichtigen Lächeln. »Muss schlimm sein, so unter Druck zu stehen und der Einzige in der Familie zu sein, der lesen und schreiben kann. Keine schöne Vorstellung, am Ende doch wie sein Alter in einem Putztrupp zu enden.« Er schnupperte in Theos Richtung. »Gutes Reinigungspersonal wird allerdings immer gebraucht.«

Ein paar Leute im Pulk der Zuhörer kicherten, und irgendein Depp aus der Unterstufe skandierte leise: »Theo, Theo, benutz doch mal 'n Deo!«

Theo seufzte scheinbar gelangweilt. »Ich weiß natürlich, dass du immer schon ein snobistisches Arschloch warst, Rauschgoldengelchen, aber früher warst du trotzdem netter. Bevor dich deine Mannschaft als Kapitän abgewählt hat. Warum haben sie das eigentlich getan?«

Ha! Das saß. Ich fing an, Theo wirklich gernzuhaben.

Arthur behielt sein überlegenes Lächeln bei, aber nicht nur ich konnte sehen, dass er sich ärgerte. Theo hatte zielsicher in einen wunden Punkt gestochen. Jetzt kicherte auch niemand mehr, sondern alle warteten gespannt auf Arthurs Antwort. Die Gründe für das offensichtliche Zerwürfnis zwischen Arthur und seinen ehemals besten Freunden Grayson, Jasper und Henry im letzten Herbst kannte nämlich niemand außer uns. Selbst Secrecy hatte nur wirre Theorien darüber zu bieten gehabt.

Während Arthur offenkundig noch nach Worten suchte, schulterte Theo seine Tasche. »Na ja, kann ja nicht jeder beliebt sein, Ringellöckchen, nimm's nicht so schwer, du hast dafür reiche Eltern. Ich muss dann mal los.« Er fing an, sich einen Weg durch die Schüler zu bahnen. »Zum Training mit meinen Leuten. Die mich letzte Woche übrigens ohne Gegenstimme als Kapitän wiedergewählt haben.«

Lässig schlendernd verschwand er durch die Glastür, und ich konnte mich eines kleinen, schadenfrohen Grinsens nicht erwehren. Denn nicht nur mir, sondern allen Anwesenden war nur zu klar, dass der Sieg soeben an Theo Ellis gegangen war. Und nicht an Ringellöckchen.

»Also, ich finde Theo ja ziemlich sexy«, sagte ich zu dem Mädchen, das neben mir und Persephone stand und ein »Theo Ellis, ich will kein Kind von dir«-T-Shirt trug.

»Ich auch«, gab sie zu. »Aber ich hasse ihn trotzdem.«

Die Gruppe der Schaulustigen löste sich unzufrieden murmelnd auf, und ich wollte Persephone auch gerade weiterziehen, als mich Arthurs Blick traf. Obwohl er mich nur ganz kurz streifte, lag so viel Kälte darin, dass ich spontan versuchte, mich in einen Jaguar zu verwandeln.

»Der blöde Theo ist doch nur neidisch. Arthurs Haare sind toll«, sagte Persephone neben mir verträumt und starrte Arthur nach. »Weißt du, wie schwer es ist, Naturlocken so zu stylen, dass es männlich und cool aussieht?«

Ich fuhr mir mit der Hand über die Stelle, wo sich beim Jaguar das Nackenfell gesträubt hätte, und sah Persephone kopfschüttelnd an. Sie war ein hoffnungsloser Fall.

»Lass uns gehen, wir verpassen sonst den Bus«, sagte ich und zog sie zur Tür. Leider mussten wir dafür an Emily vorbei. Die mich wie immer ignorierte, Persephone aber übertrieben freundlich begrüßte, wohl in der Hoffnung, dass ich mich dann gleich doppelt ignoriert fühlte. Normalerweise hätte Persephone sich auch geschmeichelt gefühlt, aber dann machte Emily einen gravierenden taktischen Fehler.

»Hast du Heuschnupfen, du Ärmste?«, erkundigte sie sich mitleidig. »Du siehst ja grässlich verquollen aus. Soll ich dir mal das Medikament aufschreiben, das meinem Bruder so geholfen hat?«

»Nein danke.« Persephone zog eingeschnappt ihre Nase hoch und warf ihre Haare in den Nacken. »Sehe ich wirklich verquollen aus?«, fragte sie mich im Weitergehen.

»Ach, es geht.« Jedenfalls gemessen an der Menge der Tränen, die sie seit heute Morgen vergossen hatte. Ich befürchtete, Persephone könnte jetzt wieder mit Jasper anfangen, aber sie war mit ihren Gedanken immer noch bei Arthur.

»Irgendwie tut Arthur mir leid«, sagte sie, als wir die Bushaltestelle erreicht hatten. »Ohne seine Freunde ist er irgendwie … ich weiß auch nicht. Henry, Grayson, Jasper und Arthur waren wie die vier Musketiere, es ist komisch, dass sie sich nicht mehr vertragen.« Sie sah mich forschend von der Seite an. »Ich glaube ja immer noch, dass es etwas mit Anabel zu tun hat. Da muss letzten Herbst etwas passiert sein, das sie ihm einfach nicht verzeihen können. Und du weißt genau, was, und willst es mir nur nicht sagen.«

Da hatte sie allerdings recht. »Persephone – die dicksten Freundschaften gehen auseinander, wenn man sich in verschiedene Richtungen entwickelt«, sagte ich und wusste selber, dass ich mich gerade wie Lottie anhörte, wenn sie ihre pädagogisch wertvollen Momente hatte. »Wie Theo Ellis gerade absolut treffend bemerkt hat: Arthur ist ein snobistisches Arschloch. Und wer will schon mit so einem befreundet sein?«

Persephone sah aus, als verkniffe sie sich nur mit Mühe ein »Ich!«.

»Hm«, machte sie wenig überzeugt. »Du und ich, wir sind auch total verschieden und trotzdem beste Freundinnen.«

»Ja, das stimmt«, sagte ich und musste lachen. Am Anfang hatte ich Persephone für eine grässliche, oberflächliche

Nervensäge gehalten, was sie vermutlich auch wirklich war. Nie hätte ich für möglich gehalten, dass ich sie so sehr ins Herz schließen würde. Meinem Leben würde garantiert etwas fehlen, wenn es sie nicht gäbe.

Während der Bus hielt und mit einem Zischen seine Türen öffnete, legte ich einen Arm um Persephone und zog sie enger an mich. »Pass bitte immer gut auf deine Sachen auf, ja? Besonders auf die Kleinigkeiten wie Schlüsselanhänger, Schmuck, Haargummis, Handschuhe …«

»In letzter Zeit sagst du das wirklich oft. Als ob ich der letzte Schussel wäre.« Persephone schob routiniert einen Fünftklässler beiseite und bahnte uns einen Weg die Bustreppe hinauf. »Oder noch schlimmer: Als wärst du meine Oma und vermutest überall Diebe. Die stellt sogar ihre Müllsäcke immer erst in letzter Minute raus, aus Angst, jemand könnte sie klauen, bevor die Müllabfuhr kommt.« Sie warf sich auf einen freien Platz und fing unvermittelt wieder an zu heulen. Ich hatte keine Ahnung, warum, aber offensichtlich hatten die Müllsäcke sie irgendwie wieder auf Jasper gebracht.

»Perpetua!«, schluchzte sie. »Da war Aphrodite ja noch besser.«

»Aber immerhin war es doch schon mal der richtige Anfangsbuchstabe«, sagte ich mit einem Seufzer. Ja, definitiv: Ohne Persephone würde meinem Leben etwas fehlen. Ich war trotzdem froh, als sie an ihrer Haltestelle ausstieg, und freute mich darauf, für den Rest des Tages keine Tränen mehr sehen zu müssen.

Aber leider, leider hatte ich mich da zu früh gefreut. Denn anstatt einfach nur bei himmlischer Ruhe zu entspannen, wie ich es eigentlich vorgehabt hatte, rief Mum Mia und mich zu einem Krisengespräch in die Küche. Danach war an Entspannung nicht mehr zu denken. Ich wollte mich eigentlich nur noch mit Bert, meinem allerliebsten Lieblingsteddy aus Kindertagen, in meinem Bett verkriechen und in Berts weiches, braunes, gut riechendes Plüschbärenfell heulen. Dummerweise besaß ich Bert aber nicht mehr, weil ich aus dem Kuscheltieralter schon länger raus war und den guten alten Bert bereits in Utrecht aussortiert hatte. So konnte ich zwar in ein Kissen heulen, aber das war einfach nicht dasselbe. Ich wollte Bert zurück. Ich wollte überhaupt wieder im Kuscheltieralter sein. Vier oder so.

Was Grayson zugegebenermaßen nicht wissen konnte, als er ein paar Stunden später, ohne anzuklopfen, in mein Zimmer stürmte. Er war nach der Schule nicht nach Hause gekommen, und auch beim Abendessen hatte er gefehlt. Wenn ich wegen der Neuigkeiten nicht so neben der Spur gewesen wäre, hätte ich mir sicher Sorgen gemacht, denn Grayson ließ sich normalerweise nie eine Mahlzeit entgehen.

Er sah erhitzt aus, und er hatte sich nicht einmal damit aufgehalten, seine Jacke auszuziehen. Ich schob das vollgeheulte Kissen zur Seite und starrte ihn verwirrt an, genauer gesagt starrte ich das an, was er mir entgegenstreckte. War das etwa eine …?

Ja. War es. Grayson hielt mir tatsächlich eine schwarze Socke unter die Nase, mit einer so feierlichen Geste, als handele es sich um eine rote Rose.

»Da«, sagte er. »Punkt eins auf meiner To-do-Liste wäre damit abgehakt. Pass gut darauf auf.«

»Auf eine *Socke*?« Es war sonst nicht Graysons Art, einfach so hier hereinzuplatzen. Er wirkte seltsam aufgekratzt. Und was bedeutete die Socke? War das wieder ein englischer Brauch, den ich nicht kannte? Oder hatte Buttercup die andere Socke dazu verschleppt, und er wollte nun Schadenersatz? Ich sah genauer hin. »Igitt. Ist die etwa …?«

»Natürlich. Frisch vom Fuß gepflückt«, sagte Grayson. Er erinnerte mich irgendwie an Butter, wenn sie statt eines Stöckchens einen riesigen Ast heranschleppte und dafür gelobt werden wollte. »Sonst wäre sie ja kein persönlicher Gegenstand. Jetzt nimm schon!«

Ich blieb skeptisch. »Sie riecht nach Käse.«

»Liv, das ist keine normale Socke!« Meine Begriffsstutzigkeit ließ Grayson den Kopf schütteln. »Sie gehört Senator Tod alias Dr. Otto Andersen alias Anabels Psychiater. Damit wir seine Traumtür öffnen können. Du weißt schon, Phase eins.«

Ach ja! Phase eins! Über den Ereignissen von heute Nachmittag hatte ich das komplett vergessen.

Der Drei-Phasen-Plan war Graysons ureigenste Erfindung, er hatte ihn gleich nach Mrs Lawrence' Demütigung in der Kantine aufgestellt, ein Plan zur Rettung der Welt vor Arthur. Leider konnte man das Ganze trotz seines beeindruckenden Namens nicht wirklich ausgereift nennen. Genau genommen handelte es sich nicht mal um einen echten Plan, sondern eher um so etwas wie ein Absichtspapier. Phase eins leuchtete ja noch ein: so viele Schutz- und Kontrollvorrichtungen schaffen wie möglich, sowie Informationen, Materialien, Fakten und Ideen zusammentragen. Aber schon bei Phase zwei wurde es noch schwammiger. Dort stand nämlich lediglich: *einen konkreten Plan entwickeln, um Arthur daran zu hindern zu tun, was immer er da tut.* Phase drei hatte Grayson uns dann (vermutlich weil wir zu laut lachen mussten) gar nicht mehr vorgelesen, aber wir konnten uns den Text dazu auch so denken: *Arthur planmäßig erledigen.*

Würden wir ja auch tun. Wenn er uns nicht vorher erledigt hatte. Und wenn wir wüssten, wie.

»Sag mal, hast du geweint?« Grayson gab es auf, mir die Socke hinzuhalten, ließ sich auf meinen Schreibtischstuhl fallen und sah mich beleidigt an. »Ehrlich gesagt hatte ich ein bisschen mehr Dankbarkeit erwartet. Und Lob«, sagte er und verschränkte die Arme vor seiner Brust. »Nicht jeder würde mal eben wegen einer Socke nach Surrey fahren.«

Damit hatte er allerdings recht. Einen persönlichen Gegenstand von Senator Tod zu beschaffen, war durchaus ein

Bestandteil unseres Planes, aber wir hatten noch nicht so recht gewusst, wie wir das bewerkstelligen sollten. Henry und ich hatten immerhin schon herausgekriegt, in welcher Klinik man ihn untergebracht hatte. Das war erschreckend einfach gewesen: ein paar Klicks im Internet und zwei Anrufe, dann war die Sache klar gewesen. Pflegeeinrichtungen, die Langzeit-Koma-Patienten aufnehmen, gab es in Reigate und Umgebung nicht viele. Und mit den Datenschutzvorschriften nahm man es da zu unserem Glück nicht so genau.

»Hattest du denn keine Schwierigkeiten, in die Klinik reinzukommen?«, fragte ich.

Grayson rollte mit den Augen. »Das war gar kein Problem. Ich hätte mich als sein Neffe ausgegeben, aber es hat mich überhaupt niemand gefragt.« Fast sah er ein bisschen enttäuscht aus, vermutlich hatte er sich einen weiteren Drei-Phasen-Plan für das feindliche Eindringen in das Klinikzimmer zurechtgelegt. »Der arme Kerl«, sagte er. »Liegt da und schläft. Vierundzwanzig Stunden am Tag, schon über einen Monat lang. Wusstest du, dass man Magensonden auch direkt durch die Bauchdecke legen kann anstatt durch die Speiseröhre? Nennt sich perkutane, endoskopische Gastrotomie, empfiehlt sich bei Langzeit-Patienten. Offenbar haben sie wenig Hoffnung, dass er wieder aufwacht.« Er rieb sich die Nase. Die Sache hatte ihn sichtlich mitgenommen. »Ich kenne den Mann ja gar nicht, aber selbst wenn er kein guter

Mensch war und Anabel ihre Gründe hatte – so ein Schicksal hat niemand verdient, oder?«

Nein. Nicht mal Arthur. Auch wenn Henry meinte, Anabels Methode sei womöglich der einzige Weg, Arthur zu stoppen, wenn wir ihn nicht umbringen wollten.

»Wir müssen ihm helfen.« Grayson bedachte Senator Tods Socke mit einem melancholischen Blick. »Eine Krankenschwester hat mir erzählt, dass seine Mutter jeden Tag kommt, um ihn anständig anzuziehen. Falls er aufwacht. Die arme Frau – bestimmt wird sie sich wundern, wo die zweite Socke abgeblieben ist.«

Ich biss mir auf die Unterlippe. Grayson hatte recht, wir mussten wenigstens versuchen, Senator Tod zu helfen. Schon wegen seiner Mutter. Beinahe hätte ich wieder angefangen zu heulen. »Andere persönliche Gegenstände gab es da nicht?«, erkundigte ich mich schnell, während ich die Tränen wegblinzelte. »Vielleicht welche, die nicht ganz so ekelig sind?«

Grayson sah ertappt aus. Wahrscheinlich hatte es haufenweise persönliches Zeugs gegeben, aber er hatte es nicht übers Herz gebracht, etwas davon zu stehlen. »Jetzt sei mal nicht so undankbar, Liv. Diese Socke ist ideal. Du kannst sie einfach jede Nacht tragen, dann bist du bereit, für den Fall, dass wir die Tür finden. Oder wenn Anabel sie uns freiwillig zeigt. Und überhaupt: Was kannst *du* denn heute von deiner To-do-Liste abhaken?«

Tja. Ich wollte nicht zugeben, dass ich überhaupt keine To-do-Liste besaß und auch sonst nichts weiter zum Drei-Phasen-Plan zur Rettung der Welt vor Arthur beigetragen hatte. Mein Tag war auch so mies genug gewesen, wobei mir jetzt wieder einfiel, dass Grayson ja noch gar nichts davon wusste.

»Vergiss die To-Do-Listen«, sagte ich und schob mich mit einem tiefen Seufzer auf meine Bettkante. »Es ist etwas Schlimmes passiert.« Und ich will meinen guten alten Bert zurück!

»Hat Granny sich endlich bei Dad durchgesetzt und den Hochzeitsplaner engagiert?«, fragte Grayson mitleidig. »Hast du deswegen geweint?«

Ach ja, den Hochzeitsplaner gab es ja auch noch! Das Bocker hatte den angeblich besten der Branche engagiert, und der würde, wenn es nach dem Bocker ging, aus Mums spontaner kleiner Party ein Riesenevent machen. Aber darum war es in unserer Krisensitzung heute Nachmittag nicht gegangen. Leider. Ich schüttelte den Kopf.

»Lottie hat uns heute eröffnet, dass sie uns nach der Hochzeit verlassen wird«, sagte ich und hätte beinahe wieder angefangen zu weinen.

»Oh, wirklich?« Grayson wirkte ehrlich betroffen. »Ich dachte, das stünde gar nicht mehr zur Diskussion.«

»Dachte ich auch«, sagte ich. Aber das stimmte gar nicht. Tief in meinem Inneren hatte ich gewusst, dass dieser Tag irgendwann kommen würde. Mia und ich waren schon lange zu alt für ein Kindermädchen, und jetzt, wo Mum genau genommen nicht mehr alleinerziehend war und wir ein richtiges Zuhause hatten, musste unsere Mary Poppins weiterfliegen. Es war nicht so, dass wir das nicht verstanden. Wir konnten uns nur einfach ein Leben ohne Lottie nicht vorstellen. Sie war nun mal das Beste, das uns je passiert war. Umgekehrt war ich mir da nicht so sicher. Nach ihrem Au-pair-Jahr damals vor fast dreizehn Jahren hatte sie ursprünglich in München studieren wollen und wäre heute Grundschullehrerin, wenn sie nicht stattdessen mit uns um die Welt gezogen wäre. Wahrscheinlich hätte sie geheiratet und längst selber Kinder. So aber war sie zweiunddreißig Jahre alt geworden und hatte nicht mal eine Ausbildung gemacht.

»Was will sie denn … äh … ich meine, wovon wird sie … äh?« Grayson wusste scheinbar nicht so recht, wie er seine Frage taktvoll formulieren sollte, aber ich verstand ihn trotzdem.

»Einer ihrer Cousins hat ihr einen Job in seinem Hotel in Oberstdorf angeboten«, antwortete ich. »Zum ersten Juli.«

Grayson sah ehrlich schockiert aus. »In Deutschland? Und was ist mit Onkel Charles? Ich dachte, das mit ihm und Lottie wäre was Ernsteres.«

Ich zuckte mit den Schultern. »Nee, ich fürchte, das wird nichts mehr mit den beiden. Dein Onkel ist so … unentschlossen. Und Lotties Verliebtheit scheint sich auch irgendwie abgekühlt zu haben. Sie hat schon ewig keine Buchstaben mehr verdreht, wenn Charles im Raum war.«

»Dagegen sollten wir etwas unternehmen«, sagte Grayson energisch. »Wenn Lottie und Charles ein Paar sind, muss sie in London bleiben. Und für Charles wäre es sowieso das Beste.«

»Schreib's auf die To-do-Liste«, sagte ich. Es sollte spöttisch klingen, damit er nicht merkte, wie gerührt ich war. Und dass ich ihm am liebsten um den Hals gefallen wäre, weil er sich um Lottie sorgte. Und vielleicht auch ein bisschen um Mia und mich.

»Das ist doch wenigstens mal eine Aufgabe, die man bewältigen kann.« Grayson grinste mich an. »Du wirst sehen, ich bin nicht nur ein verwegener Sockendieb, ich bin auch super im Verkuppeln.«

Ich grinste zurück und fühlte mich plötzlich viel zuversichtlicher. Gut, wir hatten zwar keinen Plan, aber wir hatten uns. Und das hatte Arthur nicht.

Die Frage war nur, wie viel Zeit uns noch blieb, um uns zu wappnen. Was mich wieder dazu brachte, über persönliche Gegenstände nachzudenken. Zählten Dinge, die der Besitzer wegwarf, noch dazu? Und wie lang behielt beispielsweise eine gewöhnliche schwarze Socke wohl ihre persönliche Note?

Grayson wusste darauf auch keine Antwort.

»Zumindest für eine Weile«, überlegte ich laut. »T-Shirts,

die du aussortiert hast und die ich als Schlafanzugoberteil verwende, funktionieren jedenfalls bestens.«

Grayson holte tief Luft. »Erstens habe ich diese T-Shirts nicht aussortiert, du hast sie dir einfach aus dem Korb mit der sauberen Wäsche genommen ...«

»Ja, aber erst, nachdem du sie da wochenlang nicht rausgeholt hast.«

»Und zweitens möchte ich, dass du aufhörst zu versuchen, in meine Träume zu gelangen.«

»Das ist doch nur zu Testzwecken.« Ich ignorierte sein Stirnrunzeln. »Du weißt schon, Phase eins, Sicherheitscheck und so – ich prüfe ja nur, ob die Tür aufginge, wenn ich denn hineinwollte. Was ich natürlich nicht tue. Obwohl ich es könnte.«

»Ausgeschlossen«, sagte Grayson kategorisch.

»Leider nein.« Ich merkte, wie sich trotz der Lottie-Katastrophe ein fettes Grinsen in meinem Gesicht breitmachte, und konnte gar nichts dagegen tun. »Du musst deine Sicherheitsvorkehrungen noch mal verbessern, Grayson. Für Arthur ist es bestimmt ein Klacks, Freddys Frage zu beantworten. Wenn ich das schon konnte ...«

Grayson lachte ungläubig auf. »Ach komm schon, das ist doch nicht wahr. Liv. Seit wann bist du denn ein Kopfrechengenie?«

»Das war wirklich nicht schwer.« In Wirklichkeit hatte ich drei Nächte gebraucht, um mir die blöde Aufgabe überhaupt merken zu können und sie in den Taschenrechner einzugeben. »Was bekommt man, wenn man die Wurzel aus dreiundsechzigtausendeins mit hundertsechsundachtzig multipliziert«, sagte ich und bemühte mich, Freddys piepsige Stimme nachzuahmen. »Und davon das Produkt von eintausenddreihundertdreiundfünfzig und sechs subtrahiert, vom Ergebnis noch einmal die Wurzel aus dreiundsechzigtausendeins abzieht und das Ganze umkehrt?«

»Wenn du das auswendig kannst, musst du es dir wirklich oft angehört haben«, höhnte Grayson, immer noch ziemlich selbstsicher.

»Achtunddreißigtausenddreihundertsiebzehn«, sagte ich.

»Richtig gerechnet, aber leider die falsche Antwort«, sagte Grayson schadenfroh und erleichtert zugleich. »Mathematik ist eben nicht alles.«

»Ich weiß. Aber wenn man achtunddreißigtausenddreihundertsiebzehn umdreht, bekommt man – *Liebe!*« Vermutlich guckte *ich* jetzt wie Butter, wenn sie gelobt werden wollte. Aber ich war auch immer noch stolz, dass ich nach all der mühsamen Rechnerei so schnell begriffen hatte, dass mit der »Umkehrung« des Ergebnisses lediglich gemeint war, den Taschenrechner umzudrehen und die Zahl im Display auf dem Kopf zu lesen. Die Sieben war dann ein L, die Eins ein I, die Drei ein E und so weiter. Ein Trick, den eigentlich jedes Schulkind kannte. »Ein sehr romantisches Passwort, wie ich finde.«

Ich hatte allerdings nicht überprüft, ob es wirklich funktionierte. Als ich nämlich vor Graysons Tür gestanden und Freddy mich erwartungsvoll angeschaut hatte, war es mir plötzlich geradezu leichtsinnig vorgekommen, das Passwort zu nennen, zu gefährlich in diesem Korridor, wo man nie wusste, ob man wirklich allein war. Auch wenn ich es nur in Freddys Ohr flüstern würde, könnte jemand es belauschen und benutzen, jemand, der sich zwar unsichtbar machen konnte, aber vielleicht bisher nicht auf die Idee gekommen war, den Taschenrechner einfach umzudrehen.

»Mist«, sagte Grayson leise, woraus ich schloss, dass »LIEBE« die richtige Antwort war. »Dann muss ich mir für heute Nacht ja schon wieder was anderes ausdenken.« Dann glättete sich seine Stirn, und er lächelte. »Obwohl ich ziemlich sicher bin, dass Arthur nicht so schlau ist wie du.«

»Stimmt. Aber was ihm an Schlauheit fehlt, gleicht er dafür mit Bosheit wieder aus.« Ich dachte an die Szene mit Theo Ellis im Schulfoyer, aber gerade als ich Grayson davon erzählen wollte, fiel mir etwas ein, und ich stand auf, um in meiner Tasche zu kramen. »Hier. Das ist für dich. Von Henry. Sollst du heute Nacht tragen.«

Grayson starrte das Ding, das ich ihm hinhielt, ähnlich verwirrt an wie ich vorhin die Socke. »Eine Brille mit nur einem Glas? Wofür? Wem gehört die denn?«

»Hat er nicht gesagt. Aber wenn ich raten müsste …« Ich hielt das lilageblümte Halstuch hoch, das Henry für mich vorgesehen hatte, und schnupperte daran. »Weiblich, vor 1950 geboren, mit einer Vorliebe für Kohlgerichte und Lavendelparfüm. Hoffentlich reicht es, mir das Ding ums Bein zu binden – an meinen Hals lasse ich das auf keinen Fall.«

Grayson drehte die Brille zwischen seinen Fingern und erhob sich mürrisch. »Na toll. Wieder nichts mit erholsamer Nachtruhe.« Gähnend schleppte er sich zur Tür. »Aber eins sage ich dir: Hungrig gehe ich nicht zu Bett. Meinst du, es ist noch was vom Abendessen übrig?«

Ich nickte. »Im Kühlschrank. Und deine Portion Hackbällchen hat Lottie vor Mia in Sicherheit gebracht und auf der Terrasse versteckt. In der grünen Schüssel auf der Fensterbank.«

Sofort hellte sich Graysons Miene wieder auf. »Ich liebe Lottie. Ich weiß wirklich nicht, wie ich jemals wieder ohne sie und ihre Hackbällchen leben soll.« Bevor er die Tür hinter sich ins Schloss zog, lächelte er mir noch einmal zu. »Dann bis gleich. In diesem verdammten Korridor.«

5.

»Da wären wir.« Henry legte seine Hand auf einen klobigen Bronzetürknauf. »Immer herein in die gute Stube!«

Grayson betrachtete die dazugehörige Tür skeptisch. »Kann mir bitte noch mal jemand erklären, warum wir uns unbedingt in einem Traum gefühlte drei Kilometer von unseren eigenen Türen entfernt schleichen müssen, nur um zu reden?«, fragte er und ließ seinen Blick den Gang entlangschweifen. »Mal abgesehen davon, dass ich allein sicher nicht mehr zurückfinden werde, könnte A…, äh… jemand Unsichtbares uns doch genauso gut hierher gefolgt sein wie überall anders hin.«

»Richtig«, sagte Henry. »Aber wer nicht weiß, wem die Tür gehört, kann der Person keinen persönlichen Gegenstand klauen und kommt somit auch nicht über die Schwelle.« Er versetzte der Tür einen kameradschaftlichen Klaps. »Hier sind wir absolut ungestört. Und wir haben immer einen Zufluchtsort, falls … falls wir mal einen benötigen.«

Grayson blickte weiterhin skeptisch. Ich fand Henrys Argumentation auch noch nicht ganz schlüssig. »Moment mal. Wie war das denn mit Amys Tür? Da hatte ich doch auch keinen persönlichen Gegenstand«, sagte ich. Amy war

Henrys vierjährige Schwester, und in einem ihrer zuckersüßen, himmelblauen Luftballon- und Seifenblasenträume hatte Henry mir das erste Mal gesagt, dass er mich liebte. Eine romantischere Kulisse hätte er nicht wählen können. Gut, die regenbogenfarbigen Ponys waren vielleicht ein bisschen too much gewesen.

»Du konntest Amys Traumraum nur betreten, weil ich dir die Tür geöffnet und dich mit hineingenommen habe«, erklärte mir Henry mit einem Hauch von Ungeduld in der Stimme. »Und weil du wiederum einen persönlichen Gegenstand von mir bei dir trugst. Jetzt kommt schon.«

Ich blieb misstrauisch. »A… äh *man* könnte sich doch einfach mit uns über die Schwelle schmuggeln, unsichtbar. So wie ich dir neulich in den Traum von B. gefolgt bin, als Lufthauch. Weißt du nicht mehr?«

Henry seufzte. Vielleicht vor Ungeduld, vielleicht aber auch, weil er nicht an diese Episode erinnert werden wollte. »Für diesen Fall bräuchte *man* aber erstens einen persönlichen Gegenstand von mir, und zweitens müsste man all die Energiefelder durchbrechen, die ich auf dem Weg hierher hinter uns errichtet habe.« Er zeigte auf eine Wand aus flimmernder Luft, die er zuletzt ungefähr zwanzig Meter weiter vorne mit einer lässigen Handbewegung hatte entstehen lassen. »Sie halten zwar nur so lange, wie der Sichtkontakt reicht, aber es genügt, um etwaige Verfolger auf Abstand zu halten.«

»Energiefelder, die unsichtbare Leute aufhalten«, murmelte Grayson. »Das ist so albern, dass ich aus dem Kino gehen würde, wenn das hier ein Film wäre.«

Allerdings. »Ein Film über Leute, die im Traum so allmächtig sind, dass sie sich sogar unsichtbar machen können, dann aber von Energiefeldern aufgehalten werden sollen, die von anderen Leuten geträumt werden«, ergänzte ich. »Klingt wirklich nicht gerade Oscar-verdächtig.« Mal abgesehen davon, dass es verdammt schwierig sein würde, die unsichtbaren Schauspieler im Film in Szene zu setzen.

»Also, ich hab schon schlechtere Filme gesehen. Jetzt kommt schon.« Henry hatte die Tür geöffnet, hielt sie auf und schubste uns nacheinander über die Schwelle. »Und keine Angst vor der Dogge, die tut nichts.«

Als ich das Wort »Dogge« hörte, wollte ich noch einmal einen Rückzieher machen, aber Henry schloss schnell die Tür hinter uns und lehnte sich mit dem Rücken dagegen. Ich sah mich um. Von einer Dogge war glücklicherweise nichts zu sehen. Wir befanden uns in einem mit Möbeln und Zeug vollgestopften Wohnzimmer. Stilistisch passte es bestens zu dem Halstuch, das Henry mir gegeben hatte (und das ich vor dem Schlafengehen um meine Taille geknotet hatte wie einen Gürtel). Die Blümchenstoffe auf Sofas, Sesseln und Stehlampen lieferten sich einen Muster-Wettbewerb mit bestickten Kissen, farbenfrohen Perserteppichen und traditionellen, viktorianischen Tapeten. An den Wänden hingen gerahmte

Drucke von Ölgemälden, auf denen Balletttänzerinnen in blauen und pinkfarbenen Kleidern zu sehen waren, und auf jedem freien Platz, auf der Fensterbank, auf dem Klavier und auf den schweren, dunklen Schränken und Kommoden, standen Töpfe mit leuchtend magentafarben blühenden Alpenveilchen. In einem riesigen goldenen Käfig neben dem Klavier saß ein Papagei, kratzte sich an der Brust und beäugte uns interessiert.

»Was für ein Albtraum«, sagte Grayson völlig erschlagen.

»Selber Albtraum, Abschaum«, krächzte der Papagei.

»Corky! So benimmt sich doch kein wohlerzogener Vogel.« Das kam von einer alten Dame, die in einem geblümten Ohrensessel neben dem Kamin saß und an etwas sehr Buntem strickte. Klein und dünn, mit zartlila getöntem Haar und einem geblümten Kleid, war sie optisch so perfekt mit dem Muster des Sessels verschmolzen, dass ich sie jetzt erst entdeckte. Sie schob ihre Brille auf die Nasenspitze, um uns darüber hinweg zu mustern. »Die Decke ist aber noch nicht fertig.«

»Das macht doch nichts, Mrs Honeycutt«, sagte Henry sanft. »Lassen Sie sich durch uns nicht stören, stricken Sie einfach weiter.«

»Ihr stört nicht.« Die alte Dame klapperte mit den Stricknadeln. »Ich mag es nur nicht, wenn man mich hetzt. Es dauert eben, so lange es dauert.«

»Absolut richtig.« Langsam schob er Grayson und mich

an Mrs Honeycutts Sessel und dem Papagei vorbei zu einer Gruppe von gepolsterten Stühlen, die um einen kleinen runden Tisch herumstanden. »Wir setzen uns einfach für ein Weilchen hier vorne hin. Sie werden völlig vergessen, dass wir überhaupt da sind. Stricken Sie einfach weiter, ganz entspannt und glücklich.« Seine Stimme hatte etwas Beschwörendes an sich, er klang wie ein Jahrmarktshypnotiseur aus einem alten Film. Aber es schien zu wirken.

»Ich bin immer entspannt und glücklich, wenn ich stricke«, sagte Mrs Honeycutt, schon mehr zu sich selber als zu Henry. »Das ist ja das Wunderbare daran. Ich sage immer, wenn alle Menschen stricken würden, wäre die Welt ein besserer Ort.«

»Setzt euch.« Henry drehte einen der Stühle um, ließ sich rittlings darauf nieder und schaute uns zufrieden an.

»Wo ist die Dogge?«, flüsterte ich.

»Ach, von der träumt Mrs Honeycutt nur manchmal. Meistens träumt die Gute ganz harmlos, nämlich dass sie in ihrem Wohnzimmer sitzt und strickt.« Die Kringel in Henrys Mundwinkel vertieften sich. »Was exakt dem entspricht, was sie tagsüber erlebt.«

»Wie grauenhaft«, flüsterte Grayson, und es war nicht klar, ob er das Ambiente meinte oder die Tatsache, dass Mrs Honeycutts Träume eine exakte Abbildung ihres langweiligen Alltags darstellten.

»Du kannst ruhig laut reden, sie ist auch im Traum

schwerhörig.« Henry schob einen Topf mit Alpenveilchen zur Seite und stützte seine Ellenbogen auf. »Sie wohnt bei uns schräg gegenüber und füttert unsere Katze, wenn wir im Urlaub sind. Dafür gießen wir ihre Blumen, wenn sie ihren Bruder in Bath besucht. Ich hab ewig gebraucht, um ihre Tür zu finden, aber je öfter ich sie … äh … besuche, desto näher rückt ihre Tür an meine und damit auch an eure.« Er ließ seinen Blick einmal durch den Raum wandern und lächelte uns dann an. »Das perfekte Hauptquartier, findet ihr nicht?«

Grayson bedachte ihn mit einem finsteren Blick. »Ja, ein ganz tolles Gefühl, eine arme alte Lady zu stalken. Ich verstehe nicht, wie uns das helfen soll, unsere Probleme zu lösen. Was es überhaupt bringt, sich jede Nacht in diesen Korridoren um die Ohren zu schlagen.« Er seufzte tief. »Morgen früh werde ich nur wieder hundemüde sein.«

»Ich weiß, du hasst das alles hier«, sagte Henry in demselben sanft-beschwörenden Tonfall, den er auch Mrs Honeycutt gegenüber angeschlagen hatte. »Aber du hast ja gesehen, was passiert, wenn du dich einfach nur fernhältst. Arthur und Anabel konnten ihre Fähigkeiten monatelang perfektionieren, Nacht für Nacht. Wir müssen also umso härter üben und experimentieren, um mithalten zu können …«

»Ich! Nicht wir«, fiel Grayson ihm so laut ins Wort, dass wir ihn erschrocken anschauten. »Ach kommt schon, das stimmt doch. Nicht nur Arthur und Anabel haben ihre Fähigkeiten perfektioniert, ihr beiden genauso. Und ganz ehrlich, das, was ihr könnt, werde ich niemals lernen.«

»Never ever«, krächzte der Papagei, und ich fürchtete, er könne sogar recht haben. Grayson mangelte es eindeutig an Vorstellungskraft – und die brauchte man hier nun mal mehr als alles andere.

Henry wirkte kurz abgelenkt, so als würde er in sich hineinhorchen. »Alles eine Frage des Trainings«, sagte er dann und war im selben Moment spurlos verschwunden. Einfach so, ohne Ankündigung, ohne einen Lufthauch zu hinterlassen, ohne das geringste Geräusch.

»Wenigstens so ein kleines Ploppen wie beim Zerplatzen einer Seifenblase wäre doch schön«, murmelte ich.

»Sehr witzig.« Grayson streckte die Hand aus und tastete über Henrys Stuhl in der Luft herum. »Ja, ganz großartige Demonstration, Henry, genau das meinte ich. Das werde ich niemals lernen. Und jetzt kannst du ruhig wieder damit aufhören.«

»Grayson, ich fürchte, er hat sich nicht unsichtbar gemacht, er ist einfach aufgewacht.« Ich sah hinüber zu Mrs Honeycutt, die mit dem Rücken zu uns saß und seelenruhig weiterstrickte. Das Klappern der Stricknadeln hatte etwas Heimeliges. »Wir könnten ein bisschen warten, falls Henry es schafft, sofort wieder einzuschlafen. Aber vermutlich ist er geweckt worden, und dann dauert es länger.« Ich kannte das bereits. An den Wochenenden pflegte Henrys

Mutter auszugehen und ihn mit seinen Geschwistern allein zu Hause zu lassen. Diese Nächte waren meistens unruhig, vor allem Amy war oft krank, hatte Durst oder vermisste ihr Kuscheltier. Manchmal wurde Henry auch von seinem Bruder Milo geweckt, der angeblich Einbrechergeräusche gehört oder einfach nur schlecht geträumt hatte. Und falls Amy, Milo oder die Katze Henry nicht auf Trab hielten, dann tat es seine Mutter, wenn sie betrunken nach Hause kam und die Absätze ihrer Pumps wie Gewehrschüsse durch das Haus knallten. Wehe, sie stolperte dabei über Spielzeug, das im Flur herumlag, dann fing sie an, laut zu schimpfen und brach nicht selten in Tränen aus. Das wusste ich nicht etwa, weil Henry es mir erzählt hatte, sondern weil sich diese Geräusche und Stimmen manchmal in die Träume mischten und auch für mich zu hören waren, bevor Henry aufwachte und verschwand.

»Wir gehen.« Grayson erhob sich hastig. »Denn wenn du jetzt auch noch aufwachst, muss ich ganz allein zurückfinden. Ich würde mich hoffnungslos verirren …«

»Verirren, verwirren«, krächzte der Papagei und setzte dann mit erschreckend menschlicher, sehr tiefer Stimme hinzu: »Zerklirren!«

»Na toll, jetzt habe ich eine Gänsehaut, du blöder Vogel«, sagte Grayson. »Kommst du bitte, Liv?«

Es hatte vermutlich wirklich keinen Zweck, hier weiter auf Henry zu warten.

Ich griff nach der Hand, die Grayson mir ungeduldig entgegenstreckte, und ließ mich von ihm hochziehen. »Das ist das Erste, dass du lernen musst, Grayson: aufzuwachen, wenn dir der Traum nicht gefällt oder zu gefährlich wird. Das ist viel wichtiger als alle Verwandlungstricks.«

Die Standuhr an der Wand gegenüber schlug zwölfmal. In Mrs Honeycutts Traum begann die Geisterstunde, aber in Wirklichkeit musste es schon nach zwei sein. Ich war nämlich erst lange nach Mitternacht eingeschlafen, weil Mia noch zu mir ins Bett gekrabbelt war und wir versucht hatten, uns gegenseitig zu trösten und einzureden, dass es für Lottie das Beste sein würde, ein neues Leben anzufangen. Ohne uns.

Noch während die Schläge durch den Raum hallten, öffnete sich neben der Standuhr mit leisem Schnarren eine Tapetentür, und heraus trat ein blasser, schmächtiger Mann mittleren Alters. Er trug eine Nickelbrille, hatte ein rundes, teigiges Gesicht und einen tiefen Seitenscheitel. Obwohl er – schon wegen des dicken, geblümten Kissens, das er sich unter den Arm geklemmt hatte – nicht gerade einen furchterregenden Anblick bot, ließ Mrs Honeycutt das Strickzeug zu Boden fallen. Auch Grayson war vor Schreck zusammengezuckt. Er hatte mich losgelassen und dabei einen Topf mit Alpenveilchen zu Boden gefegt. Weder der Neuankömmling noch Mrs Honeycutt schienen davon Notiz zu nehmen.

»Alfred!«, keuchte Mrs Honeycutt.

»Ja, ich bin es.« Alfred lachte. Es war kein freundliches Lachen, keins, das zu einem harmlosen Männlein mit Nickelbrille und einem geblümten Kissen gepasst hätte, vielmehr ein Lachen der Sorte »Serienkiller«. Das galt auch für seine Stimme. »Alles hast du dreimal abgeschlossen und kontrolliert, nicht wahr, Becky? Nur diese geheime Tür hast du vergessen.«

»Oh Gott, *diese* Art Traum kenne ich auch«, flüsterte Grayson.

Alfred ließ sich nicht beirren. Ohne weitere Umschweife hob er das Kissen und trat auf Mrs Honeycutt zu.

»Bitte nicht.« Es klang, als würde Mrs Honeycutt schon jetzt keine Luft mehr bekommen, ihre Stimme war kaum mehr als ein Wispern. »Bitte nicht, Alfred.« Da sie mit dem Rücken zu mir saß, konnte ich ihr Gesicht nicht sehen, Alfreds dafür umso besser. Seine Augen glitzerten mörderisch.

»Betteln wird dir nicht helfen, Miss Neunmalklug.« Er trat noch näher an sie heran. »Gleich wirst auch du deinen letzten Atemzug tun. Ich werde das Zucken deiner Glieder unter meinen Händen genießen …«

Grayson räusperte sich. »Ich will ja nicht stören. Aber möchten Sie mit dem Morden nicht lieber auf einen Zeitpunkt warten, an dem Sie keine Zeugen haben? Hallo? Blümchenkissenmörder? Hören Sie mich überhaupt?« Er schnipste wild mit den Fingern in der Luft herum.

Alfred zog unwillig die Stirn kraus, blieb aber stehen, und Mrs Honeycutt drehte sich zu uns um. »Oh!«, sagte sie erstaunt, als sähe sie uns zum ersten Mal.

Ich lächelte verbindlich.

»Was habt ihr Gesindel hier zu suchen?«, wollte Alfred wissen.

»Wir wollten gerade gehen«, sagte ich und schob mich zwischen den Ohrensesseln hindurch zur Tür. »Komm, Grayson!«

»Nicht dein Ernst!« Grayson sah mich aufgebracht an. »Auf keinen Fall lasse ich diese arme alte Dame allein mit einem Mörder.«

»Das ist ein Traum, Grayson! An den Mrs Honeycutt sich morgen früh nicht mal mehr erinnern wird.«

»Mir egal«, sagte Grayson. »Das gehört sich einfach nicht.«

Ich seufzte. »Na gut. Dann ist das hier doch gleich mal eine wunderbare Gelegenheit für dich zu üben.« Ich lehnte mich mit dem Rücken gegen die Tür und verschränkte meine Arme. »Bitte schön – der Mörder gehört dir.«

Ein wenig unentschlossen streckte Grayson seinen Arm aus und zeigte auf Alfred. »Gehen Sie weg«, sagte er. »Sonst … sonst rufe ich die Polizei.«

Ich verdrehte die Augen.

Und Alfred dachte gar nicht daran wegzugehen, im Gegenteil. Unter Graysons ausgestrecktem Zeigefinger begann er zu wachsen und muskulöser zu werden. Die manikürten Patschhände, mit denen er das geblümte Kissen umklammert hielt, verwandelten sich in kräftige Pranken, denen man ohne weiteres zutraute, auch ohne Kissen in der Lage zu sein, jemanden zu ersticken. Einhändig, wenn es sein musste.

»Na gut«, knurrte Alfred, der nun gar nicht mehr aussah wie Alfred, und warf das Kissen beiseite. »Dann bist du eben zuerst an der Reihe, Junge!«

»Ach, das ist doch …« Grayson wich einen Schritt zurück und wäre beinahe auf Mrs Honeycutts Schoß gelandet.

»Das passiert, wenn du zulässt, dass deine Ängste die Kontrolle übernehmen«, dozierte ich von der Seite.

»Du könntest uns ruhig helfen, Liv.« Grayson hatte sich schützend vor Mrs Honeycutt aufgebaut und versuchte, nicht panisch zu klingen. »Du kannst doch Kung-Fu. Hören Sie, Alfred? Meine Freundin dort drüben kann Kung-Fu!«

Das beeindruckte Alfred nicht im Geringsten. Er beachtete mich gar nicht, sondern streckte seine gewaltigen Würgerpranken nach Grayson aus. Der schnappte sich einen Messingkerzenleuchter vom Tisch und holte drohend damit aus.

»Ich warne Sie!«, sagte er. »Keinen Schritt näher, oder ich schlage zu!«

Ich stöhnte. »Hör endlich auf, dich zu benehmen, als befänden wir uns in der Realität, Grayson. Hier kannst du Alfred mit links erledigen. Du kannst – was weiß ich – Spiderman sein und ihn in Sekundenschnelle mit Spinnweben fesseln. Oder ihn mit einem intergalaktischen Energiestrahl auf den Mond beamen. Du kannst ihn auch in ein Meerschweinchen verwandeln oder in einen Erdbeerlolli. Du kannst ihn wie einen Luftballon aufblasen und zerplatzen lassen oder …«

»Ich hab das Prinzip schon verstanden«, fiel mir Grayson verärgert ins Wort, ohne seinen Blick von Alfred zu lösen, der immer noch zu wachsen schien. »Es ist nur einfacher gesagt als getan.«

Mrs Honeycutt zupfte ihn am Ärmel. »Darf ich vielleicht mal, junger Mann?« Sie hob das Strickzeug vom Boden auf, stand auf und schob Grayson mitsamt dem gezückten Kerzenständer beiseite. Und dann, schneller als ich »huch!« denken konnte, hatte sie Alfred beide Stricknadeln in die Brust gerammt. Röchelnd taumelte er gegen die Tapetentür.

»Nimm das, du Unhold«, rief Mrs Honeycutt. »Und das!« Während sie nach einer Stehlampe mit Marmorfuß griff, um sie Alfred mit einem Triumphschrei auf den Seitenscheitel zu donnern, nutzte ich die Gelegenheit, den völlig verdutzten Grayson am Arm zu packen und zur Tür zu zerren.

»Siehst du, Mrs Honeycutt hat das Prinzip auch verstanden«, sagte ich ein wenig außer Atem, als wir draußen im Gang standen und ich die Tür hinter uns ins Schloss gezogen hatte. »Nur im Gegensatz zu dir hat sie es auch tadellos umgesetzt.« Mir entfuhr ein unpassendes Kichern. »Wer hätte das gedacht?«

Grayson starrte nur unglücklich auf den Kerzenständer, den er immer noch in der Hand hielt. »Ich bin ein hoffnungsloser Fall! Ich hab nicht nur einen mickrigen Möchtegern-Mörder in einen gefährlichen Würger verwandelt, sondern auch noch dafür gesorgt, dass eine harmlose alte Dame zur brutalen Killerin wird.« Er machte Anstalten, die Tür erneut zu öffnen, aber ich versperrte ihm den Weg.

»Wir gehen da jetzt ganz sicher nicht wieder rein! Oder willst du Mrs Honeycutt helfen, die Leiche zu entsorgen?«

»Ich wollte eigentlich nur den Kerzenständer zurückstellen«, sagte er kleinlaut.

Er war wirklich ein hoffnungsloser Fall. Aber ich wollte ihn nicht noch mehr entmutigen. Mit einem Fingerschnippen ließ ich den Kerzenständer verschwinden und hakte mich bei ihm ein.

»Alles, was du brauchst, ist ein bisschen Übung«, sagte ich so optimistisch wie möglich. »Und ein bisschen mehr Selbstvertrauen.«

Und ein Erfolgserlebnis. Ganz dringend.

6.

Für den Rückweg benötigten wir deutlich mehr Zeit als für den Hinweg. Das lag daran, dass die komische Dornröschen-Schloss-Tür, die mir neben einigen anderen als Orientierungspunkt diente, offenbar in der Zwischenzeit ihren Platz geändert hatte. Was mir aber leider erst dämmerte, nachdem wir bereits zweimal falsch abgebogen waren.

Anstatt mich zu verfluchen, nickte Grayson nur müde, als ich ihm mitteilte, dass wir noch mal ein ganzes Stück zurückgehen mussten.

»Es tröstet mich, dass du auch nicht unfehlbar bist«, sagte er. »Obwohl ich natürlich weiß, dass es mich eher beunruhigen sollte.« Er blickte kurz hinter sich, zum gefühlten eintausendsten Mal. »Es ist so still hier.«

»Still ist gut«, versicherte ich ihm, genau wie Henry es immer mit mir tat. Wir schienen wirklich allein zu sein, jedenfalls, wenn ich dem Gefühl in meinem Magen vertrauen konnte. Vorhin hatte ich zwar mal kurz einen Schatten im Augenwinkel wahrgenommen, aber der war bei näherem Hinschauen verschwunden. Dafür machte ich jetzt eine unerwartete Entdeckung, und die war ausnahmsweise mal gar nicht gruselig, sondern im höchsten Maße erfreulich.

Ich blieb so abrupt stehen, dass Grayson in mich hineinrannte.

»Matts Tür!« Ich zeigte begeistert auf meine glänzend rot lackierte Neuentdeckung. »Die hätten wir doch nie entdeckt, wenn wir uns nicht verlaufen hätten.«

»Welcher Matt?«, fragte Grayson irritiert.

»Matt von nebenan. Keine Ahnung, wie der mit Nachnamen heißt. Der Sohn der Amselfrau. Er ist wieder zu Hause eingezogen – hat Florence das nicht erzählt? Und diese Tür gehört garantiert ihm.«

»Wieso bist du da so sicher?« Grayson sah mich kopfschüttelnd an. »Und vor allem: Warum freust du dich so darüber?«

Ich zeigte auf den Satz, der in kleinen schwarzen Tuschebuchstaben mittig über den Briefkastenschlitz gepinselt war. »*Keep passing the open windows.* Das ist das Motto der Familie Berry in ›Hotel New Hampshire‹, und das wiederum ist zufällig Matts Lieblingsbuch. Und wem das noch nicht als Beweis reicht: Die rote Farbe entspricht haargenau dem Lackton seines Morgans Plus Minus Irgendwas.«

»Morgan Plus 8«, verbesserte Grayson automatisch, bevor er hinzufügte: »Sag mir bitte nicht, dass du ihn toll findest.«

»Ach, Autos sind mir eigentlich total egal.« Im Weitergehen ließ ich meinen Blick wachsam über die Reihen der Türen gleiten, um die Abzweigung nicht zu verpassen. Da, neben der Milchglastür mussten wir nach links gehen, wenn mich nicht alles täuschte.

»Ich meinte ja auch nicht das Auto«, sagte Grayson. »Warum interessiert dich, wo Matts Traumtür liegt?«

Ich antwortete nicht. »Hier geht es lang. Und gleich da vorne noch mal links, dann müssten wir wieder auf dem richtigen Weg sein.«

»Liv?« Grayson sah mich von der Seite durchbohrend an. »Was hast du mit Matt vor?«

»Gar nichts.« Jedenfalls nichts Konkretes. Es gab da nur ein paar unausgereifte Gedanken meinerseits, die ich aber niemandem mitteilen wollte. Am allerwenigsten Grayson. »Ich hab mich nur gefreut, seine Tür zu sehen, das ist alles.« Und jetzt bereute ich es sehr, dass ich Grayson darauf aufmerksam gemacht hatte.

Sein Blick blieb unangenehm bohrend. »Keine Ahnung, was der Typ an sich hat, dass alle Mädchen auf ihn stehen. Florence war jahrelang in ihn verliebt. Total unglücklich, weil Matt in ihr immer nur das kleine Mädchen von nebenan gesehen hat.«

»Ja, das ist das Problem mit Jungs«, sagte ich aufgebracht. »Wenn man unerfahren ist, dann stempeln sie einen als kleines Mädchen ab und gucken einen immer nur ganz mitleidig an. Aber wenn sie hören, dass man vor ihnen schon einen Freund hatte, dann äh …«

»Dann äh was?«, fragte Grayson.

»Dann wollen sie, dass man sich auch so verhält. Also, wie jemand, der bereits Erfahrungen gesammelt hat. Nur – wie sich jemand mit Erfahrungen verhält, kann man ja vielleicht sogar irgendwo nachlesen, aber es fühlt sich trotzdem nicht echt an.« Ich redete mich allmählich in Rage. Dabei hatte ich unbemerkt an Tempo zugelegt. Grayson verlängerte seine Schritte und ließ mich nicht aus den Augen. »Und das ist das Problem«, brach es aus mir heraus. »Wenn man sich wie jemand mit Erfahrung verhalten muss, bleibt einem gar nichts anderes übrig, als vorher Erfahrungen zu *machen*! Und da wird es ja erst richtig kompliziert. Das ist wie mit dem Fliegen. Gut, ich habe gesagt, ich bin ein Pilot, und das war gelogen, aber ich habe es nur gesagt, weil man sich gar nichts drauf einbilden muss, Pilot zu sein, und dieses mitleidige Lächeln, nur weil jemand kein Pilot ist, kann man sich auch sparen. Nur soll ich jetzt eine Boeing 747 fliegen und habe natürlich keine Ahnung, wie das geht. Woher auch? Verstehst du das Problem? Ich kann nicht länger nur so tun, als ob ich was vom Fliegen verstünde, sonst kriege ich das Flugzeug ja nicht mal von der Landebahn. Was brauche ich also? Richtig! Erfahrung! Flugstunden, gewissermaßen. Und an dieser Stelle kommt der Flugsimulator ins Spiel. Und …« Ich verstummte abrupt. Ups. Jetzt hatte ich doch darüber geredet. Aber Grayson hatte mir sowieso nicht folgen können, sein Blick war jetzt nicht mehr bohrend, sondern nur noch verwirrt. Sehr verwirrt.

Gott sei Dank.

»Arme Florence«, schob ich schnell noch nach. »Und doofe Piloten.«

»Absolut. Eingebildetes Pack«, sagte Grayson, und zum ersten Mal heute Nacht lächelte er. Ich hatte zwar keine Ahnung, was er so amüsant fand, fragte aber sicherheitshalber auch nicht nach. Schweigend bogen wir neben einer schweren, doppelflügeligen Eichentür in den Gang ein, in dem unsere eigenen Türen lagen. Das war sogar für Grayson vertrautes Terrain. Seinem Seufzer der Erleichterung nach zu schließen, hatte er wohl nicht daran geglaubt, dass ich uns auf dem richtigen Weg zurückführte.

Aber fast gleichzeitig zuckte er zusammen, und auch ich hätte beinahe vor Schreck aufgeschrien. Weiter vorne, und zwar genau vor Graysons Tür, stand jemand. Hastig zog ich Grayson in den Schatten einer marineblauen Tür, von der ich immer dachte, sie könnte Direktorin Cook gehören. Sie war ganz in den Farben unserer Schuluniform gehalten, und mitten drauf prangte das Wappen der Frognal Academy. Links und rechts der Tür waren Pflanzkübel mit stattlichen Buchsbaumpyramiden aufgestellt, hinter denen wir nun in Deckung gingen. (Warum Mrs Cooks Tür sich so nah an unseren eigenen Türen befinden sollte, war allerdings eine Frage für sich. Ich für meinen Teil hatte jedenfalls kein wirklich enges Verhältnis zu ihr – und ich hoffte doch, dass das umgekehrt ebenfalls der Fall war.)

Grayson war blass geworden. Denn die Person dort vorne, die offensichtlich gerade versuchte, sich Zutritt zu seinem Traum zu verschaffen, war niemand anders als Emily.

»Ich fasse es nicht«, flüsterte er.

»Tut mir leid«, flüsterte ich zurück und meinte es auch so.

»Was bekommt man, wenn man die Wurzel aus dreiundsechzigtausendeins mit hundertsechsundachtzig multipliziert«, hörten wir den Fürchterlichen Freddy piepsen. »Und davon das Produkt von eintausenddreihundertdreiundfünfzig und sechs subtrahiert, vom Ergebnis noch einmal die Wurzel aus dreiundsechzigtausendeins abzieht und das Ganze umkehrt?«

»Ich dachte, du wolltest es ändern.« Ich versetzte Grayson einen vorwurfsvollen Rippenstoß.

»Dazu hatte ich noch keine Zeit«, wisperte er.

»Einundsiebzigtausenddreihundertdreiundachtzig«, sagte Emily feierlich und strich sich eine Strähne ihres glänzenden, braunen Haares hinters Ohr.

»Das Passwort ist leider falsch«, teilte ihr Freddy höflich mit.

»Keineswegs!« Emily funkelte ihn böse an. »Das Ergebnis ist achtunddreißigtausenddreihundertsiebzehn. Wenn man die Ziffernfolge umkehrt, erhält man einundsiebzigtausenddreihundertdreiundachtzig. Und jetzt lass mich rein, du dämlicher Geier.«

»Das Passwort ist leider falsch«, wiederholte Freddy, der kein Geier war, sondern halb Löwe, halb Adler und trotz seines Übergewichts und der Piepsstimme sehr majestätisch wirkte.

Emily stampfte mit dem Fuß auf. »Ich hab das zehnmal nachgerechnet. Es ist nicht falsch.« Wütend rüttelte sie an der Tür. »Ich hab mir doch nicht fünf Nächte um die Ohren gehauen, nur um mir diese doofe Aufgabe merken zu können, damit du mich jetzt wieder abweist. Einundsiebzigtausenddreihundertdreiundachtzig! Was kann er denn sonst mit Umkehrung meinen? Minus achtunddreißigtausenddreihundertsiebzehn?«

»Jetzt reicht es aber.« Grayson richtete sich auf und trat aus der Deckung, ehe ich ihn daran hindern konnte. Emily bemerkte ihn erst, als er schon fast bei ihr war, weil sie weiter damit beschäftigt war, den armen Freddy anzuschreien. Leider konnte ich nicht sehen, was Grayson für ein Gesicht machte, aber das von Emily hätte erschrockener nicht sein können. Ihre Augen waren weit aufgerissen und der Unterkiefer heruntergeklappt. Und während sie den Mund langsam schloss, färbte sich ihr Teint dunkelrot. Allein dieser absolut ungewöhnliche Anblick war es wert, dass Grayson sich verraten hatte.

»Hey, Emily«, sagte er lässig. »Rechenübungen? Bewundernswert, dass du nicht mal nachts etwas anderes als Schule im Kopf hast.«

Emily lachte nervös. »Ich träume das alles nur.«

»Hm«, machte Grayson zustimmend. »Im Prinzip schon.«

»In Wirklichkeit bist du gar nicht hier«, sagte Emily. Ihre Stimme war höher als sonst, fast schon ein bisschen hysterisch. »Ich träume nur, dass du mit mir sprichst.«

»Absolut korrekt. Das wäre ja auch richtig blöd für dich, wenn ich dich in Wirklichkeit dabei erwischt hätte, wie du versuchst, in meine Privatsphäre einzudringen.« Grayson lehnte sich mit dem Rücken gegen die Wand neben seiner Tür und versenkte seine Hände in den Hosentaschen. »Gott, Emily, ich würde dir jetzt zu gerne eine runterhauen.«

Emily starrte ihn an. »Das würde der echte Grayson niemals tun«, sagte sie. Allmählich bekam ihr Gesicht wieder einen normalen Farbton.

»Und das weißt du so genau, weil du meine Träume analysiert hast?«, fragte Grayson voller Verachtung.

»Als ob das an meiner Stelle nicht jeder getan hätte«, rief Emily aus. »Ich meine … ich hab gespürt, dass du dich innerlich immer weiter von mir entfernt hast, und dann hat das mit den seltsamen Träumen angefangen … und als du einfach Schluss gemacht hast, habe ich … Ach, was rede ich hier, das ist doch alles nicht real. Mir machst du jedenfalls kein schlechtes Gewissen.«

»Offensichtlich nicht.« Grayson betrachtete sie kopfschüttelnd.

»Im Krieg und in der Liebe ist alles erlaubt.« Emily trat

näher an ihn heran. Und zu seiner (und meiner) großen Überraschung schloss sie die Augen und hob das Kinn: »Küss mich!«

Eine Sekunde befürchtete ich, Grayson könnte der Aufforderung nachkommen, aber dann sagte er leise: »Diese Art Traum ist das nicht, Emily. Und von Liebe verstehst du absolut gar nichts.«

So schnell gab Emily nicht auf. Sie öffnete die Augen wieder und schlang Grayson ihre Arme um den Hals. »Es ist *mein* Traum. Und ich möchte, dass du mich küsst. Jetzt.«

»Und ich möchte, dass du gehst«, sagte Grayson und schob sie von sich. »Jetzt.« Emily glitt ein paar Meter zurück, als habe sich der Fußboden plötzlich in eine spiegelglatte Eisfläche verwandelt.

Sie starrte ihn entsetzt an. »Was tust du denn?«

»Ich hab doch gesagt, dass das nicht diese Art Traum ist.« Grayson hatte seine Hand gehoben. Wie von unsichtbaren Fäden gezogen rutschte Emily den Gang hinab. »Deine Tür liegt doch irgendwo da hinten, oder? Die mit den Hufeisen und dem hässlichen Pferdekopf-Klopfer, richtig?«

Emily antwortete nicht, sie hatte genug damit zu tun, das Gleichgewicht zu halten, während sie weiterglitt und dabei immer schneller wurde. Sie rauschte an mir vorbei und begann ängstlich zu wimmern. Als Grayson seine Hand schließlich sinken ließ, schluchzte sie auf, warf ihm einen letzten fassungslosen Blick zu und drehte sich auf dem Absatz um. Wie von Furien gehetzt rannte sie um die nächste Ecke, von wo man eine Tür ins Schloss und etwas Metallisches – ein Hufeisen? – klirrend zu Boden fallen hörte.

»Süße Träume dann noch«, sagte Grayson.

Ich musste sehr an mich halten, ihn nicht zu umarmen, als ich hinter Mrs Cooks Buchsbaum hervorkam. Ich war nicht mal sicher, ob ich mir überhaupt anmerken lassen durfte, wie stolz ich auf ihn war.

»Nicht schlecht«, sagte ich deshalb nur.

»Nicht schlecht? Nicht schlecht?« Grayson hielt mir seine Hände vor die Nase. »Na hör mal, das war sensationell! Ich hab sie durch den halben Korridor geschoben, mit purer Energie. Wahnsinn! Ich glaube, jetzt hab ich das Prinzip verstanden.« Er grinste mich an. »Funktioniert bei mir leider nur, wenn ich so richtig, richtig wütend bin.«

»Du warst großartig!« Ich warf einen Blick auf Henrys Tür gegenüber. Schade, dass er das nicht miterlebt hatte. »Ich bedaure nur zwei Dinge: Erstens, dass ich nichts dabeihatte, um Emilys dummes Gesicht zu filmen. Und zweitens, dass sie leider denkt, sie hat das alles nur geträumt.«

»Sie könnte sich auch einfach dumm gestellt haben«, sagte Grayson.

Ich schüttelte den Kopf. »Sie hat nicht nur so getan, sie ist wirklich total ahnungslos. Arthur hat ihr vielleicht den Weg in diesen Korridor gezeigt, aber er hat ihr keine Gebrauchs anweisung dagelassen. Wahrscheinlich ist er nicht mal selber in Erscheinung getreten, sondern hat sie hier einfach nur zum Spaß freigelassen. Quasi ausgewildert.«

»Na ja, das mit dem Küssen war wirklich ein bisschen untypisch«, räumte Grayson ein. »Sie ist sonst diesbezüglich eher ... äh ... zurückhaltend.«

Ja, das glaubte ich sofort. »Im Traum lernen wir eben die wahre Persönlichkeit eines Menschen kennen. Jetzt ist nur die Frage: Sollen wir Emily mit der Wahrheit konfrontieren, oder ignorieren wir sie einfach, wenn sie uns hier über den Weg läuft und lassen sie in dem Glauben, dass sie das alles nur träumt?«

»Oh Gott.« Grayson sah mit einem Mal sehr müde aus. »Könnten wir das morgen besprechen? Ich habe gerade das Gefühl, für eine Nacht mehr als genug erlebt zu haben.«

»Ja, wir sollten wirklich noch ein bisschen schlafen.« Ich warf einen letzten Blick auf die schwarze Tür mit den drei Schlüssellöchern gegenüber. »Sieht nicht so aus, als würde Henry zurückkommen. Also, dann bis morgen früh, wenn es wieder heißt: Wer ist als Erster an der Kaffeemaschine.«

Grayson bückte sich, um Freddy sein Passwort ins Ohr zu flüstern, und öffnete seine Tür. »Gute Nacht«, sagte er. Dann drehte er sich noch einmal um und lächelte mich an. »Ach – und Liv? Was immer du auch damit meintest: Ich bin ziemlich sicher, dass du eine Boeing 747 fliegen könntest. Auch ohne Flugstunden. Du brauchst nur ein bisschen mehr Selbstvertrauen.«

Tittle-Tattle
BLOG

Der Frognal Academy Tittle-Tattle-Blog mit dem neusten Klatsch, den besten Gerüchten und brandheißen Skandalen unserer Schule

ÜBER MICH:
Mein Name ist Secrecy – ich bin mitten unter euch und kenne all eure Geheimnisse

UPDATE ACTIVITY

7. März

Ach Leute! Da will man EINmal ausschlafen, und dann passiert SO was. Das ist nicht fair. Ihr wisst, dass ich mir die Beine ausreiße, um euch alle Skandale und Geschichten möglichst frisch zu servieren. Ich gehe auf jede verdammte Party, sogar wenn ich nicht eingeladen bin, und hänge die halbe Nacht bei Instagram und anderen sozialen Netzwerken herum, um bloß nichts zu verpassen. Auch um zwei Uhr morgens lese ich noch eure Mails und Kommentare, in der Hoffnung, etwas

Interessantes zu finden. (Ja, auch deine Kommentare, Hazel. Kleiner Tipp: Wenn du anonym bleiben willst, musst du dich vorher bei Facebook ausloggen ...) Also seid doch bitte demnächst so rücksichtsvoll und wartet wenigstens am Wochenende bis nach zehn Uhr, bevor ihr etwas Verrücktes tut.

Und nicht wie Theo Ellis, der heute Morgen um sieben in ein Juweliergeschäft in der West End Lane eingebrochen ist und beim Leerräumen der Vitrinen verhaftet wurde.

Ja, ihr lest richtig: Musterknabe Theo-ich-will-kein-Kind-von-dir-Ellis, gutaussehend, ehrgeizig, zielstrebig, begabt, fair, freundlich, hat im Morgengrauen das Sicherheitsglas des Ladens mit einem Vorschlaghammer zertrümmert. Ich kann es immer noch nicht glauben, aber mittlerweile ist es sogar bei den Meldungen der Polizeipressestelle nachzulesen – »der achtzehnjährige, orientierungslos wirkende Mann, der über keinerlei Vorstrafen verfügt, wurde einem Drogen- und Alkoholtest unterzogen, der aber negativ ausfiel« – das ist Theo Ellis. (Entschuldigt den Sprachstil, aber Polizisten sind nun mal keine Szene-Blogger ☺) »Warum das feuerverzinkte Einbruchsgitter nicht wie sonst nach Ladenschluss heruntergelassen wurde, klären die zuständigen Einsatzkräfte vor Ort.« Nun ja. Ich würde sagen, da muss aber noch einiges mehr geklärt werden.

Warum Theo das überhaupt gemacht hat, zum Beispiel. Und warum er nicht aufgehört hat, nachdem bereits nach den ersten geräuschvollen Hammerschlägen die Alarmanlage losplärrte und Anwohner nicht nur die Polizei verständigten, sondern sogar aus den Häusern kamen, um Theo bei seiner Arbeit zuzusehen. Jemand hat Videoaufnahmen mit seinem Handy gemacht (sucht mal nach »Verrückter Junge mit Vorschlaghammer« bei Youtube), und alle Zeugen bestätigen einhellig, dass Theo sich durch nichts aus der Ruhe hätte bringen lassen. Es hat ziemlich lange gedauert, bis das Sicherheitsglas zerschlagen war, und als Theo endlich in den Laden klettern konnte, waren bereits die Sirenen der Polizeiwagen zu hören. Anstatt abzuhauen, hat Theo aber begonnen, ganz bedächtig die Vitrinen leerzuräumen und den Schmuck sorgfältig in seine Jackentasche zu legen. Als die Polizei ihn verhaftete, leistete er keinerlei Widerstand, im Gegenteil, er soll die Polizisten erfreut angelächelt und gefragt haben, ob sie vielleicht Interesse an Eheringen aus Platin oder Weißgold mit Diamanten hätten, er habe da nämlich gerade ein paar besonders schöne Stücke im Angebot.

Findet ihr, dass das nach einem negativen Drogen- und Alkoholtest klingt? Ich denke, da sollten sie vielleicht noch mal testen. Ich kann mir einfach nicht vorstellen, dass Theo heute Morgen völlig nüchtern aufgewacht ist und sich gedacht hat: Hey, dann schnappe ich mir doch mal den Vorschlaghammer und raube schnell mal einen Juwelierladen aus. Hoffen wir mal, dass er seine A-Levels auch vom Knast aus machen darf.

Wir sehen uns (aber morgen bitte erst ab zehn!).

Eure immer noch fassungslose **Secrecy**

P. S. ich hörte gerade, dass bereits die ersten T-Shirts mit der Aufschrift »Theo Ellis, ich will einen Ring von dir« gedruckt werden. Geschmacklos, Leute, geschmacklos!! (Aber ich bestell schon mal eins vor. In Größe S.)

7.

Zu spät.

Soeben griff sich jemand das letzte Körbchen Blaubeeren aus dem Fach. Und dieser Jemand war ein Mädchen mit langen, goldblonden Haaren, die mir ausgesprochen bekannt vorkamen. Ich blieb so plötzlich stehen, dass Mia mir den Einkaufswagen in die Hacken rammte.

»Hey«, protestierte sie, und das Mädchen mit den Blaubeeren drehte sich um.

Tatsächlich, es war Anabel. Im Gegensatz zu mir schien sie nicht besonders überrascht, mich hier zu treffen. Sie lächelte, während ich am ganzen Körper eine Gänsehaut bekam und mein Herz zu rasen begann.

»Verdammter Mist!«, sagte Mia. Sie meinte aber nicht Anabel, sondern die Tatsache, dass uns die letzten Blaubeeren vor der Nase weggeschnappt worden waren.

Ich war für einen Moment unfähig, etwas zu sagen, ich konnte Anabel nur anstarren. Aus irgendeinem Grund hatte ich wohl nicht damit gerechnet, ihr irgendwo anders zu begegnen als im Traum, wo ich mich vergleichsweise stark und sicher fühlte. Dabei hätte mir klar sein müssen, dass die Wahrscheinlichkeit, sie irgendwann mal zu treffen, ziemlich groß war. Schließlich wohnten wir im selben Stadtteil und hatten jede Menge gemeinsame Bekannte. Hätte ich mich innerlich für diesen Fall gewappnet, könnte ich jetzt genauso unaufgeregt lächeln wie Anabel und müsste nicht mit der irrationalen Angstwelle kämpfen, die mich eiskalt überspült hatte.

Obwohl – so irrational war meine Angst vielleicht gar nicht. Das letzte Mal, als mir Anabel im realen Leben begegnet war, hatte sie mir mit einem eisernen Fackelhalter ein Loch in den Schädel geschlagen, das mit vier Stichen hatte genäht werden müssen. Und das war fast noch das Harmloseste, was an diesem Abend passiert war.

Während ich mühsam versuchte, meinen Puls unter Kontrolle zu kriegen, legte Anabel gelassen die Blaubeeren in ihren Einkaufswagen und musterte mich von oben bis unten. »Schickes Outfit, Liv Silber«, sagte sie, und beim Klang ihrer zuckersüßen Stimme stellten sich mir erneut alle Härchen auf. »Der romantische Landmädchen-Look. Nur stilecht mit Erde unter den Fingernägeln.« Ihr Blick schwenkte zu Mia hinüber. »Und wie süß, sogar im Partnerlook.«

Jetzt bereute ich es doch ein bisschen, dass wir es so eilig gehabt hatten, von zu Hause wegzukommen. Wobei die Gummistiefel noch das Stylischste an uns waren. Anabel hatte recht: Wir hatten Dreck unter den Fingernägeln, und wenn ich so aussah wie Mia, klebte auch ein bisschen davon in meinen Haaren und an meiner Brille. Aber wir hatten die

Gelegenheit zur Flucht aus dem Garten nutzen müssen, als sie sich bot.

Hinter uns lag ein desillusionierender Samstagvormittag, und schuld daran waren – Montbretien. Aus der Familie der Schwertliliengewächse.

Mia und ich hatten uns schon immer einen Garten gewünscht und waren daher, als wir hergezogen waren, auch richtig scharf darauf gewesen, uns als Gärtnerinnen zu betätigen, nicht zuletzt, um diese hübsch geblümten Gummistiefel tragen zu können, die Lottie für uns alle im Internet bestellt hatte.

Gelitten hatte dieser Wunsch ein klitzekleines bisschen, als wir im Januar dem Bocker wegen ihrer hartnäckigen Boshaftigkeit eine Lektion hatten erteilen wollen und uns ihrem geliebten Mr Snuggles angenommen hatten – einem in ganz England bekannten und preisgekrönten Buchsbaum in Pfauform. Eigentlich hatten wir ihn nur grundlegend beschneiden und dabei in ein anderes Tier verwandeln wollen, aber das war gründlich schiefgegangen. Schon damals hätten wir vielleicht erkennen können, dass unsere Daumen gar nicht so grün waren, wie wir glaubten. (An der Stelle, an der Mr Snuggles gestanden hatte, befand sich jetzt eine Gedenktafel.)

Die romantische Vorstellung vom Gärtnern hatten wir aber deswegen nicht aufgegeben. Man musste ja nicht gleich mit der Königsdisziplin »Buchsbaum schneiden« beginnen.

Das sagte Ernest, selber leidenschaftlicher Gärtner, auch. In einem Garten gebe es so viel zu tun und niemals genug helfende Hände. Und heute Morgen war es dann so weit gewesen: Mit feierlichem Ernst hatte Ernest uns in den Garten gebeten und zwei brandneue, eigens für uns gekaufte Spaten überreicht, Lady-Spaten mit handgeschmiedetem Blatt und ergonomisch geformtem Schaft aus Eschenholz. Fast so hübsch wie unsere Gummistiefel. Wir hatten uns auch gleich mit Feuereifer in die Arbeit gestürzt.

Leider hatten wir nicht vorhersehen können, dass unser zukünftiger Stiefvater – sonst der geduldigste und toleranteste Mensch, den ich kannte – in seinem Heiligtum Garten zum pedantischen Spaßverderber mutieren würde. Vermutlich hatte er diese Seite vom Bocker geerbt, wenn auch, das mussten wir ihm lassen, ohne ihre Biestigkeit. Im Gegenteil, im Garten war seine Laune sogar besonders gut, aber was wir auch taten, wir konnten ihm rein gar nichts recht machen. Und so schmolz unser anfängliches Entzücken mit jeder Minute, in der er (auf eine freundliche, höfliche, englische Art) an uns herummeckerte. Die Rasenkanten mussten exakt einen halben Zentimeter weiter vorne abgestochen werden, das Laub wurde von Ost nach West und nicht kreuz und quer gerecht, und orangefarbene Montbretien durften auf gar keinen Fall in der Nähe von rosafarbenem Phlox geduldet werden. Was die Montbretien anscheinend nicht wussten, sie säten sich bevorzugt in Ecken aus, in die sie farblich nicht passten. Ernest nannte sie »bösartige Gartenterroristen« und wies uns an, sie auszugraben und zu vernichten, wann immer wir sie fanden. Allerdings nur so lange, bis er merkte, dass wir die bösartigen Montbretien nicht von den offensichtlich ganz und gar liebenswerten Irisstauden unterscheiden konnten. Ich meine, wie denn auch, wenn beide gerade nicht blühten, aber über doch sehr ähnliches (in unseren Augen absolut identisches) Blattwerk verfügten? Mittlerweile war ich selber voller Hass auf die mir bisher unbekannten Montbretien-Terroristen. Es war nicht nur bösartig, sondern auch überaus raffiniert, wie sie dafür gesorgt hatten, dass wir statt ihrer die unschuldigen Iris ausstachen.

»Hast du ein Taschentuch dabei? Ich glaube, er weint gleich«, flüsterte Mia, während Ernest die ausgerupften Pflanzen begutachtete und dabei beruhigend auf sie einsprach. Es handelte es sich um kostbare Raritäten, die auf Namen wie »Bonnie Babe« oder »Mallow Dramatic« hörten.

»Ist es sehr schlimm?«, erkundigte ich mich zaghaft.

»Nein, nein, keine Sorge«, sagte Ernest, wobei er sich sichtlich bemühte, nicht allzu verzweifelt zu klingen. »Das ähm … passiert ja schon mal. Und ein paar Rhizome kann ich sicher retten …« Er wandte sich wieder den Pflanzen zu und verfiel erneut in Murmeln. »Mit viel Glück wachst ihr wieder an, nicht wahr?«

»Erinnert er dich auch an Großtante Virginia und ihr

Zimmer mit den mundgeblasenen Glastieren?«, flüsterte Mia.

»Ja, total gruselig.« Ich sah sehnsüchtig hinüber zu Grayson, der die gepflasterten Flächen mit einem Hochdruckreiniger vom Grünspan befreite. Auch wenn Grayson eher grimmig vor sich hin starrte (wahrscheinlich dachte er an Emily), sah seine Arbeit nach Spaß aus, und inzwischen hätte ich liebend gern mit ihm getauscht. Seufzend stützte ich mich auf dem ergonomisch geformten Spatengriff auf und schaute einem vorbeigaukelnden Zitronenfalter zu, der vermutlich viel zu früh dran war, aber ebenfalls aussah, als hätte er Spaß. Es war so ein schöner Tag, in der Sonne konnte man es sogar schon ohne Jacke aushalten. Florence saß ein Stockwerk höher bei weit geöffnetem Fenster auf der gepolsterten Fensterbank in ihrem Zimmer und las in ihrem Chemiebuch. Jedenfalls tat sie so – in Wirklichkeit hatte sie von dort einen perfekten Blick in den Garten der Nachbarn, wo Matt gerade dabei war, dem Rasen einen ersten Frühjahrsschnitt zu verpassen.

Buttercup, die sich vor dem Hochdruckreiniger fürchtete, war bei Lottie in der Küche geblieben. Seit Lotties Ankündigung, im Sommer zurück nach Deutschland zu gehen, ließ Butter sie nicht mehr aus den Augen und folgte ihr auf Schritt und Tritt. Da sollte bitte noch mal einer sagen, Hunde verstünden die Menschensprache nicht. Wir anderen taten so, als habe die Ankündigung niemals stattgefunden, wahrscheinlich, weil wir nicht wussten, wie wir darüber reden sollten, ohne in Tränen auszubrechen. Es war nur ein kleiner Trost, dass Papa gerade von Zürich nach Stuttgart versetzt worden war, was, wenn man Mum glauben wollte, nur einen Katzensprung von Oberstdorf entfernt war, so dass wir Lottie zumindest in den Ferien besuchen konnten.

Lottie hatte ursprünglich auch bei der Gartenarbeit helfen wollen. Ausgerechnet heute hatte sie dann aber einen pflegeintensiven Brotteig angesetzt, den sie beaufsichtigen musste. Jetzt war sie sicher sehr froh, dass der Kelch an ihr vorübergegangen war. Mum, die am Küchentisch Klausuren korrigierte, war von Anfang an so klug gewesen zu behaupten, keinen grünen Daumen zu besitzen. Als hätte sie es geahnt.

Sie öffnete die Terrassentür.

»Stimmt was nicht?«, fragte sie gegen den Rasenmäher- und Hochdruckreinigerlärm an.

»Wir haben Iris getötet«, teilte Mia ihr mit. »Und Ernest schaut gerade, ob er sie wiederbeleben kann.«

Mum griff sich erschrocken an die Brust. Es dauerte ein Weilchen, bis sie begriffen hatte, dass Iris nicht der Name der Nachbarkatze war. »Nun ja«, sagte sie dann und warf Ernest einen vorsichtigen Blick zu. »Vielleicht solltet ihr für heute Schluss machen. Das Wetter ist so schön. Da kann man sich ja auch einfach mal mit einem Buch in einen Liegestuhl …«

»Das kann natürlich nur jemand sagen, der kein echtes Gärtnerherz besitzt.« Ernest legte einen Arm um Mias Schulter, den anderen um meine und lächelte Mum tapfer an. »Die Mädchen können ja nichts dafür, dass sie ohne Garten aufgewachsen sind. Mit fachkundiger Anleitung und etwas Ausdauer werden sie sich die elementaren Kenntnisse schon aneignen. Ich muss nur ein bisschen besser aufpassen.« Offensichtlich war nun sein missionarischer Eifer erwacht, unsere fehlende Erziehung in Sachen Gartenarbeit nachzuholen. »Wir haben so viel Spaß, da ist der Liegestuhl keine Alternative, stimmt's, Mädels?«

»Ja, so viel Spaß hatte ich zuletzt, als ich Großtante Virginia beim Abstauben ihrer Glastiere helfen durfte«, sagte Mia. Halblaut setzte sie hinzu: »Oder vielleicht noch neulich, als mir das Haargummi ins Waschbecken gefallen war und ich den Siphon öffnen musste. Da waren jede Menge Haare drin, nur halb verwest – superspaßig. Aber natürlich kein Vergleich mit diesem Vergnügen hier.«

Mum und Ernest hörten das glücklicherweise nicht, sie waren zu sehr damit beschäftigt, einander verliebt in die Augen zu schauen.

»Du bist so ein zauberhafter, zauberhafter Mann«, sagte Mum und drückte ihm einen Kuss auf die Glatze. »Und so britisch, wenn es um deinen Garten geht. Ich denke aber, die Mäuse sollten sich lieber anderswo nützlich machen. Wo sie weniger Schaden anrichten können.« Sie zwinkerte uns zu.

»Außerdem brauche ich sie zum Einkaufen. Lottie will für das Hochzeitsplanungsfrühstück morgen eine Blaubeertorte backen, und dafür benötigt sie Blaubeeren. Und Mascarpone.«

Natürlich hatten wir blitzschnell unsere Spaten gegen den Einkaufskorb getauscht und waren dreckverkrustet und erleichtert losgezogen, bevor Ernest aufhörte, Mum verzückt anzulächeln und ihm klar wurde, dass eigentlich gar keine zwei Leute nötig waren, um ein Körbchen Blaubeeren und Mascarpone zu kaufen.

Wir hatten ja nicht ahnen können, dass wir zwanzig Minuten später vor dem Obstregal ausgerechnet auf Anabel treffen würden.

Beim näheren Hinsehen durfte ich allerdings feststellen, dass Anabel ebenfalls nicht perfekt gestylt war. Ohne Zweifel war sie auch im echten Leben ein bildhübsches Mädchen, wenn auch so abgemagert, dass die Jeans ein bisschen um ihre Beine schlotterten. Ihre Haare, die im Traumkorridor stets in spektakulär schimmernden Wellen über ihre Schultern fluteten, wirkten im künstlichen Licht des Supermarkts fast ein wenig stumpf. Unter ihren ungewöhnlichen, türkisfarbenen Augen lagen dunkle Schatten, und ihre Fingernägel waren zwar im Gegensatz zu unseren sauber, aber ganz offensichtlich abgeknabbert.

Ihre Stimme aber klang absolut gleich. »Du bist also Livs kleine Schwester«, sagte sie und betrachtete Mia mit schiefgelegtem Kopf. Sofort schrillten bei mir wieder alle Alarmglocken. »Genauso hab ich mir dich vorgestellt.«

»Aha«, sagte Mia. Secrecy hatte in ihrem Blog letztes Jahr viel über Anabel geschrieben, und wegen der Fotos wusste Mia vermutlich ganz genau, wen sie gerade vor sich hatte. Allerdings hatte sie keine Ahnung von meinen persönlichen Erfahrungen mit Anabel in Sachen Dämonenbeschwörung im Allgemeinen und Kehledurchschneiden im Speziellen. Wäre das der Fall gewesen, hätte sie sie wahrscheinlich nicht so freundlich angelächelt.

»Ich mag deine Tür«, fuhr Anabel fort. »Dieses Vergissmeinnichtblau hat so etwas Optimistisches, Selbstsicheres, verspielt und tiefgründig zugleich, findest du nicht auch, Liv? Ist es nicht überhaupt verblüffend, wie viel uns die Türen über ihre Besitzer verraten können?«

Ich war nicht sicher, ob die Erwähnung von Mias Traumtür eine versteckte Drohung darstellen sollte (nach dem Motto: Ich weiß, wo du wohnst) oder ob sie lediglich ein bisschen auf den Busch klopfen und herausfinden wollte, ob und in welchem Maß Mia über die Träume Bescheid wusste.

»Mia, das ist Anabel Scott«, sagte ich schnell. »Arthurs Exfreundin, du weißt schon, Secrecy hat letzten Herbst über sie berichtet, als sie wegen einer psychotischen Störung in eine Klinik musste.« *Deshalb redet sie wirres Zeug über Türen und ihre Besitzer. Leider nimmt sie nämlich ihre Tabletten nicht mehr. Und wenn du wüsstest, dass sie ihren eigenen Hund vergiftet hat, würdest du sie sicher nicht so vertrauensvoll anschauen.*

Anabel seufzte.

»Blau ist ja meine absolute Lieblingsfarbe«, sagte Mia, an deren unvoreingenommenem Lächeln sich nichts geändert hatte. »Und Blaubeeren sind meine Lieblingsfrüchte.« Betrübt blickte sie auf das Körbchen in Anabels Einkaufswagen hinab und brachte dabei das Kunststück fertig, für einen Moment sehr viel jünger und niedlicher zu wirken als dreizehn. »Das waren dummerweise die letzten. Lottie wird fürchterlich schimpfen.« Sie schluckte schwer. »Lange wird sie ja leider keine Gelegenheit mehr haben, Blaubeertorte für uns zu backen.«

Anabel seufzte noch einmal. »Ach, weißt du, ich kann eigentlich genauso gut tiefgekühlte Himbeeren nehmen«, sagte sie dann und reichte Mia die Blaubeeren.

»Oh, das ist aber lieb!« Mia strahlte über das ganze Gesicht. »Vielen, vielen Dank. Du bist echt unheimlich nett.«

Ja, durchaus. Wenn gerade kein Dolch in der Nähe war.

»Keine Ursache.« Anabel wandte sich wieder zu mir. »Sehen wir uns heute Abend?«

»Du bist auf Jaspers Welcome-Home-Party eingeladen?«, fragte ich verdutzt.

Anabel verzog amüsiert die Mundwinkel. »Ich meinte eher danach. Es gibt da etwas, das ich dir zeigen sollte.«

Oh ja, da gab es einiges. Senator Tods Tür zum Beispiel.

Und wie sie es fertiggebracht hatte, ihn in seinem eigenen Traum einzuschließen. Aber Anabel dachte scheinbar an etwas anderes. Während sie ihren Einkaufswagen weiterschob, neigte sie den Kopf und flüsterte mir im Vorbeigehen ins Ohr: »*Er* ist wieder da!«

Und schon war auch *sie* wieder da, die verdammte Gänsehaut.

Anabel gluckste zufrieden. »Wiedersehen, Mia«, flötete sie über ihre Schulter. »War nett, dich kennenzulernen.«

»Ja, fand ich auch«, flötete Mia genauso zuckersüß zurück. »Und vielen, vielen Dank noch mal für die Blaubeeren!« Sie wartete, bis Anabel in Richtung Tiefkühlabteilung verschwunden war, dann grinste sie mich an und sagte: »Total irre, die Ärmste! Erstaunlich, dass sie sie aus der Psychiatrie entlassen haben, oder? Aber wahrscheinlich ist sie ganz harmlos.«

Leider nein. Gegen Anabel waren selbst die tückischsten orangefarbenen Montbretien die reinsten Engel.

8.

Das viktorianische Reihenhaus von Jaspers Eltern war so klein und kuschelig, dass es schon mit den dreißig Gästen, die offiziell zur Party eingeladen worden waren, recht eng zugegangen wäre. Aber als Grayson, Henry und ich um Viertel nach neun dort auftauchten, waren mindestens doppelt so viele Leute da, wir kamen kaum zur Haustür hinein, so voll war es im Eingangsbereich. Wir mussten an Emily vorbei, die dekorativ in einem für ihre Verhältnisse viel zu engen und kurzen Rock am Treppengeländer lehnte und ganz offensichtlich auf Grayson gewartet hatte. Sie spielte gedankenverloren mit der Kette an ihrem Hals und tat so, als sähe sie uns gar nicht. Bitte sehr, das konnten wir auch.

Na ja, bis auf Grayson.

Wir hatten uns schon fast bis in die Küche durchgekämpft, als er sich wieder umdrehte. »Ich weiß, ich sollte sie einfach ignorieren«, sagte er. »Aber diese falsche Schlange trägt immer noch die Kette, die ich ihr geschenkt habe, und das, obwohl sie … ich halte das einfach nicht aus. Ich muss jetzt mit ihr reden!«

»Na dann, viel Spaß.« Henry boxte Grayson gegen den Oberarm.

»Ruf mich, wenn du jemanden brauchst, der Kung-Fu kann«, ergänzte ich.

»Keine Sorge, mit der werde ich allein fertig«, sagte Grayson grimmig.

Am liebsten wäre ich gleich mit ihm zurückgegangen, um nichts zu verpassen, aber Henry zog mich weiter. Alle, an denen wir uns vorbeidrängten, sprachen über Theo Ellis. Sein dilettantischer Einbruch in ein Juweliergeschäft in West Hampstead war das Thema des Tages. Auch ich hatte mir am Nachmittag das Video angeschaut, das jemand ins Internet gestellt hatte. Theos wirres Verhalten erinnerte mich in jeder Beziehung an das von Mrs Lawrence Dienstag in der Cafeteria. Für mich stand ohne Zweifel fest, dass Arthur dahintersteckte – er hatte Theo den kleinen Sieg im Schulfoyer einfach nicht gegönnt. Erschreckend fand ich, dass er nur eine einzige Nacht gebraucht hatte, um seine Racheaktion in die Wege zu leiten. Er war wirklich gut. Teuflisch gut.

Es ärgerte mich, dass ich jetzt schon wieder an ihn denken musste, anstatt für ein paar Stunden einfach nur mal ein ganz normales Mädchen auf einer ganz normalen Party sein zu dürfen.

»Bombenstimmung, was? Das Bier war schon um halb neun weg«, schrie uns Jasper entgegen. Wir hatten ihn in der Küche entdeckt, wo er eingekeilt zwischen der halben Basketballmannschaft Flaschen öffnete. Er ließ uns eine überschwängliche Umarmung angedeihen.

Frankreich hatte ihn zumindest äußerlich kein bisschen verändert. Immer noch sah er haargenau aus wie eine fleischgewordene Version von Barbies Rasierspaß-Ken, mit seinen dichten blonden Haaren, den blitzblauen Augen, dem Dreitagebart und dem strahlenden, immer ein wenig verpeilt wirkenden Lächeln, das nicht nur Persephone regelmäßig weiche Knie bescherte. Ich musste zugeben, dass ich ihn auch ein wenig vermisst hatte. Obwohl Jasper in Beziehungsdingen bisher eher den Kürzeren gezogen hatte und überhaupt viel gutmütiger und weniger machohaft war, als alle (einschließlich seiner selbst) dachten, pflegte und hegte er seinen Ruf als Weiberheld und Herzensbrecher akribisch, und zumindest bei den jüngeren Mädchen schien das auch super zu funktionieren. Alle glaubten, er habe an der Schule in Frankreich etwas total Skandalöses getan, so dass man ihn vom Unterricht suspendieren und früher als geplant nach Hause habe schicken müssen. Die Gerüchteküche brodelte, und von »Er hatte ein Verhältnis mit der verheirateten Englischlehrerin« bis hin zu »Er hat die Tochter des Direktors geschwängert« war alles dabei.

»Nichts davon ist wahr«, klärte er mich bereitwillig auf, während er eine Flasche Wein entkorkte, die er zusammen mit einer Reihe anderer Flaschen aus dem Weinkeller seines Vaters geholt hatte, um den Biermangel wieder auszugleichen. »Leider!«

Henry wischte mit seinen Fingerkuppen den Staub von den

Etiketten, auf ähnlich vorsichtige Weise, wie er mich manchmal zu streicheln pflegte. Als wäre ich etwas besonders Kostbares, Zerbrechliches. Schon vom Zugucken bekam ich ein flaues Gefühl im Magen.

»Bist du sicher, dass dein Vater nichts dagegen hat, wenn wir das trinken?«, fragte Henry.

»Klar!«, sagte Jasper im Brustton der Überzeugung. »Sonst hätte er den Weinkeller doch abgeschlossen. Das hat er jedenfalls mit dem Waffenschrank getan. Und dem Schlafzimmer. Nach der letzten Party meines Bruders hat Mum auf neue Matratzen bestanden, das war vielleicht eine Party!« Er seufzte. »Die Franzosen hingegen ... ich sag euch, die sind lange nicht so freizügig und lustig wie in ihren Filmen.«

»Nicht mal die Mädchen?«, erkundigte ich mich.

»Besonders nicht die Mädchen«, sagte Jasper.

Das waren doch schon mal gute Nachrichten für Persephone.

Jasper zog den Korken aus dem Flaschenhals und goss den Wein schwungvoll in ein Glas. Ich hatte mich nach nichtalkoholischen Getränken umgeschaut, aber die schienen wie das Bier bereits alle weggetrunken worden zu sein. Nach den schmutzigen Porzellanplatten zu schließen, die auf der Arbeitsplatte standen, hatte es sogar etwas zu essen gegeben. Jetzt war nur noch ein einzelner Käsewürfel und ein Sträußchen Petersilie übrig.

Jasper schwenkte sein Glas. »Willst du die Wahrheit wissen?«

Und ob ich die wissen wollte.

Die Wahrheit war, dass Jasper in seiner Gastfamilie vor Heimweh beinahe umgekommen war und seine Eltern unter Tränen angefleht hatte, ihn früher nach Hause zu holen. Statt wilder Partys und ausgelassenem französischen »savoir vivre« sei in dieser französischen Kleinstadt rein gar nichts los gewesen. Auch das französische Essen hatte es nicht rausgerissen.

»Total überschätzt«, sagte Jasper und nahm einen großen Schluck Rotwein, um gleich darauf angeekelt das Gesicht zu verziehen. »Igitt! Nicht mal guten Wein können sie machen, die Franzosen. Aber Hauptsache, er wirkt.«

Henry hatte ihm die Flasche aus der Hand genommen und das Etikett studiert. »Du weißt schon, dass diese Flasche hier von 1972 ist? Den nur runterzukippen, weil das Bier aus ist, kommt mir geradezu wie Frevel vor.« Schützend stellte er sich zwischen den Wein und die durstig aussehenden Jungs aus seiner Mannschaft.

»Ach, Blödsinn«, rief Jasper. »Die machen wir heute alle leer. Augen zu und runter mit dem alten Zeugs. Ich will feiern, dass ich endlich wieder zurück bei meinen Freunden bin. Ihr habt ja keine Ahnung, wie einsam ich mich in diesem französischen Kaff gefühlt habe!«

Er hielt mir ein Glas hin, aber ich schüttelte den Kopf.

»Am Ende hab ich sogar vor lauter Langeweile angefangen, ein Buch zu lesen. Ich! Von Anfang bis Ende und dann wieder von vorne. Als meine Mutter das gehört hat, wusste sie, dass es ernst ist.«

»Du Ärmster, das klingt wirklich fürchterlich«, sagte ich. Henry hatte es aufgegeben, die Weinflaschen vor den anderen Gästen zu verteidigen, und links und rechts gluckerte nun Rotwein in Gläser. Henry sicherte sich auch eins.

Jasper legte seine Stirn in untypische, geradezu philosophische Falten. »Ja, es war grausam. Aber trotzdem hat diese Erfahrung mir wahnsinnig viel gebracht. Ich bin innerlich irgendwie total gereift. Ich weiß jetzt, was im Leben wirklich wichtig ist.«

»Das weiß doch jeder«, sagte Persephone. Noch während ich versuchte zu begreifen, wie sie es fertiggebracht hatte, so plötzlich einfach aus dem Nichts neben uns aufzutauchen (mal abgesehen davon, dass sie gar nicht eingeladen war), griff sie an uns vorbei und goss sich Rotwein in ein Wasserglas. Weingläser waren inzwischen aus. »Das einzig wirklich Wichtige im Leben ist Liebe!«

Jasper sah sie etwas verwirrt an, ließ sich jedoch nicht aus dem Konzept bringen. »Ach so? Ich wollte ja eigentlich ›Freunde‹ sagen! Aber das ist im Grunde doch dasselbe. Freunde sind Liebe!« Jaspers philosophische Falten waren wieder seinem strahlenden Rasierspaß-Ken-Lächeln gewichen. »Bist du mit deiner Schwester hier, Penelope?«

Persephone hob das Glas an die Lippen, und als sie es wieder absetzte, war es halbleer. »Nein«, sagte sie. »Mit meinem Freund. Gabriel.«

»Oh, Gabriel habe ich vorhin mit Dave losgeschickt, um noch ein paar Getränke zu organisieren.« Jasper sah sich suchend um.

»Ich weiß«, sagte Persephone und schaffte es tatsächlich, das Glas in einem einzigen, langen Zug komplett zu leeren. »Gabriel kann übrigens super küssen.«

Das hörte Jasper aber nicht mehr, er hatte soeben Grayson entdeckt, der versuchte, sich in die Küche zu quetschen, und sprang auf ihn zu, um ihn zu umarmen. Leider verschwanden die beiden dann Richtung Wohnzimmer. Schade, ich hätte Grayson gern gefragt, wie sein Gespräch mit Emily gelaufen war. Aber erst einmal musste ich mich um Persephone kümmern, die sich schon wieder Wein nachgoss, obwohl sie normalerweise Alkohol nicht vertrug. Bis auf den kleinen dunkelroten Schnurrbart, den der Wein auf ihrer Oberlippe hinterlassen hatte, sah sie gut aus, keine Spur mehr von geröteten Augen und geschwollenen Lidern.

»Hast du nicht gesagt, Gabriels Zunge fühle sich an wie eine Nacktschnecke?«, flüsterte ich ihr zu. Henry war mit seinem Smartphone beschäftigt.

»Allerdings!« Persephone lächelte zufrieden. »Aber das muss Jasper ja nicht wissen. Er soll eifersüchtig sein, nicht mitleidig.«

»Das ist doch albern«, wollte ich schon sagen, aber leider kam mir diese abstruse Art der Argumentation irgendwie bekannt vor. Ich war bestimmt die Letzte, die hier tadelnd den Kopf schütteln durfte. Im Gegensatz zu Rasmus gab es Gabriel immerhin wirklich.

»Wie findest du das Kleid? Pandora hat es sich heute gekauft. Sie bringt mich um, wenn sie sieht, dass ich es anhabe.« Persephone kicherte. »Aber sie babysittet bei unseren Nachbarn und wird wohl kaum vor Mitternacht hier auftauchen …«

»Ach. Du. Scheiße«, sagte Henry, der immer noch auf sein Handy starrte.

»Was denn?« Ich sah ihn besorgt an. Hoffentlich war nicht wieder etwas mit seiner Familie. Letzte Nacht, als er so plötzlich aus Mrs Honeycutts Traum verschwunden war, hatte sich seine Mutter bei dem Versuch, ein Omelett zu braten, mittelschwere Verbrennungen an Hand und Arm zugezogen. Nachdem Henry von ihrem Schmerzensschrei geweckt worden war, hatte er darauf bestanden, sie zur Versorgung der Brandblasen in die Notaufnahme zu fahren. Er hatte es zwar nicht explizit erwähnt, aber ich ging einfach mal davon aus, dass jemand, der nachts um drei ein Omelett briet und sich dabei derart ungeschickt anstellte, nicht wirklich nüchtern gewesen sein konnte. Kein Wunder, dass Henry sich ständig in Alarmbereitschaft befand, für den Fall, dass zu Hause etwas schiefging.

Aber jetzt ging es um etwas anderes. »Der 1972 Chateau Margaux, den hier alle gerade in sich reinkippen, wird im Internet für über vierhundert Pfund die Flasche gehandelt.«

»Das habe ich gleich geschmeckt.« Persephone ließ den Wein in ihrem Wasserglas kreisen und schmatzte fachmännisch. »Ein wirklich guter Tropfen. Samtig und elegant im Abgang …«

Henry grinste. »Die leichte Brombeernote nicht zu vergessen«, sagte er.

»Stimmt«, sagte Persephone.

»Jaspers Vater wird ihn umbringen.« Schnell zählte ich die Flaschen durch, die bereits geöffnet waren. »Zweitausend Pfund, in Sekunden vernichtet. Von Leuten, die eigentlich lieber Bier wollen …«

Bei dem Wort »Bier« horchte der Typ neben mir sofort auf. »Hey, gibt es noch mal Nachschub?«, fragte er und stellte sein halbvolles Weinglas auf die Platte mit dem einsamen Käsewürfel. »Das Zeug hier schmeckt nämlich wie Pferdepisse.«

Henry klemmte sich die letzten beiden ungeöffneten Flaschen unter den Arm. »Die bringe ich besser mal in Sicherheit.«

»Warte, ich komme mit.« Persephone schnappte sich den Korkenzieher und folgte Henry durch das Gedränge. Jetzt erst sah ich, dass der Reißverschluss ihres Kleides auf dem Rücken nur halb geschlossen war und die beiden Kleidhälften von der Taille aufwärts nach links und rechts geklappt waren und beim Gehen fröhlich auf und ab wehten. Hastig rannte ich ihr hinterher. Es dauerte allerdings eine Weile, bis ich mich von der Küche bis ins Wohnzimmer gequetscht hatte, und als ich es endlich geschafft hatte, entdeckte ich Persephone und Henry nirgendwo.

Hier war es sehr viel leerer, dafür war die Musik so laut aufgedreht, dass die Fensterscheiben bebten. Ein paar Leute tanzten, darunter auch Jasper, mit der Flasche Wein in der einen und dem halbvollen Glas in der anderen Hand – bedenklich nah an einem der cremeweißen Sofas. Da konnte man nur hoffen, dass das Sofa nicht so teuer gewesen war wie der Wein – Jaspers Eltern taten mir allmählich richtig leid.

Grayson lehnte mit dem Rücken am Bücherregal und lächelte mich erschöpft an, als ich an ihm vorbeikam.

»Was hat Emily denn gesagt?«, rief ich.

Grayson gab mir pantomimisch zu verstehen, dass er mich nicht verstanden habe. Ich brüllte meine Frage noch einmal, so laut ich konnte, und Grayson brüllte etwas zurück, das sich anhörte wie: »Ich habe hier eisfette Perücke gepolt!«

»Was?«

»Schabe mir weiße Etikettenrücken rot!«

»Wirklich?«, fragte ich ungläubig. Warum um Himmels willen sollte er das tun? Warum um Himmels willen sollte das überhaupt jemand tun?

Aber Grayson nickte erzürnt. »Von wegen Unterkleid!

Nichtenbier!« Mit dem Kinn deutete er hinüber auf die andere Seite des Raumes, wo Emily neben der Musikanlage stand und mit einem Fuß im Takt mitwippte. Eine äußerst ungewöhnliche Tätigkeit für Emily. Sie war sonst nicht so der Wipp-Typ.

»Schellfischlogistik!«, schrie Grayson.

Mir war klar, dass wir akustisch auf keinen grünen Zweig kommen würden, wenn wir so weitermachten. Deshalb tanzte ich kurz entschlossen an Jasper und den anderen vorbei zur Musikanlage hinüber, ignorierte Wipp-Emily, so gut ich konnte, und drehte die Musik etwas leiser. Als sich keiner beschwerte, drehte ich sie noch ein bisschen mehr runter. So war es schon sehr viel besser. Immer noch ziemlich laut, aber wenigstens klirrten die Fensterscheiben jetzt nicht mehr, und der Druck auf den Ohren hatte merklich nachgelassen. Ich konnte sogar Emily bestens verstehen, als sie sich vorbeugte und abschätzig sagte: »Sei doch nicht so spießig, Liv! Das ist eine Party, da wollen die Leute tanzen und nicht reden.«

Schon seltsam, diesen Satz von jemandem zu hören, dessen zweiter Vorname »Spaßbremse« war. Wollte sie mir weismachen, dass sie beim Schlüpfen in diesen unanständig knappen Minirock von der Oberlehrerin zur Partymaus mutiert war? Dann hätte sie sich aber auch das säuerliche Lächeln abgewöhnen müssen.

Ich sah, dass sie die Kette nicht mehr trug, mit der sie

vorhin noch kokett herumgespielt hatte, und begriff mit einem Schlag, was Grayson mir hatte sagen wollen. Von wegen »Schabe weiße Etikettenrücken rot« – das hatte in Wirklichkeit: »Ich habe mir die Scheißkette zurückgeholt« geheißen. Ha!

»Was sagst du?«, rief ich. »Ich kann dich leider unheimlich schlecht verstehen, die Musik ist so laut. Unterkleid und Nichtenbier! Schellfischlogistik?«

»Dämliche Kuh«, sagte Emily, wieder ganz die Alte.

»Danke schön. Dir aber auch!« Während ich von ihr wegtanzte, lächelte ich sie so strahlend an wie möglich.

Drüben am Bücherregal entdeckte ich neben Grayson nun endlich wieder Henry und Persephone, und Jasper machte eine Tanzpause, um seine beiden Freunde noch einmal zu umarmen und ihnen zu sagen, wie lieb er sie hatte. Den Rotwein stellte er so lange auf dem weißen Klavier ab. So würde sein Vater wenigstens eine Erinnerung an seinen guten Wein in Form von roten Kränzen im Klavierlack zurückbehalten.

Für einen Moment sah es so aus, als würde Jasper in seinem Überschwang auch Persephone umarmen, die sich geschickt in seinen Umarmungsradius geschoben hatte, aber in diesem Augenblick, und zwar exakt in derselben Sekunde, in der ein neuer Song, nämlich »Sympathy for the devil« von den Rolling Stones, einsetzte, betrat Arthur das Wohnzimmer und zog alle Aufmerksamkeit auf sich. Er hatte drei Sixpacks unterm Arm und sah aus wie ein Engel aus einer coolen Bierwerbung. Vermutlich freuten sich deshalb alle so, ihn zu sehen.

Alle außer Grayson, Henry und mir, natürlich. Instinktiv rückten wir näher zusammen, und während Henry nach meiner Hand griff, sagte er vorwurfsvoll: »Sag bitte nicht, dass du ihn eingeladen hast, Jasper!«

Jasper breitete seine Arme aus. »Och, Leute! Was versuche ich euch denn die ganze Zeit zu erklären? Über Freundschaft und das, was ich in Frankreich darüber gelernt habe? Freunde gehen über alles! Ich finde, ihr wart lange genug sauer aufeinander.«

»Hast du in Frankreich auch dein Gedächtnis verloren und vergessen, was Arthur getan hat?« Finster sah Grayson zu, wie Arthur in bester Weihnachtsmannmanier die Bierdosen nach links und rechts verteilte und dabei immer näher kam. Mick Jagger sang: *»Pleased to meet you, hope you guess my name. But what's puzzling you, is the nature of my game.«*

»Ach kommt schon, gebt euch mal einen Ruck«, sagte Jasper. »Vergesst diesen dämlichen Dämonen- und Traumblödsinn-Kinderkram und werdet endlich erwachsen! Arthur ist unser bester Freund seit dem ersten Schuljahr. Gut, er hat Fehler gemacht, aber erstens macht die jeder mal, und zweitens ist doch das meiste von dem, was damals passiert ist, auf Anabels Mist gewachsen …«

»Echt?«, entfuhr es Persephone, die dem Dialog mit weitaufgerissenen Augen gefolgt war. »Ich wusste doch, dass sie was damit zu tun hatte. Nur mit was genau?« Sie nuschelte schon ein bisschen. Ich nutzte die Gelegenheit, um endlich den Reißverschluss ihres Kleides hochzuziehen, auch wenn ich dafür bedauerlicherweise Henrys Hand loslassen musste. Persephone bedankte sich mit einem kleinen Hicks.

»Es ist doch niemandem geholfen, immer nur stur auf alten Geschichten herumzureiten«, sagte Jasper und ignorierte sowohl Henrys gereizten Blick als auch Graysons Augenrollen. »Man muss auch einfach mal über seinen Schatten springen und von vorne anfangen. Wahre Freundschaft währt ewiglich. Und wir sind die besten Freunde, die es jemals gegeben hat, damals wie heute. Stimmt's, Arthur?«

»Das stimmt. Ihr wart die vier Musseltiere!« Persephones Nuschelfaktor hatte rapide zugenommen, als sie sich jetzt wieder einmischte. »Und du bis swar nich' das netteste, aber das schönsse Musseltier von allen, Arthur. Das liegt an den Haaren. Und dieser wahnsinnich tollen Haut. Wie Porsellan, so fein.«

»Danke, Persephone.« Arthur stand nun vor uns. Er war das ganze Bier los geworden und lächelte uns beinahe schüchtern an. »Hey.«

Außer Jasper erwiderte niemand sein Lächeln. Wir starrten Arthur nur stumm an, Persephone mit großäugiger, begeisterter Neugierde, wir anderen so abweisend und gleichgültig wie eben möglich. Das Letzte, was Arthur denken sollte, war, dass wir uns vor ihm fürchteten.

Auch wenn das leider der Fall war, jedenfalls bei mir. Ich musste wieder an den armen Theo Ellis denken und daran, wie Arthur ihn dafür bestraft hatte, dass er es gewagt hatte, ihm die Stirn zu bieten.

»*Just call me Lucifer, 'cause I'm in need of some restraint*«, sang Mick Jagger, und Henry zog eine Augenbraue hoch und sagte: »Dein Soundtrack, Arthur.«

Jasper versetzte ihm einen vorwurfsvollen Knuff, trat auf Arthur zu und legte ihm demonstrativ einen Arm um die Schulter. »Schön, dass du da bist, Mann. Grayson und Henry freuen sich auch, sie können es nur nicht so zeigen. Aber tief in ihrem Inneren wissen sie, dass eine Freundschaft wie unsere auch mal ein paar Meinungsverschiedenheiten wegstecken kann. Mensch, Leute, jetzt gebt euch doch mal einen Ruck.«

»Gib ihnen ein bisschen Zeit«, sagte Arthur nachsichtig. »Manchmal erkennt man erst in einer Notlage, wie dringend man seine alten Freunde braucht. Was allerdings schneller der Fall sein könnte, als ihr vielleicht denkt.« Er neigte sich ein bisschen vor, das gespielte schüchterne Lächeln war seiner üblichen selbstsicheren Miene gewichen. »Ich sag nur *Saros-Zyklus*.«

Wir blieben bei unserer Taktik der gleichgültigen Blicke und erwiderten nichts. Ich schon deshalb nicht, weil mir außer »Hä?« sowieso nichts einfiel. Von »Saros-Zyklus« hatte ich noch nie was gehört. Außerdem war ich abgelenkt, weil Persephone sich ausgerechnet jetzt von unserer Gruppe löste. Ich sah ihr nach, wie sie eilig das Wohnzimmer verließ. War ihr vom Alkohol schlecht geworden? Oder war ihre Schwester früher als erwartet aufgetaucht, und Persephone musste sich und das Kleid vor ihr verstecken?

Arthur deutete unser Schweigen ganz richtig. »Oh, hat Anabel euch denn noch nicht in ihren Plan« – hier zeichnete er mit beiden Händen Anführungsstriche in die Luft – »eingeweiht und mysteriöse Todesdrohungen ausgesprochen? Euch gesagt, dass ihr den Tag der Sonnenfinsternis wahrscheinlich nicht überleben werdet?«

Nein, hatte sie nicht. Aber das konnte ja noch kommen.

»Seit einiger Zeit redet sie wohl wieder mit ihm«, fuhr Arthur fort, während mir die altbekannte Gänsehaut über die Arme kroch. »Mit dem Dämon, meine ich. Dem Herrn der Finsternis. Oder umgekehrt.« Er lachte kurz auf. »Der jedenfalls nicht gut auf uns zu sprechen ist, wenn man Anabel glauben will.«

»Dich müsste er aber doch eigentlich in sein Herz geschlossen haben«, brachte Grayson ziemlich cool heraus, während ich nach Henrys Hand tastete, weil mir eingefallen war, dass es tatsächlich eine Sonnenfinsternis geben würde, in zwei Wochen schon. Wir wollten das Ereignis vom Schulhof aus beobachten, mit Schutzbrillen und diversen Messinstrumenten, die wir zurzeit im Physikunterricht aus Pappe bastelten.

Arthur lächelte schwach. »Ernsthaft – es wäre vielleicht

klüger, wenn wir uns auf alte Zeiten besinnen und wieder zusammenhalten würden. Die Lage könnte sich schneller zuspitzen, als uns lieb ist.«

»Was du …«, begann Henry, verstummte aber sofort wieder und hielt die Luft an. Er war nicht der Einzige im Raum, der das tat. Alle hörten mit einem Schlag zu sprechen auf, die Tanzenden erstarrten in den merkwürdigsten Posen. Hätte die Musik nicht weitergewummert, wäre es totenstill gewesen. Dabei war es nur Persephone, die wieder in der Wohnzimmertür stand.

Meine Persephone, das Mädchen, das sich ausschließlich für hübsche Jungs, Mode und Make-up interessierte und stundenlang über Lippenstiftfarben und den Unterschied zwischen »dark rasberry« und »pearly mauve« sprechen konnte. Der Gegenstand, den sie auf der Türschwelle präsentierte, passte so wenig zu ihr, dass ich mindestens fünf Sekunden lang hinstarren musste, bevor ich kapierte, dass sie keine Fata Morgana war. Persephone stand wirklich dort – mit einem Gewehr in der Hand. Einem verdammt großen und verdammt echt aussehenden Gewehr.

Und Persephone sah aus, als wüsste sie ganz genau, wie man damit umging, als sie es jetzt langsam hochnahm und dabei den Lauf in unsere Richtung schwenkte. Mit einigen Sekunden Verspätung überkam mich nun auch endlich die blanke Angst, die alle anderen im Raum hatte erstarren lassen.

Was mich am meisten erschreckte, war nicht die Waffe, sondern der merkwürdige, glasig-verträumte Ausdruck in Persephones Augen. Genauso hatte Mrs Lawrence auch ausgesehen.

Arthur lachte leise. »Schneller als uns lieb ist«, sagte er noch einmal.

9.

Emily drehte die Musik aus. Sie war damit die Einzige, die sich rührte, wir anderen waren immer noch zu keiner Regung fähig, wir starrten Persephone nur an.

Und sie starrte zurück.

Ohne die Musik war es im Raum ganz still, nur aus der Küche hörte man noch Lachen und Wortfetzen, offenbar wusste man dort noch nichts von dem, was hier drinnen geschah.

In der Schule waren vor gar nicht so langer Zeit Merkzettel für das richtige Verhalten im Falle eines Amoklaufs verteilt worden, die man auf eine einfache Formel herunterbrechen konnte: *Weglaufen, verstecken, warten.* Wir warteten einfach nur. Vielleicht darauf, dass sich das alles als ein doofer Scherz entpuppen würde.

Ich hatte jegliches Zeitgefühl verloren, vermutlich waren immer noch nur Sekunden vergangen, seit Persephone hereingekommen war. Aber mir erschien es bereits wie eine kleine Ewigkeit. Henrys Hand in meiner fühlte sich eiskalt an.

Jasper schaffte es schließlich, die Stille zu durchbrechen. »Ist das … eins von den Jagdgewehren meines Vaters?« Seine Stimme klang brüchig.

»Ja«, sagte Persephone ganz selbstverständlich. »Den Schlüssel zum Waffenschrank bewahrt dein Vater unter einem alten Blumentopf in der Waschküche auf. Im zweiten Regalbrett von oben.«

Alter Blumentopf. Waschküche. Mein Gehirn klammerte sich an einzelne Wörter, aber ich konnte den Zusammenhang nicht herstellen.

Was passierte hier?

Grayson trat einen Schritt vor, was Persephone mit einem winzigen Schwenk der Waffe quittierte. Irgendwo hinter mir schrie ein Mädchen gedämpft auf, und Grayson rührte sich nicht mehr.

»Leg das Ding besser hin, Penelope.« Jasper lächelte nervös. »Es ist zwar nicht geladen, aber trotzdem …«

»Persephone«, verbesserte ihn Persephone. Ihre Stimme klang vollkommen emotionslos. »Ich heiße Persephone. Und ein Repetiergewehr lädt man nach, indem man den Kammerverschluss zurückzieht, wodurch die leere Patronenhülse ausgeworfen wird. Ist das Magazin leer, öffnet man den Kammerverschluss, lässt neue Patronen in das Patronenlager gleiten und legt den Verschlusshebel zur Seite um. Das ist wirklich ganz einfach.« Sie machte ein paar Schritte ins Zimmer hinein und hob das Gewehr mit beiden Armen an. »Anschließend kann das Gewehr in Anschlag genommen werden. Ruhig atmen.«

Das gelang ihr deutlich besser als uns, die entweder die

Luft anhielten oder entsetzt keuchten. Der Lauf zeigte in unsere Richtung.

Genauer gesagt auf mich.

»Der Schaft muss richtig in die Schulter eingezogen werden. Hand, Unter- und Oberarm entspannen, bei gleichzeitiger Festigkeit im Handgelenk. Die Waffe ist entsichert, das Ziel erfasst, der Zeigefinger gestreckt«, fuhr Persephone fort. So wie sie klang, hätte sie auch aus der Festschrift zum 75. Jubiläum des Vereins für Freunde der Entenjagd zitieren können. Nur dass ich keine Ente war. Und auch keine Freundin der Jagd.

»Persephone!« Ich bekam nur ein heiseres Flüstern heraus. Und mehr fiel mir gerade auch nicht ein. Ich wusste, ich musste etwas tun, aber ich fühlte mich wie in einem dieser Albträume, in denen man sich nur in Zeitlupe bewegen kann, weil sich der Boden unter einem und selbst die Luft anfühlt wie zäher Sirup. Auch mein Gehirn schien aus sirupartiger Masse zu bestehen, so langsam, wie ich gerade dachte. Oder aber, das alles passierte gerade sehr viel schneller, als mein Gehirn es verarbeiten konnte.

Persephone beachtete mich ohnehin nicht, sie war zu sehr damit beschäftigt, auf meine Brust zu zielen. Grayson, der ihr am nächsten stand, schien seinem Gesichtsausdruck nach verzweifelt abzuschätzen, wie viel Zeit er brauchen würde, bis er sie erreichte, aber egal, wie schnell er war, eine Kugel wäre schneller.

»Die Fingerkuppe legt sich auf den Abzug. Nun langsam mit der Krümmung des Schießfingers beginnen …«, sagte Persephone. Jetzt war ich ganz sicher, dass das alles hier gerade in bizarrer Zeitlupe ablief. Ich meine, wie lang konnte es schon dauern, einen Finger zu krümmen?

Viel Farbe durfte ich nicht mehr im Gesicht haben. Es fühlte sich jedenfalls so an, als ob sich mein Blut vorwiegend in meine Beine geflüchtet hätte.

»Persephone! Stopp!«, rief Henry neben mir. Er hatte meine Hand losgelassen und schob sich mit seinem ganzen Körper schützend vor mich. »Lass den Scheiß, verdammt nochmal!« Ich bewunderte sehr, dass er in der Lage war, sich zu bewegen und zu sprechen, ich konnte mit keiner Wimper mehr zucken, geschweige denn etwas Sinnvolles tun.

Aber es war ohnehin vergebens. Persephone schien uns gar nicht mehr wahrzunehmen. Sie machte einfach weiter.

»Die Spannung im Schießfinger halten. Ruhig weiteratmen, nicht blinzeln«, hörte ich sie sagen. »Sonst verzieht man leicht.«

Das hier war eindeutig der Moment, um zu schreien, aber ich schaffte es nicht mal, den Mund zu öffnen. Jeden Augenblick würde der Schuss losgehen und Henry treffen …

Arthur (dessen Anwesenheit ich tatsächlich in der vergangenen Minute völlig vergessen hatte) räusperte sich. Dann sagte er leise, aber streng: »Persephone Prudence Porter-Peregrin! Leg sofort das Gewehr auf den Boden.«

Ich konnte Persephone immer noch nicht sehen, weil Henry sich wie ein Fels vor mir aufgebaut hatte, doch an der Reaktion der anderen erkannte ich, dass Arthurs Worte Wirkung zeigten.

Alle begannen wieder zu atmen. Die Luft bestand nicht länger aus Sirup. Ich konnte mich wieder bewegen.

Um mich herum brach der Tumult los. Sämtliche Partygäste fingen auf einmal an zu sprechen und hysterisch zu lachen, ein Mädchen bekam einen Heulkrampf, und bei manchen wurde offenbar jetzt erst der Fluchtreflex aktiviert, und sie rannten durch die Terrassentür hinaus in den Garten.

Und Persephone? Oh Gott, Persephone! Ich schob Henry beiseite und eilte zu ihr, so schnell mich meine butterweichen Knie trugen. Sie war mit dem Gewehr zu Boden gesunken und kauerte auf dem Parkett, die Augen ganz weit aufgerissen.

»Was …? Warum …?«, stammelte sie, genau wie Mrs Lawrence. »Der Zielvorgang darf nicht länger als fünf Sekunden dauern, sonst fangen die Augen an zu tränen … Warum starren uns alle an?«

Ich kniete mich neben sie und legte einen Arm um ihre Schulter.

»Alles ist gut«, sagte ich, und hasste mich selber, weil mir nichts Besseres einfiel. Und weil es ja auch nicht stimmte. Nichts war gut. Gar nichts. Ich sah hinüber zu Arthur, der umringt war von Leuten, die ihm auf die Schulter schlugen.

Der strahlende Held, der Persephone davon überzeugt hatte, die Waffe niederzulegen.

»Was machen wir hier auf dem Boden?«, fragte Persephone. »Hast du wieder eine von deinen Kontaktlinsen verloren?« Ihr Blick fiel auf das Gewehr, und sie zuckte zusammen. »Was ist das? Ist das geladen?«

»Ich fürchte ja.« Henry hob das Gewehr vorsichtig vom Boden auf und reichte es an Jasper weiter, der es wieder sicherte. Seine Hände zitterten unübersehbar.

»Das war knapp!«, sagte er und sah ungläubig auf Persephone nieder. »Mensch, Mädel, wie bist du auf diese hirnverbrannte Idee gekommen? Und woher wusstest du, wo mein Vater den Schlüssel zum Waffenschrank versteckt?«

»Weiß ich nicht«, stammelte Persephone. »Nimm das weg. Ich hasse Waffen.«

»Du solltest das Ding wirklich erst mal in Sicherheit bringen, Jas«, sagte Henry und zeigte mit dem Kinn auf das Gewehr. »Nimm vorher die Munition raus. Und hör mal …« Er ließ seinen Blick kurz durch den Raum gleiten, wo sich kleine Grüppchen von Menschen zusammengefunden hatten, die aufgeregt miteinander tuschelten. »Wir sollten der Polizei eine glaubhafte Geschichte auftischen können, falls einer in den letzten Minuten dort angerufen hat. Irgendetwas von wegen, dass Persephone stockbetrunken einen Scherz machen wollte, aber dass das Gewehr natürlich nicht geladen war.«

Jasper nickte eifrig zu jeder von Henrys Anweisungen. Ihm war anzusehen, wie dankbar er dafür war, dass jemand die Führung übernommen hatte.

»Ja, du hast recht«, wiederholte er ein ums andere Mal und verließ dann eilig den Raum, das Gewehr unter den Arm geklemmt wie ein ungezogenes Tigerbaby.

»Was habe ich denn getan? Ich erinnere mich nicht …« Persephone fasste sich mit beiden Händen an die glühend roten Wangen. »Ich muss einen Filmriss gehabt haben. Habe ich wirklich so viel getrunken? Und wieso … was habe ich mit diesem Gewehr zu schaffen? Ich verstehe das alles nicht.« Sie begann zu weinen.

»Du weißt doch, dass du keinen Alkohol verträgst«, sagte ich.

»Das stimmt.« Persephone schniefte. »Nicht mal im Gesichtswasser.«

»Wir bringen dich erst mal nach Hause, und du wirst sehen, morgen früh …« Ich stockte. Was war morgen früh? Alles wieder gut? Wohl kaum. Und lachen würden wir ganz sicher auch niemals über diese Episode.

»… ist ein neuer Tag«, schloss ich ziemlich lahm, was Persephone auch nicht wirklich tröstete. Sie weinte nur noch mehr.

»Heißt du mit zweitem Vornamen wirklich Prudence?«, fragte ich, um sie irgendwie abzulenken. Und ein paar Sekunden lang funktionierte das auch.

»Wie bitte?« Sie sah mich empört an. »Prudence? Wer heißt denn bitte schön Prudence? Ich habe überhaupt keinen zweiten Vornamen – mir reichen meine beiden Nachnamen.« Sie ließ sich von Henry auf die Beine helfen und schnäuzte sich in das Taschentuch, das ich ihr reichte. Leider fing sie aber danach sofort wieder an zu weinen.

»Was habe ich nur getan? Alle sehen mich an, als wäre ich ein Monster.«

»Das stimmt gar nicht«, sagte ich schnell. »Wenn überhaupt, dann haben sie Mitleid.« Okay, das war gelogen, so wie die meisten die Köpfe zusammensteckten und sensationslüstern die Details durchgingen, aber glücklicherweise war Persephone zu fertig, um das zu merken. Drüben am Bücherregal ließ Arthur sich als den Helden des Abends feiern, während Grayson, der sich bisher nicht von der Stelle gerührt hatte, ihn wütend anstarrte.

»Er muss sie irgendwie gesteuert haben. Vielleicht mit dem, was er gesagt hat.« Ich zog Henry ein Stückchen von Persephone weg.

»Ein Wort oder ein Satz als Auslöser?« Henry nickte. »Das ist mir auch schon durch den Kopf geschoss … äh gegangen.« Er runzelte die Stirn. »Persephone ist losgezogen, um das Gewehr zu holen, als er über Anabel geredet hat, oder?«

Genau so war es gewesen. »Und sie hat sofort aufgehört, auf uns zu zielen, als er sie bei ihrem zweiten Vornamen genannt hat. Den sie gar nicht hat. Also war Prudence vermutlich das Wort, mit dem er sie zum Aufhören programmiert hat.«

»Und das Wort, das als Auslöser galt, könnte Saros-Zy…«, sagte Henry, aber ich fiel ihm hastig ins Wort.

»Lieber nicht aussprechen!«

Aber Persephone schniefte zu laut in mein Taschentuch, um uns zu hören.

»Wahrscheinlich sollen wir ihm dankbar sein, weil er sie noch rechtzeitig gestoppt hat«, murmelte ich und sah wieder zu Arthur hinüber.

»Das wüsste ich aber«, knurrte Henry.

Um uns herum verwandelte sich das Getuschel nach und nach wieder in normalen Partylärm. Es war verrückt, aber mit jeder Minute, die verging, schien die Stimmung wieder normaler zu werden, fast so, als wäre das vorhin gar nicht passiert. Oder als hätten sich alle heimlich auf die Geschichte geeinigt, die wir eigentlich für die Polizei vorgesehen hatten. Das war vielleicht sogar besser so, auch für Persephone – die Wahrheit würde sowieso niemand glauben. Jemand – Emily? – hatte sogar die Musik wieder angedreht. Allerdings nicht so laut wie vorher, so dass wir Arthurs fröhliches Lachen deutlich hören konnten. Er schien allerbester Laune zu sein. Und alle, die um ihn herumstanden, ebenfalls.

Bis auf Grayson, natürlich. Er hatte beide Hände zu Fäusten geballt und sah mittlerweile aus, als würde er jeden Augenblick vor Wut platzen. Wie ein Stier, der zu lange auf ein rotes Tuch starrt.

»Du holst ihn besser schnell da weg«, murmelte ich in Henrys Richtung. »Bevor er Arthur noch mal die Nase bricht. Ich glaube, das ist in seinem Drei-Phasen-Plan nicht vorgesehen.«

»Lass ihn doch«, sagte Henry.

»Nein! Arthur wird das nur wieder zu seinen Gunsten verwenden. Bitte, kümmere dich um Grayson, ja?« Ich versuchte ein Lächeln, merkte aber selber, dass es mir noch nicht so richtig gelang. »Ich bringe Persephone nach Hause. Wir treffen uns dann später bei Mrs Honey… bei unserer alten Freundin, okay?« Ich hakte mich bei Persephone unter. »Und – Henry?« Ich musste noch einmal stehen bleiben und mich zu ihm umdrehen.

»Hm?« Bildete ich es mir nur ein oder fiel Henrys Lächeln auch noch ein wenig zittrig aus?

»Danke, dass du dich vor mich gestellt hast«, sagte ich. »Das war wirklich sehr … ritterlich. Und verdammt leichtsinnig.«

»Tja.« Jetzt lächelte Henry richtig, mit sämtlichen Kringeln in den Mundwinkeln. »Ich konnte einfach nicht anders. Gegen seine Instinkte ist man machtlos.«

10.

Der Baum wünscht sich Ruhe, aber der Wind hört nicht auf. Warum mir ausgerechnet jetzt der Spruch von meinem kalifornischen Kung-Fu-Lehrer Mr Wu einfiel, wusste ich auch nicht. Es war nämlich absolut windstill, so kurz nach Mitternacht in diesem beschaulichen Villenviertel von London.

Und ich war kein Baum.

Allerdings sehnte ich mich nach Ruhe. Immer noch. Stattdessen kamen jeden Tag noch ein paar Probleme dazu, die es zu bekämpfen gab. Ich konnte sie mir einfach nicht länger als Herausforderungen schönreden, es waren einfach zu viele – und zu wenige bis gar keine Lösungen. Alles schien vollkommen aussichtslos zu sein. Und Arthur war offensichtlich nicht zu stoppen, er war wie ein Tsunami. Wir konnten nichts gegen ihn tun, nicht mal unsere Freunde in höheres Terrain schaffen.

Ich hatte Persephone zu Hause abgeliefert und dafür gesorgt, dass sie in ihr Zimmer kam, ohne dass ihre Eltern einen Blick auf ihr verheultes Gesicht werfen konnten. Glücklicherweise waren die beiden früh zu Bett gegangen und hatten einen gesunden Schlaf.

»Wenigstens habe ich mich bei meinem ersten und letzten

Mal mit einem vierhundert Pfund teuren 1972 Chateau Dingsda bis zum Filmriss getrunken«, murmelte Persephone, während ich ihr half, sich abzuschminken, ihren Pyjama anzuziehen und das Kleid zurück in Pandoras Kleiderschrank zu hängen. »Ist es nicht merkwürdig, dass ich mich genau an den Wein erinnere, aber kein bisschen an das, was danach passiert ist?«

Ja, allerdings. Aber wie sollte ich ihr das Ganze erklären, ohne dass sie sich anschließend nicht mehr trauen würde einzuschlafen, und zwar nie mehr?

Schlaf war schließlich lebenswichtig, und die ganze Sache so komplex, dass sie auch einen nüchternen Menschen hoffnungslos überfordert hätte.

Glücklicherweise war Persephone viel zu erschöpft, um nachzuhaken. So hatte sie sich, unaufgeklärt wie sie war, einfach ins Bett fallen lassen, wo sie hoffentlich schlafen würde wie ein Stein. Das Erwachen morgen früh würde schrecklich genug sein. Ich kannte das: Unmittelbar nach dem Aufwachen gab es diesen verrückten, kleinen Moment, in dem man sich ganz normal fühlte, warm und geborgen unter der kuscheligen Decke. Aber wenn dann – meist in derselben Sekunde – die Erkenntnis über einem zusammenbrach, dass das, was einem vorkam wie ein absurder Traum, wirklich passiert war, wollte man nur noch sterben.

Ich hatte Persephone zugedeckt, war im Dunkeln die Treppe hinuntergeschlichen und hatte vorsichtig die Tür hinter mir ins Schloss gezogen, sehr erleichtert darüber, nicht noch in letzter Sekunde einem Familienmitglied im Schlafanzug begegnet zu sein, das mich möglicherweise für einen Einbrecher hätte halten können.

Als ich an der Bushaltestelle unweit von Persephones Haus vorbeikam, fuhr gerade der Bus vor, aber ich wollte lieber zu Fuß gehen, in der Hoffnung, in der kühlen Nachtluft einen klaren Kopf zu bekommen. Und obwohl von irgendwoher Kirchenglocken Mitternacht läuteten, hatte ich keine Angst. Ich hatte schon in viel gefährlicheren Gegenden gelebt, und Hampstead war auch bei Nacht friedlich und ruhig. Der Vollmond sorgte zusätzlich für stimmungsvolle Beleuchtung. Außerdem konnte ich, für den unwahrscheinlichen Fall, dass sich vielleicht doch ein Verbrecher in einem der gepflegten Vorgärten auf die Lauer gelegt hatte, Kung-Fu. Auch wenn mir das vorhin bei Persephones Auftritt herzlich wenig genutzt hatte.

In den zehn Minuten, die ich für den Heimweg benötigte, trat ich gegen jeden Stein, den ich finden konnte, aber als ich in unsere Straße einbog, war ich immer noch wütend. Und zwar nicht nur auf Arthur, der das Unheil angerichtet hatte, sondern auch auf mich. Weil ich nichts dagegen getan, sondern nur hilflos in der Gegend herumgestanden hatte. Und weil ich die ganze Woche gewusst hatte, dass etwas Schlimmes passieren würde, es aber trotzdem nicht hatte verhindern können.

Vor unserem Haus hatten die Magnolien zu blühen begonnen, sie leuchteten mir schon von weitem entgegen, und ich hörte auf, Steinchen zu kicken und beschleunigte meine Schritte. Vielleicht war Grayson schon wieder zu Hause und konnte mir berichten, ob die Polizei noch gekommen war und ob sie die Geschichte geglaubt hatten, die wir ihnen auftischen wollten.

Beim Näherkommen sah ich, dass unter dem Dach bei Lottie noch Licht brannte, und ich überlegte, ob ich mich vielleicht zu ihr hinaufschleichen und ein bisschen trösten lassen sollte. Wie in alten Zeiten, wenn ich schlecht geträumt hatte und zitternd zu ihr unter die Bettdecke gekrochen war. Da hatte es immer ein bisschen nach Zimt und Vanille gerochen, und Lottie hatte beruhigend meine Haare gestreichelt und mir versichert, dass ich keine Angst haben musste. Es war wie Magie: Wenn Lottie mir sagte, dass alles gut war, dann war auch alles gut, so einfach war das damals. Mit ihrer sanften Altstimme hatte sie mir anschließend ganz leise deutsche Schlaflieder vorgesungen. In denen hatte der Mond hinter den Bäumen gewohnt, Sternen-Schäfchen am Himmel geweidet und freundlich zu jedem Fenster hineingeleuchtet. Die Sorgen waren zusammen mit den Bienchen und den Vögelchen schlafen gegangen, und der liebe Gott hatte auf alle aufgepasst, auch auf den kranken Nachbarn.

Diese Lieder hatte ich schon eine Ewigkeit nicht mehr

gehört. Und wenn Lottie im Juli nach Deutschland ging, würde ich sie wohl auch nie mehr hören. Ich blinzelte ein paar Tränen weg. Warum konnte nicht einfach alles so bleiben, wie es war? Warum musste das Leben immer komplizierter werden, je älter man wurde? Ein Leben ohne Lottie erschien mir vollkommen trostlos.

Vor ihr hatte ich niemals Geheimnisse haben können, jedenfalls nicht lange, sie hatte immer gemerkt, wenn mich etwas bedrückte. Das tat sie auch heute noch, aber es gab Geheimnisse, die konnte ich selbst Lottie nicht anvertrauen. Und Sorgen, die nicht mal der gute Mond wegleuchten konnte. Ja, um ehrlich zu sein, war ich nicht mal sicher, ob Gott wirklich auf uns alle aufpasste.

Vermutlich hatte ich deshalb auch nicht mehr das Recht, in Lotties Bett zu klettern und mich trösten zu lassen.

Weil ich im Gehen zu lange zu den hellerleuchteten Fenstern hinaufgestarrt hatte, wäre mir beinahe entgangen, dass jemand an dem Mauerpfosten lehnte, der unsere Einfahrt vom Garten unserer Nachbarn trennte.

Als er aus dem Schatten trat, schimmerte sein Haar im Mondlicht golden auf. Es war Arthur.

»Ach, du bist es nur«, sagte er enttäuscht. Offenbar wartete er hier auf Grayson, was wiederum bedeutete, dass der noch nicht zu Hause war.

Ich war stehen geblieben und hatte automatisch die Fäuste hochgenommen. Jetzt ließ ich sie wieder sinken. In den letzten Stunden war schon zu viel passiert, um meinen Adrenalinpegel noch einmal bis zum Anschlag hochzujagen.

»Na? Für heute noch nicht genug Leben ruiniert?«, fragte ich. Nicht mal wütend war ich mehr, musste ich feststellen.

»Deins zumindest habe ich ja wohl eher gerettet«, erwiderte er.

»Interessante Betrachtungsweise.« Ich versuchte, seinen Gesichtsausdruck zu erkennen, aber für solche Feinheiten war es zu dunkel. Wobei es nicht so aussah, als ob Grayson ihn verprügelt hatte, kein geschwollenes Auge und keine blutige Lippe. Schade eigentlich.

»Ich hätte niemals zugelassen, dass Persephone auf Henry schießt«, sagte Arthur so leise und so ernst, dass ich ein paar Sekunden brauchte, um zu begreifen, was er mir damit im Grunde mitgeteilt hatte. Aber auch das ließ meine Wut nicht neu aufflackern. Ich merkte vielmehr auf einmal, wie entsetzlich müde ich war. Und traurig. Es war ein langer, langer Tag gewesen.

»Heißt das, wenn Henry sich nicht vor mich gestellt hätte, wäre ich jetzt tot und Persephone eine Mörderin?«

Im Mondlicht blitzten Arthurs Zähne kurz weiß auf. »Ich wollte euch nur etwas klarmachen, das ist alles.«

»Dass du abgrundtief böse bist und keinerlei Skrupel hast?« Ich schnaubte verächtlich. »Sorry, aber das wussten wir schon vorher. Es ist nur erstaunlich, wie du dich immer noch steigern kannst.«

»Ach, Liv. Du bist doch noch ein kleines Mädchen. Ein kleines Mädchen, das die Welt ganz naiv in Gut und Böse aufteilt.« Er seufzte. »Du verstehst nicht, was für ein unglaublich mächtiges Werkzeug wir da an die Hand bekommen haben.« Er sprach jetzt eindringlich und schnell, fast so, als hätte er Angst, ich könne ihn nicht ausreden lassen. »Für dich ist das alles nur ein Spiel. Dass wir in Wirklichkeit den Schlüssel in der Hand halten, um die Welt zu verändern, sie nach unseren Vorstellungen zu gestalten und zu einem besseren Ort zu machen, das willst du doch gar nicht sehen.«

»Du willst also die Welt verbessern, ja?« Es sollte spöttisch klingen, aber es kam fast ein bisschen verzweifelt heraus. Weil Arthur augenscheinlich wirklich glaubte, was er sagte. Ich holte tief Luft. »Bis jetzt sehe ich nur, dass du Menschen weh tust. Mrs Lawrence und Persephone haben dir nicht mal was getan. Und Theo Ellis hat lediglich gewagt, deine Beleidigungen zu erwidern. Warum bist du nur so unfassbar gemein?« Die Frage zum Schluss war einfach aus mir herausgeplatzt, und kaum hatte ich sie gestellt, hätte ich sie auch gern wieder zurückgenommen. Weil sie so kindlich klang. Wie Rotkäppchen beim bösen Wolf. *Großmutter, warum hast du so große Zähne?*

Prompt lachte Arthur leise. »Ach, wozu diskutiere ich hier mit dir? Ich wollte Grayson und Henry nur ein wenig aufrütteln. Damit sie begreifen, dass wir uns nicht gegenseitig bekämpfen dürfen. Wenn wir uns auf unsere Freundschaft besinnen, können wir gemeinsam alles erreichen.«

»Du glaubst doch nicht, dass sie dir nach allem, was du angerichtet hast, jemals wieder vertrauen können?«

»Doch, das glaube ich«, sagte Arthur. »Du hast doch keine Ahnung, wie tief unsere Freundschaft geht. Wir kennen uns von klein auf. Und wir haben unglaublich viel miteinander durchgemacht. So etwas verbindet.«

Jetzt hörte er sich beinahe an wie Jasper vorhin. Vielleicht hatte Jasper seine sentimentalen Statements zum Thema Freunde fürs Leben aber auch von Arthur eingeflüstert bekommen. Das kam mir sogar ziemlich wahrscheinlich vor.

»Ich könnte meinen Freunden niemals weh tun«, fuhr Arthur fort, und in seiner Stimme lag so viel Überzeugung, dass ich beinahe laut aufgelacht hätte. Aber dann fiel mir ein, dass er Grayson und Henry bis jetzt tatsächlich niemals direkt attackiert hatte. Stattdessen hatte er andere im Visier gehabt, mich und meine Schwester zum Beispiel.

»Ich glaube nicht, dass du das Prinzip von Freundschaft verstanden hast«, sagte ich. »Wenn du nämlich die Menschen verletzt, die Grayson und Henry lieben, dann verletzt du damit auch sie.«

Wieder blitzten Arthurs Zähne auf, dieses Mal klang sein Lachen höhnisch. »Oh, sprichst du von dir selber, Livvylein? Muss schön sein, sich gleich von zwei Jungs geliebt zu fühlen. Du hältst dich wohl für verdammt wichtig, was? Aber bis vor einem halben Jahr wussten Grayson und Henry nicht mal, dass es dich überhaupt gibt. Und glaub mir, genauso schnell hätten sie dich auch wieder vergessen. Wetten?« Er hielt mir seine Hand hin.

Ich hätte am liebsten darauf gespuckt. Ganz plötzlich war meine Wut zurückgekehrt, und ich begrüßte sie wie eine schmerzlich vermisste Freundin. Es war so viel besser, wütend zu sein als traurig. Mit einem Schlag wurde ich auch wieder wach. »Ich würde liebend gern einschlagen«, sagte ich so cool wie möglich. »Ich hätte nur nichts davon, denn wenn ich die Wette gewinne, kriege ich es ja dummerweise nicht mehr mit.«

»Das wäre mir persönlich ziemlich egal«, erwiderte Arthur. »Eigentlich muss ich es ja nur mir selber beweisen. Heute habe ich dich zwar verschont, aber ich fange gerade an, das zu bereuen.«

Jetzt war ich sogar *sehr* wütend. Er hatte mich zwar »verschont«, aber Persephone würde trotzdem wochenlang dem Geläster der gesamten Schule ausgesetzt sein. Ganz zu schweigen vom armen Theo Ellis. Niemand würde ihm glauben, dass er selber nicht wusste, warum er diesen Schmuckladen überfallen hatte, und natürlich würde er an seinem eigenen Verstand zweifeln. Bestenfalls würde er in einer psychiatrischen Klinik landen. Vielleicht würde er sich nie wieder davon erholen.

»Ernsthaft, was sollte mich daran hindern, dich aus dem

Weg räumen zu lassen?«, fragte Arthur. »Von jeder x-beliebigen Person auf jede x-beliebige Art und Weise. Und zwar jederzeit und überall …«

Das reichte!

»Und was sollte mich daran hindern, dir noch einmal den Kiefer zu brechen? Und zwar jetzt und hier?«, fragte ich zurück und trat einen Schritt auf ihn zu. Zu meiner Genugtuung wich Arthur vor mir zurück. Was ich als Nächstes getan hätte – ich wusste es ehrlich nicht. Und sollte es leider auch nicht mehr erfahren, denn in diesem Augenblick rauschte ein roter Sportwagen heran und bremste mit quietschenden Reifen haarscharf neben uns an der Bordsteinkante.

Matts Fahrstil war ziemlich eigen, und Zeit vergeudete er beim Einparken wirklich nicht. Sein Auto stand stets leicht schräg am Straßenrand, und es war ein Wunder, dass noch niemand zumindest mal den Außenspiegel abgefahren hatte.

Leider hatte es Arthur bei diesem Manöver nicht erwischt. Er nutzte die Gelegenheit, drehte sich um und ging davon. Es war ihm wohl zu gefährlich geworden, hier auf Grayson zu warten.

Matt entdeckte mich erst beim Aussteigen, und obwohl ich es im Dunkeln nicht genau erkennen konnte, war ich sicher, dass er grinste.

»Ups!« Der Geruch von Bier und herbem Eau de Toilette wehte zu mir hinüber. »Ich hab euch hoffentlich nicht beim Knutschen gestört?«

»Eher nicht«, sagte ich.

»Aber ich hab den armen Kerl offensichtlich in die Flucht geschlagen. Willst du ihm nicht hinterherlaufen?«

»Ich verzichte. Aber wenn du mir einen Gefallen tun willst, könntest du ihn mit deinem Auto überfahren. Dann wären wenigstens ein paar meiner Probleme gelöst.«

Matt lachte. »So schlimm?«

Ja. So schlimm.

Arthur drehte sich nicht mehr um. Er ging nicht besonders schnell, aber an der Art, wie er auftrat, ein bisschen fester als sonst, glaubte ich zu erkennen, dass er ebenfalls wütend war. Ha, wenigstens etwas. Auch wenn es vermutlich bedeutete, dass er jetzt die ganze Nacht sadistische Pläne, mein Ableben betreffend, schmiedete. Was nutzte es, meine eigene Traumtür zu schützen wie den Buckingham Palace, wenn Arthur jederzeit jemanden auf mich ansetzen konnte. Jemanden, der nicht mal wusste, was er tat, wenn er mich vor einen Bus schubste oder was immer Arthur sich für mich überlegte. Ich würde für den Rest meines Lebens vermutlich andauernd hinter mich schauen.

»Wie alt bist du eigentlich, Liv? Das war doch dein Name, oder?« Matt sah mich neugierig an. *Das* erkannte ich sogar im Dunkeln.

»Ja, das war mein Name. Und ich bin sechzehn«, antwortete ich.

»Oh. Leider viel zu jung für mich«, sagte Matt bedauernd.

»Ja, wahrscheinlich. Allerdings bin ich nicht sicher, ob ich überhaupt noch viel älter werde.« Ich lächelte ihn an. »Ich glaube, ich gehe jetzt mal rein und mache mein Testament. Gute Nacht, Matt.«

»Gute Nacht, Liv. Halt dich fern von geöffneten Fenstern.«

Auf jeden Fall. Wenigstens das konnte ich tun.

11.

»Herzlich willkommen zu unserem kleinen Praxiskurs Fliegen für Anfänger, Miss Silber!« Der Flugkapitän legte meine Hand auf einen Hebel in der Mitte einer mit unzähligen Schaltern und blinkenden Lämpchen ausgestatteten Konsole zwischen uns. »Wir haben keine Zeit zu verlieren, richtig? Sie müssen morgen eine Boeing 747 fliegen?«

»Vielleicht nicht morgen, aber in nächster Zeit«, sagte ich verlegen.

»Na, dann mal los: Das hier ist der Schubhebel, und hiermit bedient man die Landeklappen. Für den Start ...«

»Moment«, unterbrach ich ihn und wurde ein wenig rot. »Sie wissen schon, dass das mit dem Fliegen nur eine Metapher war, oder? Ich muss äh ... etwas anderes lernen.«

»Ist mir durchaus klar«, sagte Matt. Denn es war sein Kopf, der unter der Kapitänsmütze steckte. »Aber Fliegen und Sex sind praktisch dasselbe. Es geht um die Ausgewogenheit zwischen Auftrieb, Schubkraft, Erdanziehung und Luftwiderstand – das ist das ganze Geheimnis. Und man darf keine Angst haben, natürlich.«

Er drückte auf einen grünen Knopf, und eine Stewardess erschien.

»Darf ich etwas für Sie tun, Kapitän?«

»Ja.« Matt lächelte sie an. »Sie dürfen mir den Copiloten für die nächste halbe Stunde vom Hals halten, außerdem hätten wir gerne etwas Kaffee zum Wachwerden, ein Stückchen Kuchen für danach, und ach ja, könnten Sie Liv bitte Ihren BH leihen? Der, den sie anhat, turnt mich total ab.«

Ich sah entsetzt an mir herab. Jetzt erst fiel mir auf, dass ich nur in Unterwäsche dasaß, und tatsächlich war es nicht meine schönste. Um genau zu sein, war es nicht mal meine eigene. Der Schlüpfer reichte bis zur Taille und war wie der BH aus fleischwurstfarbenem Material, demselben, aus dem auch Mums Handbandage gegen das Karpaltunnelsyndrom bestand. Es war exakt die Art Unterwäsche, die ich an meiner Großtante Gertrude vermuten würde.

»Ja, der ist wirklich schlimm«, bestätigte die Stewardess ein wenig mitleidig. »Meiner ist von Victoria's Secret, der wird Ihnen gefallen.« Sie schlüpfte bereitwillig aus ihrer Uniform. Sie (die Uniform, nicht die Stewardess) war blau und gelb und biss sich farblich mit der grünen Cockpittür im Hintergrund. Der BH, der jetzt zum Vorschein kam, war aus schlichter schwarzer Spitze.

»Stopp!«, rief ich.

Sowohl Matt als auch die Stewardess sahen mich irritiert an.

Es war ja auch irritierend. Ich in Tante Gertrudes Unterwäsche mit Matt und einer strippenden Stewardess im Cockpit eines Flugzeugs – das ergab einfach keinen Sinn.

Mein Blick schwenkte wieder zu der grünen Tür hinter der Stewardess. Es war nicht nur die Farbe, die nicht ins Gesamtbild passte. Derart verschnörkelte Holztüren gab es in Flugzeugen nicht, schon gar nicht mit Türklinken in Form von Eidechsen, die mit den Augen plinkerten.

»Ein Traum!«, sagte ich erleichtert. »Ein saublöder, schwachsinniger Traum.«

»Es steht dir jederzeit frei zu gehen, wenn es dir hier nicht gefällt«, erwiderte Matt beleidigt. »Wir haben sicher auch ohne dich Spaß. Patricia hier muss ich wenigstens nichts mehr beibringen.«

Die Stewardess kicherte kokett.

»Ja dann. Guten Flug noch!« Ich ließ sie mit einer Handbewegung verschwinden und Matt und das gesamte Cockpit gleich hinterher. Zum Ausgleich imaginierte ich eine sonnenbeschienene Wiese und atmete tief durch. Wie immer, wenn ich mit dem Klarträumen begann, hatte ich keine Ahnung, wie spät es war. Nach meinem Treffen mit Arthur war ich zwar überraschend schnell eingeschlafen und hatte nicht mehr mitbekommen, wann (und ob überhaupt) Grayson nach Hause gekommen war, aber manchmal holte sich mein Körper mehr Tiefschlaf, als normalerweise üblich war, als wüsste er, dass er sich in der REM-Phase später nicht mehr regenerieren konnte. Es war zwar eher die Ausnahme, aber es konnte durchaus passieren, dass ich erst in den frühen Morgenstunden zu träumen anfing und gar nicht mehr viel Zeit bis zum Aufwachen blieb, wenn ich die Tür endlich entdeckt hatte.

Barcelona – so hatte ich mittlerweile die Eidechse auf der Innenseite getauft – schnurrte, als ich über ihren schuppigen Kopf streichelte. Sie war ein zauberhaftes Wesen, so wunderschön, dass man sie für ein fein gearbeitetes Schmuckstück aus Onyx und Granat hätte halten können, wenn sie stillhielt. Ihre immer noch namenlose Schwester auf der anderen Seite zeigte mir ihre gruselige gespaltene Zunge, als ich an ihr vorbei in den Korridor trat. Mit ihren spitzen Vampirzähnen und den krallenbewehrten Klebefüßen, dank derer sie blitzschnell an der Tür auf und ab flitzen konnte, war sie genauso furchterregend und abschreckend, wie sie sein sollte.

»Aber zu mir kannst du ruhig nett sein«, sagte ich und schloss die Tür hinter mir. In diesem Augenblick fiel mir auf, dass ich immer noch die fleischwurstfarbene Albtraum-Panzerunterwäsche trug.

Die Eidechse zischte schadenfroh, während ich mir rasch ein vernünftiges Outfit zauberte und peinlich berührt den Gang auf und ab schaute, besonders intensiv auf Henrys schwarzglänzende Tür gegenüber.

Aber alles war ruhig. Mit etwas Glück hatte mich keiner in Großtanten-Dessous gesehen. Grayson und Henry warteten hoffentlich in Mrs Honeycutts Traum auf mich.

Der Fürchterliche Freddy nickte majestätisch, als ich ihm im Vorbeigehen ein »Hallo« zuwarf. Vor Lotties Tür blieb ich kurz stehen. Unter dem Schild »Lotties Liebesbäckerei – Lieferanten bitte den Hintereingang benutzen« hing eine Schiefertafel, auf der mit Kreide »heute wegen Liebeskummer geschlossen« stand. Arme Lottie. Offenbar ging ihr das mit Charles doch immer noch nahe, auch wenn sie behauptete, sie seien nur beste Freunde und das sei auch gut so, denn im Grunde sei er gar nicht ihr Typ. Von wegen! Dieser dumme, glatzköpfige Zahnarzt hatte ihr mit seiner Unentschlossenheit das Herz gebrochen. Vielleicht wollte sie am Ende nur seinetwegen aus London weg. Mitleidig streichelte ich über die Brezel, die den Türknauf darstellte. Es musste doch irgendetwas geben, das ich tun konnte, um Lotties Kummer zu lindern.

Weiter hinten hörte ich etwas im Korridor, das wie das leise Quietschen einer Tür klang. Sofort duckte ich mich und verwandelte mich in einen Jaguar. Der Lufthauch wäre natürlich die vernünftigere, weil unsichtbare Alternative gewesen, aber das gelang mir nur, wenn ich vollkommen entspannt und konzentriert zugleich war. Und von Entspannung konnte in den Korridoren im Moment wirklich keine Rede sein. Schon das harmloseste Geräusch wie eben das Quietschen einer schlechtgeölten Türangel reichte, um meinen Herzschlag zu verdoppeln. Anabels »*Er* ist wieder da!« hallte immer noch in meinem Kopf nach.

Ich schaute prüfend über meine Schultern, erst links, dann rechts, aber niemand war zu sehen. Da ich nicht sicher war, woher das Geräusch gekommen war, schlich ich mich dicht an den Wänden entlang ein paar Türen weiter und spähte um die Ecke in den nächsten Gang.

Die Gestalt stand direkt vor der ersten Tür.

Wenn ich die Pfote ausgestreckt hätte, hätte ich sie berühren können. Unbewusst hatte ich so fest mit »Ich kann dich jederzeit verschwinden lassen«-Arthur oder »Es hat gerade erst begonnen«-Anabel gerechnet, dass ich mich vor Erleichterung erst mal auf meinen Jaguarhintern setzte.

Es war nur Emily.

Sie stand in einem geblümten Pyjama vor ihrer eigenen Tür und schien irgendwie unschlüssig zu sein, was sie als Nächstes tun sollte. Wie sie so verwirrt an ihrer Unterlippe nagte, tat sie mir beinahe leid. Was machte sie denn da? Kniff sie sich etwa selber in den Arm? Jetzt tat sie mir sogar *wirklich* leid.

»Es tut zwar weh, aber morgen früh habe ich keine blauen Flecken. Also träume ich nur«, murmelte sie. »Und wenn ich träume, ist das alles hier nicht real. Aber warum tut es dann weh?«

Oh je. Sie brauchte eindeutig jemanden, der ihr mal ein paar grundlegende Dinge erklärte – und sei es nur, damit sie danach ihre Tür verrammeln und den Korridor nie wieder betreten wollte. Aber als ich um die Ecke bog, sah sie alles andere als erfreut aus, im Gegenteil, sie riss ihre Augen weit auf und starrte mich an, als sei ich ein gefährliches Raubtier. Was ich ja – ups – im Grunde auch war. Um ihr Vertrauen zu gewinnen, hätte ich mich vermutlich besser in ein Pferd als in einen Jaguar verwandelt. Andererseits bewirkte allein mein Anblick, dass sie genau das tat, was ich mit einem Gespräch hatte erreichen wollen. Sie griff hinter sich und drückte ihre Türklinke hinunter.

»Ich hasse diesen Ort«, sagte sie mit Nachdruck, trat rückwärts über ihre Schwelle und knallte die Tür zu. Ich hörte, wie sie von innen mehrere Riegel vorlegte. Wenn ich kein Jaguar gewesen wäre, hätte ich jetzt lachen müssen.

Deutlich aufgemuntert trabte ich weiter. Jaguare können vielleicht nicht lachen, aber sie können auf jeden Fall lächeln. Ich freute mich schon darauf, Grayson und Henry davon zu erzählen.

Als ich hinter einer markanten Milchglastür, die ich mir als Orientierungspunkt auf dem Weg zu Mrs Honeycutts Tür gemerkt hatte, links abbog, veränderte sich plötzlich das Licht. Wie an einem sonnigen Tag, wenn sich unvermittelt eine Wolke vor die Sonne schiebt. Gleichzeitig wurde es kälter.

Nicht gut.

Den Vergleich mit der Sonne hätte ich besser nicht gezogen, denn sofort kamen mir Arthurs Worte wieder in den Sinn, von Anabel, dem Dämon und der Sonnenfinsternis, die wir nicht mehr erleben würden.

Mein Herz klopfte schneller, im Nacken sträubte sich das Fell.

Es war nicht mehr weit, aber jetzt gerade schien es mir klüger, einfach umzudrehen und mich hinter meiner eigenen Tür in Sicherheit zu bringen. Das war zwar der längere Weg, aber dafür befand ich mich da auf bekanntem Terrain, mit Türen, durch die ich mich im Notfall in Sicherheit bringen konnte.

Ich machte kehrt.

Auch keine gute Idee.

Denn hinter mir lagen die Türen im tiefen Schatten und waren kaum noch zu erkennen. Die Luft schien voller Spannung, wie bei einem Gewitter, das kurz davor ist loszubrechen. Und jetzt sah es so aus, als würden sich die Schatten verdichten, sie begannen ineinanderzufließen und sich zu einer pechschwarzen undurchdringlichen Wand zusammenzuballen, die mir den Rückweg verschloss.

Mir war schlecht und schwindelig, alles gleichzeitig, während die Temperatur um mich herum in Sekundenschnelle auf den Gefrierpunkt zu fallen schien.

Wie hypnotisiert starrte ich auf die Schatten. Warum diese schwarze Mauer aus Dunkelheit mich so in Panik versetzte, wusste ich nicht, ich wusste nur eins: Ich durfte auf gar keinen Fall mit diesem Schatten in Berührung kommen.

Endlich erwachte ich aus meiner Erstarrung und rannte in die entgegengesetzte Richtung los. Meine Krallen gruben sich bei jedem Schritt in den Boden, und mein Schwanz peitschte hinter mir her. Die Kälte schien sich weiter zu verstärken, und ich wurde das Gefühl nicht los, dass die Dunkelheit mir folgte, dicht hinter mir war, aber ich hatte zu große Angst, mich umzudrehen. Gedankenfetzen schossen durch mein Gehirn, als würde die Vernunft in meinem Inneren gegen die Panik kämpfen.

Es gibt keine Dämonen. Jemand – Arthur oder Anabel – zieht hier eine grandiose Show ab. Das ist alles nicht real.

Es half nichts. Meine Panik wuchs mit jedem Satz, den ich vorwärts machte, und mit jeder Zehntelsekunde, die verging, ohne dass Mrs Honeycutts Tür in mein Sichtfeld kam. Selbst die Türen um mich herum schienen sich zu verwandeln und gegen mich zu wenden. Hier hallte mir höhnisches Gelächter entgegen, dort blitzten scharfe Zähne auf, aus den Augenwinkeln glaubte ich Fratzen aus den Schatten hervorschießen zu sehen, ich rannte nur viel zu schnell, um genau hinzusehen.

Vielleicht, flüsterte die vernünftige Stimme in meinem Inneren verzweifelt, *vielleicht sind es sogar nur deine eigenen Ängste, die sich hier gerade manifestieren. Ein Albtraum, den dein Unterbewusstsein für dich generiert, und der schlimmer wird, je mehr du dich fürchtest.*

Etwas schien mein Fell von hinten zu streifen, aber um keinen Preis hätte ich mich jetzt umgeschaut. Wo, verdammt, war nur diese Tür?

Ich wurde noch schneller, ich flog beinahe. Jetzt schienen

auch die Wände des Korridors vor mir ganz schwarz zu werden, die Türen waren fast nicht mehr zu erkennen, es war, als wolle die Dunkelheit mich von allen Seiten umzingeln, um mich dann zu verschlingen.

Da vorn! Da war Mrs Honeycutts Tür! Mit einem riesigen Satz sprang ich dagegen, krallte mich um die Türklinke und drückte noch im Flug die Tür auf. Auf allen vier Pfoten zugleich landete ich hinter der Schwelle und warf mich mit meinem ganzen Gewicht von innen gegen das Holz.

Geschafft! Wenig elegant, aber endlich in Sicherheit. Ich gab ein triumphierendes Fauchen von mir.

Dann erst sah ich, dass Mrs Honeycutt mich von ihrem geblümten Sessel aus anstarrte und vor Schreck ihr Strickzeug fallen gelassen hatte. Der Papagei hatte seinen Schnabel aufgeklappt und machte den Eindruck, als würde er jeden Moment von seiner Stange kippen. Weiter hinten schaute Grayson mich nicht weniger entsetzt an. Er saß zusammen mit Henry an dem kleinen runden Teetischchen vom letzten Mal.

Nur Henry lächelte mich an.

So schnell wie möglich verwandelte ich mich in meine menschliche Gestalt zurück.

Henry stand auf und bückte sich, um Mrs Honeycutts Strickzeug aufzuheben.

Sie griff sich an den Hals »Da … da war … ein Leopard!«, stammelte sie.

»Genau genommen war es ein Jaguar, aber ein ganz lieber, Mrs Honeycutt«, sagte Henry in diesem beruhigenden, hypnotischen Tonfall, den er auch bei unserem letzten Besuch hier angeschlagen hatte. »Und sehen Sie, jetzt ist da nur noch ein Mädchen. Ein ganz liebes Mädchen, vor dem Sie keine Angst haben müssen. Alles ist gut. Am besten vergessen Sie einfach wieder, dass wir überhaupt da sind, und stricken in aller Ruhe diese wundervolle Decke zu Ende.«

»Es ist eine Stola«, verbesserte ihn Mrs Honeycutt. »Aber sie ist in der Tat wundervoll, vielen Dank.« Mit einem Seufzer begann sie die Nadeln zu sortieren. »Gott sei Dank ist nichts verheddert. Für dieses schräg versetzte Blattstrickmuster muss man sich wirklich sehr konzentrieren.«

»Wir werden Sie ganz sicher nicht stören«, sagte Henry und grinste mich an. »Das machen Sie wirklich großartig. Ganz große Kunst, dieses Blattschussmuster …«

Auf Zehenspitzen tapste ich am Vogelkäfig vorbei zu Grayson hinüber und ließ mich auf einen freien Stuhl fallen.

Der Papagei hatte sich offensichtlich wieder erholt, denn er krächzte: »Kommst du hier zur Tür herein, so sollst du auch willkommen sein.«

»Verrückt, dass hier alles exakt so aussieht wie beim letzten Mal«, flüsterte ich. »Wie kann sie denn diese Muster und Blumen und das viele Zeug ganz genauso noch einmal träumen?«

Grayson starrte mich nur finster an.

»Ganz einfach«, antwortete Henry. »Genauso sieht es in Mrs Honeycutts Wohnzimmer aus – ihr Unterbewusstsein muss sich in den hundert Jahren, in denen sie hier schon rumsitzt und strickt, jedes gruselige Detail eingeprägt haben.« Er gab mir einen Kuss, bevor er sich selber wieder hinsetzte. »Gut, dass du endlich da bist, wir warten schon eine Ewigkeit, stimmt's, Grayson?«

»Guckt er deshalb so böse?«, fragte ich.

»Nein, er guckt so böse, weil hier gerade ein fauchender Jaguar zur Tür reingesprungen ist und ihn zu Tode erschreckt hat«, sagte Grayson beleidigt.

»Ach, das.« Ich streckte meine Beine aus, glücklich, dass sie nicht mehr zitterten. Oder nur noch ein ganz kleines bisschen. »Dann sei aber mal froh, dass du nicht da draußen im Korridor warst.« Ich warf einen beredten Blick auf die Tür. »Ich gehe da heute jedenfalls nicht mehr raus.«

»Oh Gott.« Grayson ließ den Kopf auf die Tischplatte sinken. »Sag bitte nicht, dass Arthur da draußen wartet.«

Tat er das? Im Grunde genommen hatte ich ja keine Ahnung, was das eben gewesen war. Im Rückblick verstand ich meine Reaktion darauf auch nur halb. Es war einfach nur … sehr, sehr dunkel gewesen. Vielleicht hätte ich einfach mit Licht dagegenhalten müssen.

Andererseits hatte es sich verdammt gefährlich angefühlt, und seinen Instinkten soll man immer trauen. *Auf den inneren Tiger hören,* nannte Mr Wu das.

»Ich weiß es nicht«, sagte ich ehrlicherweise. »Entweder war es Arthur oder die verrückte Anabel. Alternativ auch der Dämon, der uns zur Sonnenfinsternis tot sehen will.« Es sollte scherzhaft rüberkommen, aber irgendwie hatte ich meine Stimme noch nicht richtig unter Kontrolle.

Prompt stöhnte Grayson auf.

»Oder es war eine Ausgeburt meines eigenen Unterbewusstseins«, ergänzte ich rasch. »Es war jedenfalls verdammt dunkel und unheimlich und … ich glaube, es hat mich verfolgt.«

»Bis hierher? Wie genau sah es aus? Ist es noch da draußen?« Henry machte Anstalten, wieder aufzustehen.

Ich hielt ihn am Arm fest. »Die Tür bleibt zu, klar?«

»Na gut.« Henry hatte schon spöttisch einen Mundwinkel gehoben, aber dann besann er sich. Er schien mir anzusehen, dass ich es ernst meinte.

»Wie sollen wir denn bitte wieder zurück in unsere eigenen Träume gelangen?«, fragte Grayson verzweifelt. »Ich hab schon die ganze Zeit Angst, dass ihr beide gleich aufwacht und ich allein hierbleiben muss, und dann kommt der Blümchenkissenmörder wieder …« Er verstummte. Offenbar war ihm selber aufgefallen, wie sehr er herumjammerte.

In jeder anderen Nacht hätte ich ihn ein bisschen aufgezogen, aber heute konnte ich ihn gut verstehen. Persephones Auftritt, Arthurs Morddrohungen, das Ding da draußen im Gang – für eine Nacht war das wirklich genug.

»Wann bist du denn nach Hause gekommen?«, erkundigte ich mich.

»Henry und ich haben Jasper noch geholfen, wieder Ordnung zu machen. Dabei haben wir versucht ihm klarzumachen, dass Persephones Ausraster und auch Theo Ellis und Mrs Lawrence auf Arthurs Konto gehen … Er wollte es aber nicht so recht glauben.«

»Wie geht es denn Persephone?«, fragte Henry. »Ach, blöde Frage. Vergiss es.«

»Arthur hat bei uns zu Hause vor der Tür auf Grayson gewartet, aber stattdessen mich getroffen. Wir hatten ein nettes Gespräch …« Ich zupfte gedankenverloren an den Alpenveilchen herum, die vor mir auf dem Tisch standen. »Er hat gesagt, wenn ich sterben würde, hättet ihr nach einem halben Jahr völlig vergessen, dass es mich jemals gegeben hat. Und dass er das gerne beweisen würde.«

Henry und Grayson schwiegen alle beide. Dann hob Grayson den Kopf und sagte: »Vergesst alles, was ich darüber gesagt habe. Es ist mir mittlerweile echt egal, wenn er für den Rest seines Lebens im Koma liegt und vor sich hin sabbert – wir müssen ihn stoppen, egal wie.«

»Ja, aber dafür brauchen wir Anabel.« Henry begann ebenfalls, an dem Alpenveilchen herumzuzupfen, und berührte dabei wie zufällig meine Fingerspitzen. »Und die ist gerade schwer mit ihrem Dämon beschäftigt. Zumindest was das angeht, hat Arthur nicht gelogen. Mir hat Anabel auch erzählt, dass *er* wieder da ist. Und dass unsere Namen in Blut geschrieben sind. Und selbiges fließen wird zur Sonnenfinsternis ... und anderes irres Zeug. Es war keine gute Entscheidung, die Tabletten nicht mehr zu nehmen.«

»Vielleicht fließt Arthurs Blut ja zuerst«, murmelte ich hoffnungsvoll. Dann würde ich sogar noch ein Fan von Anabel werden. Oder von ihrem Dämon, je nachdem.

Grayson schlug mit der Faust auf den Tisch, so stark, dass die Blumentöpfe klirrten und Mrs Honeycutt unwillig den zartlila gefärbten Lockenkopf hob. »Wir gehen das alles falsch an. Wenn Anabel die Einzige ist, die uns helfen kann, Arthur zu stoppen, dann müssen wir mit ihr reden.«

»Hab ich doch versucht«, sagte Henry und fügte mit einem Seitenblick auf Mrs Honeycutt leise hinzu: »Mehr als einmal. Aber ein vernünftiges Gespräch mit Anabel ist leider unmöglich. Sie spricht mit komischer Hallstimme auf Lateinisch von Blut und Tod, und dabei schweben schwarze Federn herab. Außerdem macht sie sich ständig unsichtbar.«

»*Hier* kann man ja auch kein vernünftiges Gespräch führen«, sagte Grayson heftig.

Zu heftig für Mrs Honeycutt. Sie drehte sich zu uns um.

»Jetzt habe ich mich verstrickt«, beschwerte sie sich. »Und was tut ihr da mit meinem Cyclamen persicum? Ihr rupft ihm doch nicht etwa Blätter aus, oder?« Sie kniff die Augen zusammen. »Du bist doch der große Harper-Junge. Solltest du nicht meine Dachrinne saubermachen?«

»Längst erledigt, Mrs Honeycutt.« Henry verfiel wieder in sein hypnotisches Gesäusel. »Alles ist gut. Stricken Sie einfach weiter. Die schöne Decke muss doch fertig werden.«

»Stola!« Mrs Honeycutt drehte sich grummelnd um. »Ihr solltet auch lieber stricken, als Karten zu spielen.«

Wir tauschten kurz verwunderte Blicke. Nur weil wir um einen Tisch herumsaßen, spielten wir noch lange nicht Karten. Aber das war Mrs Honeycutt anscheinend egal.

»Das führt zu nichts Gutem, das sieht man ja an Alfred«, fuhr sie fort. »Meine Schwester, die gute Seele, hat ihn immer in Schutz genommen. Sie hat ihm sogar Pullover gestrickt. Aber wie hat er es ihr gedankt? Das Geld zum Spieltisch getragen, das hat er. Und Krokodilstränen geweint, als er sie tot im Bett fand. Von wegen Asthma. Ich weiß, was er getan hat, aber keiner wollte mir glauben.« Ihr Gegrummel verlor sich im Klappern der Nadeln, und wir atmeten erleichtert auf.

»Ich meine, es hat keinen Zweck, im Traum mit Anabel zu reden«, flüsterte Grayson. »Sondern wir müssen es dort tun, wo es keine Dämonen gibt und keine Möglichkeit, sich unsichtbar zu machen. In der Wirklichkeit! Wo ich mich nicht fühle wie der letzte Idiot. Wo am Ende immer die Vernunft siegt.«

»Bei Anabel?«, sagte ich zweifelnd. »Bei der hat sogar der Psychiater versagt.« Der allerdings selber ziemlich irre gewesen war.

»Ich kann das!« Grayson hätte um ein Haar wieder mit der Faust auf den Tisch geschlagen, bremste sich aber in letzter Sekunde. »Ich kenne Anabel aus der Zeit, bevor sie verrückt … bevor sie krank geworden ist. Sie war weit überdurchschnittlich intelligent, jemand mit ausgeprägt logischem Denkvermögen. Und das ist sie heute immer noch. Versteht ihr, was ich meine?« Er warf einen skeptischen Blick in die Runde. »Das mit dem Dämon als Erklärung für all das hier ist ja durchaus logisch. Ich meine, für sich genommen.«

»Absolut logisch«, bestätigte ich. »Wenn es denn Dämonen gäbe.«

»Eben«, sagte Grayson, hocherfreut, verstanden worden zu sein. »Also müsste man Anabel nicht beweisen, dass sie verrückt ist, sondern nur, dass es ihren Dämon gar nicht gibt.«

Tja, einfach gesagt. Und natürlich setzte es als Tatsache voraus, dass Dämonen wirklich nicht existierten.

»Einen Versuch ist es wert«, sagte Henry mit einem Schulterzucken.

»Hier in den Korridoren nutze ich jedenfalls niemandem etwas.« Grayson verschränkte seine Arme.

»Ich hab dir schon hundertmal gesagt …«, begann Henry, und Grayson fiel ihm ins Wort: »… dass das alles eine Frage der Übung ist, ja, ich weiß. Aber ich fürchte, bis ich genug Übung habe, ist Arthur längst mit uns fertig.«

Etwas raschelte, und er sah aufgeschreckt zur Tür hinüber. »Habt ihr das auch gehört?«

»Das war nur Mrs Honeycutt, die sich mit einer Stricknadel am Kopf gekratzt hat.« Henry lachte.

»Das sagst du nur so. Ich gehe auf keinen Fall wieder dort raus.« Grayson drückte seinen Rücken durch und streckte sich. »Ach, verdammt, wie kann man nur schlafen und gleichzeitig so müde sein?«

Das war auch für mich immer wieder eine seltsame Vorstellung. In Wirklichkeit lagen wir gerade alle in unseren Betten und schliefen tief und fest, wobei wir zum Teil sicher recht merkwürdig aussahen, ich zum Beispiel heute mit einem geblümten Halstuch um die Taille, diversen Haarklämmerchen auf dem Kopf, zwei Armbändchen am Handgelenk und einem zerfledderten Taschenbuch unter der Schlafanzugjacke. Was die Dame von Welt eben so trägt, wenn sie nachts in Träumen herumgeistert. (Nur Senator Tods Socke hatte ich an Henry weitergereicht – ich brachte es einfach nicht über mich, sie anzuziehen.)

»Du kannst jederzeit aufwachen«, sagte Henry zu Grayson. »Du musst es nur wollen.«

»Der Trick ist, sich in allen Details vorzustellen, wie man aufwacht. So intensiv du kannst.« Ich hatte selber ziemlich lange gebraucht, um das mit dem Aufwachen zu lernen. Am einfachsten war es im eigenen Traum, im Korridor oder in fremden Träumen fiel es mir deutlich schwerer. Und am schwierigsten war es unter Anspannung. »Am besten schließt du die Augen, und wenn du sie wieder aufmachst, befindest du dich in deinem Bett. In deinem Zimmer. Versuch dir vorzustellen, wie du dort liegst, wie sich die Decke anfühlt, wie das Mondlicht durch das Fenster fällt oder …«

»Es klappt nicht!« Grayson hatte die Augen geschlossen und sofort wieder geöffnet. »Ich hab nur Angst, dass ihr verschwindet, sobald ich nicht hingucke.«

»Würden wir nie tun.« Henry grinste. »Los, versuch's noch mal. Wir sehen uns dann morgen um zwölf zum Lernen.«

»Scheiße.« Grayson rieb sich mit dem Handrücken über die Stirn. »Dass wir am Montag Chemie schreiben, hab ich total verdrängt.«

»Das kriegen wir schon hin«, sagte Henry gutgelaunt. »Wir werden uns auf aromatische Kohlenwasserstoffe konzentrieren … ich hab so das Gefühl, das könnte in der Prüfung vorkommen.«

Grayson sah ihn misstrauisch an. »Du hast doch nicht etwa …?«

»Nein«, sagte Henry. »Es gibt Träume, die sogar ich meiden würde, und dazu gehören auf jeden Fall die von Mr Fourley. Und jetzt wach endlich auf! Bevor wir es tun.«

Widerwillig klappte Grayson die Lider zu. »Was muss ich noch mal machen?«

»Du liegst in deinem Bett, du fühlst das Kissen unter deinem Kopf …«, soufflierte ich. »Ach, ehe ich's vergesse, was sollte eigentlich *Nichtenbier* und *Schellfischlogistik* heißen?«

Henry seufzte, und Grayson machte: »Hä?«

»Lass die Augen geschlossen. Du liegst im Bett, die Decke über dir … stell es dir ganz genau vor. Als wir auf Jaspers Party über Emily und die Kette gesprochen haben, hast du *Schellfischlogistik* gesagt! Ich hab hin und her überlegt, was es heißen könnte, bin aber nicht drauf gekommen.«

»Keine Ahnung«, murmelte Grayson.

»Wenn es um Emily ging, war es vielleicht *scheinheiliges Miststück*«, schlug Henry vor und zwinkerte mir zu.

»Ja, genau. Scheinheiliges Miststück. Von wegen Ewigkeit. Nicht mit mir«, sagte Grayson erbost. »Ich hab mir die Scheißkette zurückgeholt.«

Wusste ich es doch.

Mrs Honeycutts Standuhr begann zu schlagen.

»Augen schön geschlossen lassen und tief ein- und wieder ausatmen, Grayson«, befahl ich, schnappte aber dann selber kurz nach Luft, weil sich ohne Vorwarnung eine bis dahin nicht vorhandene Tapetentür öffnete, gemeinerweise an einer anderen Wand als das letzte Mal. Und was noch gemeiner war: Der kleine, schwammige Alfred trat dieses Mal nicht langsam durch die Tür, sondern sprang mit einem heiseren Schrei und seinem Kissen unterm Arm heraus wie ein Kastenteufelchen, genau in dem Moment, in dem Grayson alarmiert seine Augen aufschlug.

Und dann … war Grayson verschwunden.

12.

»Jetzt hat es funktioniert«, sagte Henry erfreut.

Ja, offensichtlich.

»Alfred«, röchelte Mrs Honeycutt.

»Becky!« Alfred schwenkte das Kissen. »Dein letztes Stündlein hat geschlagen!«

»Wir sollten besser auch aufwachen«, sagte ich zu Henry. »Bevor Mrs Honeycutt erstickt wird und der Traum kollabiert.«

»Auf keinen Fall.« Er griff nach meiner Hand. »Ich bin so froh, dass wir endlich mal allein sind. Ist dir aufgefallen, dass wir vor lauter Problemen nie Zeit für uns haben?«

»Na ja, hier sind wir jetzt auch nicht gerade allein …«

»Bitte«, flehte Mrs Honeycutt. »Tu mir nichts, Alfred. Du hast doch bekommen, was du wolltest.«

Alfred lachte sein heiseres Serienmörderlachen. »Becky, Becky! Was sollte mich denn daran hindern, deine Lebensversicherung auch noch zu kassieren?«

Henry drehte genervt die Augen zur Decke und stand auf. »Entschuldigen Sie bitte«, sagte er, während er auf Alfred zuging. Da er meine Hand nicht losließ, musste ich ihm notgedrungen folgen. »Mrs Honeycutt hat jetzt keine Zeit für

Sie, kleiner, pummeliger Mann. Sie muss stricken. Die Stola soll schließlich fertig werden.« Noch während er sprach, schrumpfte Alfred zusammen, bis er nur noch so groß wie mein kleiner Finger war, ein winzig kleines Männlein mit einem noch viel winzigeren Blümchenkissen unter dem Arm. Es machte den Mund auf und zu, aber man konnte nicht hören, was es sagte.

»Oh«, machte ich beeindruckt.

»Wo ist er, wo ist Alfred?«, flüsterte Mrs Honeycutt. »Er ist gekommen, um mich zu ersticken. Wie er es mit meiner Schwester getan hat. Heimtückisch, während sie schlief.«

»Alfred kommt ein anderes Mal wieder. Wenn es besser passt.« Henry bückte sich, nahm den winzig kleinen Alfred vorsichtig zwischen Zeigefinger und Daumen auf und stellte ihn auf der Fensterbank unter einer Glasglocke ab, unter der bereits ein winzig kleiner Topf mit einem Alpenveilchenableger stand. Das alles, ohne meine Hand loszulassen. »Solange darf er hier den Gartenzwerg spielen. Und Sie können in aller Ruhe Ihre wundervolle Stola fertigstricken und müssen keine Angst haben. Alles ist gut.«

Mrs Honeycutt betrachtete den geschrumpften Alfred (in klein sah er geradezu niedlich aus. Und das Kissen erst!) unter der Glasglocke mit schiefgelegtem Kopf. »Sie haben mir nie geglaubt«, sagte sie traurig. »Weil er doch so harmlos wirkte. Und weil er bei Muriels Beerdigung so herzzerreißend geweint hat.«

»Stricken Sie, Mrs Honeycutt«, säuselte Henry, während er mit einem Fingerschnippen die offenstehende Tapetentür verschwinden ließ. »Dann kommen Sie auf andere Gedanken.«

»Stricken bis zum Morgen vertreibt Kummer und Sorgen«, krächzte auch der Papagei.

Mrs Honeycutt nickte und nahm ihr Strickzeug wieder hoch. »Muriel und ich haben schon als Kinder gern gestrickt.« Während die Nadeln zu klappern begannen, lächelte sie. »Muriel liebte es, für alles und jeden etwas Passendes zu stricken. Verschönern, nannte sie das. Unser Meerschweinchen, Klopapierrollen, Telefone, Türklinken, Alfred – nichts war vor ihr sicher. Einmal – da war sie schon fünfunddreißig – hat sie sogar einen Pullover für ihren Staubsauger gestrickt.«

»Wundervoll«, raunte Henry, während er sich behutsam zurück zum Teetisch bewegte, mich immer noch im Schlepptau. »Ganz wundervoll, Mrs Honeycutt. Denken Sie nur an diese herrliche Stola und wie schön sie erst aussehen wird, wenn sie fertig ist.«

»Wundervoll«, wiederholte Mrs Honeycutt, beseelt mit den Nadeln klappernd. Alfred hatte sie völlig vergessen. Er löste sich mitsamt seinem Kissen unter der Glocke in nichts auf.

»Nicht schlecht«, flüsterte ich.

»Danke. Wo waren wir stehengeblieben?« Henry zog

mich an sich und küsste mich unvermittelt auf den Mund. Gerade lang genug, meinen Knien Zeit zu geben, sich in Pudding zu verwandeln, aber zu kurz, um Mrs Honeycutts Anwesenheit zu vergessen. Die räusperte sich nämlich vorwurfsvoll, als ich mich, um Gleichgewicht ringend, am Teetischchen abstützte und die Tischdecke mitsamt den Alpenveilchen darauf in Bewegung brachte.

»Es ging um … fehlende Privatsphäre, glaube ich«, antwortete ich ein wenig atemlos und rückte schnell alles wieder in die richtige Position.

»Richtig.« Henry ließ mich nicht aus den Augen. Er hob seine Hand und strich mir eine Haarsträhne aus dem Gesicht. Seine Berührung war ganz sanft, jagte mir aber sofort einen Stromstoß durch den Körper. »Wir sind viel zu selten allein. Aber was das betrifft, habe ich gute Neuigkeiten.«

»Mmmh«, machte ich möglichst neutral. Der Mangel an Momenten der Zweisamkeit war mir ja nicht ganz unrecht, zumindest solange ich das mit Rasmus noch nicht aus der Welt geschafft hatte. Auf der anderen Seite – angesichts der Tatsache, wie Henry küsste (und er tat es schon wieder), sollte ich dieses Problem schleunigst angehen. Denn das hier fühlte sich einfach viel zu gut an. Ich konnte gar nicht anders, ich schlang meine Arme um seinen Hals und zog Henry enger an mich. Es war schön, ihm so nah zu sein, und für einen Moment waren mir alle erfundenen Exfreunde dieser Welt einfach nur egal. Ich konzentrierte mich ausschließlich auf

Henrys weiche Lippen und seine Hände. Die eine lag in meinem Rücken und hielt mich, fest und sicher, so als wollte er mich auf gar keinen Fall wieder loslassen, die andere hatte er in meinen Nacken geschoben und strich mit seinen Fingerspitzen ganz sacht über die empfindliche Haut dort. Was alleine schon ausgereicht hätte, um mir jede Fähigkeit zu denken sehr effektiv zu nehmen. Und dann noch sein Kuss … Ich seufzte.

Schöner Traum. Sehr schöner Traum.

Es dauerte ziemlich lange, bis sich Henry widerstrebend von mir löste. In seinem Gesicht leuchtete es. In meinem vermutlich auch, zumindest kam es mir so vor. Ein bisschen, als wenn man Fieber hatte.

»Zurück zu den Neuigkeiten.« Henrys Stimme klang rau, und seine Haare sahen noch etwas wilder aus als sonst, was vermutlich mein Werk war. Er trat einen Schritt zurück, als ob er bewusst ein bisschen Abstand zwischen uns bringen wollte. »Also, pass auf. Meine Mutter wird in den Frühjahrsferien mit Amy und Milo zu Freunden nach Ibiza fliegen. Und mich will sie nicht dabeihaben, damit sie abends am Pool ohne schlechtes Gewissen Weißwein trinken kann.« Er sprach unbekümmert und hatte wie so oft einen Mundwinkel spöttisch nach oben gezogen, aber in seinem Blick lag noch etwas anderes, etwas, das mir fast das Herz brach. »Was bedeutet, ich habe das Haus zwei herrliche Wochen lang für mich ganz allein. Keiner verfolgt mich, damit ich zum hunderttausendsten Mal den Grüffelo vorlese, keiner verbrennt sich mitten in der Nacht an einem Omelett oder kriegt einen Tobsuchtsanfall, wenn er über einen Legostein stolpert, keiner will in fünf Minuten den Mathestoff des letzten Monats erklärt bekommen, und keiner kommt ins Zimmer gerannt und übergibt sich auf den Teppich.« Er lachte. »Na ja, bis auf die Katze vielleicht. Warum runzelst du die Stirn?«

Weil für mich die Einblicke in sein Familienleben ein bisschen wie eine kalte Dusche waren. Sprichwörtlich. Egal, wie lustig er es verpackte, ich hatte dann immer einen Kloß im Hals. Aber weil ich wusste, dass er nichts mehr hasste als Mitleid, bemühte ich mich schleunigst um einen weniger skeptischen Gesichtsausdruck.

»Freust du dich denn gar nicht?« Er sah ehrlich enttäuscht aus.

»Darüber, dass du in den Ferien nicht am Strand liegen darfst?« Natürlich wusste ich, dass Alkoholismus eine Krankheit war, aber ich hegte trotzdem eine heftige Abneigung gegen Henrys Mutter. Ohne sie jemals getroffen zu haben, war sie mir zutiefst unsympathisch.

»Darüber, dass wir beide in den Ferien endlich einen Platz haben, wo uns garantiert niemand stören wird«, sagte Henry.

Oh Gott. Jetzt verstand ich erst, worauf er hinauswollte. »Wann sind die Ferien noch mal?«, fragte ich leicht panisch.

»Am achtundzwanzigsten März geht es los.«

Schon? Das waren ja höchstens noch drei Wochen. Drei Wochen, in denen ich entweder fliegen lernen musste – oder mit der Wahrheit herausrücken. Am besten Letzteres, und das gleich jetzt und hier. Man musste so was angehen wie das Abziehen eines Pflasters. Nicht groß nachdenken, sondern einfach ab damit.

»Henry …«, begann ich. Mein Mund war auf einmal ganz trocken. Ich begann auf und ab zu gehen, wobei ich riskierte, Mrs Honeycutt aufzuschrecken. Aber ich konnte nicht anders. Wenn ich so nah vor Henry stand, war ich einfach nicht in der Lage, klar zu denken – als würde mein Hirn auf Autopilot schalten und sich nur noch dafür interessieren, wie Henry roch und wie sich seine Brustmuskeln unter dem T-Shirt anfühlten und wie …

Stopp! So ging das wirklich nicht weiter. Ich musste mich dringend zusammennehmen. Mich und meinen ganzen Mut.

»Henry, wegen …«

»Ich weiß«, fiel Henry mir hastig ins Wort und sah auf einmal verlegen aus. »Und du hast recht. Es ist seltsam, dass du noch nie bei mir zu Hause warst und jetzt nur kommen sollst, weil das Haus leer ist und wir einen Platz haben, an dem wir ungestört miteinander schlafen können. Damit du dir nicht so … komisch vorkommst, möchte ich dich für nächsten Sonntag einladen.« Er holte tief Luft. »Damit du meine Familie offiziell kennenlernst. Und sie dich.«

Ich konnte ihn nur verdutzt anstarren. Er wirkte plötzlich noch nervöser als ich, wie er so dastand, die Hände in den Jeanstaschen, den Blick schuldbewusst auf mich gerichtet.

»Es stimmt, dass ich bisher alles versucht habe, damit du sie nicht kennenlernen musst, und ich war ziemlich … ich hab dich ganz schön vor den Kopf gestoßen. Diese Geschichte mit B. und meinem Vater und wie ich mich danach verhalten habe …« Er kam einen Schritt auf mich zu. »Aber jetzt, wo wir wieder zusammen sind, möchte ich dieselben Fehler nicht noch einmal machen.«

Noch einen Schritt.

Er streckte die Hände aus. »Denn weißt du, Liv …«

Jetzt war er bei mir. Er sah mich so konzentriert an, als wäre ich ein Rätsel, das er lösen musste, und ich merkte, dass etwas in mir aus dem Takt geriet. Wahrscheinlich mein Herz. »Denn weißt du, Liv, ich will dich nämlich auf keinen Fall noch einmal verlieren.«

Tränen kitzelten in meiner Nase, und ich ließ meinen Kopf schnell an seine Brust sinken. Auf keinen Fall sollte er das Glitzern in meinen Augen sehen.

Er schien trotzdem zu spüren, wie es mir ging. »Aber hey«, flüsterte er in mein Ohr und lachte leise. »Wenn jemand eine Begegnung mit dieser Familie wegsteckt, dann du.«

»Klar doch, ich hab Nerven wie Drahtseile«, gab ich zurück und war froh, dass er mir die Gelegenheit gegeben hatte, mich wieder in den Griff zu bekommen. Wobei mir meine

Stimme noch immer ziemlich wacklig vorkam. »Mach dir mal keine Sorgen.« Jetzt traute ich mich wieder, ihn direkt anzuschauen. Meine Tränen hatte ich weggelächelt. »Deine Familie ist gar nicht so merkwürdig, wie du tust. Ich kenne doch Amy und Milo schon.«

»Ja, stimmt«, sagte Henry ironisch, und seine Augen verengten sich ein wenig. »An dem Tag hast du ja auch direkt noch meinen Vater und seine Geliebte kennengelernt und konntest miterleben, wie sie meinen Bruder angebrüllt haben. Was für ein netter Nachmittag.«

Ich gab ihm einen schnellen Kuss. Sarkasmus konnte ich auch. Das war für mich wenigstens vertrautes Terrain. »Genau«, sagte ich. »Und bei der Gelegenheit hab ich diese hübsche Tabaksdose mitgehen lassen …« Mit deren Hilfe ich später in die Träume von Henrys Vater eindringen und ihn davon überzeugen konnte, seine rücksichtslosen Pläne zu ändern. Darauf war ich immer noch ein bisschen stolz. »Hast du sie ihm eigentlich zurückgegeben?«

Henry schüttelte den Kopf. »Die behalte ich. Für schlechte Zeiten.« Seine grauen Augen musterten mich aufmerksam. »Wirst du mir jemals erzählen, wie du das angestellt hast, Livvy?«

Ich schüttelte ebenfalls den Kopf. »Das behalte ich für mich. Für schlechte Zeiten«, gab ich zurück. »Wenn wir uns irgendwann nichts mehr zu sagen haben, dann rücke ich mit dieser Geschichte raus.«

»Tja, Reden wird ja so oder so häufig überschätzt.« Henry grinste, legte beide Hände um meine Taille, zog mich an sich und begann mich wieder zu küssen, und dieses Mal vergaß ich, dass wir eigentlich träumten, ich vergaß, dass Mrs Honeycutt uns beobachten konnte, ich vergaß so ziemlich alles.

Es gab nur noch Henry und mich und … diesen verdammten Papagei.

»Sucht euch ein Zimmer«, krächzte es irgendwo neben uns.

Wir mussten beide kichern.

»Gut, dass wir das geklärt haben.« Henry ließ sich auf einen der Stühle sinken und zog mich zu sich auf seinen Schoß. »Also, nächsten Sonntag um drei bei uns zum Tee.« Ich lehnte mich an seine Schulter. »Und wegen … wegen der Ferien haben wir ja noch ein bisschen Zeit, diverse Dinge zu besprechen.«

»Hmm.« Ich starrte auf seine schön geschwungenen Lippen und überlegte, wie es sich wohl anfühlte, sie mit dem Zeigefinger nachzufahren. »Und was zum Beispiel?«, fragte ich abgelenkt.

»Zum Beispiel, wie wir das mit der Verhütung machen wollen.«

Ich fuhr in die Höhe und bekam einen Hustenanfall. »Was?«

»Na ja, wir sollten uns vorher schon ein paar Gedanken

machen, findest du nicht?« Henry war leider kein bisschen verlegen.

»Äh, ja …«, stammelte ich. Verdammt! Wie war das vorhin noch mit der Wahrheit gewesen, die man besser sagt, ehe es zu spät ist? Vielleicht sollte ich noch einmal einen neuen Anlauf wagen?

»Wie haben du und Rasmus denn verhütet?«, fragte Henry.

Ich spürte, wie ich rot wurde, und markierte einen weiteren Hustenanfall, bis ich meine Gesichtsfarbe wieder unter Kontrolle hatte. Glücklicherweise ging das im Traum sehr viel schneller als im echten Leben.

»Livvy? Ist es dir unangenehm, darüber zu reden?«

Allerdings, ja. »Nein. Du hast ja recht. Darüber sollten wir uns Gedanken machen. Und Rasmus und ich … äh …« Rasmus und ich sind nur zusammen spazieren gegangen. Weil er ein verdammter Hund war. *Sag das. Sag das einfach, Liv. Und dann wachst du auf und beißt in dein Kopfkissen.*

»Kondome«, brachte ich heraus.

Henry nickte langsam. »Ja, das ist auch das Vernünftigste. Jedenfalls fürs Erste.« Kam es mir nur so vor, oder wurde er jetzt auch ein bisschen rot? »Drei Wochen sind allerdings noch lange hin …« Er seufzte. (Und in diesem Augenblick erinnerte mich sein Blick tatsächlich fatal an Rasmus. Wenn er ein Stück Leberwurst wollte.) »Eine Ewigkeit, um genau zu sein.«

Eine Ewigkeit … für ihn vielleicht. Andererseits hatte er recht: Bis dahin konnte noch viel passieren. Wer wusste, ob wir bis dahin überhaupt noch unter den Lebenden weilen würden? Schließlich hatten sowohl Arthur als auch Anabels Dämon eindeutige Mordabsichten kundgetan.

»Wann war noch mal diese Sonnenfinsternis?«, fragte ich. Aber Henry konnte nicht mehr antworten – er war verschwunden.

Und ich plumpste wegen der Abwesenheit seines Schoßes auf die Stuhlkante.

Der Papagei lachte schadenfroh.

Der Frognal Academy Tittle-Tattle-Blog mit dem neusten Klatsch, den besten Gerüchten und brandheißen Skandalen unserer Schule

ÜBER MICH:
Mein Name ist Secrecy – ich bin mitten unter euch und kenne all eure Geheimnisse

UPDATE ACTIVITY

8. März
Erinnert ihr euch an diese Wochen vergangenen Winter, in denen rein GAR NICHTS passierte? Ihr wisst schon, diese gähnend langweilige Zeit, in der es so wenige Skandale aufzudecken gab, dass ich kurz davor war, selber welche zu erfinden? Sauregurkenzeit nennen die Journalisten so eine nachrichtenarme Phase, und hier im Blog könnt ihr sie immer daran erkennen, dass ich dann besonders viel über Hazel-eigentlich-bin-ich-total-uninteressant-Pritchard berichte oder noch

mal Dinge aufwärme, die schon in Vergessenheit geraten sind, vermutlich zu Recht. Tja, was soll ich sagen – im Moment habe ich für Hazel nicht mal im Postskriptum ein Plätzchen frei. Weil ihr da draußen einfach jeden Tag etwas Wahnsinniges tut. Danke! Ihr seid einfach die Besten. (Allerdings sollten wir vielleicht mal offiziell das Trinkwasser von Hampstead untersuchen lassen, irgendwas stimmt doch hier nicht …)

Jaspers »Welcome-home-Party« gestern im Schnelldurchlauf, für alle, die nicht dabei waren:

19 Uhr: eine Stunde vor offiziellem Partybeginn … beginnt die Party

20 Uhr: Das Bier ist alle.

20.15 Uhr: Emily Clark trägt einen so kurzen Rock und ein derart enganliegendes Oberteil, dass Jasper aus Versehen mit ihr flirtet. Bis er (vermutlich auch aus Versehen) in ihr Gesicht sieht und sie erkennt.

21 Uhr: Das nachgekaufte Bier ist ebenfalls leergetrunken. Man beginnt, die Weinsammlung von Jaspers Vater zu plündern.

21.20 Uhr: Persephone Porter-Peregrin erscheint in dem Kleid, das ihre Schwester am Nachmittag bei Harvey Nichols erstanden hat. Wie das Foto zeigt, hat sie offensichtlich vergessen, den Reißverschluss hinten zu schließen. Macht nichts, das Kleid ist wirklich scharf,

Pandora. Schade, dass du es nie tragen wirst, ohne dass jemand mit dem Finger auf dich zeigt und »Oh, sieh doch mal, das Amokläufer-Kleid« sagt.

Zwischen 21.30 Uhr und 21.45: Weil die Toiletten non-stop besetzt sind, pinkelt Ben Ryan heimlich in den Schirmständer in der Garderobe. Ohne vorher die Schirme rauszunehmen. Er ahnt nicht, dass er dabei von einer Person beobachtet wird, die hinter den Mänteln zur Salzsäule erstarrt ist.

Etwa zur selben Zeit: Persephone trinkt sich von null auf mindestens zwei Promille und verschwindet im Keller.

21.57 Uhr Persephone erscheint im Wohnzimmer mit dem Jagdgewehr von Jaspers Vater und will ihre beste Freundin Liv ich-tu-so-als-sei-ich-eine-nerdige-Brillen-schlange-angle-mir-aber-immer-die süßesten-Typen Silber erschießen. Warum, erklärt Persephone leider nicht. Aber es scheint ihr wirklich ernst zu sein. Arthur Hamilton rettet Liv das Leben, indem er Persephone davon überzeugt, das Gewehr niederzulegen. Es stellt sich heraus, dass es nicht geladen ist, aber zu spät für Maisie Brown, die sich bereits vor Angst in die Hosen gemacht hat. (Und ja, Maisie, ich habe elf Mails, in denen du schreibst, dass du dich nur in Limonade gesetzt hast und dass es dafür Zeugen gibt, gelesen – es ist nur so, dass alle diese Zeugen übereinstimmend sagen, dass die Limonade nach URIN gerochen hat.)

22 Uhr: Die Party fängt jetzt erst richtig an, ohne Liv und Persephone, die sich aus dem Staub gemacht haben. (Und ohne Maisie, die wegen der »Limonade«-Flecken ebenfalls nach Hause geht.) Ziemlich schäbig von Liv, Arthur nicht mal für seinen mutigen Einsatz zu danken – es hat ja niemand wissen können, dass das Gewehr nicht geladen war.

23.30 Uhr: Jemand wirft in der Garderobe den Schirmständer um, und jetzt riecht der ganze Flur wie Maisies Limonade. Jasper beschließt, die Party zu beenden. Es war trotzdem grandios, Jasper. Wir sind alle froh, dass du wieder da bist!

Und *wir* sehen uns. Macht ruhig weiter so. Aber seid vorsichtig mit dem Trinkwasser.

Total erschöpfte Grüße von

Eurer Secrecy

13.

Der Hochzeitsplaner hieß Pascal de Gobineau und war ein äußerst gepflegter, gutaussehender Mann mit dunklen Haaren. Die zur Seite gekämmte Ponypartie fiel ihm beim Sprechen so oft in die Stirn, dass ich nach einer Weile sicher war, die elegante Handbewegung, mit der er sie wieder aus dem Gesicht strich, gehörte zum Gesamtstyling einfach dazu, genau wie der französische Akzent und das charmante Lächeln.

Letzteres stand im krassen Gegensatz zu dem säuerlichen Lippenkräuseln, mit dem das Bocker mich begrüßt hatte, als ich pünktlich um zehn Uhr im Esszimmer erschienen war. Was gar nicht so einfach gewesen war, wie es klingt, denn bis exakt fünf vor zehn hatte Florence das Bad gnadenlos besetzt gehalten, und so waren mir, als sie endlich fertig frisiert, geschminkt und parfümiert die Tür aufschloss und herausgerauscht kam, noch genau fünf Minuten geblieben, um mich zu duschen, anzuziehen, zu kämmen und die Treppe hinunterzurennen, nur Schminken hatte ich nicht mehr geschafft, sonst wäre das ein Fall für das Guinness-Buch der Rekorde gewesen.

Weil alle anderen schon um den Tisch herumsaßen, hatte ich mit dem letzten freien Stuhl vorliebnehmen müssen:

Direkt gegenüber vom Bocker und neben Florence, die trotz perfekten Stylings und des gigantischen Kaffeebechers vor ihr müde aussah und eine Miene aufgesetzt hatte, die gut zu einer Darmspiegelung gepasst hätte.

Ich konnte mir auch Schöneres vorstellen, als meinen Sonntagmorgen mit einer öden Hochzeitsfeierbesprechung zu verbringen, die das Bocker einberufen hatte. »Damit sich hinterher niemand beschwert, er oder sie habe keine Chance bekommen, seine eigenen Ideen einzubringen«, hatte sie gesagt und darauf bestanden, dass alle Familienmitglieder anwesend waren, sogar Charles, der mir heute neben dem Hochzeitsplaner-Pony noch glatzköpfiger vorkam. Besonders wach sah er auch nicht aus.

Mum und Ernest hatten versucht, uns das Ganze als zwangloses Familienfrühstück zu verkaufen, bei dem so ganz nebenbei über die Hochzeit gesprochen werden sollte, aber schon Ernests Wortwahl hatte verraten, dass das weder zwanglos noch ganz nebenbei ablaufen würde. Er verfiel immer in eine seltsam steife, mit Fremdwörtern gespickte Juristensprache, wenn er angespannt war – und das war er meistens, wenn es um das Bocker ging. »Wir beabsichtigen lediglich, ein paar Ideen zu konfigurieren«, hatte er gesagt. »Und vielleicht gelingt es ja, bei dieser Gelegenheit Aversionen zu konsolidieren, die der ein oder andere hier gegen große Feierlichkeiten im Allgemeinen oder Hochzeiten im Besonderen hegen mag.«

Wenn das mal nicht hieß, dass er sich vor Angst beinahe in die Hosen machte, dann wusste ich es aber auch nicht.

»*Wir* hegen eigentlich nur Aversionen gegen rosa Organzakleider«, hatte Mia ihm versichert. (Als Fünfjährige war sie mal auf einer Hochzeit zum Schleppentragen zwangsverpflichtet worden und machte seitdem ein Rosa-Organza-Trauma geltend. Die Braut allerdings ebenfalls.)

Dass wir auch Aversionen gegen Mütter von Bräutigamen hegten, die ungefragt die Befehlsgewalt an sich rissen und über unsere Zeit verfügten, hatten wir Ernest nicht gesagt. Wir wollten ihm und Mum auf gar keinen Fall den Spaß an dieser Hochzeitssache verderben, auch wenn uns das Bocker, die anvisierte Größe der Feier und der damit verbundene Aufwand ein wenig ängstigten. Mum ganz sicher ebenfalls, aber heute erwähnte sie ihre Vorliebe für kleine, improvisierte Gartenpartys kein einziges Mal. Im Gegenteil, sie stimmte Pascal sofort zu, dass es keinen schöneren Ort für eine Hochzeitsfeier gäbe als ein klassisches englisches Manorhouse. Das wiederum freute Pascal sehr, denn zufällig stand eins der schönsten Manorhouses überhaupt, sonst auf Jahre im Voraus ausgebucht, am anvisierten letzten Juniwochenende zur Verfügung. Was genauso ein Wunder war wie die Tatsache, dass Pascal so kurzfristig noch zur Verfügung gestanden hatte, wie das Bocker nicht müde wurde zu betonen. Pascal sei nämlich ebenfalls auf Jahre im Voraus ausgebucht, viele berühmte Paare hätten ihm unvergessliche

Feste zu verdanken. Das Paar, das es sich kurzfristig anders überlegt und damit den Platz für Ernest und Mum freigeräumt hatte, war auch berühmt, aber Pascal wollte uns leider nicht verraten, um wen es sich handelte.

»Ich sage nur, bei manchen Menschen ist es einfach besser, wenn sie vor der Hochzeit merken, dass sie nicht zusammenpassen«, sagte er nur, bevor er sich seiner »berühmt-berüchtigten-de-Gobineau-Hochzeits-Checkliste« zuwandte. Wenn diese Checkliste wirklich berühmt oder berüchtigt war, dann höchstens wegen exorbitanter Langeweile, so viel stand mal fest. Pascals Tonfall war trotz des charmanten Lächelns und des Akzents entsetzlich einschläfernd, und er hatte sich offenbar vorgenommen, uns restlos alles vorzutragen, was in dem Ordner stand, der vor ihm auf dem Tisch lag, von den zweitausend Arten der Stoffservietten-Präsentation in aller Welt über die Wirkung von Kugellauch in viereckigen Glasvasen bis hin zur optimalen Höhe von Stehtischen mit Hussen. Da es mir beim besten Willen nicht möglich war, echtes Interesse für Qualitätsunterschiede gefütterter Briefumschläge zu entwickeln, machte ich es wie im Unterricht, wenn es langweilig wurde: Ich setzte eine interessierte Miene auf und ließ meine Gedanken schweifen. Auf diese Weise konnte man zwar keinen versäumten Schlaf nachholen, erlangte aber einen Zustand der Tiefenentspannung, der auf jeden Fall besser als nichts war. Und man verärgerte niemanden.

Ab und zu drangen einzelne Worte zu mir durch wie »Prägedruck«, »Floribunda-Rosen«, »Sitzordnung« und »Mandelmoussefüllung«, aber die konnte ich problemlos in meine Dämmerschlafgedanken integrieren.

Mandelmoussefüllung zum Beispiel musste sich heute Nacht statt Gehirnmasse in meinem Kopf befunden haben, nachdem Henry mich in Mrs Honeycutts Traum allein gelassen hatte und ich, anstatt selber aufzuwachen, beschlossen hatte, mich doch noch mal hinaus in den Flur zu wagen. Denn sosehr ich mich zuvor auch vor der alles verschlingenden Dunkelheit gefürchtet hatte, jetzt gab es etwas, vor dem ich noch mehr Angst hatte: die Frühjahrsferien.

Normalerweise besuchten Mia und ich in unseren Ferien immer unseren Vater, aber ausgerechnet dieses Mal blieben wir zu Hause, weil Papa geschäftlich so viel unterwegs war und bis zu seinem endgültigen Umzug von Zürich nach Stuttgart nur in Hotels wohnte. (Immerhin wollte er im Mai für ein paar Tage nach London kommen, angeblich unseretwegen, vermutlich aber auch, um sich den Mann anzuschauen, den Mum heiraten würde.)

Der Korridor hatte ganz friedlich dagelegen, nichts außer meinen eigenen Schritten war zu hören gewesen – wer auch immer die Dunkelheit ausgelöst hatte, war vielleicht ebenfalls schon aufgewacht. Oder dieser Jemand existierte überhaupt nicht, sondern es waren meine eigenen Ängste, die lebendig geworden waren, meine düsteren Gedanken. Düster waren meine Gedanken nun nicht mehr, nur merkwürdig ineinander verknotet, aber sie führten mich zielstrebig in einen ganz bestimmten Gang. Ich ließ meinen Blick über die Türen gleiten, und da lag sie, wie erwartet: Matts rote Tür.

Es musste bereits früher Morgen sein. Wahrscheinlich war mein Schlaf auch gleich vorbei, ich hatte nämlich einen zuverlässigen Wecker namens »Kleine Schwester«. Mia konnte auch am Wochenende nie lange schlafen, und seit ich denken konnte, kam sie jeden Sonntagmorgen in mein Bett gekrabbelt. Während ich auf Matts Tür starrte, redete ich mir ein, dass es jeden Moment so weit sein würde.

Natürlich hatte ich genau gewusst, dass es keine gute Idee war – aber ich hatte auch keine bessere. Die Frühjahrsferien begannen in weniger als drei Wochen, und Matt … Matt musste jetzt einfach mein Flugsimulator sein.

Ich blickte mich kurz im Gang um. Immer noch niemand zu sehen, nichts zu spüren. Ich war allein. Noch konnte ich wieder umkehren. Aber das tat ich nicht. Ich hatte tief Luft geholt, den Türknauf nach rechts gedreht und Matts Tür geöffnet.

»Liebe ist nicht das, was man erwartet zu bekommen, sondern das, was man bereit ist zu geben«, sagte Pascal unvermittelt, und ich hob hoffnungsvoll den Kopf. Hatte ich etwas Wichtiges verpasst? War er vielleicht schon fertig?

Nein, es sah nicht so aus, der Ordner war ja nicht mal zur Hälfte durchgeblättert.

Ich warf einen prüfenden Blick in die Runde. Das Bocker, Mum und Lottie schienen die Einzigen zu sein, die Pascals Ausführungen mit echtem Interesse folgten, alle anderen sahen ähnlich weggetreten aus wie ich. Florence hantierte heimlich unter dem Tisch mit ihrem iPhone, Ernest hielt Mums Hand und hatte ein vages Lächeln aufgesetzt, aber sein Blick war ins Leere gerichtet, Mia baute auf ihrem Teller Türmchen aus Scones, und Grayson kompensierte die gähnende Langeweile mit Essen. Er hatte bereits Unmengen von Rührei mit Toast vertilgt und ungefähr die Hälfte von Lotties Blaubeertorte. Als ich ihn anlächelte, lächelte er nicht zurück, sondern verdrehte nur die Augen.

Charles hatte seine Augen halb geschlossen, und sein Kinn sank immer tiefer, doch jedes Mal, wenn sein Kopf fast den Teller berührte, fiel sein Blick auf Lottie, und er setzte sich wieder gerade hin.

Lottie sah aber auch besonders hübsch aus in ihrem enganliegenden efeugrünen Strickjäckchen, das bestens zu ihren braunen Locken passte, die sie im Nacken locker zusammengenommen hatte. Vielleicht kam es mir nur so vor, aber es schien so, als würde Pascal besonders oft in ihre Richtung lächeln.

»Für die Streukörbchen der Blumenkinder arbeite ich schon seit Jahren mit einer Gärtnerin zusammen. Farblich perfekt abgestimmte, am Morgen der Hochzeit frisch gepflückte Blütenköpfe in Bioqualität.« Seine eintönige

Stimme hatte wirklich etwas Hypnotisches. Vielleicht unterbrach ihn deswegen auch niemand, um zum Beispiel zu fragen, was der Spaß denn überhaupt kosten würde. Bioblütenköpfe – lieber Himmel! Guter, alter Reis tat es doch auch. Und wer sollte die Blumen überhaupt streuen? Aber ich würde mich hüten, auch nur eine einzige Frage zu stellen. Das würde das Ende nur unnötig herauszögern.

Ich hatte das Gefühl, schon Tage an diesem Tisch zu sitzen, aber es war gerade mal elf Uhr.

Ob Persephone schon wach war? Und ob Secrecy sie schon in ihrem Blog bloßgestellt hatte? Bestimmt. Ich würde sie anrufen, sobald ich das hier überstanden hatte, und hoffte, dass sie so lange ohne mich klarkam. Ganz sicher wünschte sie sich gerade, sie könnte die Zeit zurückdrehen und den gestrigen Abend ungeschehen machen.

Apropos ungeschehen machen: Meine Gedanken wanderten zurück zu Matts roter Traumtür. Vielleicht hätte ich ja noch einen Rückzieher gemacht, wenn es nicht so leicht gewesen wäre. Die meisten Menschen schützen ihre Tür unbewusst mit einem Hindernis, aber bei einigen kann man einfach so in den Traum hineinspazieren. Wie bei Matt.

Als ich über die Schwelle trat, befand ich mich im Foyer eines offensichtlich riesigen modernen Gebäudes mit viel Glas und gigantischen Stahlkonstruktionen. Rechts und links strömten Menschen an mir vorbei auf breite Rolltreppen zu, und alle sahen sehr beschäftigt aus. Ich war sehr erleichtert, dass ich in einen vergleichsweise normalen Traum geraten war, man wusste ja nie, was Leute gerade träumten, besonders in den frühen Morgenstunden wurde es oft ziemlich verrückt, jedenfalls bei mir. Es dauerte ein paar Sekunden, bis ich Matt entdeckte. Das lag daran, dass er wie die meisten anderen einen dunkelblauen Anzug trug und somit in der Menge gar nicht auffiel. Er stand vor den elektronischen Sicherheitsschleusen, die zu den Aufzügen führten, und sprach mit einer Frau, die hinter dem Tresen saß. Die beiden flirteten miteinander, das erkannte ich sofort an der Art, wie Matt sich gegen den Tresen lehnte und lächelte. Die Frau warf kokett ihre Haare zurück, und als ich näher kam, sah ich, dass ihr Businesskostüm ziemlich weit aufgeknöpft war und dass sie sich extra vorbeugte, damit Matt in ihren Ausschnitt sehen konnte. Was er auch sehr gründlich tat.

Okay. Diese Art Traum also. Auf jeden Fall schon mal die richtige Grundstimmung für mein Vorhaben. Viel besser, als wenn Matt gerade einen Albtraum gehabt hätte, in dem er von einem Serienkiller durch ein verlassenes Parkhaus oder von Kannibalen durch den Dschungel gehetzt worden wäre. Oder wenn er geträumt hätte, er wäre noch ein kleiner Junge und ginge mit seiner Omi im Park spazieren. Nein, das hier war perfekt.

Jetzt musste ich nur noch die Frau am Tresen loswerden. Und meine Hemmungen ablegen.

Letzteres ging zunächst besser, als ich gehofft hatte. Ich

stellte mir einfach vor, ich wäre eine Geheimagentin, die man mit der Aufgabe betraut hatte, Matt zu verführen. Das war so etwas wie Improvisationstheater, nur noch viel besser, weil alle anderen Mitspieler morgen früh nichts mehr hiervon wissen würden.

Geheimagentin Silber generierte sich ein Outfit, das dem der Frau hinterm Tresen so ähnlich wie möglich war, ein figurbetontes, blaues Kostüm und dazu blaue Pumps, in denen ich im echten Leben keine zwei Schritte hätte laufen können, ohne zu stolpern. Die Haare ließ ich, genau wie die Frau, offen über meine Schultern fallen, und ich verpasste mir sogar Lippenstift in der Farbe, die auch sie aufgetragen hatte, irgendwas zwischen Rosa und Dunkelrot, das Persephone bestimmt sofort beim Namen hätte nennen können. Dann setzte ich meine Brille auf (weil Matt mich bisher immer nur mit Brille gesehen hatte und mich ohne vielleicht gar nicht erkannt hätte) und stöckelte laufstegverdächtig auf den Tresen zu, einen Stapel Ordner auf beiden Armen vor mir her balancierend. Diesen Stapel ließ ich genau neben Matt auf den Boden fallen und stieß einen leisen Schreckenslaut aus, als einer davon auf seinem Schuh landete.

»Entschuldigen Sie, das tut mir so leid«, stammelte ich atemlos, und während Matt sich bückte, um mir beim Aufheben zu helfen (wie nett, dass er scheinbar auch im Traum so gute Manieren hatte), ließ ich die Frau am Tresen schnell um zwanzig Jahre altern und verpasste ihr gelbliche Zähne und eine Warze unter dem linken Auge, die aber so ekelhaft aussah, dass ich sie wieder wegmachte.

»Vielen Dank«, säuselte ich und strahlte Matt über den Rand meiner Brille hinweg an. »Das ist wirklich so lieb von Ihnen.«

»Keine Ursache«, sagte Matt. Dann stutzte er. »Liv? Bist du das?«

»Ja.« Ich blinzelte ihn erstaunt an. »Oh Gott. Hi, Matt. Ich hab dich in dem Anzug gar nicht erkannt. Was machst du denn hier?«

Matt richtete sich auf und legte die Ordner auf den Tresen. Nach einem irritierten Seitenblick auf seinen rapide gealterten Flirt wandte er sich wieder mir zu und sagte: »Ich arbeite hier – ich hab ein Büro im zweiunddreißigsten Stock.«

Aha. In seinen Träumen war er offenbar kein erfolgloser Jurastudent, der wieder zu seinen Eltern gezogen war.

»Mr Davenport wird demnächst Partner bei Strong und Jameson«, ergänzte die Frau. »Der jüngste Partner in der Geschichte der Kanzlei.«

Hahaha. Aber man würde ja wohl noch träumen dürfen.

»Oh, wow!« Ich bemühte mich, echte Bewunderung in meine Stimme zu legen. »Von da oben muss der Blick umwerfend sein – ich arbeite als Praktikantin in der Verwaltung« – lieber Gott, mach, dass das hier eine Verwaltung hatte – »und war noch niemals höher als bis im zwölften Stock.«

»Wirklich nicht?« Matt lächelte ein bisschen mitleidig. »Mit dem Aufzug kannst du doch bis ganz nach oben fahren, wie die Touristen …«

Ach so? Verdammt. »Ähm ja, natürlich. Das werde ich auch machen, sobald ich Zeit habe.« Ich schenkte Matt einen treuherzigen Blick. »Das ist ja erst mein dritter Tag hier. Mein Chef, Mr … äh … Smith ist leider total streng. Vorhin hat er mich eine unfähige, dumme Nuss genannt, weil der Cookie, den er immer zu seinem Milchkaffee serviert bekommen möchte, an der falschen Seite der Untertasse lag.«

»Oh je«, sagte Matt. Die Mitleidsmasche schien zu funktionieren. Ich beschloss, noch einen obendrauf zu setzen.

»Ich glaube, er ist sauer, weil ich es nicht mag, wenn er mir einen Klaps auf den Hintern gibt und mich Kleines nennt.« Ich strich mir das Haar aus dem Gesicht. »Obwohl ich größer bin als er. Ich meine, der Mann ist ungefähr zweihundert Jahre älter als ich, und außerdem hat er Mundgeruch.«

»Das ist ja widerlich«, Matt schüttelte empört den Kopf. »Und erfüllt eindeutig den Tatbestand sexueller Belästigung. Mal abgesehen davon, dass du noch minderjährig bist. Ein Kind!«

Mist. Kind war gar nicht gut, das musste ich schnellstens korrigieren. »Ich bin achtzehn«, log ich. Wenn Matt sich vom Jurastudenten zum Partner einer Kanzlei befördert hatte, konnte ich auch locker zwei Jahre älter sein, das würde seine Traumlogik problemlos verkraften. »Aber ich mag trotzdem nicht von so einem schmierigen Typ angefasst werden … mein erstes Mal stelle ich mir wirklich anders vor.« Ich hielt kurz die Luft an, aus Angst, zu schnell vorgeprescht zu sein. Andererseits befanden wir uns in einem Traum, und da zählte jede Sekunde. Weil Matt nicht sonderlich schockiert, sondern eher interessiert aussah, fuhr ich rasch fort: »Ja, ich weiß! Mir ist ja auch klar, dass das kein Zustand ist – aber es ist gar nicht einfach, jemanden zu finden, der …« Ich verstummte. Nicht mit Absicht, sondern weil das Improvisationstalent von Geheimagentin Silber an dieser Stelle schlicht versagte. Es war wie im echten Leben.

»Das kann ich mir gar nicht vorstellen.« Matt musterte mich von oben bis unten. »Du bist doch … ein recht hübsches Mädchen.«

Recht hübsch. Bedeutete das in Jungssprache nicht genau das Gegenteil von »umwerfend schön«? Offenbar war ich nicht sein Typ. Ich lächelte ihn trotzdem warm an. »Danke. Aber die Männer, die ich kennenlerne, mögen keine … äh … Mädchen ohne Erfahrung. Na ja, von Mr Smith mal abgesehen. Aber der ist grundsätzlich nicht so wählerisch.«

Matt schwieg.

Oh Gott. Es funktionierte nicht. Vielleicht sollte ich das Szenario ein wenig verändern. Ein Erdbeben inszenieren. Oder einen Alienangriff. In Filmen brachte das Menschen einander immer näher.

Vielleicht sollte ich aber auch einfach aufgeben.

Verstohlen sah ich mich nach Matts Tür um. Sie stand völlig deplatziert und verloren mitten im Foyer, aber außer mir schien sie niemand zu bemerken.

»Ich … muss gehen«, murmelte ich. Geheimagentin Silber hatte versagt. »Zu Mr Smith. Um zu kündigen. Ich halte das keinen Tag länger aus. War schön, dich zu treffen.«

Das Foyer verschwamm vor meinen Augen, und stattdessen blendete mich die Sonne. Tief unter mir breitete sich eine Stadt aus, und im ersten Moment dachte ich, ich würde fliegen. Dann begriff ich, dass ich vom Fenster eines sehr hohen Gebäudes auf London hinabschaute. Häuserschluchten, Dächer, Türme, die Kuppel von St Paul's Cathedral, das glitzernde Band der Themse mit ihren Brücken. Von hinten legte sich eine Hand auf meine Schulter.

»Beeindruckend, oder?«, sagte Matts Stimme dicht an meinem Ohr und streichelte mit dem Handrücken meinen Hals hinauf.

»Allerdings.« Ich schluckte. Es war wirklich beeindruckend, wie schnell Matt seine Traumkulisse gewechselt und wie geschickt sein Unterbewusstsein lästiges Geplänkel einfach übersprungen hatte. Halb war ich erleichtert, dass ich offenbar doch sein Typ war. Aber nur halb. Als er mich nun mit beiden Händen umfasste, zu sich umdrehte und an sich zog, wurde mir ganz mulmig zumute.

»Die Couch da drüben besitzt nicht nur den schönsten

Ausblick in ganz London, sie ist auch sehr bequem«, murmelte er in mein Ohr. »Und ich verspreche dir, dass du dein erstes Mal niemals vergessen wirst.«

Er begann meinen Hals zu küssen, vom Schlüsselbein aufwärts, und mir wurde gleich noch ein bisschen mulmiger. Obwohl das hier eigentlich genau das war, was ich gewollt hatte. Eine Trainingseinheit im Flugsimulator. Ganz und gar nicht echt. Und niemand würde jemals davon erfahren. Trotzdem …

»Aber ohne Küssen!«, entfuhr es mir.

Matt lockerte seinen Griff. »Wie bitte? Du sprichst wie eine drogensüchtige Kindernutte.«

»Ach ja?« Für einen Moment vergaß ich meine tödliche Verlegenheit. »Woher weißt du denn bitte, wie eine drogensüchtige Kindernutte spricht«, gab ich verärgert zurück. Mal abgesehen davon, dass ich ziemlich sicher war, dass »drogensüchtige Kindernutte« kein politisch korrekter Begriff war.

»Okay«, räumte Matt ein. »Dann hörst du dich eben so an, wie ich mir vorstelle, dass eine drogensüchtige Kindernutte spricht. Ohne Küssen – hallo? Vielleicht auch ohne Ausziehen und Anfassen?«

»Geht das denn?«, fragte ich hoffnungsvoll.

Matt verdrehte die Augen. »Nein, geht es nicht. Was ist nur los mit dir? Ich dachte, du wolltest es unbedingt.«

Ja, was war nur los mit mir? Jetzt war ich schon so weit

gekommen und doch wieder im Begriff, alles zu verderben. Die ganze Mühe durfte doch nicht umsonst gewesen sein.

»Entschuldige«, sagte ich zerknirscht.

»Schon gut.« Matt ließ seine Hand unter meinen Blazer gleiten. »Dann also ohne Küssen.«

Ich musste meine ganze Energie aufwenden, um ihn nicht wegzustoßen. Ich war Agentin Silber in geheimer Mission, und das hier war nur ein Traum. Nur. Ein. Traum. Wenn ich die Augen zumachte, konnte ich mir vielleicht einfach vorstellen, dass es Henrys Hand war. Aber es fühlte sich einfach nicht an wie Henrys Hand. Es fühlte sich an wie eine fremde Hand. Die auf meiner nackten Haut absolut nichts zu suchen hatte.

Und die jetzt in Höhe meines BH-Verschlusses plötzlich erstarrte. »Was ist *das* denn?«

Oh nein, nicht schon wieder. Mein Unterbewusstsein hatte mir Großtante Gertrudes fleischwurstfarbene Panzerunterwäsche angezogen. Ich hatte die Sache einfach nicht im Griff.

»Hey, das ist doch meins«, sagte Matt, aber dieses Mal mit Mias Stimme. Es ziepte fürchterlich in meinen Haaren, und dann – war ich wach.

Auch wenn Mia mir mindestens zehn Haare ausgerupft hatte, um sich das Frosch-Haarklämmerchen zurückzuholen, das ich ihr geklaut hatte – in jenem Augenblick hatte ich es ganz wunderbar gefunden, einen zuverlässigen Sonntagswecker namens kleine Schwester zu haben.

Mia war es auch, die mich jetzt aus den Tiefen meiner peinlichen Erinnerungen zurück an den Frühstückstisch holte und dafür sorgte, dass Pascal seinen eintönigen Vortrag unterbrach. Sie hatte sieben Scones zu einem Turm übereinandergestapelt, aber als sie den achten obenauf legte, stürzte das ganze Gebilde zusammen und warf ein Glas um.

»Ups«, sagte sie, was das Bocker mit einem säuerlichen »Das heißt Entschuldigung, Kind« kommentierte.

»Entschuldigung, Kind«, wiederholte Mia.

Pascal – wie sollte es auch anders sein? – lächelte. »Ich wollte sowieso gerade zum nächsten Punkt auf meiner Checkliste kommen«, sagte er.

»Das dürfte dann Punkt dreitausendvierundvierzig sein«, murmelte Grayson.

Ich wollte schnell zurück in meinen Dämmerschlaf driften, aber wider Erwarten wurde es jetzt doch noch mal spannend. Es ging um die Gästeliste. Wie sich herausstellte, hatte das Bocker schon ein wenig vorgearbeitet und auf Büttenpapier die Namen der vierundachtzig Personen notiert, die Ernest auf jeden Fall einladen musste, und weitere achtundneunzig, die er eigentlich ebenfalls auf jeden Fall einladen müsste, aber auf die man im Notfall verzichten könne.

Außerdem hatte sie »um das schon mal grob vorzurechnen« eine Liste für Mums Gäste erstellt, auf die Mum nun ziemlich konsterniert starrte.

»Bruder der Braut mit Begleitung«, las sie laut ab. »Ich habe überhaupt keine Geschwister.«

»Umso besser«, sagte das Bocker erfreut. »Ich hatte gehofft, dass ich eher zu viel kalkuliert habe als zu wenig.«

Mia beugte sich neugierig zu Mum hinüber. »Oh, toll, du darfst deine beste und deine zweitbeste Freundin einladen, Mum! Wer ist denn deine beste und wer ist deine zweitbeste Freundin? Papa?«

Das Bocker zuckte zusammen. Vermutlich hatte es der »Exmann der Braut« nicht auf das Büttenpapier geschafft.

»Ach, weißt du, bei mir gibt es kein Ranking. Ich liebe meine Freunde alle gleich. Aber das heißt nicht, dass sie unbedingt zu meiner Hochzeit kommen müssen.« Mum warf Ernest einen schnellen Seitenblick zu. Sie hatte wirklich überall auf der Welt Freunde, und nicht wenige davon waren männlich. »Zumal sie alle so weit weg wohnen.«

»Ja, das habe ich mir schon gedacht.« Das Bocker lächelte äußerst zufrieden. »Für jeden deiner Gäste, der die weite Anreise aus den Staaten oder von woher auch immer scheut, kann jemand von Ernests zweiter Liste nachrücken.«

»Gute Planung ist alles«, stimmte Pascal zu.

»Kann ich diese Listen bitte mal sehen?«, fragte Ernest.

»Natürlich.« Das Bocker reichte ihm mehrere Bögen Büttenpapier über die leergeputzte Rühreiplatte, und Ernest studierte sie mit gerunzelter Stirn.

»Wer ist Eleanor?«, wollte er wissen.

»Eleanor?« Das Bocker sah ihn an, als habe er den Verstand verloren. »Natürlich die Tochter meiner Cousine Lucy, die Lord Borwick geheiratet hat! Du hast als Kind mit ihr gespielt.«

»Ja, gut möglich, aber danach habe ich sie nie wieder gesehen«, sagte Ernest.

»Was ich immer sehr bedauert habe«, erwiderte das Bocker. »Für einen Mann in deiner Position ist es durchaus von Nutzen, Kontakt zu Mitgliedern im House of Lords zu haben.«

Ernest überflog die Liste weiter, ließ sie dann sinken und nahm erschöpft seine Lesebrille ab. »Mutter, hier stehen lauter Namen von Menschen drauf, die ich überhaupt nicht kenne.«

»Das ist ja auch die Nachrückliste. Und natürlich kennst du diese Leute. Oder jedenfalls solltest du sie kennen.« Das Bocker kniff die Lippen zusammen. »Aber bitte – wenn ihr mich hier nicht helfen lassen wollt, dann stellt bis morgen Abend eine eigene Gästeliste auf, mit vollständigen Namen und Anschriften, Pascal muss die Einladungen spätestens Ende der Woche in den Druck geben, nicht wahr, Pascal?«

Pascal nickte. »Ich arbeite da mit einer sehr exklusiven kleinen Druckerei in Highgate zusammen, die auch wunderschöne Stempel herstellt.« Er blickte auf seinen Ordner. »So, ich glaube, damit wären wir für heute auch *fast* durch …«

Grayson stöhnte. »Ich will wirklich nicht unhöflich sein, aber warum genau müssen wir hier eigentlich die ganze Zeit dabei sein?«

»Weil das hier eine Familienangelegenheit ist, Grayson«, antwortete Florence, obwohl die Frage gar nicht an sie gerichtet gewesen war. »Und weil ich sichergehen will, dass man Liv, Mia und mich nicht in die gleichen albernen Kleider steckt.«

»Keine Sorge! Lieber würde ich sterben«, sagte Mia.

Grayson sah Florence verärgert an. »Findest du nicht, wir hätten Sinnvolleres zu tun, als uns über Kleider zu sorgen und dummes Zeug über bügelleichte Baumwollhussen anzuhören? Chemielernen zum Beispiel?«

»Meinst du denn, mir macht das Spaß?«, giftete Florence zurück. Das Bocker räusperte sich, aber Florence ignorierte sie und warf einen Blick zur Kaminuhr hinüber. »Von mir aus kannst du dich jetzt aber gern verkrümeln, Grayson. Emily kommt nämlich um Viertel vor zwölf zum Lernen her, und sie soll dich nicht sehen müssen.«

»Wie bitte? Soll ich mich jetzt etwa immer verstecken, wenn Emily zu dir kommt?«, fragte Grayson empört.

»Ja«, sagte Florence. »Wenn du ein rücksichtsvoller Mensch wärst, würdest du ihr eine Begegnung ersparen, bis sie über dich hinweg ist.« Sie schnaubte. »Wobei – wenn du ein rücksichtsvoller Mensch wärst, hättest du ja gar nicht erst was mit meiner besten Freundin angefangen!«

»Jetzt spinnst du ja wohl endgültig! Emily soll gefälligst zu Hause bleiben, wenn sie mir nicht begegnen will.«

Das Bocker räusperte sich noch einmal, dieses Mal klang es wie ein krankes Pferd. »Wenn ihr *bitte* eure privaten Gespräche auf später verschieben könntet! Pascals Zeit ist kostbar.«

»Meine auch«, sagte Grayson. Er war heute ungewöhnlich auf Krawall gebürstet.

»Wir sind ja gleich fertig«, mischte sich Pascal begütigend ein, bevor die Stimmung endgültig ins Bodenlose kippte. Dem Bocker war bereits eine Ader auf der Stirn angeschwollen, und Charles sah aus, als wolle er aufspringen und davonlaufen. Mum und Ernest hielten einander fest an den Händen umklammert. »Dann wäre jetzt nur noch die Frage der Trauzeugen zu klären.«

»Oh, das ist einfach«, sagte Mum erleichtert und lächelte Ernest an. »Charles wird Ernests *best man,* und meine *brides maid* ist natürlich Lottie!«

Charles nickte ergeben, und Lottie strahlte.

»Das ist so aufregend!«, sagte sie glücklich.

»Allerdings«, murmelte das Bocker. Ich wartete auf die Beleidigung, die nun unweigerlich folgen würde, aber dazu kam es nicht mehr, weil es an der Haustür klingelte und die nächste Katastrophe ihren Lauf nahm.

14.

»Ich geh schon!«, riefen Grayson und Florence wie aus einem Mund und sprangen gleichzeitig auf. Buttercup, die bis dahin friedlich auf dem Sofa gelegen und geschlafen hatte, hob erschrocken den Kopf.

Grayson und Florence starrten einander über dem Tisch in die Augen.

»Das ist Emily«, schnauzte Florence. »Und du wirst ihr auf keinen Fall die Tür aufmachen, sonst ist sie wieder den ganzen Tag neben der Spur.«

»Was denn? Jetzt darf ich in meinem eigenen Haus nicht mal mehr die Tür öffnen, wenn es klingelt?«, schnauzte Grayson zurück. Wir anderen schauten abwechselnd zwischen den beiden hin und her, wie bei einem Tennismatch.

»Es könnte ja auch Henry sein – wir lernen nämlich auch für Chemie.«

Und zack, alle Köpfe wieder zu Florence. »Ja, das ist typisch für euch! Auf den letzten Drücker lernen – aber Hauptsache, keine Party auslassen.«

»Sauer, weil du gestern Abend bei Jasper was verpasst hast?«

Es klingelte zum zweiten Mal, und Butter hielt es nicht

mehr aus. Sie sprang vom Sofa und bellte uns an. Grayson und Florence beachteten sie nicht, sie sprachen nur noch lauter, um gegen den Lärm anzukommen.

»Wohl kaum. Du findest infantile Besäufnisse deiner spätpubertierenden Basketballkumpel vielleicht spannend – *ich* finde meinen Schulabschluss wichtiger, stell dir mal vor!«

»*Ich* kann auf Partys gehen und trotzdem einen guten Schulabschluss machen, stell dir *das* mal vor!«

»Herrgott nochmal, wie alt seid ihr – fünf?«, fragte Ernest.

Es klingelte zum dritten Mal, und das Bocker sagte: »Ich schäme mich!«, zu niemand Bestimmtem. Butter bellte immer noch. Sie hasste Streit.

»Ich mach das schon.« Mia stand auf. Butter wedelte erleichtert mit dem Schwanz und folgte ihr in den Flur hinaus. »Wenn es Emily ist, pfeif ich laut, damit Grayson sich schnell hinterm Sofa verstecken kann«, rief Mia noch über ihre Schulter.

»Was für eine herrlich temperamentvolle Familie. Ganz, ganz wunderbar!« Pascal schlug lächelnd seinen Ordner zu. »Einzeln sind wir Worte, zusammen ein Gedicht«, sagte er, was in seiner Sprache offensichtlich so viel hieß wie: »Fertig!«

»Amen«, flüsterte Lottie ganz ergriffen. Alle anderen dehnten und rekelten sich unauffällig wie nach einer langen Zugfahrt, auch Mum und Ernest. Das Bocker massierte sich die Schläfen.

»Entwarnung!« Mia hatte inzwischen die Haustür geöffnet. »Es ist nur der Typ von nebenan, in den Florence mal verknallt war!«, rief sie, und mein Herz setzte für einen Schlag aus. »Und er hat … *Shit!*«

»Er hat Shit?«, wiederholte Mum.

Spot, unser roter Kater kam ins Wohnzimmer gefegt, dicht gefolgt von Mia, Butter und – Matt.

Shit.

Spot jagte über das Sofa und sprang auf das Klavier, wo er sich neben der Beethovenbüste zusammenkauerte und uns böse und pausbackig anstarrte.

»Was hat er denn da im Maul?«, fragte Florence, während ich mich in meinem Stuhl so klein und unauffällig machte wie nur irgend möglich, damit Matt, der am Kopfende des Tisches stand, mich nicht entdeckte.

»Eine Amsel.« Er pustete eine schwarze Feder vom Ärmel seines Pullovers. »Sorry, aber er hat sie zu uns in den Wintergarten geschleppt und fliegen gelassen. Meine Mutter ist beinahe in Ohnmacht gefallen. Glücklicherweise hat der Kater den Vogel wieder eingefangen, allerdings hat er dabei zwei Amphoren umgeworfen, die mit irgend so einem exotischen Grünzeug bepflanzt waren. Also hab ich ihn mir geschnappt und …«

»Und hergebracht, damit er den Vogel jetzt in unserem Esszimmer fliegen lassen kann? Na, besten Dank auch«, sagte Florence. Sie näherte sich vorsichtig dem Klavier.

»Armes kleines Spottilein! Hat der böse Matt dir weh getan?«

»Wohl eher umgekehrt. Spot hat das arme, kleine Mattilein ziemlich böse gekratzt«, behauptete Matt. »Vom armen Amselein ganz zu schweigen. Und den Amphoren ... ich soll übrigens fragen, ob eure Versicherung dafür aufkommt. Sie waren wohl ziemlich wertvoll.«

»Dann solltet ihr vielleicht besser die Tür zu eurem Wintergarten zulassen«, schnappte Florence.

»Herrje, du bist aber mies gelaunt.« Matt musterte sie kopfschüttelnd. »Früher warst du mal so niedlich.«

Florence funkelte ihn zornig an. »Tja – inzwischen habe ich gelernt, dass man mit niedlich in dieser Welt nicht weiterkommt.«

»Aber mit Höflichkeit!« Ernest hatte sich erhoben. »Ich denke, wir bringen Sie besser zur Tür, bevor es in dieser – wie drückten Sie sich noch aus? – herrlich temperamentvollen Familie noch chaotischer wird«, sagte er zu Pascal.

Der lächelte immer noch. Allmählich wurde er mir ein wenig unheimlich.

»Ich muss auch los.« Das Bocker stand hastig auf und griff nach ihrer beigefarbenen Strickjacke. »Bei mir ist eine Migräne im Anmarsch, und ungezogene Haustiere und Kinder strapazieren meine Nerven nur unnötig.« Ihr vernichtender Blick galt dieses Mal ausnahmsweise nicht Mia und mir, sondern ihren »richtigen« Enkeln.

»Möchten Sie vielleicht noch ein Stückchen von der Torte mitnehmen?«, fragte Lottie, aber da war das Bocker schon grußlos in den Flur verschwunden. Mum, Pascal und Ernest folgten ihr.

»Wir sprechen uns nachher noch. Kümmert euch um den Kater«, wies Ernest uns an, während Pascal zum Abschied winkte – und lächelte. Zum ersten Mal kam mir der Gedanke, dass er gar nicht freiwillig lächelte, sondern unter einer Gesichtslähmung litt. Vielleicht das Geheimnis seines Erfolgs?

»Was für ein netter Mann«, sagte Lottie mit einem tiefen Seufzer. »So positiv! Wahrscheinlich, weil er sich den ganzen Tag damit beschäftigt, wie man die große Liebe fürs Leben in Szene setzt.«

»Dieses ganze Gehabe und Gegrinse ist doch nur eine geschäftstüchtige Masche.« Charles wirkte mit einem Mal hellwach. »Um den Leuten das Gefühl zu geben, die große Liebe fürs Leben kaufen zu können.«

»So spricht nur jemand, der selber nicht an Liebe und Romantik glaubt.« Lottie strich sich eine Locke hinters Ohr und sah ihn herausfordernd an. »Und keine Leidenschaft kennt.«

»Nur weil ich nicht um alles Tüllschleifchen binde, heißt das noch lange nicht, dass ich unromantisch bin«, sagte Charles aufgebracht. »Oder leidenschaftslos.«

»Nicht?« Lottie zuckte mit den Schultern. »Entschuldige, dann ist das wohl nur mein persönlicher Eindruck.«

Ich sah ungläubig vom einen zum anderen. Jetzt fingen die beiden auch noch an. Irgendetwas schien hier heute in der Luft zu liegen, das alle in zankende Kindergartenkinder verwandelte. Fehlte nur noch, dass sie hinter jedem Satz »Ätschibätschi« sagten.

»Und du findest alles romantisch, was man dir mit einem Lächeln anpreist«, gab Charles zurück. »Apropos Lächeln: *Ich* würde mit einer hässlichen Zahnfleischentzündung bestimmt nicht so selbstsicher grinsen.«

»Er ist nicht selbstsicher, sondern einfach nur charmant. Und er hatte gar keine Zahnfleischentzündung«, sagte Lottie.

»Doch, am Caninus oben links! Konntest du nur nicht sehen, weil du rechts von ihm gesessen hast.« Charles schien selber aufzufallen, dass er sich ein wenig kindisch aufführte. »Kann ich denn etwas von der Torte haben, bevor der Vogel noch mal entkommt und draufkackt?«, fragte er versöhnlich.

»Ich glaube nicht, dass der noch fliegen kann«, sagte Matt. Bisher hatte sein Blick mich nur mal kurz gestreift, und ich hatte mich seinetwegen auch wieder etwas beruhigt. Die wenigsten Menschen können sich an ihre Träume erinnern, wenn sie erwachen, und wenn doch, dann nie für lange. Aber selbst für den unwahrscheinlichen Fall, dass Matt sich erinnerte: Es war ja immer noch *sein* Traum, und er hatte nicht die geringste Ahnung, dass ich mich da hineingeschmuggelt und das Ganze ein wenig manipuliert hatte. Wenn die Sache also jemandem peinlich sein musste, dann ihm. Warum nur hatte ich trotzdem das Bedürfnis, unter den Tisch zu kriechen und mich zu verstecken, bis er wieder weg war?

Spot knurrte uns leise an.

»Der arme Kater ist ja total traumatisiert«, sagte Florence und schleuderte Matt einen bitterbösen Blick zu. »Ich hoffe, dagegen seid ihr versichert.«

»Hör schon auf, deine schlechte Laune an Matt auszulassen, Florence. Wenn hier jemand traumatisiert ist, dann die Amsel.« Grayson griff sich Spot und trug ihn auf die Terrasse hinaus. Wahrscheinlich hatte die Vorstellung, der Vogel könne auf das kacken, was er von der Torte übrig gelassen hatte, ihn dazu gebracht einzuschreiten. Was nicht dumm war, denn wie sich herausstellte, war die Amsel noch quicklebendig und sehr wohl flugfähig. Spot bereute sicher sehr, das Maul geöffnet zu haben, aber unter Graysons sanftem Schütteln war ihm gar nichts anderes übriggeblieben. Er sah der Amsel mürrisch hinterher, wie sie zielstrebig über die Hecke in den Garten von Matts Eltern flatterte (dummes Tier!), ließ sich aber widerspruchslos wieder hineintragen, wo er sich beleidigt auf dem Sofa zusammenrollte und uns keines Blickes mehr würdigte. Butter legte sich solidarisch neben ihn und sah uns vorwurfsvoll an.

»Wenigstens mal zwei, die sich nicht streiten«, sagte Mia fröhlich.

»Möchte jemand Blaubeertorte?«, fragte Lottie.

»Da sage ich nicht nein«, sagte jemand mit Henrys Stimme, und ich wandte mich ruckartig um. Henry stand in der offenen Esszimmertür, und hinter ihm streckte Emily ihren Kopf ins Zimmer. Die beiden waren offenbar ins Haus gekommen, während Mum und Ernest das Bocker und Pascal verabschiedeten – was sie den Stimmen nach, die aus dem Flur zu uns hinübertönten, auch immer noch taten.

»Ich nehme auch ein Stück Torte«, sagte Matt.

Allmählich kam mir das Esszimmer vor wie eine Bühne, auf der sich viel zu viele Schauspieler auf einmal aufhielten und ein ausgesprochen unübersichtliches Stück aufführten.

»Pfeif, pfeif«, sagte Mia. Und manche hatten dazu noch einen wirklich merkwürdigen Text. Das Flüstern in Bühnenlautstärke beherrschte Mia perfekt: »Grayson, versteck dich! Emily ist da.«

»Da nehme ich doch lieber ein Stück Torte«, grummelte Grayson und ließ sich wieder am Tisch nieder.

Florence wusste gar nicht, über wen sie sich mehr ärgern sollte. »Du hast doch schon die halbe Torte allein gegessen«, sagte sie empört und vollkommen zu Recht. »Du bekommst höchstens noch ein Stück, wenn alle anderen eins hatten. Emily, möchtest du eins?«

Emily kam hinter Henry in den Raum geschlendert und musterte die abgegraste Frühstückstafel. Für mich sah es nicht so aus, als wolle sie Grayson nicht begegnen, eher im

Gegenteil. Zwar war sie nicht ganz so knapp bekleidet wie gestern auf der Party, aber ihre Jeans saßen knalleng, und das T-Shirt hatte einen verdammt tiefen Ausschnitt. Geschminkt war sie auch.

»Nein danke«, sagte sie. »Das sieht nach sehr vielen Kalorien und gesättigten Fettsäuren aus.«

»Woher wusste ich nur, dass sie genau das sagen würde?«, murmelte Henry, während er sich auf Florence' alten Platz neben mir fallen ließ und mir einen leichten Kuss auf die Wange gab.

Matt nahm derweil auf Bockers Stuhl Platz.

Und ich fühlte mich ein wenig – eingekreist.

Lottie reichte beiden einen Teller mit Blaubeertorte, nicht ohne betont über Charles hinwegzuschauen.

»Komm, wir gehen irgendwohin, wo es nicht nach Testosteron riecht! In mein Zimmer.« Florence zog Emily von der Bühne, pardon aus dem Zimmer. Emily sah aus, als suche sie noch nach einem passenden Satz für ihren Abgang, aber ihr schien keiner einzufallen. Dafür wackelte sie nachdrücklich mit ihrem Hinterteil in der engen Jeans. Es war wirklich ein mieses Theaterstück. Charles zum Beispiel hatte schon seit Minuten überhaupt keinen Text, er schaute nur bedröppelt drein.

»Möchtet ihr auch Torte?«, fragte Lottie Mia und mich.

Eigentlich liebend gern, aber mit Matt und Henry an einem Tisch war mein Magen gerade ein wenig zugeschnürt.

»Später vielleicht«, sagte ich. Erst musste ich Persephone anrufen, sie war sicher schon mit ihren Nerven total am Ende. Und ich musste wissen, was Secrecy geschrieben hatte. »Leihst du mir dein iPad, Lottie?«

»Es liegt in der Küche«, sagte Lottie, woraufhin Mia sofort losrannte, um es sich selber unter den Nagel zu reißen.

»Das ist die leckerste Torte, die ich jemals gegessen habe«, sagte Henry, und Matt nickte dazu mit vollem Mund. Charles schaute weiter bedröppelt.

Es war höchste Zeit für meinen eigenen Abgang. Ich musste Mia das iPad abjagen.

Als ich meinen Stuhl zurückschob und aufstand, schluckte Matt seinen Bissen hinunter und sagte unvermittelt: »Von dir habe ich heute Nacht übrigens geträumt, Liv!«

Oh nein.

Sowohl Henry als auch Grayson hoben den Kopf, um mich anzusehen. Rasch ließ ich die Haare nach vorne fallen, damit sie möglichst viel von meinem Gesicht verbargen, das unter Garantie gerade rot anlief. Es wurde jedenfalls ganz heiß.

»Hoffentlich war's ein netter Traum«, sagte ich so unbefangen wie möglich. Wenigstens meine Stimme hatte ich unter Kontrolle.

»Na ja … irgendwie schon.« Matt grinste. »Ein bisschen verrückt, aber ja … nett. Wir waren zusammen im Leadenhall Building.«

»Muss ich das kennen?« Ob ich einfach gehen konnte, oder würde mich das erst recht verdächtig machen? Henry musterte mich immer noch aufmerksam. Da meine Haare mir wie eine Gardine die Sicht versperrten, konnte ich den Ausdruck in seinen Augen nicht erkennen.

»Das Leadenhall Building ist ein Wolkenkratzer in der City«, sagte er und wandte sich dann Matt zu. »Erzähl mehr von diesem Traum, das interessiert mich brennend.«

»Mich auch.« Grayson bedachte mich mit einem seiner durchbohrenden Blicke.

»Ach.« Für einen winzigen Moment wirkte Matt verlegen, lange genug, um mir zu verraten, dass er sich sehr wohl an Details aus dem Traum erinnerte. »Total wirres Zeug. Was man halt so träumt …« Er räusperte sich. »Ich … also, da waren diese Rolltreppen. Und ich äh, also ich hab auf der Rolltreppe Saxophon gespielt. Liv hatte so schwere Ordner zu tragen und kam ganz geschäftig an mir vorbei.« Er sprach zunehmend flüssiger, und jetzt grinste er auch wieder überlegen, offenbar machte es ihm Spaß, sich diesen Blödsinn zusammenzulügen. Ich wünschte nur, er hätte dabei nicht so auffällig nach oben geschaut. »Und da war noch dieser Zirkusclown, der hat auf der Rolltreppe vor uns mit Kaffeetassen und Cookies jongliert und allen seine Visitenkarte überreicht. Er wollte auch Liv eine geben, aber sie hatte ja keine Hand frei und hat geschimpft wie ein Rohrspatz, weil sie nicht an ihm vorbeikam. Er hat ihr die

Visitenkarte einfach in den Mund geschoben, und dann war Ruhe. An mehr erinnere ich mich nicht. Das heißt, doch, der Clown hieß Mr Smith. Echt wahr, das stand auf seiner Visitenkarte.« Lachend spießte Matt ein Stück Torte auf seine Gabel. Ich sah genau, wie stolz er auf sich war. »Witzig, oder? Möchte ja gerne mal wissen, was ein Traumdeuter da rauslesen würde.«

»Tja, ich bin leider kein Traumdeuter«, sagte Henry bedauernd. »Aber ein ganz guter Hobbypsychologe, und als solcher sage ich, dass du diesen Traum gerade frei erfunden hast.« Während Matt das Lächeln vorübergehend aus dem Gesicht glitt, drehte Henry sich wieder zu mir. »Oder? Was meinst du, Liv?«

»Ich hab schon viel Verrückteres geträumt«, sagte Matt ein wenig beleidigt, aber Henry und ich waren viel zu sehr damit beschäftigt, einander anzustarren.

»Ich?« Anstatt mich ertappt zu fühlen, wurde ich ein bisschen wütend. Auf Henry und sein überlegenes Hobbypsychologengehabe und auf Grayson, der auf der anderen Tischseite guckte wie ein spanischer Inquisitor bei einem Hexenverhör. »Ich meine, dass du verdammt viel Interesse an den Träumen fremder Typen hast«, sagte ich streitlustig. Mein Gott, heute musste wirklich etwas in der Luft liegen.

»Nur, wenn du drin vorkommst«, erwiderte Henry.

Ich strich mir den Haarvorhang aus den Augen und sah ihn direkt an. Mit etwas Glück hatte sich meine Gesichtsfarbe wieder normalisiert. »Ach ja? Oder nur, wenn es sich um die Träume von gutaussehenden Typen handelt?«

»Von gutaussehenden Typen, die Saxophon spielen.« Henry lächelte zwar, aber in seinen Augen glitzerte das Misstrauen, das sah ich ganz deutlich.

»Oh, danke«, sagte Matt, jetzt wieder ganz selbstsicher. »Obwohl ich im Traum besser spiele als in Wirklichkeit. Wenn ich nicht gerade diesen Traum habe, in dem ich in der Carnegie Hall auf der Bühne stehe und keinen einzigen Ton herausbringe … Aber das ist ja das Gute an Träumen: Da wird niemand Zeuge, wenn man sich blamiert.«

»Ganz genau.« Grayson hatte den Inquisitorenblick gegen einen eher zerknirschten gewechselt und rieb sich über die Stirn. »Träume sind eine sehr private Angelegenheit und gehen überhaupt niemanden was an.«

»Was für ein schönes Schlusswort«, sagte ich, gab Henry einen raschen Kuss auf die Stirn und lächelte die anderen beiden an. »Ich geh dann mal und lasse euch lernen.« Und dieses Mal zögerte ich nicht, ich verließ die Bühne, ohne mich nach den anderen Schauspielern umzusehen.

Es tat mir nur leid um die Torte.

15.

»Heute mal kein Leopard?« Anabel lehnte mit dem Rücken an der marineblauen Tür, von der ich immer noch glaubte, sie gehöre Direktorin Cook. Als ich eine Sekunde vorher hingeschaut hatte, war Miss Ich-bin-von-einem-Dämon-besessen-weil-ich-meine-Tabletten-nicht-nehme noch nicht da gewesen. Das heißt, da gewesen war sie schon, aber sie hatte sich erst sichtbar gemacht, als ich schon fast vorbei war. Vermutlich wollte sie sich daran weiden, wie ich vor Schreck zusammenzuckte. Was ich natürlich auch tat.

»Jaguar«, verbesserte ich sie automatisch.

Anabel hob die Schultern. »Ist doch dasselbe. Triffst du dich mit Henry? Der ist schon vor einer Weile hier vorbeigekommen.«

»Gut zu wissen.« Ich wollte es gar nicht, aber ich musste sie einfach anstarren. Im Dämmerlicht des Korridors schimmerten ihre türkisfarbenen Augen mit den goldenen Haaren um die Wette, und ihr Teint sah aus wie gemalt. Es war, als habe sie irgendwo einen versteckten Strahler angebracht, der sie – und nur sie – in sanftes Abendsonnenlicht tauchte. Anabel war wirklich einschüchternd schön, wie ein Gemälde, an dem man sich nicht sattsehen kann, und ich musste mir mit Gewalt in Erinnerung rufen, dass sie im echten Leben keineswegs so überirdisch perfekt aussah. Trotzdem fragte ich mich unwillkürlich, ob Henry sie nicht ähnlich fasziniert angestarrt hatte, wenn er denn wirklich hier vorbeigekommen war. Als Anabel jetzt weitersprach, spürte ich irrationale Eifersucht in mir aufkeimen. Eifersucht und ein bisschen Wut.

»Ich hab gehört, du hast heute seine Mutter kennengelernt.« Sie lächelte mich sanft an.

Ich biss die Zähne zusammen. Hatte sie ihre Informationen von Henry? Und wenn ja, warum hatte er ausgerechnet ihr davon erzählt?

»Erstaunlich!« Anabels zarte Nasenflügel bebten. »Wie lange hat das gedauert, bis er dich mal mit zu sich nach Hause genommen hat? Nur ein halbes Jahr?«

Ich versuchte, sie mit einem Stirnrunzeln zum Schweigen zu bringen, aber es klappte nicht. Sie ätzte einfach weiter.

»Weißt du denn jetzt wenigstens, warum er dich immer fernhalten wollte? Oder sollte das nur eine Art Vertrauensbeweis sein, damit du endlich mit ihm schläfst?«

Wie machte sie das nur? Sie sprach genau das aus, was diese fehlgeleitete, einsame Stimme in meinem Inneren mir zuflüsterte, die Stimme, von der ich glaubte, dass sie meinem Minderwertigkeitskomplex gehörte. Demselben Minderwertigkeitskomplex, der mir schon Rasmus eingebrockt hatte – und indirekt auch Matt, um dessen Traumtür ich diese Woche einen besonders weiten Bogen gemacht hatte. Obwohl Henry Matt mit keinem Wort mehr erwähnt hatte, hatte ich meine Flugsimulator-Pläne vorerst auf Eis gelegt.

Was nicht besonders schlau war, Liv, flüsterte die innere Stimme jetzt. *Denn bald sind Frühjahrsferien, und du bist immer noch eine ahnungslose, mitleiderregende Jungfrau!*

Anabel lächelte dazu, als ob sie jedes Wort verstehen konnte. Aber ich wollte weder auf meinen Minderwertigkeitskomplex hören noch auf Anabel. Sie waren beide Gift für meine Seele.

»Jaguare und Leoparden sind ganz und gar nicht dasselbe«, erwiderte ich mit fester Stimme. »Jaguare haben eine breitere Stirn und ein breites Gebiss, außerdem ist ihre Fellzeichnung unterschiedlich. Der Jaguar hat größere Kringel, und beim Leoparden gibt es im Kringel keinen hellen Punkt, außerdem schwimmen Jaguare gern, während …«

Anabel verschränkte ihre Arme und bedachte mich mit einem mitleidigen Lächeln. »Ich verstehe ja, dass du mit mir nicht über deine Beziehungsprobleme sprechen möchtest«, unterbrach sie mich. »Obwohl – vielleicht könnte ich dir noch den einen oder anderen Tipp geben. Ich kenne Henry wirklich gut. Ich weiß sogar, wie er küsst.«

Oh Gott, ich hasste sie.

Sie lachte. »Keine Sorge, das war lange vor deiner Zeit. Henry und ich haben eine Menge gemeinsam. Zum Beispiel düstere Familiengeheimnisse und eine Kindheit, die … die

Narben auf unserer Seele hinterlassen hat – so was verbindet. Wir haben beide eine Mutter, auf die wir nicht unbedingt stolz sein können.« Ihr Blick richtete sich kurz nach innen, und prompt wurde ich von einer Welle des Mitleids erfasst. Arme Anabel – es musste entsetzlich gewesen sein, in dieser Sekte zu leben. »Allerdings war meine Mutter so nett, sich mit einem Bademantelgürtel zu erhängen, nachdem sie meine Kindheit ruiniert hatte«, fuhr sie fort. »So musste ich sie wenigstens nie meinen Freunden vorstellen.«

Sofort lief vor meinen Augen ein kleiner Horrorfilm ab, in dem ich eine ältere Version von Anabel vor mir sah, wie sie einen Ritualdolch wetzte. Arme Ana... stopp! Mit Gewalt musste ich mir in Erinnerung rufen, wen ich hier vor mir hatte, nämlich die manipulativste Person der Welt, berühmt für ihre raffinierten Einflüsterungen. Henrys Kindheit mit ihrer eigenen zu vergleichen war doch auch wieder nur eine Masche, um mein Mitleid zu erregen, und dummerweise hatte sie auch noch funktioniert.

Dabei hinkte der Vergleich gewaltig. Henrys Mutter würde zwar sicher nicht den Preis für die Mutter des Jahres gewinnen, aber verglichen mit Anabels Mutter war sie wirklich harmlos. Unsere Begegnung heute Nachmittag war jedenfalls vollkommen unspektakulär verlaufen, geradezu langweilig. Ich fragte mich immer noch, warum ich mir die ganze Woche lang alle möglichen Schreckensszenarien ausgemalt hatte. Vielleicht, weil Henry mich so hochoffiziell und feierlich zu diesem Nachmittagskaffee eingeladen und zusammen mit seiner kleinen Schwester extra eine Torte gebacken hatte. Und weil er noch nervöser gewesen war als ich.

Aber so hochoffiziell oder gar feierlich war es überhaupt nicht zugegangen.

Ich hatte noch gar nicht lange am Tisch gesessen, da war mir klargeworden, dass Henrys Mutter schlichtweg kein besonderes Interesse an mir hatte. So einfach war das. Ich war weder prüfenden Blicken noch peinlichen Fragen ausgesetzt worden, wie ich insgeheim befürchtet hatte, noch hatte sie sich lallend vom Stuhl erhoben und anklagend mit dem Zeigefinger auf mich gezeigt, ich würde ihr den Ältesten wegnehmen. Und obwohl ich nach klischeehaften Anzeichen für Alkoholismus und Tablettensucht Ausschau hielt wie große Poren, aufgeschwemmte Gesichtszüge und eine Säufernase, konnte ich keine erkennen. Henrys Mutter war großgewachsen, ausgesprochen gepflegt und hatte eins von diesen hübschen Gesichtern, die man schon hundertmal gesehen zu haben glaubt. Seltsam, dass diese Frau drei so unverwechselbare Kinder bekommen hatte. Sie schien eigentlich ganz normal, bis auf die Tatsache, dass sie einem nie richtig in die Augen sah. Der Blick huschte immer nur flüchtig über alles hinweg, als wolle sie gar nicht genau hinschauen, nicht mal auf ihr Handy-Display, das andauernd aufleuchtete und sie ablenkte. Zur Unterhaltung trug sie so gut wie gar nichts bei, obwohl sie freundlich lächelte, und überhaupt nahm sie sich gerade mal eine halbe Stunde Zeit, mit uns am Tisch zu sitzen, danach musste sie »zu einem Termin«.

Zum Abschied gab sie mir die Hand und ihren Kindern einen Kuss auf die Stirn. Als sie sagte, es könne später werden und sie könnten ruhig ohne sie zu Abend essen, nickten alle, als wären sie es nicht anders gewohnt. Vielleicht aß sie ja grundsätzlich nichts, weil sie ihre Modelfigur nicht gefährden wollte, von der Torte, die Amy und Henry »gebacken« hatten, hatte sie jedenfalls nichts angerührt. Was aber auch daran liegen konnte, dass sie zu fünfzig Prozent aus M&Ms bestand, was sicher nicht jedermanns Sache war.

Ich war völlig verdutzt, wie schnell und vor allem frei von Peinlichkeiten der Nachmittag vorbeigegangen war. Henry wirkte ebenfalls sehr erleichtert, als er mich schließlich zur Tür brachte. Wir hatten uns eigentlich noch ein bisschen in sein Zimmer zurückziehen wollen, aber das hatte nicht so recht geklappt. Zuerst fragte Milo, Henrys kleiner Bruder, mich eine halbe Stunde lang über Kung-Fu aus (ein Hobby, das ich sehr empfehlen kann, wenn man die kleinen Brüder seines Freundes beeindrucken will), und danach schleppte Amy alle ihre vierunddreißig Lieblingsstofftiere in Henrys Zimmer, damit ich sie namentlich begrüßen und ihnen die Pfoten schütteln konnte.

Aber auch ohne romantische Momente der Zweisamkeit war es entgegen allen Befürchtungen ein richtig netter Nachmittag, frei von peinlichen Momenten, und ich war geradezu beschwingt, als ich aufbrach. Nachdem Amy mich noch feierlich zu ihrem Geburtstag eingeladen hatte. Im August.

An der Tür hatte Henry Schwierigkeiten, mich zum Abschied zu küssen, weil er Amy und Amy wiederum Molly den Esel und Herby das Krokodil auf dem Arm hatte. Er schaffte es trotzdem, und Amy kicherte entzückt und wollte ebenfalls einen Abschiedskuss haben.

»Nicht mal die Katze hat sich danebenbenommen«, sagte Henry mit einem komischen, kleinen Lachen. »Merkwürdig, oder? Und ein bisschen unheimlich.«

»Ach, bestimmt klappt es beim nächsten Mal«, tröstete ich ihn. »Wenn du dich schon in Sicherheit wiegst.«

Henrys Augen glitzerten, aber bevor er etwas erwidern konnte, verlangte Amy, ich solle ihren Stofftieren ebenfalls einen Abschiedskuss geben. Das Krokodil konnte gar nicht genug davon bekommen, und ich musste ihm schließlich einen Klaps auf das lange Maul geben.

»Ohne Zunge, Herby!«, sagte ich streng. »Das gehört sich nicht. Wir haben uns doch gerade erst kennengelernt.«

Amy kicherte haltlos, und Henrys Augen glitzerten noch ein bisschen mehr.

»Na ja, wenigstens einer, der sich hier danebenbenimmt«, sagte ich.

»Wir sehen uns nachher bei Mrs Hon … im Hauptquartier«, sagte Henry. »Vielleicht finden wir dort ja ein bisschen … Ruhe, um uns danebenzubenehmen.«

Ja, ein bisschen war durchaus okay.

Wenn ich denn jemals bei Mrs Honeycutt ankommen würde. Ich war ja noch nicht mal aus meinem eigenen Gang heraus, und Anabel sah leider aus, als hätte sie noch eine Menge auf dem Herzen.

»So ganz verstehe ich ja nicht, warum ihr euch nicht einfach in euren eigenen Träumen verabredet«, sagte sie.

»Tja, das wüsstest du wohl gerne«, erwiderte ich und versuchte ein ähnlich überlegenes Lächeln aufzusetzen wie sie. Dabei verstand ich es selber nicht so richtig. Zwar leuchtete mir ein, dass man uns nicht in Mrs Honeycutts Träume folgen konnte, solange man nicht wusste, wem die Tür gehörte, und sich deshalb auch keinen persönlichen Gegenstand beschaffen konnte. Aber unsere eigenen Türschwellen waren gut geschützt und lagen überdies deutlich näher. Die Gefahr, Anabel und Arthur und alles verschlingender Dunkelheit über den Weg zu laufen, wäre damit deutlich geringer.

Andererseits war das Unterbewusstsein nirgends so mächtig wie in den eigenen Träumen, und deshalb war ich ganz froh, dass wir unser Hauptquartier nicht bei mir aufgeschlagen hatten, wo vermutlich alle zehn Minuten ein Chow-Chow namens Rasmus durchs Bild rennen würde.

Anabel legte ihren Kopf schief und sah mich neugierig an. »Aber wahrscheinlich ist euch das zu … intim, richtig? Niemandem Einblicke in seine Seele gewähren, das ist typisch

Henry. Die Frage ist: Stört dich das insgeheim oder findest du es sexy?«

Beides, um ehrlich zu sein. Aber das ging Anabel nun wirklich gar nichts an. Ich überlegte, ob ich noch einmal versuchen sollte, ihr den Unterschied zwischen Leopard und Jaguar zu erklären, aber dann beschloss ich, den direkten Weg zu wählen. »Willst du eigentlich was Bestimmtes oder einfach nur so Gift verspritzen?«, fragte ich und warf einen geschäftigen Blick auf eine Armbanduhr, die ich in derselben Sekunde aus rein dramaturgischen Gründen an meinem Handgelenk hatte erscheinen lassen. »Ich hab's nämlich eilig.«

Anabel lächelte wieder. »Ja, nicht wahr? Erschreckend, wie schnell die Zeit vergeht.«

Das stimmte leider. Erschreckend vor allem, wie schnell die Zeit vergeht, wenn man nicht möchte, dass sie vergeht. Und umgekehrt. Die vergangene Woche war förmlich an mir vorbeigerast, dieselbe Woche, die Persephone vorgekommen sein musste wie die längste ihres Lebens. Obwohl sie weit besser drauf war, als ich befürchtet hatte, was im Grunde Secrecy und ihren gemeinen Ausführungen zum Limonadenfleck auf Maisie Browns Hose zu verdanken war.

»Egal, wie schlimm das war, was ich getan habe, und egal, wie mich alle anstarren und tuscheln und doofe Bemerkungen machen – sich in die Hose zu pinkeln ist auf jeden Fall noch hundertmal peinlicher als alles andere«, sagte Persephone immer wieder. Ich verzichtete auf den Hinweis, dass Maisie, wenn die Geschichte denn überhaupt stimmte, nur aus Angst vor Persephone in die Hose gemacht hatte. Ich war froh, dass sie sich überhaupt so wacker schlug, und bewunderte ehrlich, wie aufrecht sie in der Schule durch die Gänge schlenderte, obwohl sie viel lieber den Kopf eingezogen und sich zu Hause versteckt hätte, bis Gras über die Sache gewachsen wäre. Das musste man Persephone lassen – sie hatte wirklich Mumm. Wenn sie die Nase rümpfte und ihre Haare in den Nacken warf, schluckte vermutlich so manch einer die gemeine Bemerkung hinunter, die er eigentlich loswerden wollte. Und dass sie nun auch auf der »Schäm-dich«-Liste von Emilys blödem Bruder Sam stand, konnte sie gut verkraften.

»Es ist hart. Aber solange sie keine T-Shirts mit meinem Namen drucken, werde ich es überleben«, versicherte sie mir.

Apropos Namen – ein positiver Nebeneffekt des Ganzen war, dass Jasper sich Persephones Namen jetzt wohl endlich gemerkt hatte. Die ganze Woche nannte er sie beim richtigen Namen, wenn auch nicht unbedingt besonders freundlich, wofür Persephone unter diesen Umständen aber vollstes Verständnis hatte. Zumal Jasper immer noch netter zu ihr war als ihre Schwester Pandora, die ihr das mit dem Kleid wirklich übelgenommen hatte und kein Wort mehr mit ihr sprach.

Bei uns zu Hause hatte sich hingegen alles wieder etwas

entspannt. Florence und Grayson hatten das Kriegsbeil anscheinend begraben, das Bocker hatte mit irgendeinem Golfwohltätigkeitsturnier zu tun und ließ uns in Ruhe, und Lottie – Lottie backte, was das Zeug hielt.

Montag gab es luftig-fluffige Madeleines, Dienstag hatte sie sieben verschiedene Sorten von Macarons ausprobiert, eine köstlicher als die andere, und Mittwoch konnten wir uns über die besten Zitronentartes hermachen, die je ein Mensch gegessen hatte. Erst Donnerstag, als knusprige Buttercroissants mit Erdbeermarmelade auf uns warteten, fiel mir auf, dass es sich ausschließlich um französische Leckereien handelte. Und als Lottie am Freitag winzig kleine Küchlein auf den Tisch stellte und dazu »Voilà, mes enfants! Cannelés bordelais. Bon appetit« sagte, konnte man es nicht länger übersehen: Pascal, der Hochzeitsplaner, hatte sie mehr als nur inspiriert. Offenbar fand sie sein Dauerlächeln nicht unheimlich sondern genauso charmant wie seinen Akzent. In ihrer Rolle als Trauzeugin (und von Mum mit allen Entscheidungsbefugnissen versehen) hatte sie schon mehrmals mit ihm telefoniert, und nächste Woche hatten sie ein Date beim Floristen. Lottie nannte es natürlich nicht Date, sondern »Termin«, und sie wollte auch nicht zugeben, dass ihre französische Gebäckphase irgendetwas mit Pascal zu tun hatte. Aber das »Wegen Liebeskummer geschlossen«-Schild an ihrer Traumtür war verschwunden, und stattdessen stand dort jetzt »Warte nicht auf Wunder – lebe jetzt«, was nicht nur ich, sondern auch Grayson bemerkte. Viel zu spät besann er sich auf sein vollmundiges Versprechen, seinen Onkel mit Lottie zu verkuppeln.

»Was ist denn jetzt mit dir und Charles?«, hatte er sich gestern erkundigt, als Lottie gerade dabei war, den Teig von französischen Baguettes zu kneten während sie *»Where do you go, my lovely?«* vor sich hin summte. »Ich dachte, ihr mögt euch.«

»Sicher«, antwortete Lottie. »Ich halte Charles für einen sehr guten Zahnarzt.«

Tja. Es sah nicht gut aus für Charles, das musste selbst Grayson zugeben. »Ich halte ihn für einen guten Zahnarzt« kam weit vorne auf die Liste der desillusionierendsten und unromantischsten Sätze, die je gesprochen wurden, gleich nach »Lass uns Freunde bleiben«.

Aber noch wollte Grayson nicht kapitulieren. »So schlimm ist das mit dem Hochzeitsplaner gar nicht«, sagte er. »Konkurrenz belebt das Geschäft. Manche Leute merken erst, was sie wollen, wenn sie es nicht mehr haben können.«

Da sprach er wohl von Emily. In dieser Woche hatte ich sie gleich zweimal vor Graysons Traumtür stehen sehen, wo sie dem armen Freddy Zahlen ins Gesicht gebrüllt und ihn »alberne Gans« und »wichtigtuerisches Huhn« genannt hatte, weil er sie nicht reinlassen wollte.

Sie dabei zu beobachten war mein heimliches Wochenhighlight gewesen. Ansonsten war ich die meiste Zeit damit beschäftigt, die Menschen, die in meine Nähe kamen, misstrauisch zu mustern. So gut wie jeder von ihnen konnte, ohne es zu wissen, von Arthur zu meinem Mörder programmiert worden sein und mich die Schultreppe hinunterschubsen oder mit einem Medizinball erschlagen – und mir fielen im Minutenrhythmus neue Mordmethoden ein. Vermutlich beobachtete Arthur mich von weitem und amüsierte sich königlich, wenn er sah, wie oft ich mich umschaute oder zusammenzuckte.

»Wie blass du bist«, stellte Anabel jetzt passenderweise fest.

Tja, nicht jeder von uns hatte es nötig, sich so ein schmeichelndes Sonnenuntergangs-Weichzeichnerlicht zu zaubern. Aber ich hatte keine Lust, mich mit ihr zu streiten. Wenn ich schon mit ihr reden musste, dann konnte ich wenigstens versuchen, an die Vernunft zu appellieren, die laut Grayson noch irgendwo unter ihrem Wahnsinn schlummern sollte.

»Ja«, sagte ich ehrlich. »Mir geht es auch nicht gut. Ich habe Angst. Vor dem, was Arthur als Nächstes anstellen wird. Und ein bisschen auch vor dir.«

Aus irgendeinem Grund schien Anabel das zu schmeicheln. »Vor mir – oder vor *ihm*?«, fragte sie.

Ein kühler Luftzug streifte meine Arme, und es wurde ein wenig dunkler. Ich unterdrückte einen Seufzer. Jetzt fing das wieder an. Ich wollte doch einfach nur in Mrs Honeycutts Traum. Und zwar am liebsten, ohne vorher durch diese verdammten endlosen Gänge zu wandern. War das denn zu viel verlangt?

»Hast du Angst vor mir oder ihm?«, wiederholte Anabel. »Dem Herrn der Schatten und der Finsternis, dem du Treue geschworen hattest, bevor du den Eid gebrochen hast.«

Na, in Anbetracht der Tatsache, dass der Herr der Schatten und der Finsternis mich von Anfang an als Blutopfer vorgesehen hatte, fand ich das mit dem Eidbrechen nicht so wirklich verwerflich, mal abgesehen davon, dass ich beim Treueschwur ohnehin schon gepfuscht hatte. Aber es war vermutlich nicht klug, Anabel an meinen Gedanken teilhaben zu lassen.

»Vor euch beiden«, sagte ich stattdessen. *Weil ihr ein und dieselbe Person seid, du durchgeknallte Irre, wann wirst du das denn endlich begreifen? Es. Gibt. Keine. Dämonen. Und es macht mir auch keine Angst, dass es immer dunkler um uns herum wird und sich dunkle Schatten in den Ecken …*

Mist. Es machte mir wohl Angst. Ich konzentrierte mich ganz auf Anabels Gesicht, das immer noch leuchtete. »Wie war das mit der Sonnenfinsternis? Hattest du nicht gesagt, dass wir die möglicherweise nicht mehr erleben würden?«

Anabel schüttelte den Kopf. »Das habe ich nicht gesagt. Ich habe nur weitergegeben, was der dunkle Herrscher mir verkündet hat: Dass untreues Blut fließen wird, wenn die Sonne in den Schatten des Mondes rückt, zum Saros-Zyklus hundertzwanzig.«

Vielleicht kriegst du einfach nur deine Tage? Ich schüttelte hastig den Kopf. Immer, wenn Anabel so salbungsvoll sprach, neigte ich zu unangemessen albernen Gedanken.

Die mir aber gleich wieder vergingen. Selbst das warme Licht, das Anabels Gesicht eingehüllt hatte, begann jetzt zu verblassen. Sie beugte sich ein bisschen vor. »Es könnte genauso gut mein Blut sein – ich habe den Gefiederten Gebieter der Nacht schließlich mehr enttäuscht als ihr alle zusammen.«

Richtig. Sie hatte es nicht geschafft, mir die Kehle durchzuschneiden. Aber sie hatte sich wirklich Mühe gegeben, das konnte ich bezeugen.

»Gefiedert?« Das war neu. »Heißt das, du hast ihn gesehen?«, fragte ich und rieb mir über die Arme. Es war noch ein paar Grad kälter geworden.

Anabel schüttelte wieder den Kopf. Es konnte durchaus Angst sein, die sich da in ihren Augen spiegelte, ich wusste aber nicht, ob es meine war oder ihre eigene. »Ich habe nur seinen Schatten gesehen, an der Wand. Und da hatte er Flügel. Riesige, schwarze Schwingen, auf denen er durch Nacht und Träume gleiten kann. Und durch Zeit und Raum.«

Während sie sprach, schwebte etwas Dunkles zwischen uns herab. Es war eine glänzende, schwarze Feder, die auf meiner ausgestreckten Hand landete. Ich schaute nach oben. Noch mehr Federn rieselten auf uns hinunter, sie trudelten durch das Dämmerlicht und landeten lautlos wie Schneeflocken auf dem Boden.

Sieht so aus, als wäre der Herr der Schatten und der Finsternis gerade in der Mauser. Je unheimlicher mir zumute war, desto alberner wurden meine Gedanken. Und desto eigenartiger schimmerten Anabels Augen. Immer mehr Federn wirbelten von der nicht vorhandenen Decke herab. Anabel hatte die Arme ausgebreitet, als genieße sie einen warmen Sommerregen. Ich hatte das ungute Gefühl, aus dem Rendezvous bei Mrs Honeycutt würde heute nichts mehr werden. Vermutlich wäre es klüger aufzuwachen, bevor es noch gruseliger wurde. Andererseits musste ich die Gelegenheit nutzen und so viel wie möglich aus Anabel herauskriegen. Diese verdammte Sonnenfinsternis war doch schon am Freitag.

Ich räusperte mich. »Und … hat er dir irgendwelche Befehle erteilt?«

Anabel schaute mich verächtlich an. »Du glaubst immer noch, dass er nicht existiert, nicht wahr? Du denkst, ich bin eine Geisteskranke, die Stimmen hört und Erscheinungen hat, richtig?«

Ja, absolut richtig. »Zumindest wäre das eine Möglichkeit, die man in Erwägung ziehen muss«, sagte ich, wobei ich versuchte, gelassen und unbeeindruckt zu klingen und keine der immer schneller und dichter fallenden Federn einzuatmen. »Du siehst und hörst den Dä… geflügelten Schattenfürst doch erst wieder, seit du die Tabletten abgesetzt hast.«

»Du klingst genauso wie Grayson«, erwiderte Anabel. Die Federn bedeckten mittlerweile große Teile des Bodens, und auch auf Anabel und mir waren viele gelandet. Weil Anabel immer noch ihre Arme ausgebreitet hielt, sah es aus, als würden ihr Flügel wachsen. »Wusstest du, dass er mich heute zu Hause besucht hat? Irgendwie süß. Er denkt, wenn er mir beweist, dass es keinen Dämon gibt, würde ich euch zeigen, wo sich Dr. Andersons Traumtür befindet und euch erklären, wie ich ihn aus dem Verkehr gezogen habe.« Sie lächelte flüchtig. »Das Problem ist nur, dass er das nicht beweisen *kann*! Glaubt ihr denn wirklich, dass ich die Möglichkeit, dass das alles nur meiner kranken Phantasie entsprungen ist, von vorneherein ausgeschlossen habe? Ich bin vielleicht verrückt, aber nicht dämlich. Wenn ich keine unumstößlichen Beweise für seine Existenz hätte, würden wir dieses Gespräch hier sicher nicht führen …«

»Was denn für Beweise?«, wollte ich fragen, aber ich bekam eine Feder in den Mund und musste würgen, bis ich sie wieder ausgespuckt hatte. Danach presste ich die Lippen aufeinander. Die Federn wirbelten jetzt so dicht herab, dass ich fast nichts mehr sehen konnte, auch Anabel konnte ich nur noch erahnen. Noch ein paar Minuten, und wir würden vollkommen von Federn bedeckt sein, schon jetzt versanken meine Knöchel in einem schwarzen Daunenmeer. Jetzt war wohl der richtige Augenblick gekommen, diesen Albtraum zu beenden.

»Ich spüre seine Macht!« Es war mir ein Rätsel, wie Anabel sprechen konnte, ohne Federn einzuatmen. Ich hatte das

Gefühl, allmählich zu ersticken, obwohl ich den Mund fest geschlossen hielt. Aber nicht mal mehr durch die Nase war richtiges Atmen möglich, die Federn waren überall. Ich musste auch die Augen schließen. Außer wirbelnder Dunkelheit war ohnehin nichts mehr zu erkennen.

Höchste Zeit aufzuwachen. Aber es war gar nicht so einfach, sich darauf zu konzentrieren, wenn man nicht vernünftig atmen konnte.

»Und wenn du tief in dich hineinhorchst, Liv, dann spürst du sie auch«, hörte ich Anabels sanfte, melodische Stimme sagen. »Tief in deinem Herzen weißt du, dass es ihn gibt.«

Tief in meinem Herzen wusste ich vor allem eins: Dass das hier nur ein Traum war und ich in Wirklichkeit in meinem Bett lag, zu Hause in Hampstead …

Dieses Mal funktionierte es. Keuchend setzte ich mich auf. Verdammte Anabel! Ich atmete tief durch und versuchte, meinen viel zu schnellen Puls zu beruhigen, dann sah ich auf die Leuchtziffern meiner Uhr. Halb vier. Henry würde vermutlich noch in Mrs Honeycutts Traum auf mich warten. Aber ich war nicht sicher, ob es mir gelingen würde, sofort wieder einzuschlafen. Ich hatte immer noch das Gefühl von Federn auf meinem Körper. Und der einen, die in meinem Mund gelandet war …

Hastig erhob ich mich und ging zum Fenster hinüber, um es weit zu öffnen. Feuchte, kalte Nachtluft strömte in den Raum. Die schönen Frühlingstage schienen fürs Erste vorüber zu sein, draußen regnete es in Strömen. Ernest würde sich freuen, der Garten hatte den Regen dringend nötig gehabt.

Zurück im Bett klopfte mein Herz immer noch schneller als normal. Es half nichts – Henry musste warten, bis ich mich beruhigt hatte. Ich knipste meine Nachttischlampe an, stopfte mir das Kopfkissen in den Rücken und betrachtete den Bücherstapel auf meinem Nachttisch, darunter auch Matts Ausgabe von »Hotel New Hampshire«. Sie lag versteckt unter einem Gedichtband von Emily Dickinson. Ihre Gedichte schienen mir jetzt genau die richtige Medizin zu sein. Nach ein paar Seiten würde ich vielleicht wieder müde genug sein, um einschlafen zu können.

Als ich das Buch einfach irgendwo aufschlug und zu lesen begann, löste sich etwas aus meinen Haaren, schwebte hinab und legte sich auf die Seiten.

Es war eine glänzende, schwarze Feder.

Der Frognal Academy Tittle-Tattle-Blog mit dem neusten Klatsch, den besten Gerüchten und brandheißen Skandalen unserer Schule

ÜBER MICH:
Mein Name ist Secrecy – ich bin mitten unter euch und kenne all eure Geheimnisse

UPDATE ACTIVITY

16. März

Eins muss man Direktorin Cook lassen, sie macht nie denselben Fehler zweimal. Zum Beispiel den, attraktive Lehrerinnen einzustellen, die dann eine Affäre mit Kollegen anfangen und am Ende auf Tische klettern, um einen Striptease hinzulegen. Die Wahrscheinlichkeit, dass Mrs Fatsourakis, die Vertretung, die Mrs Lawrence' Französischstunden übernimmt (offiziell für den Rest des Trimesters, inoffiziell für immer), derart über die Stränge schlägt, ist gleich null, wie mir jeder bestätigen wird, der sie schon durch die Schule hat walzen sehen. Sollte sie jemals auf einen Tisch steigen, wäre das definitiv das Ende für den Tisch. Überhaupt – was ist denn das für ein Name? Gut, die Frau hat türkisch-griechische Wurzeln, aber wer sein dickes Baby Fatima Fatsourakis nennt, kann doch nicht wirklich über die Folgen nachgedacht haben, oder? Ich glaube kaum, dass FatFat ein besonders glückliches Kind war. Die Wahrscheinlichkeit, dass sie von anderen Kindern gemein gehänselt wurde, liegt bei 101 Prozent, genauso hoch wie die Wahrscheinlichkeit, dass FatFat Kinder bis heute abgrundtief hasst. Man muss kein Psychologe sein, um zu vermuten, dass sie nur Lehrerin geworden ist, um sich an Kindern zu rächen. Danke, Direktorin Cook, das sind doch genau die Lehrkräfte, die wir an dieser Institution brauchen.

Wir sehen uns
Eure Secrecy

P. S. Der Artikel ist nur zwanzig Minuten online, und schon gibt es vierundzwanzig Kommentare darüber, wie primitiv und gemein Dicken-Bashing ist und wie unglaublich nett Mrs Fatsourakis, die zu ihrer Einstandsstunde selbstgebackene Muffins mitgebracht hat. Leute – mal darüber nachgedacht, dass das ihre Art der Rache sein könnte? Ich für meinen Teil bin lieber gemein als fett. Bin ich froh, dass ich Französisch abgewählt habe!

16.

»Die nächste totale Sonnenfinsternis dieser Art können wir hier in Mitteleuropa erst wieder im Jahr 2081 beobachten«, sagte Mr Osborne, unser Physiklehrer. »Sie werden das vielleicht sogar noch erleben, wenn Sie ein gesundes Leben führen, aber ich werde wohl kaum hundertzwanzig Jahre alt werden, also ist das heute ein ganz besonderer Tag für mich.«

Er hatte seinen Tisch neben die Tür des Physiksaals geschoben, und wir mussten vor dem Hinausgehen an ihm vorbeidefilieren, damit er überprüfen konnte, ob wir auch alle unsere Sonnenfinsternisbrillen dabeihatten sowie die Genehmigung unserer Eltern, während der Sonnenfinsternis das Gebäude zu verlassen. Diese Vorsichtsmaßnahmen schienen angesichts des dicht verhangenen Himmels doppelt lächerlich – man konnte nicht mal ahnen, wo die Sonne gerade war. Obwohl der Saal über riesige Fenster verfügte, hatten wir das Licht einschalten müssen, wie an einem trüben Novembermorgen.

»Der Arme«, raunte mir Persephone zu, die hinter mir in der Schlange stand. »Die letzte Sonnenfinsternis seines Lebens – und dann so ein mieses Wetter. Aber wenigstens regnet es nicht. Wie sehe ich aus?«

»Gut«, sagte ich, ohne sie anzuschauen. Mr Osborne hatte uns vorhin stolz eröffnet, dass wir die Ehre hatten, den beschränkten Platz auf dem Schuldach für unsere Beobachtungen nutzen zu dürfen, zusammen mit den Physikkursen aus den beiden Stufen über uns. Was bedeutete, dass wir dort oben auch Henry, Grayson und Jasper treffen würden.

Und Arthur.

Anders als Persephone geriet ich darüber nicht gerade vor Freude aus dem Häuschen, eher im Gegenteil. Die Vorstellung, mit Arthur Ich-kann-dich-jederzeit-aus-dem-Weg-räumen-lassen Hamilton auf einem hohen Dach zu stehen, war auch ohne Sonnenfinsternis schon unbehaglich genug. *Untreues Blut wird fließen, wenn die Sonne in den Schatten des Mondes tritt …*

»Wirklich?« Persephone war immer noch mit ihrem Aussehen beschäftigt. »Hab ich nicht zu viel Rouge aufgelegt? Irgendwie bleibt bei diesem Pinsel immer zu viel Puder hängen …«

»Nein, alles gut.« Ich warf noch einen Blick aus dem Fenster. Dieses hellgraue Wolkeneinerlei, das die Sonne so zuverlässig versteckte, erinnerte mich leider fatal an die nicht vorhandene Decke im Traumkorridor. Und nicht nur das: In einem der drei noch kahlen Bäume auf dem Schulhof saß ein großer schwarzer Vogel. Ich schluckte. Der war aber vorhin noch nicht da gewesen, oder? Mir schien, als starre er mich an. Unheilverkündend. War der Baum, in dem er saß, nicht eine *Blut*buche? Das konnte doch kein Zufall sein …

Persephone gab mir einen kleinen Schubs, damit ich weiter vorrückte. »Die Farbe heißt *nude velvet.* Im Tiegel sieht sie ganz orange aus, aber wenn man sie aufträgt, passt sie sich dem Hautton an. Total natürlich. Ich zeig es dir nachher mal, ich finde, du siehst ziemlich blass aus.«

»Ja, ich weiß.« Und in diesem Augenblick war ich ganz sicher, dass es kein Nachher mehr geben würde. Etwas Schreckliches würde passieren, dort oben auf dem Dach, mein Blut würde den Schulhof tränken, und es würde schwarze Federn vom Himmel regnen …

Ich war dankbar, dass Persephone mich erneut schubste und meine unsinnige Gedankenkette unterbrach. Was war denn nur los mit mir? Eine Krähe in einem Baum, und schon wurde ich total hysterisch.

Gut, die Sache mit der Feder war unheimlich gewesen. Aber nicht so unheimlich, dass ich deswegen gleich an Dämonen und ihre Prophezeiungen hätte glauben müssen. Es gab eine Reihe von möglichen logischen Erklärungen dafür, wie eine schwarze Feder in mein Haar gelangt war, das hatten auch Henry und Grayson gesagt, als ich ihnen davon erzählt hatte. In unserem Haus gab es schließlich einen passionierten Amseljäger, der auch gerne mal in meinem Bett schlief – und Amseln hatten bekanntlich schwarze Federn. Wie leicht konnte sich eine davon in meinem Haar verfangen haben.

Auch wenn es ein seltsamer Zufall war – es gehörte schon

mehr dazu als eine blöde Feder, um mich an die Existenz von Dämonen glauben zu lassen.

»Du bist dran!« Persephone versetzte mir einen Rippenstoß und deutete auf den erwartungsvoll dreinblickenden Mr Osborne. Wir überreichten ihm die Erlaubnisschreiben und zeigten unsere Brillen vor.

Mr Osborne nickte zufrieden. »Und eure Camera obscura?«

Persephone hielt ihm das Ding hin, das wir aus einem Schuhkarton und Butterbrotpapier gebaut hatten. Damit es nicht ganz so simpel und schäbig aussah (verglichen mit den zum Teil hochkomplizierten Gebilden der anderen Teams) und weil uns in den Physikstunden so langweilig gewesen war, hatten Persephone und ich es mit zahllosen Streifen Deko-klebeband verschönert, Mühe, die sich jetzt auszahlte.

»B plus«, sagte Mr Osborne. Er machte sich eine entsprechende Notiz in sein kleines rotes Büchlein und lächelte uns an. »Wir sehen uns dann auf dem Dach. Der Nächste bitte.«

Persephone konnte es kaum fassen. Als wir außer Hörweite waren, fiel sie mir um den Hals. »B plus! Für einen beklebten Schuhkarton. Das ist ja wie in der Grundschule. Ich glaube, heute ist unser Glückstag.«

Schön wär's ja. Aber ihre gute Laune war irgendwie ansteckend. Auf dem Weg nach oben kamen mir meine düsteren Gedanken ziemlich albern vor. Es war doch so: Wenn man nach dunklen Omen Ausschau hielt, dann sah man sie wirklich überall, und jede unschuldige Krähe, die des Weges flog, stand sofort unter Generalverdacht.

Auf der Treppe gab es reichlich Gegenverkehr durch die Klassen, die die Sonnenfinsternis vom Schulhof aus beobachten sollten. Mia winkte mir im Gedränge fröhlich zu. Die Stimmung war allgemein bestens, fast ein bisschen ausgelassen. Vermutlich, weil eine Sonnenfinsternis bei bedecktem Himmel immer noch besser war als Mathe- oder Französischunterricht.

Ausnahmen bestätigten allerdings die Regel. Sam Clark, der neben der Tür zum Dachausstieg stand, sah ausgesprochen miesepetrig aus. Erst recht, als er Persephone und mich entdeckte.

»Schäm dich. Schäm dich«, sagte er mit Nachdruck und musterte uns voller Verachtung.

»Man kann das Ganze auch in den Plural setzen«, erwiderte ich. »Dann gilt es für beide auf einmal und heißt einfach *schämt euch*. Wesentlich effektiver. Und ein bisschen weniger lächerlich.«

»Ja, genau«, sagte Persephone. »Aber vielleicht macht es dir ja Spaß, alles zweimal zu sagen, Pickel-Sam, Pickel-Sam?«

Sam runzelte seine Stirn. »Was haben bitte meine Hautprobleme mit euren moralischen Entgleisungen zu tun?« Er sprach gerne ein bisschen hochgestochen, genau wie seine Schwester. Oder das Bocker.

»Ganz und gar nichts, ganz und gar nichts«, antwortete Persephone gutgelaunt. »Deine Pickel gehen uns genauso wenig was an wie dich unsere moralischen Entgleisungen.«

Sie zog mich weiter.

»Tja, da hat wohl jemand den Unterschied zwischen Gemeinwohl und Persönlichkeitsrechten nicht verstanden«, ätzte Sam hinter uns her. »Ihr solltet euch wirklich was schämen.«

Immerhin – das mit dem Plural hatte er jetzt raus.

»Was glaubt er denn? Dass seine Pickel dem Gemeinwohl nicht schaden? Ich bin da anderer Meinung.« Persephone warf ihre Haare in den Nacken. »Wie sehe ich aus?«

»Moralisch entgleist, aber unverändert gut«, sagte ich.

Als wir auf dem Dach ankamen, hatte sich der Himmel nicht verändert. Es war immer noch trüb und verhangen. Ich war noch nie hier oben gewesen und musterte misstrauisch die Eisengeländer, die das begehbare Flachdach von den schrägen Dachflächen trennte. Sie sahen stabil aus. Aber höher als eine normale Balkonbrüstung waren sie leider nicht.

Automatisch machte ich ein paar Schritte Richtung Dachmitte. Da schien es mir sicherer zu sein. Zumal hier auch Grayson und Henry standen. Und – ein Stückchen entfernt – Arthur. Persephone schlenderte ohne mich weiter an die Ostseite, wo Jasper beinebaumelnd auf dem Geländer saß und von Direktorin Cook gerade harsch zurechtgewiesen wurde.

»Herrje, weiß er denn nicht, dass heute der Tag ist, an

dem untreues Blut fließen wird?«, murmelte ich und vergaß für eine Sekunde, dass Jasper ja mit dem »Dämonen- und Traumblödsinn-Kinderkram« abgeschlossen hatte. Konnte man eigentlich nur noch hoffen, dass der Dämon auch mit Jasper abgeschlossen hatte.

Henry lächelte mich erfreut an. »Das ist ja schön, dass du auch hier oben bist. So ein Jahrhundertereignis möchte man doch mit den Menschen teilen, die man liebt. Damit man später noch seinen Enkeln davon erzählen kann, dass man bei der Sonnenfinsternis absolut gar nichts gesehen hat.«

Grayson musterte sein iPhone. »Überall sonst haben sie spektakuläre Sicht. Alle sind total aus dem Häuschen und twittern coole Bilder. Und hier merkt man nicht mal, dass es schon angefangen hat.«

»Doch. Ich finde, es ist schon dunkler geworden«, sagte ich, und das war noch nicht mal gelogen.

»Alle bitte die Brillen aufsetzen!«, befahl Direktorin Cook, und Mr Osborne ergänzte: »Wer durch seine Camera obscura schauen will, bitte die Verdunklungstücher über Kopf und Schultern legen. Dokumentieren Sie das Geschehen in Ihren Heften.«

»Ja, und wenn Sie uns jetzt noch verraten könnten, wo die Sonne sein soll …«, sagte Grayson mürrisch, setzte aber brav seine Schutzbrille auf.

»Sollen wir jetzt wirklich zwei Stunden hier oben bleiben und in den grauen Himmel starren?«

Ich fuhr vor Schreck zusammen, weil diese gedämpfte Frage von Arthur kam. Und weil er direkt hinter mir stand.

Er lachte leise. »Warum so schreckhaft, Liv? Hat dir Anabels wirres Geschwafel etwa Angst gemacht? Denkst du, der Dämon bestraft dich heute, weil du nicht artig warst?«

»Nein, ich denke, er wird alphabetisch vorgehen und sich zuerst dich vorknöpfen«, sagte ich und spürte dankbar, wie Henry näher an mich heranrückte und seinen Arm um mich legte. Aber Arthur ließ sich davon nicht abschrecken. Wie selbstverständlich stellte er sich zu uns und zwinkerte uns über den Rand seiner Schutzbrille hinweg verschwörerisch zu.

»Untreues Blut wird fließen, wenn die Sonne in den Schatten des Mondes tritt«, raunte er. »Buhuuu! Ernsthaft, Leute, ihr glaubt diesen Blödsinn doch nicht, oder?« Er schaute sich übertrieben gründlich um. »Ich sehe hier jedenfalls weder Anabel noch ihren Dämon, also gehe ich davon aus, dass wir hier sicher sind. Obwohl so ein Dämon natürlich fliegen kann.« Er lachte vergnügt. »Und Besitz von Menschen ergreifen. Findet ihr nicht auch, dass Emily da hinten aussieht wie vom Dämon besessen?«

»Streng genommen handelt es sich ja eigentlich nicht um einen Dämon, sondern um eine Art Gottheit«, begann Grayson, verstummte aber, als Henry ihm einen warnenden Blick zuwarf. Er hatte recht: Es war vielleicht nicht klug, Arthur an Graysons neusten Erkenntnissen teilhaben zu lassen.

Grayson war wieder zu Phase eins seines Drei-Stufen-Plans zurückgekehrt, in der festen Überzeugung, dass Wissen Macht sei und die Basis eines jeden vernünftigen Plans. Sein Versuch, mit Anabel ganz vernünftig zu reden, war zwar nicht gerade von Erfolg gekrönt gewesen (sie hatte genau dieselben kryptischen Drohungen von sich gegeben wie im Traumkorridor, nur ohne den Federnhokuspokus und die Licht- und Temperatureffekte), aber sie hatte bereitwillig über ihre Kindheit geplaudert und dabei unter anderem verraten, wie die Sekte hieß, mit der alles begonnen hatte, damals, als Anabel noch ein Baby gewesen war.

Die Sekte nannte sich »die Wandler des wahren Schattenpfads« und war eine kleine Gruppe von etwa fünfundzwanzig Personen gewesen, die sich der Anbetung der Gottheit einer uralten, längst in Vergessenheit geratenen Religion verschrieben hatten. Grayson hatte ein paar schockierende Artikel dazu im Internet gefunden, denn in der Silvesternacht 1999 waren die Wandler des wahren Schattenpfades in die Schlagzeilen geraten wegen etwas, das nach einem traurigen Massenselbstmord zur Jahrtausendwende aussah. Man hatte die Überreste des Sektenführers und sechzehn Sektenmitgliedern, darunter auch drei Kinder, in einer bis zu den Grundmauern ausgebrannten Scheune gefunden.

Anabel war damals drei Jahre alt gewesen. Warum und wie lange ihre Mutter Mitglied der Wandler des wahren Schattenpfades gewesen war und welche Position sie dort inngehabt hatte, wussten wir nicht, auch nicht, unter welchen Umständen sie und ihre Tochter dem Massenselbstmord entgangen waren. Grayson glaubte, dass Anabel das selber nicht so genau wusste, weil sie nie mit ihrer Mutter über das Geschehene hatte sprechen können. Nachdem Anabels Vater das Sorgerecht erkämpft hatte, hielt er seine Tochter verständlicherweise von der Mutter fern, die umgekehrt keinerlei Versuche unternahm, wieder Kontakt zu Anabel aufzunehmen. Sie war mit der Diagnose »schizophrene Psychose« in diversen Kliniken untergebracht, wo sie sich ein paar Jahre später das Leben nahm. In dem Karton mit ihren persönlichen Besitztümern, den Anabel von ihr geerbt hatte, hatte sich auch die Kladde befunden, die letztes Jahr in der Familiengruft der Hamiltons auf dem Highgate Cemetery verbrannt war. In ihr hatten sich diverse handgeschriebene lateinische Formeln und Anleitungen zu Ritualen befunden, die zur Wiedererweckung des Dämons, pardon, der dunklen Gottheit führen sollten. Jahrelang hatte Anabel die Kiste mit den Erinnerungsstücken nicht angerührt, aber als sie es schließlich getan und die Kladde aufgeschlagen habe, sei etwas mit ihr passiert. So jedenfalls hatte sie es Grayson erzählt. Sie habe plötzlich gewusst, dass sie dazu bestimmt sei, die Gottheit – uns besser bekannt als der Herr der Schatten und der Finsternis – wieder zum Leben zu erwecken und das Erbe der Wandler des wahren Schattenpfades anzutreten. Den Rest der Geschichte kannten wir, wir waren schließlich ein Teil davon.

»Eine Gottheit?« Arthur musterte Grayson aufmerksam. »Sieh an, sieh an, du hast dich wohl näher mit Anabels Hirngespinst beschäftigt. Interessant. Ich frage mich, was du dir davon versprichst.«

Grayson antwortete nicht. Es waren traurige Fakten, die er da zusammengetragen hatte, und sie hatten ihn auch ein bisschen mitgenommen, aber er hatte sich hartnäckig an dem Gedanken festgebissen, Anabel beweisen zu müssen, dass es den Dämon nicht gab.

»Vielleicht hoffst du ja, dass Anabel euch ein paar von ihren Tricks verrät, damit ihr sie gegen mich einsetzen könnt«, fuhr Arthur fort, womit er ziemlich genau ins Schwarze traf. Wir brauchten Anabel als Verbündete auf unserer Seite, wenn wir es mit Arthur aufnehmen wollten. Er zuckte mit den Achseln. »Nicht mal dumm. Sie hasst mich. Wenn sie nicht so mit ihren schizoiden Wahnvorstellungen beschäftigt wäre, würde sie euch vermutlich wirklich helfen – so gesehen sollte ich vielleicht froh sein, eine durchgeknallte Irre als Exfreundin zu haben. Andererseits: Ich bin nicht so ein leichtes Opfer wie Senator Tod.« Er machte eine kleine Pause, um sicherzugehen, dass er noch unsere volle Aufmerksamkeit hatte. Dann sagte er: »Anabel ist zwar gut – aber ich bin besser.«

Mit anderen Worten: Wir hatten auch mit Anabel keine Chance gegen ihn.

»Ach, halt doch die Klappe«, sagte Grayson so laut, dass die Lehrer sich zu uns umdrehten.

Direktorin Cook kam prüfend näher.

»Ja, und dann verpisst du dich am besten.« Henry nahm den Arm von meiner Schulter und setzte sich seine Schutzbrille auf, gerade rechtzeitig, bevor Direktorin Cook uns erreicht hatte.

Wir hoben alle unsere Köpfe und starrten scheinbar fasziniert in den grauen Himmel.

»Sie schauen in die falsche Richtung«, sagte Direktorin Cook im Vorbeigehen. »Osten ist dort drüben …«

Arthur wartete, bis sie außer Hörweite war, dann sagte er: »Nicht zu fassen, dass wir hier oben auf dem Dach stehen und so tun müssen, als würden wir etwas Interessantes sehen. Die Wahrscheinlichkeit, dass der Himmel urplötzlich noch aufklart, ist in etwa so hoch wie die, dass Anabels Dämon hier auftaucht, um unser Blut zu vergießen.«

»Vielleicht ist er ja längst da«, sagte Henry und sah Arthur über die Pappränder seiner Brille hinweg durchdringend an.

Arthur zog seine Augenbrauen hoch. »Wie bitte?«

»Du hast es ja selber gesagt: Anabel könnte dir gefährlich werden, wenn sie nicht mit ihrem Dämon beschäftigt wäre«, sagte Henry. »Wer also könnte mehr Interesse daran haben, sie von seiner Existenz zu überzeugen als du?«

Arthur lachte ungläubig auf, was ihm einen rügenden Blick von Direktorin Cook einbrachte. »Ernsthaft?«, fragte er dann gedämpft.

Wenn er es nicht gefragt hätte, hätte ich es getan. Ich starrte Henry durch meine Brille verwirrt an. Grayson schien es ähnlich zu gehen. Er runzelte jedenfalls auffallend die Stirn.

Henry zuckte mit den Schultern. »So abwegig ist das wirklich nicht, Arthur. Solange Anabel in der Klinik mit ihren eigenen Problemen beschäftigt war, hat sie keine Bedrohung für dich dargestellt. Aber das hat sich geändert. Du hast gesehen, was sie mit Senator Tod angestellt hat, und vielleicht hattest du Angst, dass sie auch mit dir noch eine Rechnung offen hat. Weshalb du sie schleunigst auf andere Gedanken bringen musstest.« Waren Henry diese Überlegungen gerade erst gekommen, oder trug er sie schon eine Weile mit sich herum? Wenn ja, warum hatte er uns nichts davon erzählt? Je länger ich drüber nachdachte, desto weniger abwegig kamen mir seine Ausführungen vor.

»Sobald Anabel ihre Tabletten abgesetzt hatte, bist du also ein wenig im Korridor herumgespukt«, fuhr er leise fort. »Da du Anabel ziemlich gut kennst, war das vermutlich ein leichtes Spiel für dich. Du hast geflügelte Silhouetten an die Wände projiziert, Federn herabregnen lassen und ihr genau das eingeflüstert, was sie zu hören erwartet hatte: dass der Dämon immer noch da ist und ihre Dienste benötigt … Und voilà – schon hat Anabel alle Hände voll zu tun und keine Zeit mehr, dir irgendwie in die Quere zu kommen.«

»Du spinnst ja.« Für einen Moment sah Arthur ehrlich

verärgert aus. Dann strich er sich eine blonde Engelslocke aus der Stirn und sagte: »Da spielt man endlich mit offenen Karten, und dann wird einem immer noch unterstellt, man würde betrügen. Ehrlich, Leute, ich trag doch schon das T-Shirt, auf dem mit riesengroßen Buchstaben *Bösewicht* steht, und ich stehe zu den Dingen, die ich getan habe. Oder die ich noch tun werde«, fügte er mit einem kleinen Lachen hinzu. »Aber bitte macht mich nicht auch noch verantwortlich für die schwülstigen Dämonenphantasien meiner durchgeknallten Exfreundin.«

Seine Stimme klang absolut aufrichtig. Schwer zu erkennen, ob er ausnahmsweise mal ehrlich war oder einfach nur ein guter Schauspieler …

Persephone tauchte vor uns auf. »Was macht ihr denn da?«, erkundigte sie sich. Vermutlich boten wir einen recht merkwürdigen Anblick, wie wir da standen und einander schweigend durch unsere albernen Pappbrillen anstarrten.

»Wir warten«, sagte ich.

»Darauf, dass endlich etwas passiert«, ergänzte Arthur.

Persephone seufzte. »Ich glaube, da könnt ihr lange warten. Es ist doch Mist, in London zu leben! Im Rest von Europa feiern sie die coolsten Sonnenfinsternispartys … Hier, du bist dran!« Sie hielt mir unsere Camera obscura unter die Nase. »Das Ding ist super. Man sieht absolut – nichts. Ich bin gespannt, wann Mr Osborne endlich einsieht, dass die letzte Sonnenfinsternis seines Lebens der totale Reinfall war.

Aber es ist noch ein bisschen trüber geworden, findet ihr nicht auch?«

»Genau in diesem Augenblick müsste man die maximale Abdeckung der Sonne erkennen, nur noch eine Sichel am unteren Rand wäre jetzt zu sehen«, verkündete Mr Osborne prompt unter dem schwarzen Tuch heraus, das er über seinen Kopf und sein Beobachtungsgerät gebreitet hatte. Immerhin sprach er im Konjunktiv, das ließ hoffen. Allmählich wurde es auch ein bisschen kalt hier oben.

»Darf ich mal?« Arthur wollte Persephone unseren Schuhkarton aus der Hand nehmen, zuckte aber zurück. Leise fluchend betrachtete er seinen Daumen.

»Du hast dich geschnitten«, stellte Persephone überrascht fest. Es stimmte: Aus einem Schnitt an Arthurs Daumen trat Blut. »Und ich dachte, wir hätten alle scharfen Kanten mit Tape beklebt. Tut mir echt leid. Willst du ein Taschentuch?«

»Schon gut.« Arthur starrte staunend auf die Wunde. Auch Henry, Grayson und ich beobachteten fasziniert, wie sich an der Schnittkante ein Tropfen Blut sammelte, zum Daumennagel hinabfloss und von dort auf den Boden tropfte.

»Blut wird fließen«, murmelte ich und wusste nicht so recht, ob ich mich gruseln oder lachen sollte.

Arthur jedenfalls brach in Gelächter aus. »Das muss man Anabels Dämon lassen«, sagte er. »Pünktlich ist er ja. Aber mal ehrlich: Rein dramaturgisch wäre da noch mehr drin gewesen. Kommt euch das gerade auch ein bisschen vor wie diese Sonnenfinsternis? Groß angekündigt – und dann doch so eine Enttäuschung.« Immer noch lachend schlenderte er davon, und wir atmeten simultan auf.

Persephone auch, aber bei ihr war es eher ein Seufzen. Sie schaute durch ihre Camera obscura hinüber zu Jasper, der sich mit einem Mädchen aus seinem Kurs unterhielt.

»Ich glaube, ich habe mein Heft da hinten vergessen«, sagte Persephone. »Ich komme gleich wieder, dann müsst ihr mir erzählen, was oder wen Arthur mit Anabels Dämon meinte.«

»Ähm, ja.« Ich überlegte, ob ich Anabel spontan einen neuen Hund mit Namen Dämon andichten sollte. Vielleicht würde Persephone ihre Frage bis nachher aber auch schon wieder vergessen haben.

Sobald sie verschwunden war, beugte Grayson sich vor. »Glaubst du wirklich, Arthur steckt hinter Anabels Dämonenrevival, Henry?«

Wieder hob Henry seine Schultern. »Könnte doch sein«, erwiderte er. »Es gibt ja nur drei Möglichkeiten. Erstens: Arthur gaukelt Anabel einen Dämon vor, um sie, ohne dass sie es weiß, unter Kontrolle zu bekommen. Zweitens: Anabel leidet auch ohne Arthurs Nachhilfe wieder unter Wahnvorstellungen. Und drittens … ist unwahrscheinlich.« Er verstummte.

»Die dritte Möglichkeit ist, dass es den Dämon wirklich

gibt«, platzte es aus mir heraus. Jemand musste es doch mal aussprechen. »Es ist schon seltsam, dass Arthur sich gerade heute geschnitten hat, oder? Exakt in der Minute, in der die Sonne sich komplett verdunkelt hatte! Und überhaupt … die Träume, die schwarze Feder und …« Ich drehte mich zur Seite und deutete nach unten. Na bitte. Sie war immer noch da. Oder schon wieder. »Seht ihr die Krähe da? Sie hockt schon den ganzen Tag in dieser Blutbuche und starrt mich an.«

»Das ist eine Akazie«, sagte Grayson, und Henry betrachtete mich kopfschüttelnd.

»Was ist nur los mit dir, Käsemädchen? Du warst doch immer diejenige von uns, die über Dämonen nur lachen konnte.«

»Ja, ich weiß.« Ein wenig beschämt sah ich zu, wie die Krähe davonflatterte. Es war einfach nur dumm, sich über einen höchstwahrscheinlich nicht existenten Dämon den Kopf zu zerbrechen, wo wir doch genug damit zu tun hatten, uns wegen Arthur Sorgen zu machen. Denn Arthur gab es leider wirklich – und es war nur eine Frage der Zeit, bis er wieder zuschlagen würde. Ich hatte seine Morddrohungen nicht vergessen, und vermutlich konnte ich froh sein, dass er der Versuchung widerstanden hatte, mich von jemandem über die Brüstung werfen zu lassen.

Dass er zumindest darüber nachgedacht hatte, verriet er mir, als ich ihn später am Tag (irgendwann waren wir tatsächlich vom Dach entlassen und in den Unterricht zurückgeschickt worden) bei den Spinden traf.

»Wusstest du, dass man bei einem Sturz aus fünfundzwanzig Metern bereits eine Fallgeschwindigkeit von achtzig Stundenkilometern erreichen kann?« Arthur weidete sich sichtlich daran, wie heftig ich beim Klang seiner Stimme zusammenzuckte, schon zum zweiten Mal heute. Ich hatte schlicht zu spät bemerkt, dass er nur wenige Schritte entfernt vor seinem eigenen Spind stand. Meine Gedanken waren noch woanders gewesen, nämlich bei Theo Ellis, der nur eine Minute vorher im Flur an mir vorbeigegangen war.

Wie alle anderen hatte ich ihn nur verblüfft anstarren können. Aber er war es wirklich, Theo Ich-habe-kiloweise-Trauringe-in-meine-Hosentasche-geschaufelt Ellis! Klar, es war Freitag, und der Hebräischkurs fand statt, aber mit Theos Anwesenheit hatte sicher niemand gerechnet, ich am wenigsten. Ich wähnte ihn wahlweise im Gefängnis oder in der Psychiatrie, und zu sehen, dass er offensichtlich in der Lage war, so aufrecht und selbstsicher durch die Schule zu schreiten wie sonst auch immer, stimmte mich hoffnungsfroh. Theo Ellis sah nicht nur aus wie ein Kleiderschrank aus robuster Eiche, er verfügte offenbar auch über eine ebensolche seelische Konstitution. Und einen guten Anwalt.

Leider verabschiedete sich mein kurzes Stimmungshoch bei Arthurs Anblick wieder. Weil ich allein war, erwog ich kurz, später noch einmal wiederzukommen, aber den Triumph, mich durch seine bloße Anwesenheit in die Flucht geschlagen zu haben, wollte ich Arthur nicht gönnen.

Also versuchte ich es mit einem verächtlichen Blick à la Sam und überlegte, ob ich nicht auch noch ein »Schäm dich« obendrauflegen sollte.

»Achtzig Stundenkilometer! Da kann man sich vorstellen, wie das aussieht, wenn man unten aufschlägt«, fuhr Arthur genüsslich fort.

»Ja, das kann man sich natürlich vorstellen, wenn einem so was Spaß macht«, sagte ich angewidert.

»Ich meine ja nur … das hätte bluttechnisch auf jeden Fall mehr hergemacht als dieser alberne Schnitt hier.« Arthur hielt mir lachend seinen verwundeten Daumen hin. Ich hasste es, dass er immer noch so unverschämt gutgelaunt war. »Leider wusste ich nicht, dass euer Physikkurs mit unserem auf dem Dach sein würde, sonst hätte ich da vielleicht was Hübsches geplant«, sagte er und lachte noch mehr. Ich überlegte, ob ich ihm nicht einfach eine runterhauen sollte. Das wäre vielleicht nicht unbedingt die klügste Option, aber danach würde ich mich garantiert besser fühlen.

»Andererseits bin ich im Moment mit wichtigeren Dingen beschäftigt, und ich würde es echt vermissen, wie niedlich du immer zusammenzuckst, wenn du mich siehst.« Während Arthur die Zahlenkombination an seinem eigenen Spind eintippte, zwinkerte er mir zu. »Hach, aufregend, so eine Sonnenfinsternis, nicht wahr? Bestimmt wird Anabel, pardon, der Dämon gleich einen blutigen Ersatztermin präsentieren. Dämonen haben da ja unheimlich viel Auswahl, Vollmond, Neumond, Walpurgisnacht, Sonnenwende, Mondfinsternis ...« Mit einem Ruck öffnete er seine Spindtür und griff hinein. Und da passierte es: Etwas Braunes schnellte vor, etwas, das aussah wie ein flacher Schlangenkopf.

Arthur schrie auf.

Ich hielt die Luft an und blinzelte ungläubig: Eine Schlange hatte ihre Zähne in Arthurs Hand gegraben. Genauso blitzschnell, wie sie vorgezuckt war, zog sie ihren Kopf wieder zurück.

Hastig knallte Arthur die Spindtür zu. »Hast du ... hast du das gesehen?«, keuchte er. Die Zugluft hatte eine kleine schwarze Feder aufgewirbelt, die nun langsam zu Boden trudelte.

»Ja«, sagte ich genauso atemlos. »Sah aus wie eine Schlange. Und eine Feder.«

Arthurs Schrei hatte andere Schüler angelockt, die sich neugierig um uns scharten, weshalb ich die Feder nicht mehr sehen konnte.

»Das *war* eine Schlange«, sagte Arthur, mehr zu sich selber als zu mir. Es war fast, als müsse er es sich noch einmal erklären, weil er sonst nicht daran glaubte. Er umklammerte seine Hand, und ich versuchte mich fieberhaft zu erinnern, was ich über Erste Hilfe bei Schlangenbissen gelernt hatte.

»In meinem Spind ist eine verdammte Schlange!« In Arthurs Stimme schwang jetzt ein Hauch von Hysterie mit. »Und sie hat mich gebissen.«

»Schlange!« Das Wort setzte sich flüsternd in Bewegung, wurde immer lauter durch den Gang getragen und löste eine kleine Panik aus. Ein paar Leute begannen zu kreischen und mit den Füßen zu stampfen. Die Feder konnte ich in dem Durcheinander nirgendwo mehr entdecken. Wahrscheinlich hatte ich sie mir sowieso nur eingebildet.

»Beruhigt euch mal, die Schlange ist in Arthurs Spind eingesperrt. Sie kann euch nichts tun«, sagte ich. »Außerdem ist gar nicht klar, ob sie wirklich gefährlich ist. Vielleicht ist es …« Ich verstummte, weil Arthur in diesem Augenblick taumelte und dann langsam an den glatten Spindtüren hinab zu Boden sank.

»Ich glaube, es wäre gut, wenn jemand einen Rettungswagen ruft«, sagte er leise, aber überraschend gefasst. »Und jemand vom Zoo soll kommen, um die Schlange zu begutachten. Vielleicht brauche ich ein Gegengift.«

Oh Gott, ja! Die Hand mit der Bisswunde schwoll zusehends an.

»Man muss die Wunde sofort aussaugen«, rief jemand, aber ich schüttelte den Kopf. Von meiner Zeit in Indien wusste ich, dass das mit dem Aussaugen nach einem Schlangenbiss ein urbaner Mythos war und dem Heilungsprozess eher schadete als nutzte. Arthur machte auch keinerlei Anstalten, der Aufforderung nachzukommen. Vielleicht war er schon zu schwach. Während ringsum alle hektisch ihre Handys zückten oder wegliefen, um Hilfe zu holen, brachte er es dennoch fertig, mich anzulächeln. »Sieht ganz so aus, als habe der Dämon doch noch sein Opfer gefordert.«

Ja, so sah es wohl aus.

17.

Als ich zu Hause ankam, parkte der Bentley vom Bocker in der Einfahrt, und ich überlegte, auf direktem Weg in meinem Zimmer zu verschwinden. Mein Bedarf an Aufregung war für heute schon mehr als gedeckt. Aber aus der Küche strömte erstens köstlicher Geruch, und zweitens befand sich dort die Kaffeemaschine. Wenn ich den restlichen Tag durchhalten wollte, brauchte ich Koffein. Also atmete ich einmal tief durch und spazierte in die Küche. Zu meiner Erleichterung glänzte das Bocker durch Abwesenheit. Stattdessen saßen Florence und Mia am Küchentisch, Buttercup hockte auf dem Stuhl zwischen ihnen, und alle drei starrten mit hängender Zunge auf das Blech, das Lottie gerade aus dem Ofen zog. Na gut, die Zunge hing nur bei Butter aus dem Mund, aber die anderen beiden sahen mindestens genauso hungrig aus.

Und noch jemand war in der Küche. Charles. Er lehnte mit dem Rücken am Kühlschrank und sagte: »Du kommst genau richtig, Liv, Lottie hat Scones gebacken.«

»Das sind keine Scones, das sind französische Brioches«, korrigierte Florence ihn.

»Oui, ma chérie«, trällerte Lottie fröhlich, und Charles murmelte: »Ach so.«

Ich schlich unauffällig zur Kaffeemaschine, schob eine Tasse darunter und drückte auf »doppelter Espresso«.

»Wo ist denn das Bock … äh … Ernests Mutter?«, fragte ich, während die Bohnen gemahlen wurden. »Ihr Auto steht doch vor der Tür.«

»Nebenan. Mit Mum.« Mia zeigte Richtung Esszimmer. »Die Hochzeitseinladungen müssen heute raus.«

»Danach gibt es kein Zurück mehr«, sagte Charles mit Grabesstimme.

Mein Kaffee war durchgelaufen, und ich drückte noch einmal auf dieselbe Taste. »Und du bist hier, weil …?«, erkundigte ich mich nicht besonders höflich. Seit Lotties »Wegen Liebeskummer geschlossen«-Schild hielten sich meine Sympathien für Charles in Grenzen.

Er errötete leicht. »Oh, ich … ich wollte mir nur Ernests Stichsäge leihen, und außerdem …« Er holte tief Luft und sah Lottie an, die gerade fröhlich summend ihre Brioches auf einer Platte arrangierte. »Und außerdem wollte ich Lottie fragen, ob sie morgen schon was vorhat.«

Lottie summte noch ein paar Sekunden vor sich hin, dann merkte sie, dass er sie abwartend anstarrte, und sagte: »Oh, war das schon die Frage? Nein, ich hab morgen Abend noch nichts vor, warum?«

»Weil … weil ich noch eine Konzertkarte übrig habe und spontan dachte, du hättest vielleicht Lust, mit mir hinzugehen«, sagte Charles.

»Spontan?«, wiederholte Lottie. »Du hattest spontan eine Karte übrig?«

Charles nickte.

»Das heißt, die Karte war ursprünglich für jemand anderen gedacht?«, fragte Lottie und stellte die Brioches auf den Tisch. »Jemand, der vielleicht spontan abgesagt hat?«

Charles sah erschrocken aus, kam aber nicht dazu, ihr zu antworten.

Sie wischte sich energisch die Hände an einem Geschirrtuch ab. »Nein, tut mir leid, ich hatte zwar morgen noch nichts vor, aber spontan ist mir jetzt nach etwas anderem zumute, als bei dir als Lückenbüßerin einzuspringen. Wo ist mein Handy? Ah, ich glaube, das habe ich oben vergessen, Moment …«

»Äh … aber so ist das doch gar nicht«, sagte Charles. »Ich hatte die Karten schon länger, nur …«

Lottie hatte die Küche längst verlassen.

»Ich hab irgendwie … vergessen zu fragen«, schloss Charles kleinlaut. »Aber es ist Lotties Lieblingsband.«

Florence verdrehte die Augen. »Irgendwie vergessen? Solltest du nicht allmählich mal alt genug sein, um zu wissen, was du willst, Onkel Charles?«

»Na ja.« Charles rieb sich verlegen die Handknöchel. »Eigentlich will ich nur, dass nicht immer alles so kompliziert ist.«

»Tja«, sagte Florence. »Dann solltest du das mit den

Frauen einfach lassen und dich ganz auf das Golfen und deine Zahnarztpraxis konzentrieren.«

»Genau«, stimmte Mia ihr zu. »Da kann man seinen Sadismus prima ausleben, ohne jemandem das Herz brechen zu müssen.«

»Ich habe doch niemandem das Herz gebrochen«, begann Charles, verstummte aber, weil wir jetzt alle drei die Augen verdrehten.

»Jedenfalls nicht mit Absicht. Ich bin eben manchmal ein bisschen langsam«, sagte er zerknirscht.

»Lahmarschig trifft es besser«, sagte Mia.

»Unentschlossen, feige, ohne jegliches Feingefühl«, fügte Florence hinzu.

»Wuff«, machte Butter zustimmend. Wenn sie gekonnt hätte, hätte sie bestimmt auch die Augen verdreht.

Jetzt tat Charles mir doch allmählich leid. »Wenn ich du wäre, würde ich Lottie so schnell wie möglich hinterhergehen und mit ihr sprechen, bevor sie sich mit diesem Pascal verabredet«, schlug ich vor.

Charles setzte eine zweifelnde Miene auf. »Aber wenn sie ihre Zeit lieber mit dieser französischen Grinsebacke verbringen will? Ich bin nicht so der Kämpfertyp, wisst ihr.«

»Herrje!« Florence funkelte ihn an. »Dann wird es höchste Zeit, dass du einer wirst. Wenn du nicht um sie kämpfst, ist Lottie bald über alle Berge, und du wirst ihr ein Leben lang hinterhertrauern.«

Ich starrte sie verdutzt an. Nanu! Ausgerechnet Florence, die Lottie am Anfang nicht mal im Haus hatte dulden wollen, setzte sich nun für sie ein? Möglicherweise hatte meine Stiefschwester ja doch ein Herz.

Ihre Worte zeigten jedenfalls Wirkung. Charles' Oberkörper straffte sich. »Na ja, ich hab eigentlich nichts zu verlieren, oder?« An der Tür drehte er sich noch einmal um. »Wenn es funktioniert, habt ihr was gut bei mir, Mädels.«

»Und wenn nicht, wechseln wir den Zahnarzt«, sagte Mia, nachdem die Tür zugefallen war.

Florence nahm sich eine Brioche und schob Buttercup beiseite, die hungrig mit dem Schwanz wedelte. »Ich bin so froh, kein Mann zu sein. Die sind doch einfach nur dämlich.«

»Meine Worte.« Mia klappte Lotties iPad auf, aber nach einem kurzen Blick schloss sie es gleich wieder.

»Nichts Neues im Tittle-Tattle-Blog?«, fragte ich, und Mia schüttelte den Kopf. »Meint ihr, Arthur lebt noch?«

»Wenn nicht, hätten wir längst was gehört«, sagte Florence. »So was spricht sich rasend schnell herum.« Sie rieb sich über ihre Arme. »Ich kann es immer noch nicht glauben – eine Giftschlange im Schulspind. Ich hoffe, die Polizei sucht alle Spinde gründlich ab, sonst werde ich meinen nie wieder öffnen.«

Ja, das ging mir ähnlich. Tatsächlich war es einer meiner ersten Gedanken gewesen, während ich da neben Arthur hockte und auf Hilfe wartete: Hatte der Dä… hatte jemand in unseren Spinden ebenfalls Schlangen deponiert? Wenn ja, konnte ich Arthur wirklich dankbar sein, dass er mich mit seinem blöden Gerede aufgehalten und seinen Spind vor meinem geöffnet hatte.

Vielleicht war ich deswegen bei ihm geblieben, bis der Notarzt eingetroffen war. Die ganze Zeit – in Wirklichkeit waren es nur ein paar Minuten – wartete ich darauf, dass Arthur noch etwas von sich geben würde, etwas Dramatisches wie »Sag Henry und Grayson, ich hab sie immer geliebt« oder auch: »Liv, ich schwöre, wenn ich das hier überlebe, werde ich ein besserer Mensch!«, aber er saß nur still da, die Hand umklammert, den Kopf gegen die Wand gelegt. Offensichtlich hatte er große Schmerzen. Das konnte ich gut nachvollziehen, seit ich in Indien mal von einem Skorpion gestochen worden war.

»Immerhin wissen wir jetzt, dass Arthur nicht Secrecy ist«, sagte Mia. »Es sei denn, er hat seinen Bericht von der Intensivstation aus geschrieben.« Sie klappte das iPad wieder auf. »Ist euch aufgefallen, dass Secrecy sich in letzter Zeit immer häufiger in Widersprüche verwickelt? Heute zum Beispiel hat sie die Sonnenfinsternis sowohl vom Dach als auch vom Schulhof aus beobachtet. Seht ihr? Dieses Himmelsfoto zu der kleinen Meldung um 10.05 Uhr wurde vom Schulhof aufgenommen, man sieht nämlich am Rand einen kleinen Teil der Umzäunung.«

»Wo denn?« Florence beugte sich über das Display. »Das könnte doch auch … alles Mögliche andere sein.«

»Nein. Es ist der Zaun, ganz sicher, ich habe es stark vergrößert.« Mia hatte ihre beste Sherlock-Holmes-Miene aufgesetzt. »Später, in dem Bericht, der etwa zu der Zeit online ging, als Arthur gebissen wurde, gibt es dieses Bild von Mr Osbornes Hintern, wie er unter dem Verdunklungstuch über der Camera obscura herausragt. *Alle Mühe für den Arsch.*«

»Das könnte doch auch ein anderer gemacht und Secrecy zugeschickt haben«, sagte ich, und Florence nickte heftig.

»Ja, aber der ganze Bericht liest sich wie von jemandem, der auf dem Dach dabei war, mehr noch: Er liest sich wie von jemandem, der sich in Physik gut auskennt, und damit wären wir schon beim nächsten Widerspruch.« Mia fuhr mit dem Zeigefinger den Bildschirm ab. »Hier, am 20. Februar hat Secrecy gepostet, dass Physik ein Fach für gestörte Nerds ist, die gerne Blitzemacher spielen. Und dass sie froh ist, es abgewählt zu haben. Was sie letzten Montag auch von Französisch geschrieben hat. Angeblich war das aber im Januar noch ihr Lieblingsfach.«

»Vielleicht will sie damit nur Verwirrung stiften«, sagte Florence. »Scheint ja zu klappen, wenn man dir so zuhört.«

Mia schüttelte den Kopf. »Oh nein. Wenn hier jemand verwirrt ist, dann Secrecy. Eine Analyse der inhaltlichen und stilistischen Unterschiede zeigt das ziemlich genau.«

»Die Beiträge stilistisch analysieren! Wer macht denn so was?« Florence schnaubte verächtlich.

»Ich!«, sagte Mia. »Ein guter Detektiv muss jeder Spur nachgehen – und die meisten Spuren hinterlässt Secrecy nun mal in ihrem Blog. Bis vor etwas weniger als einem Jahr war stilistisch und auch thematisch alles aus einem Guss, aber seitdem hat Privatdetektivin Silber deutliche Unterschiede feststellen können. Gemein ist Secrecy immer, aber mal ist ihr Stil witzig und elegant, dann wieder schwerfälliger und gestelzter, mal mag sie Französisch, mal nicht, mal hat sie Physik abgewählt und spielt sich als Moralwächterin auf und so weiter und so fort.«

»Klingt irgendwie schizophren«, sagte Florence.

»Das trifft es ziemlich gut«, erwiderte Mia und sah Florence tief in die Augen.

Florence schüttelte den Kopf. »Ich meine doch dich und dein kleines Detektivspiel, Privatdetektivin Silber.« Sie schob ihren Stuhl zurück und stand auf. »Nicht mal dem IT-Spezialisten, den Direktorin Cook engagiert hat, ist es gelungen zu ermitteln, wer der Blogbetreiber und damit Secrecy ist. Also verschwende deine Zeit nicht damit.« Florence schnappte sich noch eine Brioche und verschwand durch die Tür.

Mia sah ihr hinterher. »Hattest du auch das Gefühl, sie ist irgendwie sauer?«

»Ja, ein bisschen. Wann hast du denn das alles analysiert, schlaue kleine Schwester?«, fragte ich neugierig. Irgendwie hatte ich das Gefühl, sie verschwieg mir noch was Entscheidendes.

Mia grinste. »Es hat riesige Vorteile, sich nicht mit Jungs abzugeben, weißt du? Man hat viel mehr Zeit für andere Dinge.«

»Und wer, glaubst du, ist Secrecy? Steht Florence immer noch auf der Liste der Verdächtigen?«

Mia klappte geschäftig das iPad zu und warf mir über den Rand ihrer Brille einen langen Blick zu. »Sagen wir mal, die Liste ist inzwischen ziemlich kurz geworden«, sagte sie mit tiefer Stimme. »Leider kann ich mich zum derzeitigen Ermittlungsstand nicht weiter äußern, aber wenn es so weit ist, erfährst du es als Erste.«

Ich musste lachen. Ihrem Gesichtsausdruck nach platzte sie eigentlich vor Mitteilungsdrang, und ich wusste, wenn ich nur richtig insistieren würde, bekäme ich noch ein paar Informationen aus ihr heraus. »Komm schon, wir haben doch keine Geheimnisse voreinander«, wollte ich sagen, aber dann fiel mir ein, dass das ja nicht stimmte. Ich hatte sogar jede Menge Geheimnisse vor Mia, düstere Geheimnisse, und das Lachen verging mir bei dem Gedanken daran, wie sie wohl reagieren würde, wenn sie wüsste, dass Arthur sie in ihren Träumen ausspioniert hatte, um Informationen über mich an Secrecy weiterzugeben.

»Sei vorsichtig, Mia«, sagte ich. »Diese Secrecy arbeitet mit allen Tricks, sie ist eine skrupellose Schlange, und sie verfügt, direkt oder indirekt, über Methoden, die du dir … die du dir vielleicht noch nicht mal träumen lassen kannst.«

»Mach dir keine Sorgen.« Mia sprach wieder mit ihrer normalen Stimme. »Ich rechne ständig und überall mit dem Unmöglichen. Secrecy ist vielleicht schlau und tückisch, aber Privatdetektivin Mia Silber ist immer mindestens einmal schlauer als sie. Ich habe bis jetzt noch jeden Fall gelöst.« Sie horchte kurz. »Findest du auch, dass es merkwürdig still ist? Wir sollten besser mal nachschauen, ob Mum noch lebte, oder ob das Bocker sie mit der Gästeliste erschlagen hat.« Sie nahm eine Brioche in die Hand, teilte sie gerecht in zwei Hälften und gab Butter, die geduldig hechelnd neben ihr saß, eine ab. »Meimft du, Lottie und Charles haben sich wieder vertragen?«, fragte sie mit vollem Mund.

»Sag du es mir, Privatdetektivin Silber.« Ich nahm endlich einen Schluck von meinem Kaffee. Vor lauter Aufregung hatte ich vergessen zu trinken. In der Zwischenzeit war er kalt geworden. Egal, das Koffein wirkte trotzdem noch.

18.

»Eine was?« Anabels Augen waren weit aufgerissen. Wir hatten sie wie so oft im Korridor getroffen, wo sie offensichtlich auf uns gewartet hatte, diesmal in Gestalt eines Briefkastens neben Direktorin Cooks Tür.

»Eine Malaiische-Mokassin-Grubenotter«, wiederholte Grayson, der fast zeitgleich mit mir aus seiner Tür getreten war. Er war noch heftiger zusammengezuckt als ich, als der Briefkasten zu sprechen angefangen hatte.

»Sehr giftig. Weswegen die Polizei wahrscheinlich wegen versuchten Mordes ermitteln wird.«

Ach ja? Oder erfand Grayson das gerade nur, um Anabel aus der Reserve zu locken?

»Arthur hatte Glück, dass sie im Krankenhaus wussten, was zu tun war«, fuhr er fort. »In Thailand sterben jährlich ein Haufen Leute am Biss dieser Schlange.« Er schüttelte sich. »Googelt bloß niemals nach Bildern von Schlangenbissen.«

»Er wird das also überleben?«, fragte Anabel, die natürlich längst kein Briefkasten mehr war. Sie zwirbelte eine goldene Haarsträhne zwischen ihren Fingern.

Grayson nickte. »Wird er«, sagte er, und mir wäre beinahe

ein »Leider« hinterhergerutscht. Ich schnappte erschrocken nach Luft. So weit war es also schon gekommen: Lieber hätte ich Arthur tot gesehen, als dass er da weitermachen konnte, wo er aufgehört hatte.

Anabels Gesichtsausdruck war weder Bedauern noch Freude zu entnehmen.

»Aber wie kommt die Schlange denn in Arthurs Spind?«, fragte sie, und zum ersten Mal, seit ich sie kannte, wirkte sie ein bisschen schwer von Begriff. Grayson und ich tauschten einen kurzen Blick.

»Ja, das ist die Frage«, sagte ich langsam. »Derjenige, der sie hineingetan hat, musste Arthurs Zahlenkombination kennen, denn das Schloss wurde nicht aufgebrochen.«

»Ja, aber … ich meine, wo bekommt man denn so eine Giftschlange überhaupt her? Kann man die im Laden kaufen?«, fragte Anabel.

Grayson schüttelte den Kopf. »Unsinn. Normalerweise müssen Giftschlangenhalter einen Eignungsnachweis erbringen und … niemand scheint eine Schlange zu vermissen, weder der Zoo noch eine andere Reptilieneinrichtung in London und Umgebung.«

»Seltsam.« Anabel nagte an ihrer Unterlippe. »Weil …« Sie verstummte und sah sich kurz um.

»Weil du die Einzige bist, die Arthurs Kombination kennt?«, vollendete ich ihren Satz. »Behauptet Arthur jedenfalls.«

»Was?« Anabel sah verwirrt aus. »Ja, wenn er sie nicht geändert hat, kenne ich die Zahlenkombination tatsächlich. Aber was hat das denn … oh, ich verstehe!«

Gott sei Dank, das hatte wirklich lange gedauert.

»Warst du es?«, fragte Grayson direkt.

»Nein, natürlich nicht«, erwiderte Anabel. »Meine Güte, ich habe eine Schlangenphobie, ich würde so ein Vieh niemals anfassen! Ich wüsste gar nicht, wie. Also, echt, dass ihr das glaubt!« Sie schüttelte heftig den Kopf.

»Na ja«, sagte Grayson gedehnt. »Du würdest es vielleicht nicht freiwillig tun, aber wenn dir der Dä…«, er räusperte sich, »wenn dir jemand den Befehl dazu erteilen würde, jemand, dem du … äh …« Grayson geriet ins Schwimmen. Er merkte nicht, dass sich das Licht verändert hatte und von der Decke eine schwarze Feder herabwirbelte.

Nicht das schon wieder! Ich wusste nicht, ob ich genervt sein oder Angst bekommen sollte. Mein Körper entschied sich leider für Letzteres: Beim Anblick der Feder überzog er sich automatisch mit Gänsehaut, und mein Herz begann schneller zu schlagen.

»Ich war das nicht«, wiederholte Anabel. »Auch nicht in *seinem* Auftrag.«

Es wurde noch ein bisschen dunkler.

»Vielleicht …« Grayson zögerte. »Vielleicht weißt du es nur nicht mehr.«

»Was weiß ich nicht mehr?«, fragte Anabel gereizt. »Dass

ich irgendwo eine Giftschlange geklaut habe und damit in meine alte Schule spaziert bin, um meinen Exfreund umzubringen?« Sie schnaubte kurz durch die Nase und warf ihr blondes Haar zurück. Jetzt kam wieder die Anabel zum Vorschein, die wir kannten. »Ich glaube nicht, dass ich das vergessen hätte.«

»Aber gehört das nicht zu den Symptomen deiner Krankheit?«

»Ich habe keine Aussetzer!«, fiel Anabel Grayson aufgebracht ins Wort. Dann fuhr sie etwas weniger heftig fort: »Kapiert ihr denn nicht: Wenn ich es in *seinem* Auftrag getan hätte, würde ich es nicht leugnen – warum auch?«

Noch mehr Federn fielen herab, und Anabel fing eine davon auf ihrer Handfläche auf. Der Anblick schien sie gleichermaßen zu beruhigen und zu erfreuen, denn jetzt lächelte sie. »Der gefiederte Gebieter verfügt über unermessliche Macht, wann werdet ihr das nur endlich begreifen? Wenn er eine Schlange schicken will, um Arthur zu bestrafen, dann braucht er dafür keinen Handlanger.« Sie legte den Kopf in den Nacken, hob die Hände, und ihre Stimme wurde lauter und salbungsvoller. »Denn er ist Herr über die Geschöpfe der Nacht, Schlangen wachsen aus seinem Haupt …«

»Das war aber Medusa«, murmelte Grayson, doch ich zog ihn fort. Ich hatte einmal zu oft mit Psycho-Anabel in diesem verdammten Korridor gestanden, und so wie sie sich gerade in ihre Dämonen-Predigt hineinsteigerte, konnte die

Situation gut und gern eskalieren. Was vermutlich hieß, dass es dann Schlangen regnen würde anstatt Federn.

Grayson schien ebenfalls gemerkt zu haben, dass die Stimmung für ein vernünftiges Gespräch gerade ungünstig war. Bereitwillig folgte er mir um die nächste Ecke, wo wir, ohne uns vorher abzusprechen, in den Laufschritt verfielen.

»Wenn er bei Arthur Gnade gezeigt hat, dann besteht vielleicht auch für euch noch Hoffnung, ihr Ungläubigen«, rief Anabel hinter uns her. »Noch könnt ihr Reue zeigen.«

»Oder einfach schneller laufen«, keuchte Grayson.

Ich warf einen Blick über meine Schulter. Anabel war hinter der Ecke zurückgeblieben. Testweise hob ich einen Finger. Kein Lufthauch, der uns verfolgt hatte, kein verdächtiger Briefkasten in Sicht. Und der gefürchtete Schlangen- und Federnregen blieb auch aus.

Trotzdem konnte es nichts schaden, Graysons Vorschlag zu folgen, und deswegen waren wir ziemlich außer Atem, als wir Mrs Honeycutts Traumtür aufstießen.

»Nur herein, wenn's nicht der Tod ist«, krächzte der Papagei.

Mrs Honeycutt saß wie immer in ihrem Sessel. Als die Tür hinter uns ins Schloss fiel, ließ sie ihr Strickzeug sinken und beäugte uns neugierig.

»Wir sind's nur. Nicht der Tod«, sagte Grayson schnell.

»Ich habe keine Angst vor dem Tod«, sagte Mrs Honeycutt, und Henry, der weiter hinten an unserem Tischchen lehnte, verzog unwillig das Gesicht. »Ich habe nur Angst vor dem Sterben. Was ist das eigentlich für eine Tür?«

»Lassen Sie sich doch nicht stören, Mrs Honeycutt, stricken Sie einfach weiter«, sagte Henry sanft, während er uns zu sich winkte. »Die Jacke muss doch fertig werden. Und das Muster erfordert Ihre ganze Aufmerksamkeit. Sie machen das so großartig.«

Mrs Honeycutt nahm das Strickzeug wieder hoch und begann zu stricken, während wir uns auf Zehenspitzen an ihr vorbeischlichen. Eine völlig überflüssige Maßnahme.

»Ich sehe euch«, sagte sie mit einem verschmitzten Lächeln. »Waffel-Patent-Muster kann ich nämlich, ohne hinzugucken. Allerdings muss ich jetzt bei den Ärmelausschnitten aufpassen …«

»Ganz genau«, säuselte Henry. »Konzentrieren Sie sich auf die Ärmelausschnitte.« Zu uns sagte er: »Puh, das war knapp. Lasst mich raten: Es hat euch wieder was Böses durch die Gänge gejagt?«

Ich ließ mich auf einen Stuhl fallen. »Anabel, Federn, Dunkelheit – das Übliche halt.«

»Anabel sagt, sie war das nicht mit der Schlange, der Dämon sei schuld. Hey, die war aber letztes Mal noch nicht da, oder?« Grayson zeigte auf die geblümte Porzellanschüssel mit Bonbons, die mitten auf dem Tisch stand.

»Nein, die ist neu«, sagte Henry mit einem Seufzer. »Hat

Mrs Honeycutts Unterbewusstsein wohl extra für uns hergestellt.«

»Wie nett.« Ich warf einen gerührten Blick zu Mrs Honeycutt, deren lila gefärbter Wollschopf sich wieder über das Strickzeug gebeugt hatte. Wir lutschten jeder ein Bonbon – meins schmeckte nach Zitrone, Henrys nach Pfefferminz, und Grayson beschwerte sich, dass seins nach nichts schmecke – und erzählten Henry, was Anabel gesagt hatte.

»Und wenn sie es wirklich nicht gewesen ist?«, fragte ich schließlich und wechselte bei meinem Bonbon der Abwechslung halber zu Orangengeschmack. »Vielleicht hat tatsächlich jemand anders die Schlange versteckt, jemand, der Arthur eine Lehre erteilen wollte?«

Der Dämon selber, beispielsweise? Dem ja, laut Anabel, Schlangen praktischerweise direkt auf dem Kopf wuchsen. Allerdings hatte sie das vorhin zum ersten Mal erwähnt, so, als hätte Arthurs Schlange sie überhaupt erst auf diese Idee gebracht.

Henry schien meine Gedanken zu erraten. »Der Dämon existiert nicht, Liv!«, sagte er freundlich. »Und das weißt du auch, wenn du auf deinen gesunden Menschenverstand hörst.«

»Aber solange der Dämon in Anabels Vorstellung existiert, ist er fast genauso gefährlich.« Grayson nahm sich noch ein Bonbon und wickelte es aus dem Papier. Inzwischen schien es ihn nicht weiter zu stören, dass er nichts schmecken konnte. »Ich möchte jedenfalls nicht von einer Schlange gebissen oder sonst wie bestraft werden! Weshalb es wichtiger denn je ist, Anabel zu beweisen, dass es diesen Dämon nicht gibt.«

»Ja, und mir bitte gleich mit«, sagte ich. »Mein gesunder Menschenverstand hat nämlich im Moment ein paar Probleme mit Schlangen und Federn …«

»Okay, nichts leichter als das.« Grayson beugte sich vor und stützte sich mit den Ellenbogen auf dem Tisch auf. »Ich hab nämlich noch mehr über diese Sekte herausgefunden.«

Henry und ich tauschten einen schnellen Blick. »Ach ja, der Drei-Phasen-Plan«, sagte Henry ein bisschen gedehnt. »Sind wir immer noch bei Phase eins?«

Aber Grayson ließ sich von seinem spöttischen Tonfall nicht beirren. »Hört zu und staunt«, sagte er. »Die Wandler des wahren Schattenpfades wurden von einem arbeitslosen Dachdecker aus Liverpool gegründet. Er hieß Timothy Donelly, war Sohn eines irischen Stahlarbeiters und einer Erzieherin, und die ersten fünfundzwanzig Jahre seines Lebens angeblich ganz normal. Bis er anfing – er war gerade kurz hintereinander aus zwei Jobs geflogen –, Botschaften aus der Zwischenwelt zu empfangen, wo eine dämonische Gottheit ihn auserwählt hatte, ein neues Paradies auf Erden zu errichten und die Menschen auf den wahren Pfad zurückzuführen.« Er nahm die Ellenbogen vom Tisch, lehnte sich zurück und grinste mich an. »So, und jetzt sagst du mir, wie das für deinen gesunden Menschenverstand klingt.«

»Das klingt, als hätte der arme Dachdecker einen Dachschaden«, gab ich zu. »Oder er hatte keinen Bock mehr auf den Job und wollte mal was anderes ausprobieren.«

»Genau«, sagte Grayson zufrieden. »Die Wahrscheinlichkeit, dass sich eine dämonische Gottheit ausgerechnet einen arbeitslosen Dachdecker aus Liverpool auserkoren hat, um die Menschen auf den wahren Pfad zurückzuführen, tendiert meiner Meinung nach gegen null. Der Typ hatte schlicht eine Meise, oder er war ein Betrüger – oder beides zusammen.«

»Immerhin hat er es geschafft, ein paar Menschen von seiner Idee zu überzeugen.« Henry hatte begonnen, aus den Bonbons eine Pyramide zu bauen. »Menschen, die er zu seinen Jüngern gemacht hat und die am Ende mit ihm zusammen in dieser Scheune gestorben sind, warum auch immer …«

»Oh, meint ihr diese entsetzliche Geschichte in Surrey?«, mischte sich überraschend Mrs Honeycutt ein. »Ich erinnere mich gut daran, die Medien waren damals voll damit. Die armen kleinen Kinder. Von diesen verirrten Seelen, den eigenen Müttern und Vätern, mit Kerosin übergossen und …« Sie legte ihr Strickzeug nieder. »Grauenhaft. Und angeblich hat vorher nie jemand irgendetwas bemerkt. Aber das ist ja immer so.«

Grayson nickte. »Weil sie in einer abgeschiedenen, alten Mühle gelebt haben, irgendwo auf dem Land, ganz für sich.«

»Ein fürchterlicher Ort. Ich hab die Bilder heute noch im Kopf.« Mrs Honeycutt schauderte. »Die Wände waren über und über mit teuflischen Symbolen bemalt, und zwar mit Menschenblut, stand im Daily Mirror.«

»Dürfte eine schwerverkäufliche Immobilie sein«, murmelte Henry.

Ich war in Gedanken wieder bei Anabel. Und dem Menschenblut. »Aber gerade, wenn der Dämon damals …«, begann ich zaghaft.

Grayson sprang auf. »Verdammt, Livvy, ein für alle Mal: Es gibt keine Dämonen! Und diesen hier schon gar nicht. Erinnert ihr euch noch, was Anabel immer für einen Wirbel um dieses staubige alte Buch gemacht hat, aus dem sie die ganzen Beschwörungen und Rituale hatte? Das angeblich seit Generationen in ihrer Familie weitervererbt worden war?«

Ich nickte, während ich mir die Kladde mit den blutroten Siegeln ins Gedächtnis rief, die unter Anabels schrecklichen Schreien im Mausoleum auf dem Highgate Friedhof in Flammen aufgegangen war. Das Ding hatte zwar nicht annähernd so antik ausgesehen, wie ich es mir vorgestellt hatte, aber Arthur hatte erklärt, es handele sich um eine Abschrift. Ich wusste noch, dass ich wegen der krakeligen Kugelschreiberschrift unwillkürlich enttäuscht gewesen war.

»Klar erinnere ich mich«, sagte auch Henry. »Anabel und später Arthur haben es immer möglichst unter Verschluss gehalten. Es gab da diese gruseligen blutigen Fingerabdrücke zwischen den Beschwörungsformeln, und die letzten Seiten waren versiegelt, dabei hätte ich so gerne gewusst, was da stand …«

»Ganz genau«, sagte Grayson. »Aber wenn dieses Buch wirklich so einzigartig gewesen ist, wie kommt es dann, dass all die streng geheimen Rituale, die dem werten Herrn der Finsternis ein Tor in unsere Dimension öffnen sollten, für jeden öffentlich zugänglich im Internet nachzulesen sind?«

»Was?«

Grayson nickte zufrieden. »Wusste ich doch, dass ihr das interessant finden würdet. Unsere total geheimen Formeln finden sich in einem Fortsetzungsroman, der von einem gewissen BloodySword66 in einem Fantasy-Fan-Fiction-Forum online gestellt wurde.«

Ich starrte ihn an. Henry starrte ihn an. Und sogar Mrs Honeycutt starrte, wenn auch nur kurz, bevor sie sich wieder ihrer Strickjacke zuwandte.

»Ganz sicher *unsere* Formeln?«, fragte Henry schließlich. »Oder nur so ähnliche?«

»Würde ich sonst hier stehen?« Grayson warf sich in die Brust. »Fünf haben das Siegel gebrochen, fünf haben den Eid geleistet, und fünf werden das Tor öffnen. Ein Kreis aus Blut, wild, unschuldig, aufrichtig …«, deklamierte er. »Gewährt dem Hüter der Schatten den Zugang. *Sed omnes una manet nox.*«

Ich staunte. »Du kannst das Zeug noch auswendig?«

»Jetzt wieder«, erklärte Grayson. »Ich habe eine Suchmaschine mit all den dämlichen Begriffen und Floskeln, die mir noch einfielen, gefüttert, dazu das lateinische Zeugs, das Anabel immer aus ihrem Buch zitiert hat. Der Trick war, es nicht einzeln zu suchen, sondern alles auf einmal einzugeben.« Er machte eine kleine Kunstpause, in der nur das Klappern von Mrs Honeycutts Stricknadeln zu hören war. »Und«, ein triumphierender Blick, »wer suchet, der findet. Die Nächte der blutigen Schatten, ein Fortsetzungsroman in elf Kapiteln.«

»Boah«, machte Henry beeindruckt.

Ich hätte es nicht besser ausdrücken können.

Über Graysons Gesicht zog sich ein Grinsen. »Da staunt ihr, was? Und hey, wenn ihr euch das nächste Mal über meinen Drei-Phasen-Plan lustig macht und wieder angebt, weil ihr euch in, was weiß ich, zwei Schlittschuhe verwandeln könnt, die in vollkommenem Gleichklang durch diese blödsinnigen Korridore gleiten, dann erinnere ich euch mal daran, dass einen eine ordentliche Rechercheleistung erheblich weiterbringen kann.«

Jetzt erinnerte er mich fatal an Mia. Die beiden konnten später zusammen eine Detektei gründen. Aber er hatte natürlich recht.

»Schlittschuhe!« Henry kicherte.

»Was hat es denn mit diesem Fan-Fiction-Forum auf sich?«, fragte ich. »Könnte Anabel den Text dort eingegeben haben? Oder Arthur?«

Grayson setzte sich wieder. »Wenn sie mit zwei Jahren schon schreiben und einen Computer bedienen konnten, ja«, sagte er. »Aber nein, die Nächte der blutigen Schatten wurde 1999 in dieses Forum gestellt.«

»1999? Gab's da überhaupt schon Internet?«, murmelte ich, und Henry hatte seine Stirn in Falten gelegt, als rechnete er in Gedanken eine komplizierte Aufgabe aus.

Aber Grayson war bereits weiter. »Ihr begreift schon, was das bedeutet?« Er sah uns feierlich an. »Ich weiß zwar noch nicht, wie oder warum, aber BloodySword66 hat sozusagen den Roman zu Anabels Kladde geschrieben.«

Henry nickte langsam. In der Realität wäre seine Bonbonpyramide längst zusammengestürzt, aber hier war sie zu einer beachtlichen Höhe angewachsen. »Jetzt stellt sich nur noch die Frage, was zuerst da war – die Kladde oder BloodySword66s Geschichte. Und was das alles mit der Sekte zu tun hat.«

»Und wenn sie zusammengehören?«, stieß ich hervor. »Wenn der ganze dämonische Quark in Wirklichkeit aus einer Geschichte stammt, die sich irgendein Möchtegern-Schriftsteller für ein Fan-Fiction-Forum ausgedacht hat?«

»Das ist es, was ich hoffe«, sagte Grayson mit leuchtenden Augen. »Es ist eine miese Geschichte, nebenbei bemerkt. Ich glaube, so viele Adjektive habe ich noch nie auf einem Haufen gesehen. Und in ihrer Grundidee ist sie auch nichts Neues. Eine dämonische, uralte Gottheit mit allerlei uns bekannten Namen erwacht in einem Londoner Museum für Kunst des Altertums zu neuem Leben, nachdem sie zusammen mit anderem Ausgrabungsgut in einer alten Amphore aus dem ehemaligen Babylonien oder so hierhertransportiert wurde.«

»Wie originell«, sagte Henry.

»Es geht auch genauso originell weiter.« Grayson lehnte sich grinsend zurück. »Ein nerdiger, bei Frauen nicht besonders erfolgreicher, aber gutherziger junger Archäologe wird von der Gottheit auserwählt, ihr mit Hilfe diverser genau beschriebener Beschwörungsformeln und Rituale zu einer physischen Gestalt zu verhelfen, denn zunächst ist die Gottheit lediglich eine Stimme und besteht aus düsterem Rauch, Wind und Schatten. Und einem eisernen Willen, den sie jedem aufzwingen kann.«

»Lass mich raten – es muss eine Jungfrau geopfert werden«, sagte ich, und Grayson nickte. »Ja, genau, und dafür ist die jüngere und unscheinbare Schwester der eingebildeten Zicke vorgesehen, die unserem Archäologen schon mehrmals und auf höchst kränkende Art und Weise einen Korb erteilt hat. Die ist eigentlich viel netter als ihre Schwester, was der Archäologe aber erst später begreift.«

»Klingt eigentlich ganz spannend«, musste ich zugeben.

»Ist es aber leider nicht, außerdem zu wirr, zu viele Personen mit zu vielen Namen. Es tauchen noch weitere Gottheiten auf, darunter ein sprechender Skarabäus, der später von der netten Schwester Besitz ergreift, es gibt endlose Dialoge, unmotivierte Schwertkämpfe und langweilige Alltagsbeschreibungen. Nach dem elften Kapitel bricht die Geschichte dann ab. Die Leute in dem Forum waren auch nur so semibegeistert, am Ende hagelte es mehr Kritik als Lob, und ich fürchte, BloodySword66 hatte den roten Faden verloren. Oder einfach keine Lust mehr.«

»Oder er hat eine Sekte gegründet«, mutmaßte ich. »Oder es war ganz anders, und …«

»Egal, wie es war, ich werde es herausfinden«, unterbrach mich Grayson siegesgewiss. »Leider ist dieses Fan-Fiction-Forum seit einigen Jahren geschlossen, und es hatte keine Impressumsseite. Aber ich habe schon einen der Administratoren in einem anderen Forum wiedergefunden – diese Fantasyleute geben sich ja überall dieselben Namen – und Kontakt zu ihm aufgenommen. Vielleicht kann ich über ihn herausfinden, wer sich hinter BloodySword66 verborgen hat, dann könnte ich der Sache auf den Grund gehen und am Ende Anabel vielleicht beweisen, dass ihre Wahnvorstellungen nur auf einer miesen Geschichte beruhen.«

Ja. Das wäre möglich. Und absolut großartig. Allerdings …

»Kommen in der miesen Geschichte auch Federn vor? Ich meine, hat der Dämon Flügel?«, wollte ich wissen. »Und was ist mit Träumen? Werden die in der Geschichte auch thematisiert?«

Grayson antwortete nicht, sondern schaute zur Decke hinauf. »Habt ihr das gehört? Klingt wie ein Ventilator. Mein Ventilator.«

Wir starrten ebenfalls nach oben. Über uns hing nur eine Lampe mit buntgemustertem Stoffüberzug. Und zu hören war auch nichts.

»Das ist doch …«, sagte Grayson, und dann war er plötzlich verschwunden.

»Keiner weiß, wie lang er lebt, bis seine letzte Stunde schlägt«, krächzte der Papagei.

Tittle-Tattle

BLOG

Der Frognal Academy Tittle-Tattle-Blog mit dem neusten Klatsch, den besten Gerüchten und brandheißen Skandalen unserer Schule

ÜBER MICH:
Mein Name ist Secrecy – ich bin mitten unter euch und kenne all eure Geheimnisse

UPDATE ACTIVITY

21. März

Fürchtet ihr euch auch, morgen euren Spind öffnen zu müssen? Fragt ihr euch, was als Nächstes in unserer Schule passieren wird? Habt ihr vielleicht schon die Petition unterschrieben, die Mrs Pritchard (Hazel Ich-wünschte-ich-wäre-als-Baby-zur Adoption-freigegeben-worden Pritchards Mum) eiligst ins Leben gerufen hat und in der sie die Einstellung von besonders geschultem Sicherheitspersonal für die Schule verlangt?

Nun, wenn man der Polizei und Direktorin Cook glauben darf, war das mit der Schlange eine einmalige Angelegenheit. Ihrer Ansicht nach handelt es sich lediglich um einen pubertären Schülerstreich, einen böse schiefgegangenen Scherz, der natürlich nichtsdestotrotz restlos aufgeklärt und geahndet werden müsse.

Genau!!! Kommt ja ständig vor, dass man, so aus purer Langeweile und weil die Hormone wieder mal verrückt spielen, eine exotische Giftschlange in den Spind eines Mitschülers legt, um einen Scherz zu machen, nicht wahr? Bringen einen halt auf dumme Gedanken, wenn sie überall rumliegen, diese lästigen Giftschlangen.

Mrs Pritchard sieht das allerdings ganz anders als Direktorin Cook und die Polizei und fordert in ihrer Petition eine gründliche Inspektion aller Schränke durch auf Schlangen spezialisierte Kammerjäger, bevor die Schule wieder für Schüler geöffnet wird.

Sehr gute Idee! Es könnte ja sein, dass es sich um die gemeine britische Spindnatter handelt, die sich zwischen Sporttaschen und zerfledderten Schulbüchern vermehrt und früher oder später alle beißt, die Französisch abgewählt haben oder wieder zu viele Kohlenhydrate zum Mittagessen hatten. Da kann man gar nicht vorsichtig genug sein. Und vielleicht finden die

Inspektoren bei der Gelegenheit gleich noch ein paar Taranteln, Skorpione und Sibirische Tiger, die in den Spinden lauern – Überbleibsel lustiger Schülerstreiche oder einfach Schlamperei des Reinigungspersonals, dessen mangelhafte Leistung Mrs Der-Kashmirmantel-meiner-Tochter-ist-durch-den-Schmutz-am-Garderobenknopf-völlig-ruiniert Pritchard ja schon länger anprangert.

Jetzt aber mal ernsthaft und für alle, die es interessiert: Es war eine Malaiische-Mokassin-Grubenotter, die Arthur gebissen hat, und niemand weiß, wie das Vieh ausgerechnet in Arthurs Spind gelangt ist. Nur, dass er unglaubliches Glück gehabt hat, denn der Biss dieser Schlange ist nicht selten tödlich. Im Krankenhaus, wo er nach wie vor stationär behandelt wird, musste Arthur Adrenalin und ein Gegengift verabreicht werden, und es geht ihm noch nicht wirklich gut.

Wer immer sich diesen »Streich« erlaubt hat – ich wünsche, dass die Polizei ihn erwischt. Möglichst bald, bevor er noch mehr »Scherze« macht. Denn irgendwie scheinen wir nicht dieselbe Art von Humor zu haben.

Wir sehen uns

Eure Secrecy

P. S. Und nein, Leute, es war nicht Theo Ellis, der verhindern wollte, dass Arthur am letzten Spieltag noch einmal das Ruder für die Frognal Flames herumreißt! Das ist wirklich die albernste Verschwörungstheorie, die ich jemals gehört habe. Denn erstens hat Theo gerade genügend andere Probleme am Hals (eine Anklage wegen Einbruch, Diebstahl, Sachbeschädigung und Ruhestörung ist kein Pappenstiel, auch wenn Theo bis zum Prozess wieder zur Schule gehen darf), und zweitens haben die Flames anders als die Roslyn Raptors ohnehin keine Chance mehr auf die Meisterschaft oder eine Platzierung unter den ersten dreien. Da finde ich die Theorie noch glaubhafter, in der die Schlange eigenmächtig in den Spind gekrochen ist, weil sie nämlich die Kombination kannte ☺

19.

»Keiner weiß, wie lang er lebt, bis seine letzte Stunde schlägt«, krächzte der Papagei wieder, während wir noch auf den leeren Stuhl starrten, von dem Grayson von jetzt auf gleich verschwunden war.

Ich hatte unwillkürlich nach Henrys Hand gegriffen.

»Jung oder alt – der Tod macht vor niemandem halt«, stimmte Mrs Honeycutt zu. »Man denke nur an meine arme Schwester. In ihren besten Jahren aus dem Leben gerissen, vom eigenen Mann heimtückisch erstickt …«

Jetzt hatte ich eine Gänsehaut. »Bitte sag, dass Grayson einfach nur aufgewacht ist«, flüsterte ich Henry zu.

Henry drückte beruhigend meine Hand. »Er ist einfach nur aufgewacht«, versicherte er mir. »Schade. Ich wollte euch beiden nämlich noch etwas zeigen, was ich schon vor einiger Zeit herausgefunden habe … eine sehr interessante Entdeckung.«

Noch eine? Hatten eigentlich alle außer mir ununterbrochen Recherchen angestellt? Ich war kurz davor, mir ein schlechtes Gewissen zuzulegen, weil ich diesbezüglich so faul gewesen war.

Henry lächelte, als ob er meine Gedanken lesen würde.

»Ich hab's nur zufällig entdeckt, als ich hier wieder mal so angeberisch als Schlittschuh durch die Gänge geglitten bin.«

Ich musste mitlachen, aber nur kurz, weil Mrs Honeycutt das Strickzeug niederlegte, sich zu uns umdrehte und uns nachdenklich anschaute. »Früher hatte ich auch Angst vor dem Tod. Aber ich glaube, man muss sich nicht fürchten. Man schwimmt nur hinüber in die andere Welt …« Noch während sie sprach, veränderten sich die Farben im Raum, die bunten Muster auf den Möbeln und Tapeten verblassten, kühles, ruhiges Licht strömte in den Raum. Die Decke schien sich anzuheben und in Glas zu verwandeln, der Raum wurde weiter, die Blumen, der Papageienkäfig und der viele Nippes schwebten in der Luft und nahmen eine durchscheinende Konsistenz an. Ich klammerte mich an Henry fest, als die Stühle sanft unter uns weggespült wurden. Mrs Honeycutt schwebte in ihrem Sessel an uns vorbei und winkte heiter. Ohne Zweifel: Ihr Wohnzimmer verwandelte sich langsam, aber unmissverständlich in eine Art Aquarium. Die Möbel verschwanden, die Wände wichen zurück, und ein bisschen panisch sah ich, wie sich auch die Tür zum Korridor immer weiter entfernte. Ich wollte etwas zu Henry sagen, aber es kamen nur Blasen aus meinem Mund – statt mit Luft war der Raum nun mit lichtdurchflutetem Wasser gefüllt.

Jetzt bekam ich wirklich Angst.

»Es ist das Sterben selbst«, hörte ich Mrs Honeycutts freundliche Stimme sagen. Im Gegensatz zu mir konnte sie offensichtlich sprechen, aber weder sie noch ihr Sessel waren mehr zu sehen. Dafür schwammen wundervoll schimmernde Fische an uns vorbei, die so durchscheinend wirkten, als habe sie jemand mit silberner Tusche direkt ins Wasser gezeichnet. »Nicht vor dem Tod fürchte ich mich, nur vor diesem Moment, in dem man sich von seinem Körper verabschieden muss«, fuhr Mrs Honeycutts Stimme fort. »Der Moment, in dem man seinen letzten Atemzug macht.«

Dieser Moment schien bei mir gerade gekommen zu sein. Ich brauchte dringend … eine Taucherausrüstung … Oder Kiemen … Hilfe!

Ein Blick hinüber zu Henry. Ich sah die Panik in seinem Gesicht, was die Sache nicht besser machte. Henry hatte niemals Angst.

Er zeigte auf die Tür an der immer noch zurückweichenden Wand. Ich konnte nicht mehr nicken, sondern ließ seine Hand los und schwamm, so schnell ich konnte, darauf zu. Nach wie vor bekam ich keine Luft, obwohl ich genau wusste, dass das hier ein Traum war und man im Traum auch ohne Hilfsmittel unter Wasser atmen konnte. Nur gelang es mir nicht.

Das hier war auch kein gewöhnliches Wasser, sondern es kam mir wie flüssiges, kühles Licht vor, weder zu kalt noch zu warm, ja, nicht mal nass, wenn ich genau hinfühlte.

»Und dann lässt man einfach los und treibt hinüber in die andere Welt.« Mrs Honeycutts Stimme schien von ganz weit her zu kommen, und sie klang so glücklich, dass ich mit einem Mal ganz ruhig wurde.

Ich öffnete den Mund und ließ das Wasser einfach in meine Lungen fließen. Es tat gar nicht weh, das Wasser machte mich schwerelos, und wie die Fische begann ich, silbern zu schimmern und ein Teil des flüssigen Lichts zu werden, das mich trug, wohin immer ich wollte, hinüber in eine andere Welt, in der es nichts Böses gab.

Henrys Gesicht tauchte neben mir auf, er packte meinen Arm, mein Kopf stieß an etwas Hartes, und im nächsten Moment landete ich unsanft auf meinem Hintern und rang nach Luft.

»Verdammt!«, stieß Henry hervor. Wir befanden uns auf der anderen Seite der Tür im Korridor, ohne auch nur den kleinsten Tropfen Wasser aus Mrs Honeycutts Traum mitgenommen zu haben. Ein merkwürdiges Gefühl von Bedauern machte sich in mir breit, als Henry die Tür mit Nachdruck hinter uns schloss. Da drinnen war es so friedlich gewesen. Hier draußen hingegen …

Henry reichte mir seine Hand, um mich auf die Füße zu ziehen. »Alles in Ordnung mit dir?« Sein Gesicht war noch blasser als sonst. »Es sah so aus, als würdest du … als würdest du dich auflösen.«

»Ja, ich glaube, so war das auch.« Ich war immer noch mit Luftholen beschäftigt und wunderte mich, dass ich nicht mal husten musste. »Vielleicht ist Sterben gar nicht so schlimm.

Vielleicht schwimmt man wirklich nur hinüber in eine andere Welt, in der alles friedlich ist und hell und gut.«

Henry packte mich an den Schultern. »Sag das nicht so sehnsüchtig, Liv. Das macht mir Angst.« Er zog mich an seine Brust. »Ich brauch dich doch so«, murmelte er in mein Haar.

Mir steckte plötzlich ein dicker Kloß im Hals, weshalb ich nicht antworten konnte. Es wäre ohnehin nichts Originelles gewesen, sondern nur ein profanes: »Ich dich auch.«

Ich schlang meine Arme um seinen Hals und küsste ihn. Das war ja auch eine Art Antwort, und vielleicht nicht die schlechteste.

Henry seufzte jedenfalls leise und zog mich näher an sich heran. Ganz kurz meldete sich ein zaghaftes Stimmchen, das mich an die bevorstehenden Frühjahrsferien erinnern wollte, aber das brachte ich energisch zum Schweigen. Henry küsste viel zu gut, um sich mit solchen Gedanken zu plagen. Obwohl die Ferien wirklich schon verdammt nah waren und außerdem …

»Mrs Honeycutt ist doch gerade nicht wirklich gestorben, oder?«

»Nein, keine Angst. Sie träumt nur manchmal vom Sterben«, murmelte Henry und sorgte auf seine Weise dafür, dass ich aufhörte, darüber nachzudenken. Mit dieser Nackenstreichel-Methode, die er sich wirklich patentieren lassen sollte. Er schien genau zu merken, was er anrichtete, denn er lächelte sehr zufrieden, als er unseren Kuss kurz unterbrach, um einen Blick über seine Schulter zu werfen.

Was mich – leider – zurück in die Wirklichkeit holte.

»Wolltest du mir nicht noch etwas zeigen?«, fragte ich, als er sich mir wieder zugewendet hatte.

»Wollte ich das?« Henry starrte konzentriert auf meinen Mund, und ich war kurz davor, mich ihm erneut an den Hals zu werfen. Aber dann schien er selber zu dem Schluss zu kommen, dass hier und jetzt weder der geeignete Ort noch die geeignete Zeit dafür war.

Mit einem bedauernden Seufzer nahm er die Hand von meinem Nacken und drehte mich in seinen Armen um, bis ich mit dem Rücken zu ihm stand. »Siehst du diese Tür dort?«

Ich nickte, während ich mich gegen ihn lehnte. In seiner Umarmung fühlte ich mich ähnlich geborgen wie vorhin im Wasser.

Ich betrachtete Henrys Entdeckung. Es war eine in fröhlichem Gelb lackierte Holztür, die offensichtlich zu einem Laden führte, der »Little Sister's Yarn Barn« hieß, wie ein ovales Schild über dem Rahmen verkündete.

»War die schon immer hier?« Sie war mir noch nie aufgefallen, aber bisher war ich auch immer ein wenig in Eile gewesen, wenn ich hierhergekommen war. Ich bewunderte die witzige, bunt umstrickte Türklinke, und auch die beiden Blumentöpfe mit Sonnenblumen, die links und rechts aufgestellt waren, besaßen einen buntgeringelten Stricküberzug. Auf der Glasscheibe stand mit geschwungenen Buchstaben: *All you knit is love.* Und darunter: *Kommen Sie herein und finden Sie die Wolle Ihrer Träume.*

»Der Laden könnte glatt Mrs Honeycutt gehören.«

»Du sagst es.« Henry ließ mich los, ging ein paar Schritte in beide Richtungen des Korridors und kam zu mir zurück, nachdem er seine geheimnisvoll funkelnden Energiefelder installiert hatte. »Ich will nur sichergehen, dass es Arthur nicht in seinem Krankenhausbett langweilig geworden ist und er hier irgendwo rumstromert«, erklärte er. Dann deutete er wieder auf die Tür zum Wollgeschäft. »Siehst du die Initialen hier auf der Fußmatte? Ich bin ganz sicher, M. H. steht für Muriel Honeycutt, Mrs Honeycutts Schwester. Im Traum hat sie offensichtlich nie ihren Mädchennamen abgelegt.«

Ich berührte die umstrickte Türklinke. Ja, das passte perfekt. »Mrs Honeycutt hat erzählt, dass Muriel immer für alles einen Überzug gestrickt hat, sogar für ihr Fahrrad.« Ich zögerte. »Aber wenn sie tot ist, was befindet sich dann hinter dieser Tür? Oder …« Hoffnungsvoll sah ich zu Henry auf. »Oder ist sie vielleicht nur in Mrs Honeycutts Albträumen gestorben?«

Doch Henry schüttelte den Kopf. »Nein, Muriel ist wirklich tot, seit 1977, das habe ich überprüft. In *echt*«, fügte er mit einem kleinen Lachen hinzu, wurde aber sofort wieder ernst. »Sie ist im Schlaf gestorben, angeblich war ihr Asthma schuld, aber Mrs Honeycutt hat bis heute ihren Schwager Alfred im Verdacht, nachgeholfen zu haben. Er ist nicht lange nach Muriel elend an einer Leberzirrhose zugrunde gegangen.«

Ich dachte an unsere Begegnungen mit Blümchenkissen-Alfred und an die Angst in Mrs Honeycutts Augen und nickte grimmig. Die Leberzirrhose gönnte ich dem Mann von Herzen.

»Wie schrecklich, dass sie bis heute Albträume von ihm hat.« Traurig streichelte ich über das lackierte Holz der Tür. »Die Schwestern müssen sich wirklich sehr geliebt haben, wenn die Türen sich nach so vielen Jahren immer noch so nah beieinander befinden. Schon allein der Name, den Muriel ihrem Laden gegeben hat: Little Sister's Yarn Barn, das ist süß, oder?« Natürlich musste ich dabei an Mia denken, und bevor ich vor lauter Rührung noch zu heulen anfing, drehte ich mich schnell wieder zu Henry um. »Aber es ist schon seltsam, dass Tote ihre Türen behalten.« Ich ließ meinen Blick den Gang entlangschweifen. »Wie viele Türen hier mögen wohl Verstorbenen gehören?«

»Keine«, antwortete Henry bestimmt. »Das ist es ja gerade: Wenn jemand stirbt, verschwindet seine Tür mit ihm.«

Ich sah ihn zweifelnd an. »Woher willst du das so genau wissen?«

»Kannst du dich noch an Tom Holland erinnern?«, fragte Henry zurück.

»Der Junge, der letztes Jahr bei einem Autounfall gestorben ist?«

»Ja.« Als ich an die Schule gekommen war, hatte Tom Hollands Tod schon einige Monate zurückgelegen, und ich hatte nur noch in Secrecys Blog davon lesen können. Tom war Anabels Freund vor Arthur gewesen, und eine Zeitlang hatte ich den Verdacht gehabt, der Autounfall sei kein Zufall gewesen, sondern direkt oder indirekt das Werk des Dämons.

»Tom Holland hatte eine auffällige, nostalgische Aufzugtür mit verschnörkelten Schiebegittern und einer dieser halbrunden Anzeigetafeln darüber, die aussehen wie eine Uhr und einem verraten, in welchem Stockwerk der Aufzug sich gerade befindet. Wir haben ihn ein-, zweimal besucht, Arthur und ich.« Henry räusperte sich. »Arthur vermutlich auch öfter. Nur so … aus Informationsgründen.«

Dass Arthur und Henry einmal zusammen in den Korridoren unterwegs gewesen waren, erschien mir heute kaum vorstellbar. Aber es war gar nicht mal so lange her. Damals war Arthur allerdings noch kein bekennender Bösewicht gewesen, seine sadistischen Neigungen und Welteroberungstendenzen hatten sich erst später gezeigt.

»So, so«, sagte ich. »Aus Informationsgründen. Klar. Ich lungere auch ständig in den Träumen deiner Exfreundinnen herum.«

Henry grinste. »Apropos – hast du eigentlich Rasmus' Tür hier schon irgendwo entdeckt?«

Oh nein! Darauf würde ich mich nicht einlassen. Nicht heute.

»Du warst bei Tom Holland und seiner Tür«, erinnerte ich Henry.

Er seufzte. »Stimmt. Toms Tür verschwand in derselben Nacht, in der er gestorben ist. Wir sind nie wieder auf sie gestoßen. Und das Gleiche ist mit der Tür von unserem alten Hausmeister passiert, als er letzten August das Zeitliche gesegnet hat. Wenn Menschen sterben, dann existieren ihre Türen nicht mehr.«

»Das ist ja eigentlich auch logisch«, sagte ich. »Tote träumen nicht. Aber warum ist Muriels Tür noch da? Ihr Tod liegt doch schon so viele Jahre zurück.«

»Darüber habe ich lange nachgegrübelt.« Henry rieb sich über die Nase. »Ich habe eigentlich nur eine Erklärung dafür gefunden, und die ist ziemlich verrückt.«

»Keine Sorge, ich komme dich in der Klinik besuchen und halte dir zwischen den Elektroschocks das Händchen«, sagte ich beruhigend.

Henrys Mundwinkel zuckten. »Nehmen wir mal an, Mrs Honeycutt hat recht, und die arme Muriel ist keines natürlichen Todes gestorben, sondern tatsächlich von Alfred mit einem Kissen im Schlaf erstickt worden, während sie gerade …«

Er machte eine Kunstpause, genau wie vorhin Grayson, aber diesmal ahnte ich, worauf er hinauswollte.

»Du meinst, während sie gerade geträumt hat«, vollendete ich seinen Satz.

»Genau«, sagte Henry. »Deshalb ist dieser Traum einfach …« Er hob die Schultern. »Ich weiß keinen Ausdruck dafür.

»Stehengeblieben. Wie eine Uhr. Oder eine alte Schallplatte.« Nachdenklich kaute ich an meiner Unterlippe. »Vielleicht ist das immer so, wenn jemand stirbt, während er träumt.« Ich überlegte. »Oder nur, wenn man im Schlaf ermordet worden ist.«

»So oder so«, sagte Henry. »Tatsache ist: Muriel ist tot, aber ihre Tür ist noch da.«

»Die Frage ist nur, was befindet sich dahinter?« Ich bekam wieder eine Gänsehaut.

»Genau das möchte ich heute herausfinden.« Henry legte seine Hand auf die Klinke.

Ich sah ihn erschrocken an. Okay, *jetzt* war er wirklich verrückt geworden. »Du kannst doch nicht den Traum einer Toten betreten! Das wäre ja wie …« Ich schluckte. »Außerdem brauchst du einen persönlichen Gegenstand.«

»Was glaubst du denn, was ich die letzten Tage gemacht habe?« Henry verzog seine Mundwinkel, aber sein Lächeln fiel nicht ganz so selbstsicher aus wie sonst. »Mrs Honeycutt hat mir Muriels Taufkettchen gegeben, das müsste persönlich genug sein.«

»Sie hat es dir *gegeben*?«, wiederholte ich ungläubig.

»Nicht direkt gegeben«, gab Henry zu und drückte die Klinke herunter. »Aber sie wird es auch nicht vermissen, sagen wir mal so.« Offensichtlich hatte er keine Lust, ins Detail zu gehen.

Ich krallte meine Hand um seinen Arm. »Verdammt, Henry! Das kannst du nicht tun! Bitte! Wir können da doch nicht einfach so hineinspazieren!«

»Nur ich, vorerst. Du musst hierbleiben. Einer sollte wissen, wo ich bin, für den unwahrscheinlichen Fall, dass …« Henry sah mich ernst an. »Pass auf, Liv. Ich hab das gründlich durchdacht. Wir müssen unbedingt wissen, was hinter dieser Tür ist. Es könnte ganz neue Möglichkeiten für uns eröffnen.«

»Oder es könnte dich töten«, flüsterte ich, während Henry unbeirrt die Tür aufschwingen ließ. Ich bildete mir ein, ein Rauschen zu hören; sehen konnte man nichts. Meine Hand war immer noch in Henrys Ärmel verkrallt. »Es könnte … die Pforte ins Jenseits sein.«

»Ah, heute sind wir aber sehr dramatisch, Miss Silber«, sagte Henry spöttisch, doch er zögerte einen Moment. Dann holte er tief Luft. Sanft, aber bestimmt streifte er meine Hand von seinem Arm. »Ich gehe da jetzt rein. Wir sehen uns nachher in der Schule, und ich werde dir berichten, was es in Muriels Wollgeschäft für Sonderangebote gab, okay?«

Ohne meine Antwort abzuwarten, stieß er die Tür ganz

auf und trat über die Schwelle. Meine Hand, mit der ich ihn aufhalten wollte, griff ins Leere.

So ein Sturkopf!

Aber auf gar keinen Fall würde ich ihn da allein hineinlassen. Bevor die Tür wieder zuklappte, kniff ich die Augen fest zusammen, hielt die Luft an und folgte Henry mit einem großen Schritt ins Ungewisse.

Eine Sekunde lang geschah gar nichts, dann hörte ich ihn resigniert seufzen.

»Du kannst die Augen ruhig wieder aufmachen, Liv«, sagte er, während die Tür hinter uns ins Schloss fiel. »Wir leben noch. Glaube ich zumindest.«

Ich schlug meine Augen auf. »Oh! Wir sind am Meer!« Vor uns lag eine ruhige Wasserfläche, über der sich ein mit rosa Lichtadern durchzogener Abendhimmel ausbreitete. Wunderschön, ohne Zweifel. »Aber was, wenn das nicht das Meer ist?«, fragte ich mit leicht hysterischem Unterton in der Stimme. »Es könnte sehr wohl das Jenseits sein. Wie in diesem Gedicht, die Gestade der Ewigkeit …«

»Ich würde eher sagen, die Gestade von Clevedon, Engelchen«, sagte Henry und zeigte nach rechts, wo sich eine große, altmodische Seebrücke auf Stelzen ins Meer hinausschob. Er sah lässig wie eh und je aus, aber wenn man genau hinhörte, schwang in seiner Stimme eindeutig so etwas wie Erleichterung mit. »Ich glaube, wir sind in Somerset.« Er drehte sich mit einem schiefen Lächeln zu mir um. »Es ist wirklich süß von dir, dass du mir ins Jenseits folgen wolltest, Liv. Aber dir ist schon klar, dass wir jetzt niemanden da draußen haben, der weiß, wo wir sind, oder?«

Ja, das war vielleicht ein klitzekleines bisschen kurzsichtig von mir gewesen. Egal. Ich hätte es nicht ertragen, dort draußen herumzustehen, ohne zu wissen, ob Henry jemals wieder zurückkehren würde. Was mich dazu brachte, mich suchend nach der Tür zum Korridor umzuschauen. Da – sie befand sich gleich hinter uns in der Kaimauer. Jetzt atmete ich auch erleichtert auf.

Henry legte einen Arm um meine Schulter und starrte hinaus aufs Meer. »Sieht wohl so aus, als habe Muriel gerade etwas Schönes geträumt, als Alfred mit dem Kissen kam.«

»Das ist ein tröstlicher Gedanke«, wollte ich sagen, aber in diesem Moment hörte ich den Lärm. Ein schriller Schrei, aufgeregte Stimmen und Hundegebell, das immer lauter wurde, so als hätte jemand direkt neben uns ein Radio angedreht. Und dann waren Henry, der Abendhimmel und das Meer verschwunden, und ich starrte in Dunkelheit.

Nur der Lärm war immer noch da.

Es dauerte eine Sekunde, bis ich begriff, dass ich aufgewacht war und dass es Buttercup war, die draußen im Flur wie verrückt bellte.

»Was ist denn los?«, hörte ich Mum ganz verschlafen fragen. »Schsch, Butter! Ach du liebe Güte!«

Ich warf die Bettdecke zur Seite, sprang auf und riss meine

Zimmertür auf. Das Erste, was ich sah, war Florence, die wie erstarrt auf Graysons Türschwelle stand und sich eine Hand vor den Mund hielt. Das Zweite, was ich sah, waren Federn. Schwarze Federn, und zwar reichlich davon.

Für einen Augenblick hatte ich Angst, meine Knie würden mich nicht tragen, aber ich schaffte es, an Florence und Mum vorbei in Graysons Zimmer zu wanken. Oh Gott, Grayson war vorhin einfach so verschwunden, und der Papagei hatte noch gesagt …

»Was soll das werden – eine Versammlung?«, knurrte Grayson uns verärgert an. Er stand mitten im Raum und war offensichtlich damit beschäftigt, Federn einzusammeln, die sich überall auf seinen Möbeln, dem Teppich und ihm selbst verteilt hatten, und in seinen Papierkorb zu stopfen. Ich war so erleichtert, ihn lebend anzutreffen, dass ich beinahe in Tränen ausgebrochen wäre.

»Um Himmels willen!« Ernest, bekleidet mit einem großkarierten Schlafanzug, steckte seinen Kopf zur Tür hinein. »Wo kommt das schwarze Zeug her?«

Butter sprang immer noch aufgeregt zwischen den Federn herum, aber wenigstens hatte sie aufgehört zu bellen. Stattdessen nieste sie.

»Das war so ein Schock«, sagte Florence, die Hand immer noch vor dem Mund. »Überall Federn …«

»Das ist doch kein Grund, das ganze Haus wachzukreischen.« Grayson sah sie sauer an. Wie zur Bestätigung kam jetzt auch Mia aus ihrem Zimmer und blinzelte verwirrt auf das Chaos.

»Das sind ja Hunderte.« Mum hob eine Feder vom Boden auf, und am liebsten hätte ich sie ihr aus der Hand gerissen und »Nicht anfassen! Die sind gefährlich!« gebrüllt.

»Allerdings.« Grayson stöhnte genervt. »Als ich aufgewacht bin, stand meine Tür offen, und der Ventilator lief auf höchster Stufe. Die Federn flogen überall in der Gegend herum. Ich hätte sie eingesammelt, um euch den Anblick zu ersparen, aber Florence musste ja unbedingt schreien wie am Spieß. Als würde sie für einen Horrorfilm gecastet.«

Während Florence empört nach Luft schnappte, warf Grayson mir einen kurzen Blick zu und hob fragend seine Augenbrauen. Ich zuckte hilflos mit den Achseln. Weil ich der Standfestigkeit meiner Beine immer noch nicht traute, hatte ich mich mit dem Rücken an seinen Kleiderschrank gelehnt.

»Was hättest du denn an meiner Stelle getan, wenn du nur mal kurz zur Toilette wolltest, und aus dem Zimmer deines Bruders fliegen dir lauter Federn entgegen?«, verteidigte sich Florence. »Mitten in der Nacht! Hast du hier drin Krähen geschlachtet, oder was?«

Praktisch veranlagt wie Mum war, hatte sie inzwischen Graysons Daunendecke hochgehoben und ausgeschüttelt. »Die ist es jedenfalls nicht«, stellte sie klar.

Wäre auch zu schön gewesen. Aber in welcher Daunendecke gab es schon schwarze Federn?

Ernest kratzte sich am Kopf. »Okay, wie kommt das Zeug in dein Zimmer, Grayson? Soll das vielleicht eine Art von Scherz sein?« Aus irgendeinem Grund sah er dabei Mia an. »Oder ein Streich?«

Mia schnaubte empört. »So was Blödes hier würde mir bestimmt nicht einfallen. Meine Scherze sind lustig.«

»Ja, Mr Snuggles lacht sicher jetzt noch«, murmelte Florence.

»Entschuldige, Mia«, sagte Ernest. »Ich bin nur gerade etwas ratlos.«

Da war er nicht der Einzige.

Grayson presste seine Kiefer aufeinander und warf mir wieder einen Blick zu. Ich hätte ihm gerne geholfen, aber ausnahmsweise fielen mir auf Anhieb auch keine Lügen ein, die wir als Erklärung hätten auftischen können. Nicht mal die Wahrheit konnten wir vorbringen, weil wir ja verdammt nochmal selber nicht wussten, was hier vor sich ging.

»Vermutlich stammen die Federn von den Schwingen eines Dämons aus der Zwischenwelt, der mir eine Warnung zukommen lassen wollte«, hätte Grayson natürlich sagen können, aber das hätte seinem Vater bestimmt nicht gefallen.

Mir gefiel es auch nicht.

Grayson drückte sich mit einem tiefen Seufzer um die Antwort. »Geht ruhig wieder schlafen«, sagte er erschöpft. »Ich bringe das hier allein in Ordnung.«

Ernest schüttelte den Kopf. »Das machen wir morgen zusammen«, sagte er. »Und dann finden wir auch heraus, woher diese Federn kommen.« Er nahm Mum an der Hand. »Grayson, am besten schläfst du im Gästezimmer.« Er gähnte. »Gute Nacht allerseits.«

Auch Florence verschwand grummelnd in ihrem Zimmer. Nur Mia blieb noch ein paar Sekunden stehen und musterte uns aufmerksam. Ich wappnete mich schon für ihre Fragen, doch zu meiner großen Verblüffung drehte sie sich ohne ein weiteres Wort um und stiefelte mit Butter zu ihrem Zimmer.

Grayson wartete, bis ihre Tür ins Schloss gefallen war, dann sah er mich an. »Du weißt schon, dass du ein Buch um den Bauch geschnallt hast, ja? ›Hotel New Hampshire‹. Interessant.«

Verdammt. Das hatte ich in der Hektik ganz vergessen. »Ja, gutes Buch, solltest du auch mal lesen«, sagte ich. »Sobald wir uns überlegt haben, wie du den anderen das hier«, ich zeigte auf die Federn ringsum, »erklären sollst.«

Grayson seufzte wieder. »Für Erste würde mir schon reichen, wenn ich es selber verstehen würde.«

Ich öffnete den Mund, um etwas zu erwidern, aber er ließ mich nicht zu Wort kommen. »Nein, sag es nicht, Liv! Irgendjemand muss … ich weiß auch nicht! Aber es gibt eine logische Erklärung dafür. Eine ganz und gar dämonenfreie.«

»Natürlich«, sagte ich und bückte mich, um ihm beim Einsammeln der Federn zu helfen. »Weil es keine Dämonen gibt.«

20.

Der Tag nach dem Dämonen-Federbad, wie ich es insgeheim getauft hatte, verlief erfreulich ereignislos. Im Gegensatz zu mir hatte Grayson es geschafft, noch einmal einzuschlafen, nachdem wir die Federn beseitigt hatten, und als wir uns morgens am Kaffeevollautomaten in der Küche trafen, wirkte er nicht nur annähernd ausgeschlafen, sondern war allerbester Laune.

Ich hingegen war selbst nach zwei Tassen Espresso kurz davor, im Stehen einzuschlafen. Und einen Grund zu guter Laune konnte ich leider auch nirgendwo erkennen. Für meinen Geschmack hatte es in den letzten Tagen ein paar Federn, Schlangen und ungelöste Rätsel zu viel gegeben. Prompt bekam ich wieder eine Gänsehaut, als Grayson einige von den Federn in einen durchsichtigen Gefrierbeutel steckte und in seiner Jackentasche verschwinden ließ.

»Du solltest die Dinger doch in die Mülltonne werfen«, sagte ich. »Und warum bist du so ekelhaft gutgelaunt? Weißt du etwas, was ich nicht weiß?«

»Noch nicht! Aber jedes Beweisstück bringt uns der Wahrheit ein Stückchen näher«, erwiderte Grayson und raschelte vielsagend mit dem Gefrierbeutel in seiner Tasche.

Fröhlich pfeifend (und zwar die Titelmelodie von »Sherlock Holmes«, wenn auch total schief) verließ er das Haus.

Ich bekam ihn erst am frühen Abend wieder zu Gesicht, als er kurz nach Hause kam, um seine Sachen fürs Basketballtraining zu holen, und da war er so in Eile, dass er mir nur schnell »Du wirst staunen, was ich herausgefunden habe« zuraunen und dabei äußerst geheimnisvoll lächeln konnte.

Ich hoffte sehr, es war etwas über die Schlange. Sie schien mir von allen ungeklärten Phänomenen das gruseligste zu sein. Arthur war immer noch in der Klinik, sollte aber gut informierten Kreisen zufolge (Secrecy!) heute entlassen werden.

Trotz Direktorin Cooks Versicherung, dass die Schule vollkommen schlangenfrei sei, hatte ich zahllose Mitschüler dabei beobachten können, wie sie beim Öffnen ihrer Spinde zögerten. Emily hielt sogar ihr Pfefferspray gezückt.

Als sie mich bemerkte, verzog sie das Gesicht. »Ich weiß nicht, was ich schlimmer finde: eine Giftschlange im Spind oder eine Brillenschlange, die einen doof von der Seite anglotzt.« Sie richtete das Pfefferspray auf mich. »Soll ich?«

»Wenn du dich nach einer gebrochenen Hand sehnst, dann nur zu«, erwiderte ich.

»Oh, stimmt ja, du kannst Karate.« Sie verdrehte ihre Augen. »Aber keine Sorge, ich pflege meine Konflikte nicht mit Gewalt auszutragen, dafür ist mein IQ zu hoch.«

»Kung-Fu«, verbesserte ich. »Und welche Konflikte? Wir

haben überhaupt keinen Konflikt, abgesehen von der Tatsache, dass wir uns nicht ausstehen können. Du siehst übrigens müde aus – träumst du in letzter Zeit schlecht?« Das sagte natürlich die Richtige – meine Augenringe waren heute so dunkel wie der Espresso, der mich leider nicht wach genug gemacht hatte. Aber anstatt mir das unter die Nase zu reiben, schluckte Emily kurz.

»Baldriantee soll ja helfen«, schob ich rasch nach. »Und wenn man die Dinge einfach mal so akzeptiert, wie sie sind.«

Jetzt sah Emily aus, als wolle sie liebend gern eine Ausnahme machen und ihre Konflikte doch mit Gewalt lösen. »Florence tut mir unbeschreiblich leid, dass sie mit dir unter einem Dach wohnen muss«, zischte sie, knallte ihre Spindtür zu und rauschte davon. Schade, denn ich wollte gerade fragen, ob sie im Traum gern Rechenaufgaben löste.

Trotz der bleiernen Müdigkeit kam ich ganz gut durch den Schultag, was vermutlich auch an Arthurs Abwesenheit lag – ich musste einfach nicht ununterbrochen Angst haben, dass sich jemand auf Zuruf in einen Zombie verwandeln und mich die Treppe runterschubsen würde.

Nach der Schule war es allerdings mit der Entspannung vorbei, denn als ich in unsere Straße einbog, bretterte Matt winkend und lächelnd mit seinem Sportwagen an mir vorbei und erinnerte mich einmal mehr daran, dass Dämonen, Federn und Schlangen nicht meine einzigen Probleme waren. In letzter Zeit hatte ich die Rasmus-Sache sträflich schleifen lassen, aber im hellen Licht des Tages und angesichts von Matts Rücklichtern konnte ich sie nicht mehr so gut verdrängen wie noch gestern Nacht im Korridor. Wahrscheinlich weil Henry nicht da war, um mich mit seinen Küssen abzulenken.

Die Frühjahrsferien begannen in nur vier Tagen, und mir drehte sich der Magen um, wenn ich daran dachte, wie enttäuscht Henry über meine Lüge sein würde. Niemand wurde gern belogen, schon gar nicht von seiner eigenen Freundin. Und wie sollte ich ihm erklären, warum ich ihm nicht einfach die Wahrheit gesagt hatte, wenn ich es doch nicht mal selber verstand?

Ja, möglicherweise hatte Henry sich wirklich ein wenig überlegen gefühlt, als er mich noch für eine Jungfrau gehalten hatte, und ja, vielleicht waren seine Blicke deswegen tatsächlich manchmal mitleidig und amüsiert gewesen. Aber was er empfinden würde, wenn er herausfand, dass ich eine armselige, von Minderwertigkeitskomplexen geschüttelte Person war, die es nötig hatte, einen Exfreund zu erfinden, mochte ich mir nicht mal ausmalen.

Offensichtlich hatte Mia recht, wenn sie sagte, dass Liebe dumm machte. Zumindest ließ sie einen dämliche Dinge tun. Und das Schlimme war, dass das mit dem Älterwerden offensichtlich nicht besser wurde. An Mum und Lottie konnte man es gerade wieder mal sehr schön beobachten. Mum hatte zwar, seit sie Ernest kannte, riesige Fortschritte gemacht, aber die bombastische Hochzeit fiel eindeutig in die Kategorie: Dinge, die man nur aus Liebe macht, obwohl man sie verabscheut. War ihr eigentlich tatsächlich klar, worauf dieses vom Bocker und Pascal (als Hüter der berühmt-berüchtigten Hochzeitsliste) inszenierte Event wirklich hinsteuerte? Denn wenn nicht, konnte man für nichts garantieren. Mum war für ihre spontanen Übersprungshandlungen berühmt, und in meinen schlimmsten Phantasien sah ich Ernest in einer vollbesetzten Kirche am blumengeschmückten Altar warten, während Mum im Brautkleid uns durch die Hallen von Heathrow jagte, damit wir den nächsten Flieger nach Sydney oder Addis Abeba erwischten oder wo immer wir bisher noch nicht gelebt hatten.

Und Lottie – Lottie war gar nicht mehr wiederzuerkennen. Sie war zwar letztendlich doch mit Charles zu dem Konzert gegangen, aber seine neuerliche Kehrtwende schien sie nicht weiter beeindruckt zu haben. Ganz im Gegenteil. Gleich am Sonntagmorgen war sie mit Pascal nach Suffolk gefahren, in das Herrenhaus, in dem die Hochzeitsfeier stattfinden sollte, und weil sich Mum und Ernest aus dem Unternehmen ausgeklinkt hatten (mit dem Hinweis, sie hätten vollstes Vertrauen in Lotties Fähigkeiten), war das ebenfalls so etwas wie ein Date gewesen. Zumindest sah es ganz so aus: Pascal hatte Lottie mit Handkuss begrüßt und dann zu seinem protzigen Mercedes-Cabriolet begleitet, wo er ihr galant die Tür aufhielt.

Charles, der Lottie am Sonntagabend einen Überraschungsbesuch (mit Blumen!) abstatten wollte, wusste zwar weder vom Kuss noch vom Türaufhalten, war aber trotzdem rasend vor Eifersucht, als er erfuhr, mit wem Lottie unterwegs war. Während er auf sie wartete (was sehr lange dauerte, weil Pascals Hochzeitscheckliste angeblich auch die Location-Besichtigung im romantischen Abendlicht einschloss), tat Charles mir schon ein bisschen leid. Mum versorgte ihn zwar mit Rotwein, aber das machte es auch nicht besser. Zuerst schimpfte er auf Franzosen, die nur halb so charmant seien wie ihr Ruf, aber bekannt für ihren gewissenlosen Umgang mit Frauen, und dass sie sich nichts auf ihren üppigen Haarwuchs einbilden müssten, denn der sei genetisch bedingt und ginge nachweislich mit nachlassender Potenz im Alter einher, dann begann er sich Sorgen zu machen und sagte, Franzosen seien ja auch bekannt für ihren unvorsichtigen, angeberischen Fahrstil, und ob wir Lottie nicht mal auf dem Handy anrufen könnten, um sicherzugehen, dass sie keinen Unfall gehabt habe. Am Ende verstieg er sich zu der Behauptung, alle Franzosen seien potentielle Frauenmörder, und es sei vollkommen leichtsinnig von uns, Lottie zu erlauben, mit einem völlig Fremden wegzufahren. Und schließlich ließ er nur noch traurig den Kopf hängen und murmelte lauter Sachen wie »Gegen französischen Akzent und ein Diplom im Herzchenluftballons-steigen-Lassen kann ein gewöhnlicher britischer Zahnarzt natürlich nicht anstinken« und »Wer zu spät kommt, den bestraft das Leben«.

Trotzdem schien er sich Florence' Rat, um Lottie zu kämpfen, zu Herzen genommen zu haben, denn als sie endlich nach Hause kam, wohlbehalten und sichtlich bester Laune, setzte er zu unser aller Erstaunen ein breites, lässiges Lächeln auf und sagte, dass sie einfach großartig aussehe (was sie auch tat mit ihren rosigen Wangen und den glänzenden Augen). Und ob sie vielleicht Lust habe, ihn am Mittwoch zu einer Filmpremiere zu begleiten. Der prominente Nebendarsteller hatte Charles nämlich sein neues, blendendes Lächeln zu verdanken. Lottie nahm die Einladung mit einem nonchalanten Lächeln an.

Mia und ich konnten über sie nur noch staunen. Es war eine ganz neue Lottie, die wir da kennenlernten, und die neue Lottie schien sich in ihrer neuen Rolle als Vamp mit einem Mann an jedem Finger (oder in ihrem Fall an jeder Hand) sehr zu gefallen. Ihr einziges Problem war, dass sie für die Filmpremiere nichts zum Anziehen hatte.

»Männer wollen es nicht anders«, erklärte sie uns am Nachmittag, als wir zusammen mit Florence, die wie immer um diese Uhrzeit zuverlässig in der Küche aufgetaucht war, am Tisch saßen und die noch warmen Scones mit Clotted Cream bestrichen. »Wenn man ihnen zeigt, wie sehr man sie mag, sind sie hoffnungslos überfordert. Man darf ihnen niemals sein Herz auf dem Silbertablett servieren.«

»Ganz genau«, stimmte Florence zu. »Es ist schrecklich klischeehaft, aber Männer brauchen immer eine sportliche Herausforderung. Wenn man es ihnen zu leicht macht, verlieren sie sofort das Interesse.«

»Heißt das, wenn ich Gil Walker, dem Stalker ein Liebesgedicht schreibe, lässt er mich in Ruhe?«, fragte Mia.

»Nein, der nicht«, sagte ich. »Und lass dir von Florence und Lottie nichts einreden, die sind nur vorübergehend ein wenig äh … desillusioniert – so schlicht sind Männer gar nicht gestrickt.«

»Jedenfalls bestimmt nicht alle«, lenkte Lottie sofort ein (da war sie für einen Moment doch wieder ganz die alte Lottie), während Florence nur schnaubte. »Du darfst dir ruhig weiterhin deinen Sinn für Romantik wahren, Mialein.«

Das – Mia und Sinn für Romantik! – war so lustig, dass wir alle in Gelächter ausbrachen, und Mia verschluckte sich fast an ihrem Scone.

Als sie wieder sprechen konnte, sagte sie: »Charles oder Pascal – mir ist es egal, wen von beiden du am Ende nimmst, Lottie. Hauptsache, du bleibst bei uns in London.«

Aber da wurde Lottie ganz ernst. »Ich werde so oder so zurück nach Deutschland gehen, Herzchen«, sagte sie. »Es wird Zeit für mich, auf eigenen Füßen zu stehen, unabhängig von euch und unabhängig von einem Mann.«

»Aber das kannst du auch hier«, jammerte Mia. »Dafür musst du doch nicht fortziehen!«

Lottie seufzte. »In Oberstdorf habe ich erst mal einen Job, mit dem ich mich über Wasser halten kann. Ob ich da für immer bleiben werde, bezweifle ich. Aber vorerst werde ich versuchen, dort Fuß zu fassen.« Sie reichte Mia, die sie mit traurig vorgeschobener Unterlippe ansah, die Marmelade. »Es ist sehr hübsch dort, Berge, Kühe, Seen – ihr werdet es mögen, wenn ihr mich besuchen kommt. Und noch ist es ja nicht so weit, noch bin ich hier«, fügte sie hinzu. »Ich werde aus jedem Tag das Beste machen!«

»Das ist die richtige Einstellung«, sagte Florence, und Lottie strahlte sie an.

»Jawohl, die Zeiten ändern sich und wir uns mit ihnen«, sagte sie enthusiastisch. Florence musterte Lottie mit schiefgelegtem Kopf. »Mein grünes Kleid könnte dir passen. Falls du es dir für diese Filmpremiere leihen möchtest …?«

Mia und ich tauschten einen Blick. Die Zeiten änderten sich wirklich, wenn Florence und Lottie jetzt auch noch Freundinnen wurden und untereinander ihre Kleider tauschten. Da konnte man sich wirklich fragen, was als Nächstes passieren würde.

Um darüber allerdings noch lange nachzugrübeln, war ich einfach zu müde. Und statt auf Grayson zu warten, wie ich es eigentlich vorgehabt hatte, entschloss ich mich an diesem Abend, früh ins Bett zu gehen. Nur weil ich darin mittlerweile eine erschreckende Routine besaß, schaffte ich es überhaupt noch, mir diverse Utensilien, darunter auch »Hotel

New Hampshire« an den Körper zu schnallen, zu binden und zu klemmen, bevor mir die Augen zufielen. Mein letzter bewusster Gedanke war, dass Anabel und Henry bestimmt noch lange nicht schlafen gehen würden. Vielleicht könnte ich es bis dahin unbeobachtet zu Matts Tür schaffen. Einfach nur so. Um zu sehen, was dann passierte.

Aber wie so oft, wenn mein Körper Schlaf nachzuholen hatte, fiel ich zunächst in einen langen Tiefschlaf, und als ich endlich zu träumen begann, merkte ich sofort, dass etwas nicht stimmte.

Von meiner grünen Eidechsentraumtür war nichts zu sehen. Stattdessen ragten zu meiner Rechten die Pfeiler einer antik anmutenden Seebrücke aus dem Sand, die weit hinaus ins Wasser führte, hinter mir erhob sich eine Kaimauer, daneben Felsen, die eine Bucht abschlossen, und weiter hinten erkannte ich Bäume und Häuser. Der Anblick war mir durchaus vertraut: Es war exakt der kleine, von der Abendsonne beschienene Strandabschnitt, den Henry und ich gestern Nacht entdeckt hatten. Genau hier hatten wir gestanden und aufs Meer geschaut, als der Lärm im Flur mich geweckt hatte.

Ganz zweifellos war das hier der Traum der verstorbenen Muriel Honeycutt, und ich hatte keine Ahnung, warum ich hier gelandet war.

Ich war schon öfter aufgewacht, während ich mich im Traum eines anderen aufgehalten hatte, aber nach dem nächsten Einschlafen hatte ich mich immer in meinen eigenen Träumen wiedergefunden. Bis heute.

Dass ich in einem fremden Traum gelandet war, noch dazu dem von einer Toten, fand ich schon beunruhigend genug, doch das eigentlich Schlimme wartete noch auf mich: Es gab keinen Weg hinaus.

Dieser Erkenntnis musste ich mich eine Stunde später, als ich mich erschöpft in den Sand fallen ließ, wohl oder übel stellen.

Die Tür zum Korridor, durch die Henry und ich hier hineingelangt waren, war spurlos verschwunden. Gestern war sie in der Kaimauer eingebettet gewesen, aber jetzt war sie nirgendwo zu sehen, egal, wie verzweifelt ich nach ihr suchte.

In der letzten Stunde hatte ich alles versucht, was mir eingefallen war. Ich war in jede Richtung gelaufen, in jedem nur erdenklichen Tempo, um mich nach wenigen Metern exakt an der Stelle wiederzufinden, von der ich losgegangen war. Ich hatte mich in eine Möwe verwandelt, ich war aufs Meer hinausgeschwommen, ich hatte Steine geworfen, und ich hatte laut um Hilfe gerufen. Aber nichts von alledem hatte irgendetwas geändert. Die Wellen schwappten weiterhin träge auf den Sand, bis auf das sanfte Plätschern und die Schreie der Möwen, die immer dieselben Bahnen zogen, war nichts zu hören. Die Sonne war auch noch um keinen Zentimeter tiefer gesunken. Die Zeit schien wie festgefroren, und die Tür war und blieb verschwunden.

Langsam, aber sicher sickerte in meinen Verstand ein, dass ich wirklich gefangen war. Gefangen im Traum einer Frau, die vor annähernd vierzig Jahren gestorben war.

Ich streckte mich im Sand aus und starrte ratlos in den Himmel hinauf.

Der einzige Weg hinaus, der mir jetzt noch einfiel, war aufzuwachen.

Was glücklicherweise problemlos gelang. Als ich mich in meinem Bett aufsetzte, war ich erst einmal von Dankbarkeit erfüllt. Mittlerweile hatte ich mir schon ausgemalt, wie es wohl sein würde, für immer in Muriels Sonnenuntergangstraum festzustecken. Immer nur Sand unter den Füßen und bis auf ein paar Möwen keine Gesellschaft – das konnte doch kein Mensch auf Dauer aushalten.

Ich stand auf und ging aufs Klo. Auf dem Rückweg überprüfte ich, ob im Haus alles ruhig war. Alle, bis auf Spot, schliefen friedlich, und nachdem ich den Kater zur Haustür rausgelassen hatte, legte ich mich beruhigt wieder ins Bett und schlief fast sofort ein.

Nur, um mich erneut an Muriels Strand wiederzufinden.

Diesmal machte ich erst gar keine Anstalten, nach der Tür zu suchen. Ich ließ mich gleich in den Sand sinken, schlang die Arme um meine Knie und versuchte ruhig zu bleiben. Dieses ewige Sonnenuntergangsszenario erschien mir nicht länger friedlich und stimmungsvoll, sondern auf eine bedrückende Art bedrohlich. Ich hätte niemals gedacht, dass ich den Korridor mit all seinen Gefahren einmal so vermissen würde.

Warum hatte ich Grayson nicht geweckt, als ich eben meinen Kopf in sein Zimmer gesteckt hatte, um nach dem Rechten zu sehen? Ich hatte es nicht über mich gebracht, weil er so friedlich auf seinem Kissen lag, eine Hand unter die Wange geschoben, aber jetzt ärgerte ich mich darüber. Ich hätte jemanden informieren müssen, dass ich hier festsaß. Am besten sollte ich einfach noch einmal aufwachen und …

»Hier bist du also!«, sagte jemand direkt hinter mir.

Ich stieß mir das Kinn gegen das Knie, so sehr erschrak ich mich, in der Stille plötzlich eine Stimme zu hören. Doch es war nur Henry, der breit auf mich herablächelte.

»Entschuldige, dass ich jetzt erst komme«, sagte er und hielt mir die Hand hin, um mich hochzuziehen. Selten hatte sein Anblick mich glücklicher gemacht, seine klugen grauen Augen, die Kringel um seine Mundwinkel und die Haare, die so verwuschelt waren, als wäre er durch einen Tornado hierherspaziert. Trotzdem nahm ich mir nur zwei Sekunden Zeit, ihn entzückt anzulächeln, dann drehte ich mich um.

Gott sei Dank! Muriels gelbe Tür leuchtete an der Kaimauer, als wäre sie nie weg gewesen, und ich fühlte, wie mir ein riesiger Stein vom Herzen fiel. Es gab sie also noch. Und ich konnte endlich hier raus.

Oder?

»Ich hab zu spät geschaltet, dass du auch hier eingesperrt sein würdest«, sagte Henry.

»Wieso *auch*?« Ich klopfte mir den Sand von der Jeans. Jetzt, wo Henry hier war – und noch viel wichtiger: diese Tür! –, war ich entspannt genug, um schnell dafür zu sorgen, dass sie auch perfekt saß.

»Na, ich bin nach dem Einschlafen ebenfalls hier gelandet.« Henry sah aus, als würde ihn das ungemein freuen. Er wirkte richtig aufgekratzt. »Genau wie du bin ich gestern aufgewacht, während ich mich noch in Muriels Traum umgeschaut habe. Ich habe gar nicht damit gerechnet, dass ich heute Nacht wieder hier landen könnte. Du hättest mal mein dummes Gesicht sehen sollen. Glücklicherweise hatte ich aber, vorausschauend, wie ich bin, das Taufkettchen umgebunden, weshalb ich durch die Tür nach draußen spazieren konnte.« Er betrachtete mich aufmerksam. »Du offensichtlich nicht.«

Ich schüttelte den Kopf. »Bei mir war nicht mal eine Tür da. Und es gab absolut kein Rauskommen – ich hab alles versucht, glaub mir. Das Einzige, das funktioniert hat, war aufzuwachen. Aber nach dem Einschlafen war ich wieder hier.«

Das schien Henry noch mehr zu freuen. »Weißt du, was das bedeutet?«, fragte er.

»Dass ich jetzt jede Nacht am Strand verbringen muss?«, fragte ich zurück.

»Nein, musst du nicht«, beruhigte er mich. »Wenn du hier erst mal raus bist, wird alles wieder ganz normal sein, ich hab das vorhin ausprobiert.«

»Du hast ja auch das Taufkettchen«, sagte ich und rüttelte nervös an der Tür. »Ich würde das lieber selber ausprobieren.«

Henry griff an mir vorbei, drückte die Klinke herunter und öffnete die Tür. »Bitte schön!« Er deutete in den Korridor hinaus.

»Danke schön.« Ich stieß einen tiefen Seufzer der Erleichterung aus, als ich im Gang stand und Henry die gelbe Tür hinter uns ins Schloss zog. »Wenn du mich fragst: Sonnenuntergänge sind wirklich überschätzt.«

21.

»Verdammt, dafei fimd wir fo kurf davor, Anabel fu unf inf Boot fu holen«, sagte Grayson mit vollem Mund. »Diefe Feifflange hätte unf wenigfenf noch ein biffen Feit verfaffen können.«

»Verzeihung, aber ich verstehe leider kein Fresssäckisch«, sagte ich und zog Grayson den Teller mit Lotties Lauch-Speck-Törtchen unter der Nase weg. Grayson grunzte protestierend.

Es war Dienstagabend, und er, Henry und ich hatten uns auf seinen Vorschlag hin ausnahmsweise einmal in der Realität zu einer Krisensitzung getroffen und nicht in Mrs Honeycutts Traum. Ich hatte nichts dagegen gehabt, ich brauchte wirklich auch mal eine Pause von nächtlichen Zusammenkünften. Hier konnte sich niemand in Luft auflösen, und man wurde auch nicht von Blümchenkissenmördern belästigt, die aus unsichtbaren Tapetentüren traten, wenn man sie gerade am wenigsten gebrauchen konnte. Allerdings gab es hier reichlich wohlschmeckende Nahrungsmittel, und weil Grayson wegen seines Rechercheausflugs das Abendessen verpasst hatte, stopfte er sich bereits seit einer Viertelstunde mit allem voll, was er im Kühlschrank hatte finden können.

»Kein Törtchen mehr, bis wir wissen, was du herausgefunden hast«, befahl ich streng. »Und bitte sag, dass es etwas ist, mit dem wir Arthur aufhalten können.«

»Ja, das wäre gut.« Henry ließ einen Minibasketball auf seiner Fingerspitze rotieren. Den ganzen Abend war er für seine Verhältnisse übermäßig nervös gewesen. »Arthur …«, er räusperte sich. »Er hat eindeutig etwas vor. Und ich gebe es ungern zu, aber es läuft mir eiskalt den Rücken runter, wenn ich nur an ihn denke.«

Arthur war an diesem Tag tatsächlich wieder in der Schule gewesen und hatte sich mit seinem bandagierten Arm wie ein heimkehrender Kriegsheld feiern lassen. Was er in den Augen der anderen offenbar auch war. Immerhin hatte er Persephones Amoklauf unterbrochen und danach den Biss einer gefährlichen Giftschlange überlebt – mittlerweile hielten ihn alle für den mutigsten Menschen der Welt. Sie taten geradezu so, als habe er sich aufopfernd vor die Schlange geworfen, um die gesamte Schülerschaft der Frognal Academy vor dem sicheren Tode zu retten.

Viele Mädchen, vor allem von den jüngeren, waren ja vorher schon immer einer Ohnmacht nahe gewesen, wenn Arthur in ihre Nähe gekommen war, aber seit diesem Wochenende gab es einen offiziellen Arthur-Hamilton-Fanclub mit einer eigenen Internetseite und Arthur-Sammelkarten zum Ausdrucken. Persephone war garantiert bereits heimlich Mitglied geworden.

Ich hatte Arthur an diesem Tag nur einmal zu Gesicht bekommen, und da war er von Mädchen umlagert gewesen, die ein Autogramm für ihre Sammelkarten wollten. Er wirkte nicht gerade begeistert, eher so, als fände er das alles schrecklich lästig, aber meine Schadenfreude deswegen währte nur kurz. Genauer gesagt, bis vor meinem inneren Auge ein Horrorszenario entstand, in dem ich vierzig kichernde Sammelkarten-Mädchen-Zombies auf mich zustürzen und mich in Stücke reißen sah. Das würde Arthur garantiert gefallen.

Bei allem Stress mit seiner eigenen Heldenverehrung hatte er es dennoch irgendwie geschafft, Henry und Grayson allein zu erwischen.

Ich ärgerte mich, dass ich bei dem Gespräch nicht dabei gewesen war, zumal die beiden mir auswichen, was den genauen Wortlaut anging.

»Das Übliche eben, er könne jederzeit schreckliche Dinge passieren lassen und würde auch seine ehemals besten Freunde nicht verschonen, blablabla«, hatte Grayson auf meine Nachfrage nur gesagt.

Je länger der Abend voranschritt, desto sicherer war ich allerdings, dass sie mir die Einzelheiten mit Absicht verschwiegen, vermutlich, weil mein Name vorgekommen war, verknüpft mit einer besonders grausamen Todesart. Oder es war etwas anderes. Aber selbst wenn sie sich bemühten, so lässig wie sonst zu sein: Was immer Arthur zu ihnen gesagt hatte, hatte Henry und Grayson eindeutig Angst eingejagt.

»Ich bin in Sachen Dämon ein großes Stück weitergekommen.« Ohne Törtchen konnten wir Grayson endlich verstehen, als er zu einem neuen Versuch ansetzte, uns über die neusten Ergebnisse seiner Recherchen aufzuklären.

Als Erstes hielt er die Tüte mit den Federn in die Höhe. »Marabu. Flaumfedern, schwarz gefärbt. Kosten im Bastelbedarf fünfundzwanzig Pfund pro hundert Gramm, im Großhandel entsprechend weniger. Aber hundert Gramm Federn sind schon eine ganze Menge, kann ich euch sagen.«

Marabu, aha. Gut, das erklärte zwar nicht, wie die verdammten Dinger in Graysons Zimmer gelangt waren, aber es war schon mal beruhigend zu wissen, dass sie nicht direkt aus der Zwischenwelt zu uns gepustet worden waren. Dämonen, die die Federn für ihre gruseligen Schwingen in einem Bastelladen kaufen mussten, konnte man nicht wirklich ernst nehmen.

Und das war nicht das Einzige, das Grayson herausgefunden hatte.

»Ich will euch nicht mit Details langweilen, aber wie es aussieht, habe ich morgen ein Date mit BloodySword66«, sagte er und freute sich sichtlich, als er unsere Münder aufklappen sah. »Keine Sorge, das ist nicht gefährlich. Der Typ arbeitet als Altenpfleger in einem Wohnheim in Islington, und am Telefon klang er sehr nett.«

»Was um Himmels willen hast du ihm erzählt, dass er mit einem Treffen einverstanden war?« Ich starrte Grayson an.

»Wie gesagt, ich will euch nicht mit Details langweilen.« Grayson lächelte aufreizend bescheiden. »Ich kann nur wiederholen, dass man mit etwas psychologischem Einfühlungsvermögen bei Menschen eine Menge erreichen kann, ohne dafür in ihre Träume eindringen zu müssen.« Er machte eine kleine Pause, dann seufzte er und sagte: »Na ja, oder ich hatte einfach Glück. Manchmal ist es auch von Vorteil, wenn man einen lebensgroßen Battle-Droid-Roboter aus Star Wars Episode I besitzt ... Egal, morgen kann ich euch hoffentlich berichten, wie der Roman von BloodySword66 mit Anabels Dämon in Verbindung steht. Der echte Name des Typs ist übrigens Harry Triggs, und er stammt aus – tadaaaa! – Liverpool.«

»Wie der Dachdecker, der die Sekte gegründet hat.« Das hörte sich doch gut an. Wenigstens eine Sache, in die Bewegung kam.

Aber Henry war weniger optimistisch. »Ich habe Angst, dass es für Anabel längst zu spät ist«, sagte er und legte die Stirn in Falten. »Wir sollten uns besser darauf einstellen, es ohne ihre Unterstützung mit Arthur aufzunehmen. Weil er den Schlangenbiss überlebt hat, ist sie überzeugt, dass der Dämon ihm verziehen hat – und ich fürchte, wir sind die Nächsten, die sie diesbezüglich auf die Probe stellen wird.«

»Glaubst du denn immer noch, dass es Anabel war, die Arthur die Schlange in den Spind gelegt hat?«, fragte ich.

Henry hob die Schultern. »Wer soll es denn sonst gewesen sein? Ich kenne sonst niemanden, der verrückt genug für so eine Aktion wäre.«

Da hatte er allerdings recht.

»Solange sie denkt, dass der Dämon uns bestrafen möchte, ist Anabel für uns genauso gefährlich wie Arthur«, fuhr Henry düster fort. »Wer weiß schon, was die Stimmen in ihrem Kopf ihr als Nächstes einflüstern werden.«

»Hoffentlich nichts mit Schlangen«, murmelte ich.

»Aber wir brauchen Anabel«, sagte Grayson. »Und ich bin sicher, wenn sie begreift, dass diese ganze Dämonenscheiße auf einer riesengroßen Lüge beruht …«

Henry ließ ihn nicht ausreden. »Ich weiß, du glaubst immer noch an Anabels gesunden Menschenverstand und daran, dass sie auf der Stelle von ihren Wahnvorstellungen befreit ist, wenn du ihr mit handfesten Beweisen kommst. *Ich* glaube das nicht.« Er schaute auf seine Schuhspitzen, als er mit leiser Stimme weitersprach. »Ich sehe sie immer noch vor mir in dieser Gruft auf dem Friedhof, mit dem Dolch in der Hand, als sie im Begriff war, Liv die Schlagader aufzuschlitzen …« Einen Moment schwieg er, dann hob er den Kopf und sah Grayson fest ins Gesicht. »Was Anabel im Traum macht, ist mir vergleichsweise egal, aber ich würde mich bedeutend sicherer fühlen, wenn sie wieder in der Psychiatrie wäre.«

Grayson schüttelte den Kopf. »Jetzt bin ich schon so weit gekommen, jetzt werde ich nicht aufgeben.«

»Aber was, wenn man Anabel gar nicht heilen kann?«

Henry verschränkte seine Arme vor der Brust, und zum ersten Mal wurde mir klar, dass es Grayson bei der ganzen Aktion gar nicht so sehr um Anabels Unterstützung gegen Arthur ging, sondern vielmehr darum, sie vor sich selber zu retten. Henry, der Grayson viel besser kannte als ich, hatte das längst durchschaut.

Eine Weile sahen die beiden einander schweigend in die Augen.

»Ich finde, einen Versuch ist es wert«, sagte Grayson dann. »Außerdem ist es das Einzige, das ich tun kann. Ihr könnt gerne einen Plan B austüfteln. Damit Plan C nicht in Kraft treten muss.«

»Was ist denn Plan C?«, wollte ich wissen.

Henry und Grayson tauschten einen kurzen Blick.

»Plan C ist, Arthur zu erledigen, bevor er uns erledigt«, sagte Grayson dann vage, und Henry ließ ein kleines Knurren hören.

Ich schaute vom einen zum anderen. Irgendwas verschwiegen sie mir doch.

»Was hat der verdammte Arthur denn nun wirklich gesagt?«, versuchte ich es ein letztes Mal, als Henry sich später von mir an der Tür verabschiedete. Ich musste es in sein Ohr flüstern, weil Florence nur zwei Meter weiter etwas im Wandschrank suchte, etwas, das sich offensichtlich gut versteckt hatte. »Ihr müsst mich echt nicht schonen, falls ihr das meint.«

»Nein, ich weiß, du hast Nerven wie Drahtseile.« Henry küsste mich, was Florence prompt mit einem Räuspern quittierte, obwohl sie doch eigentlich in den Wandschrank guckte.

»Dieser blöde Arthur verdirbt uns die ganze Stimmung – können wir nicht einfach mal über was anderes reden? Über nächsten Samstag, zum Beispiel?«, flüsterte Henry. »Wenn ich meine Mutter, Milo und Amy zum Flughafen gebracht habe, gehört das Haus uns.« Sein Atem kitzelte die Haut hinter meinem Ohr. »Ich kann dir gar nicht sagen, wie sehr ich mich darauf freue. Und dann, das schwöre ich dir, werde ich dafür sorgen, dass du Arthur und den ganzen Mist vergisst.«

Ja, das würde ich garantiert, wenn mein ganzes Lügengebäude über mir zusammenstürzen würde. Henry merkte nicht, wie ich mich in seinen Armen versteifte, weil Florence in diesem Augenblick triumphierend ein Duftsäckchen in die Luft hielt und »Wusste ich es doch!« rief. Auf Henrys fragenden Blick hin setzte sie zu einer Erklärung an, aber um ehrlich zu sein, hörte ich kein einziges Wort davon, so sehr war ich damit beschäftigt, mich vor Samstag zu fürchten. (Weshalb ich bis heute nicht weiß, was es mit diesem Duftsäckchen auf sich hatte.) Henry küsste mich zum Abschied und ließ mich schockstarr im Hausflur zurück, wo mir einmal mehr klar wurde, dass es nur eine Möglichkeit gab: Heute Nacht musste ich es noch einmal mit Matt versuchen, und dieses Mal würde ich meinem Unterbewusstsein nicht erlauben, mich mit fleischwurstfarbenen Horrordessous zu panzern. Dieses Mal musste ich die Sache durchziehen.

Verrückterweise träumte Matt vom Fliegen, als ich seinen Traum betrat. Es war allerdings kein Flugsimulator, in den ich mich geschlichen hatte, sondern die Kabine eines vollbesetzten Airbusses, mit zehn Plätzen pro Reihe, jeweils drei an den Fenstern und vier in der Mitte. Ein Blick nach draußen und das leise Dröhnen verrieten mir, dass wir uns in der Luft befanden, weit über den Wolken. Und Matt war auch kein Pilot, sondern offensichtlich Passagier. Ich entdeckte ihn weiter vorne an einem Platz am Gang, wo er (dieses Mal in lässigem Freizeitlook und mit einem mindestens eine Woche alten Bart) in einer Zeitung herumkritzelte. Seine rote Traumtür hatte sich direkt neben der Toilettentür platziert, wo sie sich trotz der auffälligen Farbe recht dezent einfügte. Zumindest wenn man sie wie Matt nicht direkt im Blick hatte.

Um mir ein erstes Bild von der Art dieses Traums zu machen, ließ ich eine dicke Frau auf dem Sitz am Gang in der Mittelreihe schräg hinter Matt verschwinden und setzte mich unauffällig an ihre Stelle. Aha. Matt träumte also, dass er im Flugzeug saß und ein Kreuzworträtsel löste. Nun, warum nicht? Ich hatte schon mal die ganze Nacht geträumt, wie ich ein Bücherregal einräumte. Im Prinzip waren das hier doch keine schlechten Grundvoraussetzungen, auch wenn mein erstes Mal nicht unbedingt in einem vollbesetzten Flugzeug stattfinden sollte. Aber die Location konnte man ja immer noch ändern, sobald Matt angebissen hatte. Am besten wäre es vielleicht, wenn ich mich in die Uniform einer Stewardess warf und ihm ungefragt ein Glas Champagner servierte, das war zwar extrem klischeehaft, aber im Traum würde Matt das sicher nicht weiter stören.

Weil gerade eine Stewardess mit einem Servierwagen den Gang hinunterkam und Matt den Blick immer noch konzentriert auf die Zeitschrift gerichtet hielt, überlegte ich nicht lange. Es dauerte nur eine Sekunde, dann war ich es, die den Wagen schob, und ich war ein bisschen stolz auf mich, dass niemand den Austausch bemerkt hatte. Dabei sah ich eindeutig besser aus als die Stewardess, die ich hatte verschwinden lassen. Nicht nur, dass ich schätzungsweise vier Kilo weniger Make-up aufgelegt hatte, ich hatte auch die Uniform ein wenig modifiziert. Sie war jetzt kürzer, tiefer ausgeschnitten und enger anliegend – wenn schon Klischee, dann bitte richtig. Den Inhalt des Servierwagens hatte ich durch einen Eiskübel mit Champagner erweitert, der sonst nur den Fluggästen in der Businessclass vorbehalten war, und bevor ich neben Matt stehen blieb und mich zu ihm hinunterbeugte, schaute ich mir selber in den Ausschnitt, um zu kontrollieren, dass dort ein dunkelblauer Spitzen-BH herausblitzte und nicht etwa Panzerunterwäsche Marke Wurst.

»Ein Glas Champagner für Sie, Sir?«, flötete ich und setzte mein allercharmantestes Lächeln auf. »Oder vielleicht etwas von unserer exquisiten Whisky-Kollektion?«, fügte ich hinzu, als er nicht sofort antwortete. »Wir hätten hier einen fünfundzwanzig Jahre alten, im Fass der Silbereiche gereiften ... Huch!«

Matt hatte mich am Handgelenk gepackt und auf den freien Sitz neben ihm gezogen. Er legte mir einen Finger auf den Mund. »Pssst, sagen Sie nichts, lassen Sie sich nichts anmerken, sondern hören Sie mir einfach nur zu. Es geht um Leben und Tod.«

Ich starrte ihn mit weitaufgerissenen Augen an. Offensichtlich erkannte er mich gar nicht.

»In diesem Flugzeug befinden sich Terroristen«, fuhr er flüsternd fort. »Sie sind bewaffnet und vermutlich im Besitz von Sprengsätzen.«

»Aber das ist ausgeschlossen«, flüsterte ich zurück und vergaß für eine Sekunde, dass ich überhaupt keine Flugbegleiterin war. »Unsere Sicherheitskontrollen sind sehr streng, und ...«

Matt schüttelte unwillig den Kopf. »Sicherheitspersonal kann man kaufen, und für solche Diskussionen ist es längst zu spät. Hier!« Er riss ein Blatt aus seiner Zeitschrift, und ich erkannte, dass er gar kein Kreuzworträtsel gelöst hatte, sondern Zahlen und Buchstaben notiert hatte. »Das hier sind die Nummern der Sitzplätze, auf denen die Terroristen sitzen, die ich bisher ausmachen konnte. Sechs in dieser Kabine. Es ist aber anzunehmen, dass sich auch im oberen Deck noch Männer befinden. Ihre Aufgabe ist es, den Kapitän zu informieren. Ich hoffe sehr, es ist mehr als ein Sky-Marshall an Bord.«

»Äh …« Ein wenig überfordert nahm ich das Blatt entgegen und rollte es zusammen. In dieser Art Traum kannte ich mich nicht so gut aus. Bei Spielfilmen, in denen Terroristen ein Flugzeug entführten, schlief ich entweder ein oder schaltete um. Ich wusste aber, dass es meistens nicht der Sky-Marshall war, der am Ende alle rettete (oder wenigstens alle, die bis zum Ende überlebt hatten), sondern ein tapferer Zivilist, Polizist im Ruhestand oder frisch traumatisierter Ex-FBI-Agent, der nur zufällig im Flugzeug saß. Meistens gab es auch noch eine couragierte Stewardess, die aber nicht selten dran glauben musste und entweder in hohem Bogen aus dem Flugzeug geschleudert wurde oder an einer Schusswunde verblutete. Vielleicht sollte ich mich besser in die schwangere Frau verwandeln, die während des Films garantiert vorzeitige Wehen erlitt und mitten im größten Chaos ihr Kind bekam – die überlebte doch meistens …

»Worauf warten Sie?« Matt sah mich ungeduldig an. »Der Kapitän soll Hilfe anfordern. Und ich brauche etwas, das ich als Waffe benutzen kann.« Er griff sich eine Whiskyflasche aus meinem Servierwagen.

Ich stand auf und lächelte möglichst unbefangen über die

Sitzreihen hinweg. Hm, der Typ da auf 64d sah wirklich verdächtig aus.

»Okay«, murmelte ich, während ich darüber nachgrübelte, wie ich dem Traum eine neue Wendung geben konnte, weg vom Katastrophen-Thriller hin zum Liebesdrama. Oder von mir aus auch zur Liebeskomödie. »Eine Sache noch: Wer sind Sie, und warum wissen Sie das alles?«

»Das spielt keine Rolle«, sagte Matt unwirsch. »Wichtig ist nur eins: Dass wir lebend hier rauskommen.«

»Das könnte schwierig werden«, mischte sich der Fluggast vom Sitz hinter Matt ein, und mir blieb beinahe das Herz stehen, als ich Henry erkannte. Vorhin war er ganz sicher noch nicht da gewesen, an seiner Stelle hatte ein kleiner Junge gesessen, der sich mit M&Ms vollgestopft hatte … aaaaaargh!

»Verhalten Sie sich ruhig«, wies Matt Henry zurecht. »Sie gefährden sonst die ganze Aktion.«

»Sie verstehen nicht«, sagte Henry und zwinkerte mir zu. Er sah so verdammt gut aus, dass er – wäre das hier wirklich ein Film – unter Garantie die Hauptrolle bekommen hätte. »Unsere Liv hier in diesem wahnsinnig sexy Kostümchen ist in Wirklichkeit eine Undercover-Agentin vom MI6, und ich bin ihr Kollege. Sie sind also nicht allein.«

In der Zwischenzeit hatte ich mich zwar noch nicht von meinem Schreck erholt, war aber immerhin wieder in der Lage zu atmen. Fieberhaft überlegte ich, wie ich aus der

Nummer wieder herauskommen konnte, ohne mich zu verraten. Das Wichtigste war, Ruhe zu bewahren. Henry konnte nicht mit Sicherheit wissen, dass ich es war – es war genauso gut möglich, dass Matt nur von mir träumte. Also starrte ich ihn stirnrunzelnd an. »Was reden Sie denn da? Mein Name ist Marianne Dashwood, und ich bin keine Agentin. Und Sie sind offensichtlich geistesgestört.«

»Lassen Sie das Mädchen zum Kapitän gehen«, zischte Matt. »Wir wissen nicht, wie viel Zeit wir noch haben.«

»Liv, Marianne Dashwood ist eine Figur aus einem Jane-Austen-Roman.« Henry stand auf und schaute mir direkt ins Gesicht. Ich war froh, dass der Servierwagen zwischen uns stand. Und ich ärgerte mich, dass ich mir nicht geistesgegenwärtig einen Leberfleck an der Wange hatte wachsen lassen oder eine Zahnlücke generiert – solche Kleinigkeiten veränderten einen schon ungemein, ich hätte gleich viel weniger wie ich selber ausgesehen.

»Was sind Sie denn für ein kranker Typ?« Den Namen konnte Matts Unterbewusstsein ja wohl genauso gut erfunden haben, also setzte ich eine möglichst hochnäsige Miene auf. »Ich kenne überhaupt keine Jenny Auster, und jetzt lassen Sie mich gefälligst ins Cockpit gehen!« Ich drehte mich auf dem Absatz um und stöckelte durch den Gang davon. Den Servierwagen ließ ich als Barriere vor Henry stehen. Er folgte mir trotzdem.

»Liv, jetzt warte doch mal!«

»Hören Sie auf, mich so zu nennen!« Verdammt! Was konnte ich denn tun, um ihn davon zu überzeugen, dass nicht ich es war, die er vor sich hatte, sondern lediglich eine Traum-Liv, die Matt in diese peinliche Verführer-Uniform gesteckt hatte?

Die einzige Lösung, die mir auf die Schnelle einfiel, war Ablenkung. Mein erster Gedanke war, ein Loch in die Bordwand zu sprengen, aber ich befürchtete, dass das Folgeszenario meine Vorstellungskraft locker überschreiten würde (hätte ich doch bei besagten Filmen besser aufgepasst!), also tat ich das Nächstbeste. Ich blieb stehen und zeigte mit erschrocken aufgerissenen Augen auf irgendeinen Passagier.

»Er hat eine Bombe!«, rief ich, so laut ich konnte, und netterweise fingen ein paar Leute sofort zu kreischen an und sprangen von ihren Sitzen hoch, auch der arme Mann, auf den ich gezeigt hatte. Wer noch nicht panisch reagierte, tat es spätestens, als zwei Sekunden später die Sauerstoffmasken aus den Deckenklappen fielen. Auch Henry wandte kurz den Blick von mir, und ich nutzte den Moment, um mich auf einen leeren Sitz an der Seite fallen zu lassen, wo ich mich blitzschnell in meine Großtante Gertrude verwandelte, mit Perlenohrringen, giftgrünem Lidstrich und Queen-Elisabeth-II-Gedächtnisfrisur.

Henry sah sich suchend um und drängte dann weiter nach vorne.

Großtante Gertrude hingegen walzte gnadenlos durch die

Mittelreihe (es hatte durchaus Vorteile, hundert Kilo zu wiegen, wie ich feststellen musste) Richtung Toiletten. Kurz bevor ich die rote Tür erreichte, schaute ich mich noch einmal um. Von Henry keine Spur. Dafür sah ich Matt, der auf seinen Sitz geklettert war und »Ruhe! Bewahren Sie Ruhe!« brüllte. Vermutlich war es nicht besonders hilfreich, dass er den scharfen Flaschenhals einer abgebrochenen Whiskyflasche in die Höhe hielt. Aber es war die perfekte Ablenkung. Hastig riss ich die Tür auf, schlüpfte hinaus in den Korridor und warf die Tür hinter mir ins Schloss.

So schnell ich konnte, watschelte ich – beziehungsweise ich in Großtante Gertrudes Körper – um die nächste Ecke, wo ich mich mit dem Rücken an die Wand fallen ließ. Verdammter Mist! Das war wirklich knapp gewesen.

Was zur Hölle hatte Henry in Matts Traum zu suchen gehabt? War er mir etwa dorthin gefolgt? Während ich langsam an der Wand hinab auf den Boden sank, verwandelte ich mich in mich selber zurück und vergrub mein Gesicht in den Händen. Hatte ich wirklich gedacht, ich könnte es nicht noch schlimmer machen? Tja, da hatte ich mich wohl getäuscht. Meine einzige Hoffnung war, dass Henry nicht …

»Netter Versuch«, sagte er, und damit war meine einzige Hoffnung auch dahin. Ich fragte gar nicht erst, wie er es geschafft hatte, aus dem Nichts neben mir aufzutauchen. Weil ich keinerlei Anstalten machte aufzustehen, setzte er sich neben mich.

»Hi«, flüsterte ich.

»Hi.« Der Ausdruck auf seinem Gesicht war schwer zu deuten – auch wenn er lächelte, sah er alles andere als amüsiert aus. Seine grauen Augen musterten mich von Kopf bis Fuß. Beim Zurückverwandeln hatte ich nicht besonders viel Wert auf das Styling gelegt, deshalb trug ich dasselbe wie gestern Abend, Jeans und ein weißes Statement-T-Shirt, das Mum neulich aussortiert und das ich mir unter den Nagel gerissen hatte. »Feminism is not a dirty word« stand darauf.

Natürlich blieb Henrys Blick daran hängen. »Interessant. Vor allem von jemandem, der gerade noch in einer Stewardessuniform gesteckt hat, die jedem Pornofilm zur Ehre gereicht hätte.«

»Da kenne ich mich leider nicht so gut aus. Aber freut mich, dass es dir gefallen hat.« Ich wollte gar nicht so schnippisch klingen, im Gegenteil, am liebsten hätte ich einfach meinen Kopf an seine Brust sinken lassen und zu heulen angefangen, aber offensichtlich ließ das mein Stolz nicht zu.

Henry seufzte. »Würdest du mir bitte erklären, was das sollte?«

Ich sah ihn unglücklich an. Wenn das so einfach wäre. »Das ist … eine lange Geschichte.«

»Ich habe Zeit«, sagte Henry und streckte ein Bein aus.

»Ja, offensichtlich. Zeit genug, um mir hinterherzuspionieren.« Seltsam, wie viele Emotionen man gleichzeitig empfinden konnte. Schuldgefühle, Scham, jetzt Wut …

»Ich hab dir doch nicht …«

»Hast du doch.« Ich ließ ihn nicht ausreden. »Genau das, was du mir vorgeworfen hast, als ich dir in diesen Whirlpooltraum gefolgt bin!« Für einen Moment gelang es mir, mich an dem Gefühl der Wut festzuklammern, indem ich mir ins Gedächtnis rief, wie Henry zu B. ins Wasser geglitten war. »Später hast du dann so was gesagt wie, dass ich lernen müsse, Traum von Wirklichkeit zu unterscheiden …«

»Ja, richtig.« Henrys Stimme klang ein bisschen belegt, und meine Wut verflüchtigte sich so schnell, wie sie gekommen war. Er betrachtete gedankenverloren seine Hände. »Das war so ziemlich der schlimmste Moment in meinem Leben. Ich habe all diesen Unsinn geredet, weil ich nicht mal vor mir selber zugeben konnte, dass ich zu weit gegangen war. Dass ich, um das Problem mit meinem Vater zu lösen, bereit gewesen war, Dinge zu tun, die ich … die man nicht tut, wenn man jemanden liebt. Nicht mal im Traum. Aber ich war so verbohrt, dass ich lieber riskiert habe, dich zu verlieren. Und das tut mir so leid.« Den letzten Satz flüsterte er beinahe.

Ich kämpfte mit den Tränen. Diese blöde Sache mit B. hatte ich ihm doch längst vergeben. Es war so billig von mir, sie ausgerechnet jetzt wieder hervorzukramen. Zumal man die Situationen auch nicht wirklich vergleichen konnte. Was ich vorgehabt hatte, erschien mir gerade ungleich schlimmer. Henry war es immerhin um das Wohl seiner Geschwister gegangen, mir hingegen nur um meinen gekränkten Stolz.

»Mir tut es auch leid«, brachte ich mit Mühe heraus.

»Und was genau tut dir leid?«, fragte Henry, wieder mit normaler Stimme. »Bitte erklär mir doch einfach, was du im Traum von diesem Typen verloren hattest, Liv. Findest du ihn so toll? Für mich sah es nämlich so aus, als wolltest du ihn verführen.«

»Das wollte ich auch.« Meine Stimme versagte. Ich schluckte hart, aber der dicke Kloß in meiner Kehle wollte einfach nicht verschwinden.

Henrys Augen hatten sich verdunkelt. »Das war nicht dein erster Besuch, oder?«

Ich schüttelte den Kopf, und da wandte er den Blick ab und starrte an mir vorbei ins Leere.

»Nein. Aber nicht, weil ich Matt so toll finde oder so«, presste ich heraus. »Im Gegenteil, er ist ein ziemlicher Angeber, glaube ich.« Meine Stimme klang wie die von einem Chipmunk, aber das war mir jetzt auch egal. Ich konnte den schmerzlichen Ausdruck in Henrys Gesicht nicht eine einzige Sekunde länger ertragen. Immerhin sah er mich jetzt wieder an.

»Es war nur, weil ich ›Hotel New Hampshire‹ hatte und man im Flugsimulator auch Fliegen lernen kann und du so vielleicht nicht merken würdest, dass ich überhaupt kein Pilot bin«, sprudelte es aus mir heraus.

Henry schob offensichtlich verwirrt die Augenbrauen zusammen.

»Ich hatte nie einen Freund in Südafrika«, versuchte ich es ein bisschen strukturierter, allerdings immer noch in mindestens doppelter Geschwindigkeit. »Ich hatte überhaupt noch nie einen Freund. Wir sind immer umgezogen, bevor ich Zeit hatte, was mit einem Jungen anzufangen. Und um ehrlich zu sein: Bevor ich hierherkam, haben mich Jungs auch eher weniger interessiert, ich glaube, das beruhte auf Gegenseitigkeit. Bis ich dich kennengelernt habe, war ich wie Mia. Minderwertigkeitskomplexe und Selbstzweifel waren mir völlig fremd. Deshalb haben sie mich quasi überrollt … wie Aliens, die in einem Larven ablegen und dann die Kontrolle übernehmen. Du hast immer so mitleidig geguckt, und da habe ich Rasmus erfunden. Also nicht ich, die Aliens. Aber ich habe es gehasst, dass ich von nichts eine Ahnung habe, während du mich ständig in Gedanken mit anderen Mädchen vergleichen kannst. Ich dachte, du würdest dich vielleicht weniger überlegen fühlen, wenn du denkst, dass ich dich auch mit irgendjemandem vergleichen kann. Und als Rasmus einmal in der Welt war, konnte ich nicht …«

»Stopp!«, sagte Henry, und das war auch ganz gut so, denn ich musste dringend Luft holen. Wahrscheinlich war mein Gesicht schon blau angelaufen. Aber ich fühlte mich auf eigenartige Weise erleichtert.

Auch wenn Henry keinen Laut von sich gab. Er sah mich einfach nur aus glänzenden grauen Augen an, und ich starrte zurück und wartete darauf, dass er etwas sagte. Was er nicht tat. Nur die Muskeln am Ende seines Kiefers bewegten sich, als würde er auf etwas herumkauen.

»In Pretoria habe ich als Hundesitterin gearbeitet«, brach ich schließlich das Schweigen. »Unsere Nachbarn, die Wakefields, hatten einen Chow-Chow namens Rasmus. Es war der erste Name, der mir eingefallen ist.«

Henry biss sich auf seine Unterlippe.

»Der andere Hund, mit dem ich spazieren gegangen bin, hieß Sir Barks Alot«, setzte ich hinzu, und da war es mit Henrys Selbstbeherrschung vorbei. Er prustete los.

»Gott, Livvy, du machst mich fertig«, sagte er, als er sich wieder einigermaßen gefangen hatte.

»Nicht mit Absicht.« Jetzt, wo ich alles gesagt hatte, wäre ich gern in Tränen ausgebrochen. Aber seltsamerweise war der Kloß in meinem Hals verschwunden.

Henry betrachtete mich kopfschüttelnd. »Wie um Himmels willen bist du nur auf die Idee gekommen, ich könne mich dir irgendwie überlegen fühlen? Ich bin doch derjenige von uns, der diese Komplexe hat, das Vertrauensproblem und die Verlustängste. Ich bin der Verkorkste in unserer Beziehung.«

»Aber der Verkorkste, der schon jede Menge Sex hatte.«

»Jede Menge!« Henry schnaubte. »Wie sich das anhört. Und es ist auch gar nicht wahr. Nur weil ich vor dir schon ein paar Beziehungen gehabt habe, bin ich doch noch lange kein Sexexperte. Und ich stelle auch keine Vergleiche an, weil verglichen mit dir sowieso jedes Mädchen schlecht abschneidet.« Seine Stimme wurde weicher, und er streckte seine Hand aus, um meine Wange zu berühren. »Ich fand immer, es grenzte an ein Wunder, dass du ausgerechnet auf mich gewartet hast, und ich bin vor Eifersucht fast gestorben wegen dieses Rasmus-Typen.«

»Zu Recht! Ich habe seinen Bauch gekrault.« In mir blubberte es förmlich vor Erleichterung. Und Glück. Ich griff nach Henrys Hand und küsste sie. »Ich liebe dich, Henry! Und es tut mir leid, dass ich so blöd war.«

Henrys Augen glänzten wieder. »Ja, das sollte es auch«, sagte er mit gerunzelter Stirn. »Dass du dein erstes Mal lieber mit diesem dämlichen Matt erleben wolltest, werde ich dir nie verzeihen.«

Aber als er sich vorbeugte, um mich zu küssen, wusste ich, dass er mir bereits verziehen hatte.

Tittle-Tattle

BLOG

Der Frognal Academy Tittle-Tattle-Blog mit dem neusten Klatsch, den besten Gerüchten und brandheißen Skandalen unserer Schule

ÜBER MICH:
Mein Name ist Secrecy – ich bin mitten unter euch und kenne all eure Geheimnisse

UPDATE ACTIVITY

25. März

Heute mal eine kleine Zitate-Sammlung zur Erbauung, aus der Reihe: Dinge, die todsicher nicht für fremde Ohren bestimmt waren, nun aber in Secrecys Blog stehen. Ups. Ein paar davon liegen schon länger zurück, haben aber sicher nichts von ihrer Aktualität verloren.

»Gabriels Zunge fühlt sich an wie eine Nacktschnecke.« (Persephone Porter-Peregrin)

»Unter dem Push-up sind das nur Erbsen auf einem Brett.« (Gabriel Cobb über Persephones Oberweite)

»Ich habe schon Thunfisch-Sandwichs gegessen, die einen höheren IQ hatten als dieser Junge.« (Mr Daniels über Jasper Grant)

»Ich wette, der riecht sogar aus dem Hintern besser als aus dem Mund.« (Jasper Grant über Mr Daniels)

»Man denkt es vielleicht nicht, weil er immer so bescheiden und nett tut, aber Graysons Ego ist so riesig wie der Bratarsch von Hazel Pritchard.« (Emily Clark)

»Man möchte immer wiehern, wenn man sie sieht, oder? Wenn ich Grayson wäre, hätte ich mit der auch Schluss gemacht.« (Hazel Pritchard)

»Die hätte ich auch nicht von der Bettkante geschubst, als sie noch zehn Jahre jünger war.« (Mr Vanhagen über Direktorin Cook)

»Der Kollege hat einfach das gewisse – Nichts.« (Direktorin Cook über Mr Vanhagen)

»Die spinnen doch! So ein Theater wegen eines dämlichen Buschs!« (Liv Silber über die Engländer.)

»Geh doch nach Hause.« (Die Engländer über Liv Silber.)

Ach ja, und zum Schluss noch das hier, gestern im Schulklo aufgeschnappt: »Ich wünschte, die verdammte Schlange hätte dich in die Eier gebissen.« Grayson Spencer zu Arthur Hamilton.

Na dann, viel Spaß beim Gründen der diversen Lynch-Komitees.

Wir sehen uns

Eure Secrecy

P. S. Ich will ja niemandem Angst machen, aber nur mal angenommen, das mit der Schlange in Arthur Hamiltons Spind war kein dummer Schülerstreich, wie die Polizei und Direktorin Cook uns glauben machen wollen. Würde das nicht bedeuten, dass hier irgendwo noch ein Mörder frei herumläuft? Und wer wird sein nächstes Opfer? In den Kommentaren können gerne noch Wünsche diesbezüglich geäußert werden. Muhahahahaha!

22.

Lottie drehte sich vor Florence' Spiegel. Das grüne Kleid passte ihr wie angegossen.

»Ich weiß nicht – ist das nicht ein bisschen kurz?« Lottie starrte zweifelnd auf ihre Beine.

»Unsinn. Wenn du statt der Pumps deine schwarzen Stiefel dazu trägst, hat es genau die richtige Länge«, sagte Florence. Sie lag bäuchlings auf ihrem Bett und hatte nicht protestiert, als Mia und ich uns links und rechts neben sie auf die blütenweiße Tagesdecke geworfen hatten. Jetzt hatten wir alle drei exakt dieselbe Körperhaltung eingenommen: die Ellenbogen aufgestützt, das Kinn in die rechte Handfläche gelegt, den Blick auf Lottie gerichtet. »Mit Stiefeln ist es superschick, sieht aber trotzdem nicht overdressed aus.«

»Du bist eine wahre Modeexpertin.« Lottie schenkte Florence ein anerkennendes Lächeln. Dann presste sie eine Hand an ihre Brust und betrachtete uns voller Entzücken. »Hach! Ihr müsstet euch mal sehen! Wie ihr da nebeneinanderliegt – wie echte Schwestern! Ihr wisst gar nicht, wie sehr ich mich darüber freue, dass ihr einander endlich liebgewonnen habt.«

Wie bitte? Während Lottie sich eine Träne der Rührung

aus dem Augenwinkel wischte, konnten wir sie nur perplex anstarren.

»Dann geh ich die Stiefel mal holen«, sagte sie aufgekratzt. »Und Strumpfhosen. Soll ich lieber schwarze nehmen oder hautfarbene? Ach, ich bring einfach mal beides mit, und ihr sagt mir dann, was besser aussieht, ja? Rührt euch nicht von der Stelle, ich bin gleich wieder da.« An der Tür drehte sie sich um. »Muss nur noch schnell den Guss für die Rüblitorte machen, aber das geht ganz fix.«

Florence erholte sich als Erste. »Also, über besonders gute Menschenkenntnis verfügt euer Kindermädchen ja nicht«, sagte sie.

»Hörst du das, Liv?« Mia boxte eins von Florence' bestickten Kissen vom Bett, um mehr Platz für Lotties iPad zu haben, das sie in den letzten Tagen praktisch gar nicht mehr aus der Hand gelegt hatte. »Die wahre Modeexpertin will nicht zugeben, dass sie uns wahnsinnig liebgewonnen hat, obwohl wir ihren Großonkel, den steifen Mr Snuggles, auf dem Gewissen haben.«

Ich kicherte. »Das muss dir doch nicht peinlich sein, Florence. Gegen große Gefühle soll man nicht ankämpfen. Und die Liebe beruht schließlich auf Gegenseitigkeit.« Letzteres meinte ich in diesem Moment ganz ehrlich. Seit heute Nacht, seit diese Rasmus-Sache aus der Welt war, ging es mir so unglaublich gut, dass ich alle und jeden liebte. Auch Florence. Ach, Florence sogar ganz besonders, wie sie da so lag, eine Hand in den karamellfarbenen Locken, und versuchte, grimmig zu gucken. Ich drückte ihr einen überschwänglichen Kuss auf die Wange. »Ohne unsere morgendlichen Kämpfe ums Badezimmer würde mir echt was fehlen.«

»Auf jeden Fall würdest du besser geschminkt sein«, sagte Florence, wobei selbst sie es nicht schaffte, ernst zu bleiben. Ihre Wangengrübchen kamen zum Vorschein. »Bildet euch bloß nichts ein. Ich halte euch immer noch für die größten Nervensägen, die dieses Haus jemals betreten haben. Heb sofort das Kissen wieder auf, Mia.«

»Gleich«, sagte Mia. »Ich schreib nur schnell eine Mail an Secrecy. Damit sie weiß, dass ich sie enttarnt habe.«

»*Was?*«, rief ich. Das gab's doch nicht. Da hatte sie so bahnbrechende Neuigkeiten und lag hier seelenruhig auf dem Bett herum. »Seit wann? Erzähl!«

»Lie-be Se-cre-cy! Vielen Dank für deinen Blog-bei-trag von heute Mor-gen«, las Mia aufreizend langsam vor, während sie tippte. »Er war das letzte Puzzlestück, das mir noch fehlte, um deine Identität aufzudecken.«

»Jetzt mal ehrlich, Mia?« Ich griff über Florence' Rücken und zupfte an Mias Pullover. »Du weißt wirklich, wer Secrecy ist? Raus damit!«

»Ach, Unsinn! Sie blufft doch nur.« Florence schnaubte verächtlich.

Mia tippte unbeirrt weiter. »Es hat mir wirklich Spaß gemacht, diesen Fall zu lösen. Da ich aber nicht unbedingt zu deinen Fans gehöre, wird das leider Konsequenzen für dich haben. Wegen der Details melde ich mich später noch einmal. Hochachtungsvoll, Mia Silber, Privatdetektivin. Und – senden!«

»Mia!!!!« Ich robbte mich ein Stückchen vor, um an Florence vorbei in Mias Gesicht sehen zu können. Es wirkte ausgesprochen zufrieden. »Wenn du jetzt nicht sofort sagst, was du weißt, werde ich dich durchkitzeln, bis du in die Hose pinkelst.«

»Lass sie in Ruhe. Sie kann es gar nicht sagen.« Florence setzte sich auf. Ihre Grübchen waren verschwunden. »Niemand weiß, wer Secrecy ist. Deine kleine Schwester macht sich nur wichtig.« Sie schnalzte mit ihrer Zunge, was sie für einen winzigen Moment dem Bocker so ähnlich machte, dass es schon fast unheimlich war. »Mir ist klar, dass du noch ein Kind bist, Mia, aber ich finde trotzdem, du bist zu alt für diese albernen Detektivspiele.«

»Es gibt Dinge, für die ist man niemals zu alt.« Mia klappte die Hülle des iPads zu und setzte sich ebenfalls auf. »Das gilt allerdings nicht für das Schreiben eines anonymen Lästerblogs, wie ich finde.« Sie seufzte. »Gemeinheit scheint aber keine Frage des Alters zu sein, sondern des Charakters. Nicht wahr – *Secrecy*?« Sie fixierte Florence mit kühlem Blick.

Einen Augenblick lang war es mucksmäuschenstill im Zimmer.

Dann gähnte Florence demonstrativ. »Ich soll das geschrieben haben?« Sie lehnte sich zurück und schloss die Augen. »Träum ruhig weiter.«

»Oh, das hast du falsch verstanden, Florence«, erwiderte Mia freundlich. »Ich hab nicht gesagt, dass du den Blogbeitrag geschrieben hast, nur dass er mir heute das letzte Puzzlestückchen geliefert hat.«

Ich runzelte die Stirn. »Ja, was denn nun?«

Mia rückte ihre Brille gerade. In ihrer Rolle als Privatdetektivin Silber war sie wirklich brillant.

»Spuck es aus«, sagte ich aufgeregt.

Mia grinste mich breit an. »Florence ist nicht *die* Secrecy. Sie ist nur Se. Oder Cre. Oder Cy. Such dir einfach eine aus.«

Ich schnappte nach Luft. »Es gibt also echt mehrere?«

»Nicht mehrere, sondern genau drei.« Jetzt schaffte Mia es nicht länger, cool zu bleiben. »Wahnsinn, oder? Ich bin ja ziemlich früh von mehreren Schreibern ausgegangen, einfach weil Secrecy nicht immer überall sein konnte. Aber den Personenkreis einzuengen, war verdammt schwer. Und ich kann euch gar nicht sagen, wie äh … ermüdend es war, jedem der Verdächtigen auf den Zahn zu fühlen. Aber auch die Indizien waren eindeutig.« Sie fasste Florence in den Blick. »Ist dir eigentlich mal aufgefallen, wie viele modische Anspielungen in deinen Beiträgen enthalten sind? Die Sprache deiner Kollegen ist da deutlich weniger bildlich geprägt.«

Ich staunte. Mia schien es wirklich geschafft zu haben, das

wahrscheinlich größte Rätsel der Menschheit zu lösen. Eine Welle von schwesterlichem Stolz ergriff mich. Und jetzt wurde mir auch einiges klar.

»Deswegen hat Secrecy so oft ihre Meinung geändert«, sagte ich. Ich sah von Mia zu Florence, die nach wie vor mit dem Rücken auf dem Bett lag und angesichts der Situation ungeheuer gelassen wirkte. »Und deswegen ging es auch immer gegen alle und jeden. Vermutlich seid ihr drei übereinander hergezogen. Wie schlau! Wer sind die beiden anderen?«

»Warum fragst du *mich* das? Glaubst du ihr etwa?« Florence fing an, ihre Haare zu einem Zopf zu flechten. »Einfach nur, weil sie das sagt?«

Ich ließ sie nicht aus den Augen. Wie schaffte sie es nur, so ruhig zu bleiben? »Ja, ich glaube ihr. Einfach nur, weil sie es sagt.«

»Und weil sie weiß, dass ich so etwas ohne handfeste Beweise niemals behaupten würde«, ergänzte Mia.

»Na, die Beweise würde ich ja gern mal sehen«, spottete Florence.

»Willst du nicht lieber mal nachschauen, ob du meine Mail bekommen hast?«, fragte Mia.

»Solche Mails bekommt Secrecy vermutlich jeden Tag.« Florence räkelte sich genüsslich, während sie sich aufsetzte, so als habe sie ein erfrischendes Schläfchen hinter sich. Sie war wirklich unglaublich cool, das musste man ihr lassen. Unter anderen Umständen hätte ich sicher spätestens jetzt

Zweifel an Mias Theorie bekommen. »Wahrscheinlich lacht sie sich darüber kaputt.«

»Na gut, falls du gerade nur zu faul bist, um deine Mails zu lesen, kann ich das auch gerne für dich tun.« Mia klappte das iPad wieder auf. »Moment, das haben wir gleich. Die Mails, die im Secrecy-Postfach landen, werden automatisch über Umwege an drei weitere Adressen weitergeleitet, richtig? Dein geheimes Secrecy-Postfach läuft auf den Namen Adelaide Hanley. Was ich sehr süß finde, weil es der Mädchenname deiner Großmutter ist.«

Florence zuckte nicht zusammen, aber das entspannte Lächeln kippte ihr langsam aus dem Gesicht. Na also.

»Aber natürlich auch ein bisschen dumm – solche persönlichen Bezüge sollte man bei Fake-E-Mail-Adressen immer unterlassen«, fuhr Mia fort. Ihre Finger flogen über die Tastatur auf dem Bildschirm, und ich wusste nicht, was ich faszinierender fand, das oder den sich wandelnden Ausdruck in Florence' Gesicht. »Das gilt auch für das Passwort, selbst wenn man es jede Woche wechselt. Von Kombinationen mit Haustiernamen, Geburtsdaten, Hausnummern et cetera muss man wirklich abraten, aber gut ... 172Spot97, so ...«

»Das genügt!« Florence riss ihr das iPad aus der Hand, und für einen Augenblick befürchtete ich, sie würde es gegen die Wand schleudern. Aber dann ließ sie es einfach nur auf ihren Schoß sinken. In ihrem Gesicht spiegelten sich Zorn, Ärger und vielleicht auch ein klitzekleines bisschen Scham.

Florence war Secrecy! Erst so allmählich dämmerte mir, was das bedeutete. Welche von den unzähligen Gemeinheiten im Tittle-Tattle-Blog mochten wohl von Florence stammen? War sie es auch gewesen, die all diese schrecklichen Dinge über mich geschrieben hatte?

Ach, Mist, verdammter. Das war's dann wohl wieder mit Leichtigkeit, guter Laune und überströmender Liebe für alle.

»Dabei hatte ich gerade angefangen, dich ein bisschen liebzuhaben«, sagte ich leise.

»Und ich habe mir gewünscht, dass ihr einfach wieder verschwindet.« Florence sprang so plötzlich auf, dass Mia und ich zusammenfuhren. Immerhin gelang es Mia geistesgegenwärtig, das iPad aufzufangen.

»Na und? Dann bin ich eben Secrecy.« Florence funkelte uns an. »Muss ich immer perfekt sein, während ihr euch einfach alles herausnehmen könnt, nur weil ihr ein bisschen jünger und blond seid? Dürft ihr in diesem Haus als Einzige Mist bauen? Aber klar, bei euch finden das alle ja nur niedlich und charmant und sowieso gar nicht so gemeint. Ganz egal, was ihr auch tut, Dad und Grayson haben sofort eine Entschuldigung für euch parat. Immer dreht sich alles nur um euch!« Bis hierhin hatte sie ziemlich wütend geklungen, aber jetzt schlug ihre Stimmung um. Sie sah mich anklagend an, und ihre Augen füllten sich mit Tränen. »Schlimm genug, dass mein Dad nur Augen für deine Mum hat, aber selbst Grayson verbringt mehr Zeit mit dir als mit seiner eigenen Schwester. Und seine Freunde haben vor lauter Liv hier, Liv da völlig vergessen, dass ich überhaupt existiere.«

»Wenn sie erfahren, dass du Secrecy bist und immer so nette Sachen über sie berichtet hast, fällt es ihnen bestimmt wieder ein«, sagte Mia, und da schauderte Florence.

Graysons Freunde, soso. Ich fixierte meine künftige Stiefschwester mit zusammengekniffenen Augen. Zu Graysons Freunden hatte auch Arthur mal gehört. Der zugegeben hatte, dass er Secrecy mit Informationen versorgte. Bedeutete das, Florence steckte mit Arthur unter einer Decke?

Mia verschränkte mitleidlos die Arme vor ihrer Brust. »Du hast den Tittle-Tattle-Blog schon geschrieben, bevor wir nach London gekommen sind, also schieb es bloß nicht auf uns, dass du so ein hinterhältiges Miststück bist!«

»Mia!«, keuchte Lottie entsetzt. Sie stand mit den Stiefeln und den Strumpfhosen in der Hand auf der Türschwelle und schien nicht glauben zu können, was sie gehört hatte. »Was ist denn hier los? Eben wart ihr doch noch ein Herz und eine Seele!«

»Sie ist Secrecy!« Mia zeigte auf Florence. »Hat sie soeben zugegeben.«

Lottie kannte den Tittle-Tattle-Blog. Seit darin das erste Mal etwas über uns gestanden hatte, las sie jeden Beitrag, manchmal sogar noch vor uns. Und wenn sie etwas Unschönes über uns darin fand, pflegte sie sich darüber noch viel mehr aufzuregen als wir. Deshalb lachte sie jetzt ungläubig auf. »Darüber macht man keine Scherze, ihr Zimtschnecken! Florence hat doch nichts mit dieser boshaften, verletzenden Person …«

Florence ließ sie nicht ausreden. »Doch, verdammt nochmal. Ich *bin* diese boshafte, gemeine Person. Und ich hab all diese schrecklichen Dinge geschrieben.« Jetzt brach sie wirklich in Tränen aus.

»Nicht alle. Du bist nur eine von drei boshaften, gemeinen Personen«, korrigierte sie Mia, während Lottie Florence fassungslos anstarrte.

»Aber … aber du bist … ein *Engel*«, stammelte sie. »Du machst wohltätige Arbeit in der Suppenküche, und du unterschreibst diese Petitionen gegen Menschenrechtsverstöße, du steckst Butter kleine Leckerbissen zu und streichelst sie hinter den Ohren, wenn du denkst, dass niemand es sieht.« Beinahe sah es so aus, als würde Lottie ebenfalls anfangen zu weinen. »Ich weiß genau, du bist nur so kratzbürstig zu Ann, weil du insgeheim fürchtest, sie könne deinem Vater das Herz brechen. Diese raue Schale hast du dir nur zugelegt, weil du als kleines Mädchen deine Mutter verloren hast, und darunter steckt mit Sicherheit ein weiches Herz.«

Während Mia bei jedem Satz die Augen verdrehte und etwas von »Karma-Ausgleich« murmelte, schoss Florence das Blut ins Gesicht. Ich hatte noch nie gesehen, wie sie rot wurde, und mit einem Mal tat sie mir fast leid.

»Das denkst du nur, weil du grundsätzlich von allen

Menschen nur das Beste annimmst, Lottie«, sagte sie und unterdrückte ein Schluchzen. »Ich war so widerlich zu dir, aber du hast immer so getan, als würdest du es gar nicht merken. Immer hast du nur Verständnis für alle, und dann backst du diese wunderbaren Törtchen und Küchlein, und obwohl du Liv und Mia so abgöttisch liebst, hast du versucht, mich … und dabei war ich die ganze Zeit …«

»Secrecy«, vollendete Mia ihren Satz. »Aber wenn es dich tröstet: Du warst von allen Secrecys diejenige mit dem besten Schreibstil. Und die mit Abstand witzigste.« Nach kurzem Zögern setzte sie hinzu: »Und nein, du warst nicht die boshafteste – jedenfalls nicht gegen Liv und mich. Mal abgesehen von der Sache mit Mr Snuggles vielleicht.«

Florence ließ sich wieder auf ihr Bett sinken. »Ich bin nicht stolz darauf, was ich getan habe, okay? Aber es war einfach ein cooles Gefühl, als Secrecy im letzten Sommer zu mir kam und mich zu ihrer Nachfolgerin ernannt hat, versteht ihr? Ich meine *mich* – vor allen anderen, und das, wo Emily und Grayson mich nicht mal bei ihrer blöden Schülerzeitung dabeihaben wollten. Secrecy sagte, sie könnte sich vorstellen, dass ich noch viel besser als sie wäre, und da …«

»Warte«, fiel ich ihr ins Wort. »Letztes Jahr gab es noch eine andere Secrecy?«

»Das hab ich gewusst«, sagte Mia schnell. »Bis letztes Jahr waren alle Artikel wie aus einem Guss – erst danach lassen sich die Unterschiede feststellen. Warum hat die erste Secrecy den Blog denn aufgegeben?«

»Weil sie mit der Schule fertig war.« Florence hatte sich jetzt wieder ganz im Griff. »Aber sie wollte den Tittle-Tattle-Blog nicht sterben lassen – er war so etwas wie ihr Baby, und sie wünschte sich, dass jemand anders ihn weiterführt. Also haben wir den Blog übernommen, mit allen technischen Finessen. Secrecys Vater hat ihn eingerichtet, auf irgendeinem unhackbaren Server in Lettland oder so. Wisst ihr, dass die Seite täglich mehr als elftausend Zugriffe hat?« Es war nicht zu übersehen, dass sie richtig stolz darauf war. »Erst haben nur die Schüler von der Frognal mitgelesen, dann die Lehrer, dann wurden die anderen Schulen im Stadtteil darauf aufmerksam, aber mittlerweile kennt man uns in ganz London … der ganzen Welt, eigentlich.«

Oh Gott, jetzt tat sie mir wirklich leid. Mir war nicht klar gewesen, wie sehr Florence diesen Blog für ihr Ego nötig hatte. Und dabei konnte sie mit niemandem darüber reden. Außer …

»Wer ist denn *wir*?«, wollte ich wissen.

»Wer ist die erste Secrecy?«, fragte Mia gleichzeitig. »Die Ur-Secrecy?«

Florence hob ihren Kopf und brachte ein schiefes Lächeln zustande. »Ich dachte, das wüsstest du, Privatdetektivin Silber.«

»Nein, so weit war ich noch nicht«, gab Mia widerwillig

zu. »Ich habe meine Ermittlungen zuerst auf die aktuelle Secrecy konzentriert.«

»Und wer ist das nun?« Ich wurde allmählich ungeduldig.

»Ich kenne nur eine der beiden«, sagte Florence. »Pandora Porter-Peregrin. Wir haben oft untereinander Informationen ausgetauscht und uns mit Themen abgesprochen.«

Mia nickte. »Pandora ist die Secrecy, die was gegen die arme Hazel Pritchard und ihre Mum hat. Sie lästert gerne über das Aussehen von Leuten. Und am liebsten hat sie intime Sachen über Persephone ausgeplaudert.«

»Die eigene Schwester!« Arme Persephone! Wie schrecklich, mit einer Person unter einem Dach leben zu müssen, die das Vertrauen derart … Moment mal! Das war ja bei mir nicht anders. Ich bedachte Florence mit einem finsteren Blick.

Sie schlug die Augen nieder.

Lottie, immer noch ganz aufgewühlt, sah auf ihre Armbanduhr. »Ich glaube, ich hole jetzt mal die Rüblitorte hoch. Kohlenhydrate sind gut für die Nerven.« Während sie den Raum verließ, hörten wir sie noch murmeln: »Hätte ich das gewusst, hätte ich natürlich Vanillekipferl gebacken.«

»Die dritte Secrecy kennen wir selber nicht, und sie kennt uns nicht«, fuhr Florence fort, noch bevor wir sie dazu auffordern konnten. Offensichtlich tat es ihr gut, sich endlich einmal alles von der Seele zu reden. Als wäre ein Damm gebrochen. Und irgendwie kam mir das verdammt bekannt vor.

»Ich hatte sogar schon Emily im Verdacht, eine Art journalistisches Doppelleben zu führen, weil die dritte Secrecy zwar die wenigsten Beiträge schreibt, aber gleichzeitig so etwas wie unsere Webmasterin ist«, sprudelte es aus Florence heraus. »Sie ist diejenige, die die Artikel online stellt – und sie hat so manches Mal darin herumgepfuscht oder etwas ergänzt, was zwar typisch für Emily wäre, aber dann doch nicht passt, weil sie nie so fiese Sachen über sich selber schreiben würde. Außerdem ist diese Secrecy diejenige, die als Erste die Lehrerskandale und Affären aufspürt, und bei so was steht Emily immer total auf dem Schlauch. Nein, sie muss jemand anders sein.«

»Er«, sagte Mia und freute sich über unsere erstaunt aufgerissenen Augen. »Die dritte Secrecy ist ein Er. Und du warst schon verdammt nahe dran, Florence. Ich hatte Emily durchaus auch eine Weile im engeren Kreis der Verdächtigen. Aber – es ist ihr Bruder Sam.«

»Nein!« »Schäm-dich«-Sam, der selbsternannte Moralwächter der Schule, sollte Secrecy sein? Unmöglich! Aber wenn man so darüber nachdachte, passte es schon. Manchmal war Secrecy ganz schön moralinsauer dahergekommen.

»Sam, also«, knurrte Florence. »Dieser kleine, raffinierte Mistkerl. Das hätte ich wissen müssen – er hat Emily und mir ja ständig auf der Pelle gehockt. Ich hab mich schwarz geärgert, wie er über die arme Mrs Lawrence hergezogen ist.« Sie sah mich von der Seite an. »Und ein paar von den gemeinen Sachen über dich stammen auch von ihm, Liv. Ich schwöre.«

Die Tür klappte auf, und Lottie kam mit einem Tablett voller Teller und Tassen sowie einer dampfenden Teekanne zur Tür hereingewankt. In der Mitte prangte die Rüblitorte, auf deren noch feuchten Zuckerguss Lottie in aller Eile die vorbereiteten Marzipanmöhren geklebt hatte.

»Wartet«, sagte sie, als sie das Tablett auf dem Schreibtisch abgestellt hatte. »Es passt zwar nicht ganz, aber ich habe noch Schlagsahne unten, das wird jetzt allen helfen. Mia, du kannst schon mal den Kuchen anschneiden und verteilen, Liv, du schenkst den Tee ein, und Florence, du putzt dir die Nase. Ich bin gleich wieder da.«

»Sie glaubt wirklich, dass man alle Probleme mit ihrem magischen Gebäck aus der Welt schaffen kann«, sagte Florence, als Lottie wieder die Treppe hinabeilte. Aber sie griff brav nach einem Taschentuch auf ihrem Nachttisch.

Mia stand auf. »Das stimmt auch. Diese Rüblitorte hat mir schon manches Mal den Tag gerettet«, sagte sie. Auf dem Weg zum Schreibtisch kickte sie aus Versehen das Kissen, das sie vorhin auf den Boden geworfen hatte, unters Bett.

»Pass doch auf«, sagte Florence in allerfeinstem Bocker-Ton, wahrscheinlich ein angeborener Reflex. Das schien ihr selber unangenehm aufzufallen, denn sie setzte erklärend hinzu: »Das ist noch von meiner Mum. Mein Lieblingskissen.«

Mia ließ sich auf die Knie nieder und griff unter den Überwurf.

»Ui, hier hat aber auch schon länger niemand Staub … oh.« Mit einem Knistern tauchte sie wieder auf, zwei leere, durchsichtige Plastiktüten in der Hand.

»Willst du … was ist das denn?«, fragte Florence.

Mia reichte mir schweigend eine der Tüten, die andere gab sie Florence, die völlig verständnislos darauf glotzte.

»Marabu, sortiert, schwarz, sechs bis zehn Zentimeter. 100 g. Made in India«, las ich von dem weißen Aufkleber ab und hatte plötzlich das Gefühl, jemand drücke mir die Kehle zu. »Von Kindern unter drei Jahren fernhalten. Oh mein Gott, Florence …«

»Du warst das mit den Federn in Graysons Zimmer«, sagte Mia, und sie klang wie ein kleines, schockiertes Mädchen, kein bisschen wie Privatdetektivin Silber, die gerade eindeutige Beweisstücke zutage gefördert hatte.

»Was redest du denn da? Ich hab diese Tüten noch nie gesehen!« Florence starrte abwechselnd die Tüten und Mia an. Stammelnd suchte sie nach einer Erklärung. »Das … da will mir jemand die Schuld in die Schuhe schieben.« Sie sah Mia an. »Bist du das gewesen? Hast du die mir unters Bett gelegt, um von dir abzulenken?« Sie sah verstört aus. »Mein Dad hat dich gleich verdächtigt. Und das Kissen hast du eben selbst unters Bett getreten, damit wir die Tüten finden.«

»Geht's noch?« Mia tippte sich an die Stirn. »Dann bin ich wohl auch noch Secrecy gewesen, was?«

»Nein! Ich meine, ja. Verdammt!« Florence strich sich fahrig durch die Locken. »Warum zur Hölle sollte ich Federn in Graysons Zimmer fliegen lassen?«

»Na, um es so aussehen zu lassen, als hätte ich wieder mal einen dummen Streich ausgeheckt«, sagte Mia. »Weil du eine hinterhältige ...«

Ich legte ihr eine Hand auf den Arm und hinderte sie am Weiterreden. Es hatte zwar eine Minute gedauert, aber jetzt war mir absolut klar, was hier passiert war. Wie hatten wir nur so blind sein können? Es war doch nicht das erste Mal!

»Livvy?« Mia sah mich besorgt von der Seite an. »Was ist mit dir? Warum bist du plötzlich so blass?«

»Florence kann nichts dafür. Sie weiß nicht mehr, dass sie die Federn verteilt hat – sie hat es im Schlaf getan.« Ich knüllte die Tüte zusammen und sprang auf. Ausgerechnet jetzt war niemand da. Grayson war schon auf dem Weg zu diesem Bloody-Sword-Typ in Islington, und Henry ging mittwochs immer mit Amy zum Kinderschwimmen. »Kann ich bitte mal dein Handy haben, Florence?« Suchend sah ich mich um.

»Nein, kannst du nicht.« Florence' Unterlippe begann zu beben. »Und ich habe nichts im Schlaf getan. Das ist doch alles Unsinn hier. Was willst du denn mit dem ...«

»Jetzt gib mir schon dein verdammtes Handy!«, schnauzte

ich sie an. In meinem Kopf wirbelten die Gedanken durcheinander und bissen sich gegenseitig in den Schwanz. Es war so logisch, und doch … nein … Und wie passte die Schlange ins Bild? Ich musste dringend mit Henry und Grayson sprechen. Vielleicht konnten wir gemeinsam die einzelnen Puzzleteile zu irgendwas zusammenfügen, das halbwegs Sinn ergab.

Florence schien zu kapieren, dass ich es ernst meinte. Sie gab mir ihr Handy und sah mich unsicher an. »Du musst mir wirklich glauben …«

Ich wischte ihre Erklärungen mit einer unwirschen Handbewegung beiseite und suchte in den Kontakten nach Henrys Nummer.

Während es klingelte, fiel mir noch etwas ein, das wir in der Aufregung ganz vergessen hatten. »Wer ist die erste Secrecy, Florence? Die, die den Blog ursprünglich gegründet hat?«

Florence zuckte mit den Schultern. »Ich weiß nicht, ob euch der Name überhaupt was sagt, sie hat ja ihren Abschluss gemacht, bevor ihr nach London gekommen seid. Sie war das Mädchen, das in der Psychiatrie gelandet ist.« Sie seufzte. »Anabel Scott. Arthur Hamiltons Exfreundin.«

Anabel also. Nun, von allen Überraschungen heute war das vielleicht die am wenigsten überraschendste.

Am anderen Ende der Leitung sprang Henrys Mailbox an. Verdammt!

23.

Das Erste, was ich sah, als ich in den Korridor hinaustrat, war Emily, und wie immer war sie so ziemlich die letzte Person, die ich treffen wollte. Heute machte mich ihr Anblick aber richtig wütend. Ganz unverfroren saß sie neben dem Fürchterlichen Freddy vor Graysons Traumtür, kaute auf einem Bleistift und starrte so konzentriert auf einen Block auf ihren Knien, dass sie nicht bemerkte, wie ich meine Eidechsentür hinter mir schloss und langsam näher kam.

»Also, die Wurzel aus drei Millionen neunhundertzwölftausendvierhundertvierundachtzig«, murmelte sie. »Das wären dann eintausendneunhundertachtundsiebzig. Richtig?«

»Darüber darf ich leider keine Auskunft geben«, piepste der Fürchterliche Freddy.

Prüfend ließ ich meinen Blick den Gang hinuntergleiten. Wie es aussah, war von den anderen beiden noch niemand da, obwohl Grayson sogar noch vor mir ins Bett gegangen war. Aber nach dem anstrengenden und erkenntnisreichen Tag würde er, trotz seiner Sorge um Florence, vermutlich erst mal schlafen wie ein Stein. Und mal ehrlich: Das durfte er auch, hier draußen war er uns noch nie eine besonders große Hilfe gewesen. Seine Stärken lagen eindeutig woanders. Auch wenn ich bezweifelte, dass uns die – zugegeben sensationellen – Ergebnisse seiner hartnäckigen Recherchen wirklich retten konnten. Jetzt, wo wir wussten, dass Arthur uns mehr als nur ein paar Schritte voraus war.

Weil sie sich nicht mehr an ihrem angestammten Platz befand, entdeckte ich Florence' elegante, schilfgrüne Traumtür nicht sofort. Doch dann erkannte ich, dass sie näher an unsere Türen gerückt war, viel näher sogar: Sie befand sich jetzt neben Mias Tür, direkt gegenüber von Graysons.

Umso besser: Hier konnte man sie leichter bewachen. Obwohl ich ja insgeheim die Hoffnung hegte, dass das zumindest heute Nacht gar nicht nötig sein würde. Nach allem, was heute passiert war, würde Florence sicher kein Auge zutun, sondern sich schlaflos im Bett herumwälzen. Und wenn Florence nicht schlief, konnte auch niemand in ihren Traum gelangen und dort Unheil anrichten.

Falls es dafür nicht schon längst zu spät war.

Wir hätten es eigentlich besser wissen müssen – es war ja nicht das erste Mal. Oder wie Henry sagte: »Es ist doch immer Arthur.«

Wieder einmal hatte er es geschafft, jemanden aus unserem unmittelbaren Umfeld durch seine miesen Tricks unter Kontrolle zu bekommen. Letzten Winter war es Mia gewesen, die er im Schlaf manipuliert und am Ende beinahe getötet hatte, und dieses Mal hatte er sich Florence als seine nächtliche Marionette ausgesucht. Bisher hatte sie, jedenfalls soweit wir das rekonstruieren konnten, zwar noch nichts weiter getan, als mir eine Feder ins Haar zu stecken sowie zwei Großpackungen davon in Graysons Zimmer zu zerstreuen und den Ventilator anzuwerfen, aber sie hätte genauso gut mit einem Messer anstelle einer Feder an meinem Bett stehen können, und wer Arthur kannte, wusste, dass er es sicher nicht bei harmlosem Federterror belassen würde. Zumal er mittlerweile ja noch über ganz andere Möglichkeiten verfügte, wie man an Mrs Lawrence, Persephone oder dem armen Theo Ellis hatte beobachten können. Sicherheitshalber hatte ich vor dem Schlafengehen die Zimmertür abgeschlossen. Zweimal.

Mia hatte ich geraten, dasselbe zu tun, und ausnahmsweise hatte sie nicht nach Gründen gefragt. Sie war nach unserer Entdeckung überhaupt ungewöhnlich still gewesen. Ganz im Gegensatz zu Florence, die die Vorstellung, schlafwandelnd merkwürdige Dinge getan zu haben, verständlicherweise völlig verstörte. Nachdem sie die Phase der Leugnung (»So etwas würde ich nie tun!«) erst einmal überwunden hatte, war sie erneut in Tränen ausgebrochen – da half auch Lotties Schlagsahne nicht mehr.

»Es stimmt schon!«, hatte Florence geschluchzt und das Gesicht in ihren Händen vergraben. »Ich hatte diese seltsamen Träume … und am nächsten Morgen schmutzige Fußsohlen. Heißt das, ich werde jetzt verrückt? Federn verstreuen – wer tut denn so was?«

Das hätte ich ihr natürlich sagen können, aber damit hätte ich sie nur noch mehr verwirrt. Und zu Tode geängstigt. Sie war doch auch so schon völlig fertig. Widerstandlos hatte sie sich von Lottie in den Arm nehmen lassen.

»Ist das vielleicht ein Burn-out? Habe ich es mit dem Lernen übertrieben?«, hatte sie zwischen zwei Schluchzern hervorgestoßen. »Ich will nicht in eine Psychiatrie.«

»Das musst du doch auch nicht.« Lottie hatte ihr tröstend über das Haar gestrichen. »Viele Menschen schlafwandeln – vielleicht befindet sich unter dem Haus eine Wasserader oder so. Erinnere dich, was Mia im Januar Verrücktes getan hat. Sie wäre glatt aus meinem Fenster gesprungen! Und ich versichere dir, sie ist geistig völlig gesund!«

Florence hatte Mia zwar einen Blick zugeworfen, als wäre sie sich da nicht ganz sicher, aber immerhin hatte sie aufgehört zu weinen.

Ein bisschen beneidete ich sie, denn an ein Burn-out zu glauben war tausendmal besser, als mit der Wahrheit konfrontiert zu werden, so wie Henry, Grayson und ich. Während es gegen das eine wenigstens Tabletten und erholsame Kuraufenthalte am Meer gab, war gegen Arthur offenbar kein Kraut gewachsen. Er hatte uns wie Grundschüler ausgetrickst, und das erfüllte uns gleichermaßen mit Wut und Hilflosigkeit. Vor allem Grayson war bitter enttäuscht.

Dabei hatte sein Besuch bei BloodySword66 alias Harry Triggs all seine Erwartungen übertroffen.

Grayson hatte zwar seinen lebensgroßen Battle-Droid-Roboter aus Star Wars Episode I opfern müssen (er sprach davon, als ob es sich um sein eigenes Kind gehandelt hätte), aber im Austausch dafür erhielt er den ultimativen Beweis dafür, dass Anabels Dämon nicht existierte: Eine alte, etwas verstaubte Kladde, vollgekritzelt mit wirren Kugelschreibertexten und versehen mit blutroten Siegeln.

Sie sah nicht exakt so aus wie das angebliche Erbstück von Anabel, das auf dem Friedhof verbrannt war, war ihm aber verdammt ähnlich.

Und sie gehörte, so erfuhren wir von Grayson, in dieselbe Kategorie wie das Keltische Langmesser (handgeschmiedet aus Carbonstahl und mit genieteter Hartholzklinge) und das Trinkhorn aus echtem Horn (mit Lederhalter): Sie war nichts weiter als eine Requisite. Eins von mehreren Möchtegern-Beschwörungsbüchern, angefertigt in mühevoller Handarbeit von zwei arbeitslosen Nerds mit Mundgeruch und merkwürdigem Hobby.

Grayson hatte tapfer ertragen, wie BloodySword66 ein Accessoire nach dem anderen aus den Schubladen zog, während er in alten und offenbar glorreichen Rollenspiel-Zeiten schwelgte, die er in Liverpool mit seinem Kumpel Timothy, dem Dachdecker, alias späterem Sektenguru, erlebt hatte.

Wie die Freundschaft dann auseinandergegangen war, darüber wollte Swordy allerdings nicht mehr so gern reden, und auch nicht darüber, wie er aus der Zeitung erfahren hatte, dass sein ehemaliger Rollenspiel-Buddy etliche Menschen auf dem Gewissen hatte. Fest stand, dass die beiden sich zusammen blutige Fantasy-Geschichten ausgedacht und sie nachgespielt hatten. Danach hatten sich ihre Wege getrennt. Harry Triggs begann, die Geschichten in Romanen niederzuschreiben, aber nachdem die Nacht der blutigen Adjektive (wie auch drei weitere bahnbrechende Werke) von siebenundzwanzig Verlagen abgelehnt worden waren und auch im Internet wenig Anklang fanden, hängte er die Schriftstellerkarriere an den Nagel und arbeitete fortan als Altenpfleger.

Sein Freund, der Dachdecker, dagegen hatte angefangen, Stimmen zu hören und sich für einen Auserwählten zu halten. Er hatte Phantasie und Wirklichkeit auf das furchtbarste durcheinandergebracht, ein paar Leute um sich geschart und denen offenbar eine der selbstgebastelten Rollenspiel-Kladden von damals als uralte Heilsbibel präsentiert.

Wie Sektengurus Kladde dann am Ende in die Hände von Anabel gelangt war, wussten wir nicht genau. Fest stand aber: Anabel konnten wir mit der teuer erkauften Bloody-Sword-Version (er hatte es sich allerdings nicht nehmen lassen, sie für Grayson zu signieren) endlich zweifelsfrei beweisen, dass ihre Dämonenbeschwörung nichts als Schall und Rauch war und sie ihr Kindheitstrauma einem durchgeknallten Dachdecker zu verdanken hatte.

Das Dumme war nur, dass wir Anabel die Kladde und damit den Beleg für ihren Wahnsinn noch nicht in die Hand hatten drücken können, weil sie ausgerechnet heute nicht zu Hause gewesen war.

Grayson hatte das Büchlein kurz entschlossen in ihren Briefkasten geworfen und mehrere Nachrichten auf ihrer Mailbox hinterlassen, aber bis zum Schlafengehen hatte sie sich noch nicht gemeldet. Jetzt lag es an ihr, welche Schlüsse sie aus den Informationen ziehen würde. Und ob sie dazu überhaupt noch in der Lage war.

Wir tappten ja selber noch ziemlich im Dunkeln, was die Details anging. Auch jetzt, während ich abwechselnd auf Florence' Tür und Emily starrte, rotierten die Gedanken in meinem Kopf. Hatte Arthur das mit den Federn bei uns im Haus nur inszeniert, um uns wiederum glauben zu machen, dass Anabels Dämon wirklich existierte? Oder hatte er mit diesen Aktionen den Verdacht auf Anabel lenken wollen?

Die Federn waren immer dann aufgetaucht, wenn wir Anabel im Korridor getroffen hatten. Zusammen mit der Dunkelheit und der Kälte. Hatte Arthur Anabel im Verborgenen verfolgt und für die Special Effects gesorgt? Im Korridor dürfte es ihm nicht schwergefallen sein, Anabel den Dämon vorzuspielen.

Und zu welchem Zweck?

Natürlich, damit Anabel dem Dämon – respektive Arthur – ihre überragenden Fähigkeiten in Sachen – nennen wir es mal *Traummagie* – zur Verfügung stellte.

Allerdings hatte diese Theorie noch ein paar Lücken. Eine davon betraf die Schlange. Wenn es Arthur war, der Anabel den Dämon vorspielte, würde er ihr wohl kaum befohlen haben, ihm eine Giftschlange in den Spind zu legen, oder?

»Mistvieh, elendes!« Emily riss mich aus meinen Grübeleien. Im ersten Moment dachte ich, sie habe mich entdeckt, aber sie verlor nur gerade die Geduld mit dem Fürchterlichen Freddy. »Du sagst mir jetzt noch einmal die ganze Aufgabe«, verlangte sie aufgebracht. »Und langsam und deutlich, du fettes Biest.«

Freddy neigte höflich seinen Schnabel. Ich verstand nicht, warum Grayson ihn nicht wenigstens ein klitzekleines bisschen bösartiger ausgestattet hatte. »Addiere das Geburtsjahr von Prinz William zu fünftausendneununddreißig und der Wurzel aus null Komma fünf sechs zwei fünf, der Wurzel aus drei Millionen neunhundertzwölftausendvierhundertvierundachtzig sowie der Wurzel aus hundertelftausendfünfhundertsechsundfünfzig und multipliziere die Summe mit vier. Wenn du es umkehrst, erhältst du, was du verloren hast.«

»Prinz Williams Geburtstag«, Emily kritzelte etwas aufs Papier. »Grayson denkt wohl, das weiß ich nicht, weil ich mich nicht für diesen oberflächlichen Royal-Society-Kram interessiere, aber zufälligerweise habe ich ein Gedächtnis wie ein …«

»Pferd?«, fragte ich.

Emily hob den Kopf, wirkte aber nicht sonderlich erschrocken. »Du schon wieder«, stöhnte sie nur genervt.

Wenn hier jemand genervt sein durfte, dann ja wohl ich.

»Na, träumst du gerade was Schönes?«, fragte ich.

»Wenn du wieder abhaust, vielleicht«, sagte Emily. »Und nur zu deiner Information: Pferde haben in der Tat ein exzellentes Gedächtnis. Mein Conquest of Paradise hat garantiert einen höheren IQ als du.« Sie beugte sich wieder über ihren Schreibblock. »Ich wette, *du* könntest die Wurzel aus einhundertelftausendfünfhundertfünfundfünfzig nicht im Kopf ermitteln.«

»Warum benutzt dein Pferd keinen Taschenrechner?«

»Weil Taschenrechner hier nun mal nicht funktionieren«, sagte Emily, ohne aufzuschauen. »Oder jedenfalls nur so gut, wie ich selber rechnen kann. Denn dieses Türenlabyrinth befindet sich in meinem Kopf! Alles, was du hier siehst und was hier passiert, sind Bilder und Fakten aus meinem Unterbewusstsein.«

Aha! Das war doch mal eine interessante Theorie. »Wir befinden uns also jetzt gerade in *deinem* Kopf?«

Emily nickte. »In meinem Traum, um genauer zu sein.« Jetzt sah sie mich doch wieder an. »Du bist eine Projektion meines Unterbewusstseins.«

»Ah, okay«, erwiderte ich. »Dann fragt dich dein Unterbewusstsein jetzt, ob du hier schon lange rumsitzt.«

Emily zuckte gleichgültig mit den Schultern. »Aber was bedeutet hier schon Zeit?«

»Ist jemand dort hineingegangen oder herausgekommen?« Ich zeigte auf Florence' Tür.

»Da? Nee«, sagte Emily.

Das war doch schon mal gut.

»Und die Tür hat sich auch nicht einfach mal so geöffnet?«, schob ich sicherheitshalber noch nach.

»Nicht dass ich wüsste«, sagte Emily. »Und jetzt halt die Klappe, ich muss rechnen.«

»Ich«, ich räusperte mich, »also dein Unterbewusstsein versteht nicht, warum du immer wieder versuchst, in Graysons Traum zu gelangen, wenn sich doch eh alles nur in deinem Kopf abspielt.«

»Weil ich eben wissen möchte, was mein Unterbewusstsein mir über Grayson und mich mitzuteilen hat … ach, das schnallst du nicht, das ist höhere Psychologie. Und jetzt verschwinde und lass mich in Ruhe rechnen. Das macht dann achttausendneunhundertneunundneunzig plus dreihundertvierunddreißig plus null komma sieben fünf … mal vier …«

»Wenn du etwas über dich und Grayson erfahren willst, kannst du doch auch einfach mich fragen«, sagte ich. »Erstens: Ihr beiden seid nicht füreinander bestimmt. Zweitens: Er ist heilfroh, dass er dich los ist. Drittens …«

»Schnauze!«, sagte Emily.

Ich ließ mich nicht beirren. »Aber, hey, dein Unterbewusstsein möchte dir doch durch mich ein paar Informationen zukommen lassen. Zum Beispiel, dass du drittens dringend an deinem Charakter arbeiten musst, wenn du …«

»Schnauze, hab ich gesagt!« Offensichtlich schien sie nicht besonders viel von den Ratschlägen ihres eigenen Unterbewusstseins zu halten. Sie versuchte, sich wieder auf die Rechenaufgabe zu konzentrieren.

Na gut. Dann eben auf die harte Tour.

»Dein widerlicher kleiner Bruder Sam ist Secrecy«, sagte ich.

»Was?« Emily ließ den Bleistift sinken und sah mich stirnrunzelnd an. »Sam? Sam ist Secrecy?«

»Hast du das nicht gewusst?«

Emily schüttelte den Kopf. »Nein. Natürlich nicht. Oder doch … irgendwie wohl schon, sonst würdest du es mir ja jetzt nicht sagen können.«

»Genau! Weil wir uns ja hier in deinem Kopf befinden und du unbewusst längst begriffen hast, dass es dein Bruder war, der all diese Gemeinheiten geschrieben und dabei nicht mal vor dir haltgemacht hat.« Jetzt zitierte ich aus dem Gedächtnis. »Die Reflexx! Die Schülerzeitung, die eigentlich Reflux heißen müsste, so langweilig und bieder wie ihre Chefredakteurin.«

Emily sah ehrlich schockiert aus. Genauer gesagt, am Boden zerstört. »Sam ist Secrecy?«, wiederholte sie leise. »Mein kleiner Sam? Aber der würde mich doch nie … Ich wünschte, du hättest mir das nicht gesagt.«

»Und ich wünschte, du würdest aufhören, in deinem Unterbewusstsein herumzustochern«, gab ich zurück. Ich durfte jetzt nicht lockerlassen, auch wenn mir Emily gerade leidtat. Sie sollte ein für alle Mal aus dem Korridor verschwinden. »Sonst werde ich nämlich noch mehr so unerfreuliche Wahrheiten auspacken, jeden Tag. Wahrheiten, vor denen dein Unterbewusstsein dich eigentlich beschützen wollte, was aber nicht mehr funktioniert, weil du so gnadenlos in deinen eigenen Abgründen wühlst und Dinge ans Tageslicht zerrst, die dazu bestimmt waren, in der Dunkelheit vergessen zu werden.« Huh, das waren aber mal so richtig miese Metaphern. Ich hoffte, Emilys innere Chefredakteurin würde sie durchgehen lassen. »Was meinst du denn, warum es diese Türen gibt? Doch nur, um dich vor Erkenntnissen zu bewahren, die deine physische und psychische Gesundheit gefährden könnten.« Ich wurde noch ein bisschen pathetischer. »Du hättest die Schwelle zu diesem Korridor … äh … zu diesem Labyrinth deines Gehirns niemals überschreiten sollen. Und tief in deinem Inneren weißt du das auch ganz genau.«

Emily sah ein wenig verunsichert aus. »Aber die Wahrheit hat noch nie jemandem geschadet«, murmelte sie.

»Und ob sie das hat!« Ich versuchte, meinen Worten ein bisschen mehr Nachdruck zu verleihen, indem ich einen kräftigen Windstoß durch den Korridor wirbeln ließ, der

Emily die Haare aus der Stirn blies. Jetzt hatte ich ihre volle Aufmerksamkeit.

»All die Wahrheiten, die du hier ausgraben wirst, werden dich nicht nur unglücklich und einsam machen, sondern langsam, aber sicher in den Wahnsinn treiben«, erklärte ich mit Nachdruck. Ich beugte mich leicht vor und raunte vertraulich: »Gib es zu – du bist doch jetzt schon kurz davor durchzudrehen, weil das alles hier dein Fassungsvermögen überschreitet … du fängst an, an deinem gesunden Menschenverstand zu zweifeln, und das ist erst der Anfang.« Ich machte eine kleine Pause. »Das Ende wird die Psychiatrie sein«, sagte ich dann mit Grabesstimme.

Zu meiner Erleichterung widersprach Emily mir nicht mehr. »Ich habe wirklich manchmal Angst, verrückt zu werden. Weil ich genau weiß, dass ich das hier nur träume und es sich trotzdem so echt anfühlt … Ich meine, man kann es sicher absolut logisch erklären, aber egal, wie viel ich darüber lese und nachgrüble, es wirft immer nur neue Rätsel auf, wenn du verstehst, was ich meine.«

Oh ja, das verstand ich sehr gut. Sie wusste ja gar nicht, wie gut. »Das Gehirn ist eben ein komplexes Organ«, sagte ich. »Und wenn du deins vor dem Kollaps retten willst, wenn du deinen Schulabschluss machen, studieren und eine Familie gründen willst, anstatt in einer Irrenanstalt vor dich hin zu dämmern, gehst du zurück durch deine Tür und kommst nie wieder hierher.«

»Irrenanstalt sagt man nicht mehr«, wies mich Emily zerstreut zurecht.

Ich zuckte mit den Schultern. »Sorry, ich bin nur ein Teil deines Bewusstseins.«

»Ich weiß, ich weiß«, sagte Emily. »Und ich fürchte, du hast recht.« Sie stand auf. »Ich sollte nicht mehr herkommen. Ich mochte es hier sowieso nie besonders. Mein Gehirn hat mir hier stets nur Personen und Tiere präsentiert, die ich im echten Leben nicht ausstehen kann. Ich meine, von Grayson mal abgesehen. Ich hasse Leoparden, ich hasse dich, und ich hasse Fledermäuse. Ich kann deine neunmalkluge Schwester nicht leiden, und Arthur Hamilton ist sowieso der größte Angeber unter der Sonne. Dicht gefolgt von Henry Harper. Er ist stinkfaul, kriegt aber immer die besten Noten, weil die Lehrer ihn für ein Genie halten und auf die Kaputte-Kindheit-Masche reinfallen.«

Sie sah an mir vorbei und verzog angewidert das Gesicht. »Ich könnte kotzen, wenn er so lässig angeschlendert kommt, mit diesem pseudocoolen Grinsen und den Händen in der Hosentasche.«

Ich drehte mich auf dem Absatz um.

»Ist auch immer schön, dich zu sehen, Emily«, sagte Henry. Denn er kam tatsächlich angeschlendert, die Hände in der Hosentasche und so lässig, dass mein Herz ein bisschen schneller schlug. Allerdings war sein Grinsen nicht pseudocool, sondern eher ein bisschen gequält.

»Wolltest du nicht auf Florence' Tür aufpassen?«, wandte er sich an mich.

»Hab ich ja. Während Emily und ich eine kleine Unterredung hatten«, sagte ich und vergaß ganz, dass Emily noch etwas gesagt hatte, wo ich hatte einhaken wollen. Irgendwas mit Fledermäusen.

»Ich wollte gerade gehen.« Emily klemmte sich den Bleistift hinter das Ohr.

»Und zwar für immer«, ergänzte ich. Weil Henry die Stirn runzelte, anstatt mich zu loben, dass ich es geschafft hatte, Emily aus unserem Korridor zu vertreiben, fügte ich schnell hinzu: »Bei Florence ist alles ruhig, keine Sorge. Sie wird ohnehin heute Nacht kein Auge zutun. Arthur hat vielleicht auch Besseres zu tun als ...«

»Stopp!« Henry legte mir einen Finger auf den Mund. »Bevor du mir hier draußen irgendwelche Sachen erzählst, die nicht für fremde Ohren geeignet sind, solltest du überprüfen, ob ich wirklich der bin, für den ich mich ausgebe.«

»Derjenige, für den du dich ... ach so, du meinst, Arthur könnte wieder einen von seinen Gestaltwandlertricks angewendet haben.« Das hatte ich in der Tat nicht bedacht. »Dann ist das hier vielleicht auch gar nicht Emily ... – ach, nee, sie ist es. Das hätte selbst Arthur nicht so gut hingekriegt.« Ich grinste, während Emily uns missmutig anschaute, offensichtlich schwer genervt von ihrem Unterbewusstsein.

»Nicht witzig, Liv«, sagte Henry, ungewohnt humorlos. »Ich dachte, du hättest den Ernst der Lage verstanden.«

Ja, doch. Hatte ich. Aber es würde uns gegen Arthur kein Stück weiterhelfen, wenn wir alle in Panik verfielen.

»Frag mich etwas, was nur Henry wissen kann«, forderte Henry mich auf.

»Na gut.« Ich seufzte. »Wie hieß der Hund – nicht der Chow-Chow, der andere – mit dem ich in Südafrika immer spazieren war?«

»Sir Barks-Alot.« Henry schüttelte unwillig den Kopf. »Aber das könnte Arthur genauso gut wissen, wenn er uns gestern Nacht belauscht hätte.«

»Okay … wenn man es genau nimmt, könnte er ja eigentlich fast alles belauscht haben … also küss mich! Dann weiß ich sofort, ob du es bist.«

»Hm«, machte Henry, und seine Gesichtszüge entspannten sich etwas. »Das ist wirklich eine schlaue Methode. Bei der Gelegenheit kann ich auch gleich feststellen, ob du wirklich du bist.«

Aber bevor wir mit unserer Überprüfung beginnen konnten, mischte sich Emily ein, die sich offensichtlich vernachlässigt fühlte. »Ihr werdet doch bitte nicht hier rumknutschen! Was will mein Unterbewusstsein mir denn damit sagen?« Jammernd fuhr sie fort: »Und was soll das ganze Gequatsche über Arthur und Florence? Ich meine, wofür stehen diese Figuren? Ich sehe sie hier immer alle herumlaufen, aber ich verstehe den Sinn nicht. Ist es von symbolischer Bedeutung, wenn der blöde Geier zum Beispiel Arthur in Graysons Traum lässt, aber mir den Zutritt verweigert? Und könnt ihr es mir nicht einfach erklären? Ich bin für Worte sehr viel empfänglicher als für Bilder.«

Was hatte sie da gesagt? Mein Mund wurde plötzlich staubtrocken.

Henry hatte offenbar das Gleiche gedacht wie ich. Er packte Emily am Arm. »Moment – Arthur war in Graysons Traum? Kannst du dich noch erinnern, wann das ungefähr war?«

Emily zuckte wieder mit den Achseln und schüttelte Henrys Arm ab. »Ist nicht lange her«, sagte sie. »Bevor ihr gekommen seid. Und er hat gar nicht abgewartet, bis der blöde Steingeier seine Aufgabe runtergeleiert hatte, sondern hat ihm die Lösung direkt ins Ohr geflüstert. Und mich hat er einfach nur dreckig angegrinst. Was immer das auch bedeutet – symbolisch betrachtet.«

Sie sprach noch weiter, aber Henry und ich hörten ihr nicht mehr zu. Wir starrten einander erschrocken an.

»Es hat also schon begonnen«, flüsterte Henry.

24.

Okay. Keine Panik. Das Wichtigste war jetzt, Ruhe zu bewahren und …

»Wir müssen da rein«, schrie ich Henry an.

Henry sah nicht weniger panisch aus als ich. »Du könntest aufwachen und Grayson wecken … aber vielleicht ist es dafür schon zu spät, und er … Hast du deine Zimmertür abgeschlossen, wie ich es dir gesagt hatte?«

»Ja.« Ich war den Tränen nahe. »Was sollen wir denn jetzt tun?«

Henry rüttelte an Graysons Tür. »Hast du einen persönlichen Gegenstand von Grayson dabei? Ich ausgerechnet heute nicht …«

»Addiere das Geburtsjahr von Prinz William zu fünftausendneununddreißig und der Wurzel aus null Komma fünf sechs zwei fünf«, begann Freddy zu leiern.

»Ich hab ein altes T-Shirt von ihm an«, rief ich. »Aber ich kann verdammt nochmal nicht kopfrechnen!«

»Tja«, sagte Emily ein bisschen schadenfroh. »Hättet ihr mich mal in Ruhe gelassen, könnte ich es euch jetzt sagen.«

»… und multipliziere die Summe mit vier. Wenn du es umkehrst, erhältst du, was du verloren hast«, schloss Freddy.

»Liebe!«, schrie ich.

Freddy schüttelte den Kopf. Henry sah mich fragend an.

»Es ist ein Wort«, erklärte ich ihm hastig. »Aus Taschenrechnerbuchstaben!«

»Ähm, Liv, Taschenrechner sind die Dinger mit den Zahlen.« Emily lächelte mich überheblich an. »Buchstaben findest du eher in Büchern.«

»Halt die Klappe und zisch endlich ab«, schnauzte ich sie an und schleuderte Freddy wahllos ein paar weitere Wörter an den Kopf: »See! Silbe! Eibe! Biss! Lies! Bleib!«

»Ja, was denn nun?«, murmelte Emily, aber unter unseren bösen Blicken trollte sie sich endlich. Den Schreibblock an sich gedrückt, ging sie den Gang hinunter und verschwand um die Ecke, wo wir ihre Tür ins Schloss fallen hörten. Ich hatte keine Zeit, ihr »Nimmerwiedersehen« zu wünschen, ich war fieberhaft damit beschäftigt, Wörter zu bilden. Auch wenn Freddy bei jedem einzelnen den Kopf schüttelte. »Eis, Blei, Seil … Ach, Mist, G geht ja auch, umgekehrte Neun, Segel, Egel … oh, und ich hab das O ganz vergessen …«

»Seele«, sagte Henry, und noch während ich ihn überrascht anstarrte, piepste Freddy feierlich: »Der Eintritt sei euch gewährt.«

Ich drehte den Türknauf nach links. Diesmal gab er nach. Ich bedachte Henry mit einem bewundernden Blick. »Wahnsinn, wie schnell du das kapiert hast.«

»Na, wegen *erhältst du, was du verloren hast*«, zitierte er den Fürchterlichen Freddy.

»Du bist wirklich ein Genie. Egal, was Emily …«

»Psssst.« Henry legte einen Finger auf seine Lippen. Er hatte die Tür vorsichtig weiter aufgeschoben, aber jetzt zögerte er. »Haben wir eigentlich einen Plan?«, flüsterte er.

Nein, hatten wir nicht. Aber jetzt musste es halt irgendwie ohne gehen. Ich nahm die Schultern zurück und straffte mich. Um uns Mut zu machen, kramte ich den erstbesten Spruch aus Mr Wus reichlichem Zitatschatz heraus, der mir in den Sinn kam. »Auch die dunkelste Wolke hat einen silbernen Rand«, sagte ich mit Nachdruck. Der passte doch eigentlich ganz gut.

So geräuschlos wie möglich schlichen wir uns über die Schwelle und ließen die Tür vorsichtig hinter uns ins Schloss gleiten.

Ich erkannte sofort, dass wir in der Schulbibliothek gelandet waren, und zwar zwischen zwei Regalen in der naturwissenschaftlichen Abteilung. Das war typisch für Grayson – er träumte oft von der Schule und meistens erschreckend realitätsnah. Wir entdeckten ihn weiter hinten an einem der Arbeitstische, wo er jede Menge Bücher neben sich aufgestapelt hatte und in einem davon blätterte. Miss Cooper, die freundliche, kleine Bibliothekarin, war direkt neben uns damit beschäftigt, Bücher von einem vollgepackten Bücherwagen zurück ins Regal zu sortieren. Es herrschte genau die friedliche, kontemplative Stille, die ich an Bibliotheken so liebte, und ich bildete mir sogar ein, den Geruch von Büchern wahrzunehmen. Das Einzige, das verriet, dass es sich hier um einen Traum handelte, war der Papagei, der in einem Käfig neben Grayson stand und dem Papagei von Mrs Honeycutt verflucht ähnlich sah.

Ansonsten gab es nur wenige Bibliotheksbesucher, und einer davon war – Mia. Sie saß im Schneidersitz auf dem Nachbartisch, hatte ein silbernes Prinzessinnen-Krönchen auf dem Kopf und schien Grayson beim Lesen zuzuschauen.

Henry und ich tauschten einen kurzen Blick. »Glaubst du, das ist Arthur?«, fragte Henry leise, und ich nickte. Arthur versteckte sich gern hinter einer vertrauten Person – und das Krönchen passte irgendwie auch, so rein symbolisch betrachtet.

»Sch, sch, sch! Flüstern macht auch Lärm«, wies uns Miss Cooper zurecht, ganz genau so, wie sie es auch in Wirklichkeit immer tat. »Wenn ihr reden wollt, geht woanders hin. Hier wird gelernt.« Sie stellte ein Exemplar von »Molekulare Grundlagen der Genetik« ins Regal und sah an uns vorbei zu der Tür, durch die wir gekommen waren. Ein Lächeln huschte über ihr Gesicht.

»Das muss natürlich weg«, sagte sie und ließ mit einer geschmeidigen Handbewegung ein Bücherregal davor wachsen. »Merkt euch: Die erste Regel für eine funktionierende VPIT lautet: Die Traumtür darf nicht im Sichtfeld des

Träumenden sein.« Ihr Lächeln vertiefte sich. »Allerdings wäre das jetzt auch egal – ich habe das ja längst erledigt. Ihr seid zu spät!«

Und dann war es plötzlich nicht mehr die kleine, dunkelhaarige Miss Cooper, die vor uns stand, sondern Arthur, groß und blond und auf eine übelkeiterregende Art und Weise wunderschön. Ich spürte meinen Mut sinken. Arthur. Es war doch immer Arthur.

»Und was ist eine VPIT?«, fragte Henry. Der Frust in seiner Stimme war nicht zu überhören.

»Verhaltens-Programmierung im Traum nach der patentierten Arthur Hamilton-Methode«, antwortete Arthur sofort bereitwillig. »Jedenfalls bis mir ein besserer Name dafür einfällt.« Er folgte meinem Blick hinüber zu Grayson und Mia und grinste. »Keine Sorge, er kann uns nicht hören, ich habe sicherheitshalber ein Energiefeld zwischen uns installiert. Ihr könnt mich also gerne anschreien, wenn euch danach ist.«

Als wir das nicht taten, fuhr er gutgelaunt fort: »Wie gesagt, der spannende Teil dieses Traums ist längst vorbei. Als ich kam, war Mr Fourley gerade dabei, Grayson zu sagen, dass er die Chemieklausur verhauen hat – ist es nicht komisch, dass er im Traum immer versagt? Vielleicht hört er ja damit auf, wenn er endlich auch mal im wirklichen Leben versagt, was meint ihr? Ich habe ihm da jedenfalls was Hübsches einprogrammiert, bei dem er … ach, das verrate ich euch lieber noch nicht, das soll ja auch für euch eine Überraschung sein.« Er betrachtete mich mit schiefgelegtem Kopf. »Für dich allerdings nur eine kurze und ziemlich schmerzhafte, Liv.«

Etwas blitzte in Henrys Augen auf. Seine Hände ballten sich zu Fäusten, und ganz kurz bildete ich mir ein, die Luft zwischen uns flimmern zu sehen. Aber dann fragte er nur müde und genauso resigniert, wie ich mich fühlte: »Warum, Arthur? Warum?«

»Warum?«, wiederholte Arthur. Die gute Laune kippte aus seinem Gesicht wie eine Maske. Darunter kam blanke Wut zum Vorschein. »Das fragst du doch nicht im Ernst, oder? Nach all diesen Wochen, in denen ihr nichts als Hass und Verachtung für mich übrig hattet, all den Wochen, in denen ich förmlich darum gebettelt habe, dass ihr euch auf unsere alte Freundschaft besinnt! In denen ich euch aus reiner Sentimentalität verschont habe … Viel zu lang hab ich gebraucht, um zu begreifen, dass ihr das überhaupt nicht wert seid. Aber als ich beinahe gestorben wäre, als ich vollgepumpt mit Schlangengift und Gegenserum im Krankenhaus lag, ist es mir endlich wie Schuppen von den Augen gefallen.« Hasserfüllt funkelte er uns an.

»Aber das mit der Schlange waren wir doch gar nicht«, sagte ich.

»Das weiß ich«, fuhr er mich an. »Aber ich hätte sterben können, und weder Henry noch Grayson haben sich dafür interessiert. Sie haben sich nicht mal nach meinem Befinden erkundigt.«

»Und sie hätten auf deinem Grab getanzt, wenn die Schlange ihren Job besser erledigt hätte«, sagte Henry.

Arthurs Nasenflügel blähten sich auf. Er wollte etwas sagen, aber in diesem Moment krächzte Mrs Honeycutts Papagei: »Nichts ist umsonst, nicht mal der Tod.«

»Ah, ihr habt mein Energiefeld zerstört.« Arthur drehte sich zu Grayson und Mia um, die sich nicht von der Stelle gerührt hatten. Grayson schaute immer noch in sein Buch, und Mia sah ihm beim Lesen zu. Nur der Papagei schien ein wenig unruhig geworden zu sein. Er schlug mit den Flügeln und rief »Tod! Tod!«, als wolle Graysons Unterbewusstsein ihm etwas sagen, ihn warnen. Mir zerriss es beinahe das Herz.

»Grayson!« Ich drängte mich an Arthur vorbei, wobei ich erwartete, jeden Moment gegen ein neues Energiefeld zu prallen. Henry folgte mir.

»Süß, wie ihr euch um Livs künftigen Mörder sorgt«, sagte Arthur nur. »Ich sagte doch bereits, ihr kommt zu spät. Von mir aus könnt ihr Grayson gerne klarmachen, dass er gerade träumt und ein Opfer von VPIT geworden ist. Weckt ihn auf und erzählt ihm alles – es ändert nichts. Ich kann ihn jederzeit aktivieren.«

»Nicht, wenn ich dich vorher umbringe«, knurrte Henry, aber es klang nicht wirklich bedrohlich, nur verzweifelt.

Grayson blickte unwillig von seinem Buch auf. »Leute!

Das ist eine Bibliothek! Und ich muss lernen. Ich hab schon Chemie vergeigt, jetzt muss ich wenigstens in Bio eine gute Note schaffen.«

»Ja«, sagte Mia. »Sonst kann er das mit dem Medizinstudium in Oxford knicken.«

Und der Papagei krächzte: »Ohne Fleiß keinen Preis.«

»Genau. Und wer zu spät kommt, den bestraft das Leben.« Arthur lehnte sich mit dem Rücken gegen ein Regal, wodurch sich ein Buch löste und zu Boden fiel. »Süßer Traum, was? Genauso brav wie Grayson selber. Die Leute werden aus allen Wolken fallen, wenn sie erfahren, dass er seine eigene Stiefschwester umgebracht hat. Und dazu noch auf so bestialische Weise.« Er gluckste amüsiert, während das heruntergefallene Buch wider alle Gesetze der Schwerkraft langsam über den Boden glitt, bis es vor meinen Schuhspitzen zum Stehen kam.

Ich ließ mich auf den Stuhl neben Grayson fallen und fühlte mich so hilflos wie noch nie in meinem Leben. Henry war vor dem Tisch stehen geblieben und starrte Arthur unschlüssig an. Zwischen seinen Handflächen flirrte eine Art Lichtkugel hin und her, die aus demselben Material bestand wie die glitzernden Energiefelder, die er im Korridor zu installieren pflegte, aber was würde es jetzt noch nutzen, Arthur mit Energiebällchen zu beschießen? Und wenn Henry alle Register seiner Imaginationsfähigkeit ziehen würde – es war zu spät.

Arthur hatte längst gewonnen.

»Wie gesagt – ihr könnt nichts tun«, bestätigte er noch einmal, als habe er meine Gedanken gelesen. »VPIT kann nicht rückgängig gemacht werden. Grayson kann nur verhindern, zum Mörder zu werden, wenn er … ja, wenn er sich vorher selbst umbringt. Dann wäre er natürlich genau genommen immer noch ein Mörder. Ein Selbstmörder.« Er bedachte Grayson mit einem beinahe liebevollen Lächeln. »Würde aber zu ihm passen.«

Oh Gott, ja. Das würde es wirklich. »Du … du …«, stammelte ich, verstummte aber wieder. Nicht mal ein Schimpfwort gab es für Arthur.

»Genialer Mistkerl?«, soufflierte er breit grinsend.

»Schluss jetzt«, sagte Grayson genervt. »Könnt ihr euch bitte woanders streiten?«

»Genau, der Kronleuchter fängt ja schon zu klirren an bei eurem Lärm«, sagte Mia und zeigte an die Decke. In der echten Schulbibliothek gab es dort nur schmucklose Leuchtröhren, aber heute hing hier ein opulenter Kronleuchter, der mir irgendwie bekannt vorkam. Mia löste sich aus dem Schneidersitz und begann mit den Beinen zu baumeln. »Ich finde deine Haare toll«, sagte sie zu Arthur.

»Danke, Prinzessin.« Wieder gluckste Arthur. In dem Regalbrett neben seinem Kopf machte sich erneut ein Buch selbständig. Dieses Mal fiel es nicht zu Boden, sondern drehte sich mit dem Cover zu uns. Der Titel prangte in riesigen Buchstaben auf einem schlichten schwarzen Hintergrund, er lautete: »Keine Angst«, was ich angesichts der Sachlage mehr als zynisch fand.

Arthur beachtete das lebendig gewordene Bücherregal hinter sich gar nicht. Er hatte seine Hände entspannt in die Hosentaschen geschoben und schaute einem Schwarm blauer Schmetterlinge hinterher, die aus dem Nichts erschienen waren und in der Abteilung »Historische Romane« wieder genauso spurlos verschwanden. »Ich lass euch dann mal allein in eurem Elend«, sagte er vergnügt. »So viel Zeit bleibt euch ja nicht mehr für trautes Beisammensein. Und ich hab noch eine kleine Verabredung mit meiner Exfreundin. Die möchte ich nicht warten lassen. Im Gegensatz zu euch ist sie für meine Pläne noch von Bedeutung.«

»Arthur, bitte! Lass uns reden.« Henry trat einen Schritt vor. »Du kannst nicht wirklich wollen …«

»… dass mein ehemals bester Freund Grayson die geliebte Freundin meines ehemals besten Freunds Henry tötet?«, fiel ihm Arthur ins Wort. Das Buch neben seinem Kopf wechselte die Coverfarbe, und der Titel formierte sich neu. *Lasst ihn gehen* stand jetzt da.

»Will ich, dass eure Leben für immer ruiniert sind?«, fragte Arthur weiter in Richtung Henry. »Doch, genau das will ich, alter Freund, genau das. Spar dir also die Bettelei. Wir hätten zusammen die Welt erobern können, aber ihr habt mich zu eurem Feind erklärt. Jetzt müsst ihr mit den Konsequenzen leben.«

Vom Kronleuchter ertönte ein Klirren, und als ich hinaufschaute, entdeckte ich darin ein Äffchen schaukeln. Es spielte mit einer Perlenkette und streckte mir die Zunge heraus. Allmählich war ich irritiert. Und plötzlich wusste ich auch, warum mir der Kronleuchter so bekannt vorkam: Genau der gleiche hing in Großtante Gertrudes Wohnzimmer. Nur ohne Äffchen. Was um Himmels willen …?

»Wenn wir versprechen …«, begann Henry, aber Arthur ließ ihn wieder nicht ausreden.

»Du willst verhandeln?«, fragte er kalt. »Tja. Fehlanzeige. Ihr habt nichts mehr, was ihr mir anbieten könntet – denn ich weiß jetzt, was eure Freundschaft wert war. Nämlich gar nichts. Also – sorry, aber die Welt werde ich ohne euch erobern.« Er nahm die Hände aus seinen Hosentaschen und schlenderte auf das Regal zu, hinter dem sich die Tür zum Korridor verbarg.

»Reisende soll man nicht aufhalten«, krächzte der Papagei, aber weder Henry noch Arthur beachteten ihn. Grayson starrte ohnehin nur wie hypnotisiert in sein Traumbuch.

»Vorher bringe ich dich um«, stieß Henry hervor.

»Du wiederholst dich, Kumpel.« Arthur gähnte. »Nur zu, bring mich um. Überfahr mich mit dem Auto, brenn mir das Haus über dem Dach ab, schlitz mir die Kehle durch! Das ändert nichts, abgesehen davon natürlich, dass du den Rest deines Lebens im Knast verbringst.« Er wischte das Bücherregal beiseite, und Graysons Tür dahinter kam zum

Vorschein. »Es ist so: Der Auslösesatz, mit dem ich Grayson programmiert habe, gehört nicht unbedingt zu den ungewöhnlichsten Sätzen dieser Welt. Genau genommen ist er sogar ziemlich gebräuchlich. Früher oder später – und ich tippe stark auf früher – wird ihn jemand in Graysons Gegenwart aussprechen, egal, ob ich noch lebe oder nicht, und dann ...« Er breitete bedauernd seine Arme aus, und im nächsten Moment verschwand er grußlos durch die Tür.

25.

»Oh Gott, ich dachte, der geht nie!« Mia riss sich das Krönchen vom Kopf und sprang vom Tisch.

Grayson stöhnte. »Und ich dachte, er merkt jeden Moment was. In meinen Träumen fliegen normalerweise keine Schmetterlinge umher, und Äffchen gibt es auch nicht.«

»Aber so ein Papagei braucht schließlich ein bisschen Gesellschaft.« Mia grinste, dann sah sie Henry und mich kopfschüttelnd an. »Dieses ganze Gelaber! Habt ihr denn unsere Botschaften gar nicht kapiert?«

Henry und ich starrten vom einen zum anderen, und ausnahmsweise schien Henry mal genauso auf der Leitung zu stehen wie ich. »Was für Botschaften?«, fragte er, während ich Grayson am Arm packte und heftig schüttelte.

»Bist du etwa *wach*?«

»Nein, Liv, ich bin nicht wach, ich träume!«, antwortete er gereizt. »Aber mir ist sehr bewusst, dass ich träume, wenn du das gemeint hast.«

»Oh mein Gott.« Ich brach in Tränen aus. Jetzt erst merkte ich, dass ich genau das die ganze Zeit gewollt hatte: einfach losheulen. »Arthur hat dich programmiert, Grayson. Er hat dich …«

»Hat er nicht«, unterbrach mich Grayson. »Ich meine, ja, er hat es versucht, aber als er reinkam, war ich schon auf dem Weg nach draußen in den Korridor. Es hat mich einiges an Kraftanstrengung gekostet, ihn glauben zu machen, dass er in einem meiner Träume gelandet ist. Aber Mia hat mir geholfen.« Er lächelte sie an. »Du warst super. Danke!«

»Keine Ursache«, sagte Mia und lächelte zurück. »War reines Glück, dass ich mich in der Schulbibliothek so gut auskenne. Und dass ich mir heute Nacht … äh … zufällig deine Armbanduhr ausgeliehen hatte. So konnte ich Arthur unauffällig folgen, als ich gesehen habe, wie er in deinem Traum verschwand.«

»Aber …« Ich verstand überhaupt nichts mehr.

»Bist du sicher, dass Arthurs Programmierung fehlgeschlagen ist?« Henry rüttelte ebenfalls an Grayson herum, nur am anderen Arm. »Er hat gesagt, man kann sie nicht mehr rückgängig machen.«

»Mir geht es bestens.« Grayson schüttelte unsere Hände ab und stand auf. »Arthurs patentierte Lebensruinier-Methode funktioniert nur in der echten REM-Phase, wenn seine Opfer völlig ahnungslos sind. Aber du kannst ja gerne mal ausprobieren, was passiert, wenn du Arthurs Auslösesatz sprichst. Er lautet: *Warst du beim Friseur?*« Er schnaubte verächtlich.

»Oh mein Gott«, flüsterte ich. Es stimmte – früher oder

später hätte auf jeden Fall jemand diesen Satz zu Grayson gesagt. »Und was wäre dann passiert?«

Er tauschte einen kurzen Blick mit Henry. »Das willst du gar nicht wissen, Liv, glaub mir.«

»Da hat er recht«, sagte Mia schaudernd. »Dieser Arthur hat eine wirklich üble Phantasie.« Sie wandte sich mir zu. »Livvy, du bist ja ganz verheult.« Sie reichte mir ein Taschentuch, und ich putzte meine Nase, obwohl das im Traum eigentlich gar nicht nötig gewesen wäre. Es fühlte sich aber irgendwie tröstlich an.

Über unseren Köpfen schwang sich der Affe am Kronleuchter hin und her und stieß dabei aufgeregte Laute aus.

»Ist das Shiva?«, fragte ich. Das war der Name des Affen, den wir in Hyderabad immer auf unserer Terrasse gefüttert hatten.

»Natürlich ist das Shiva!« Mia sah mich vorwurfsvoll an. »Und du hast nicht mal gemerkt, dass er die Perlenkette trägt, die Mum in Südafrika verloren hat! Du bist überhaupt selten begriffsstutzig gewesen, und dabei hab ich so viele Hinweise gegeben. Auf dem Buch an deinen Füßen ist ein Foto von Papa, und das Buch heißt: Alles ist gut. Hallo? Wie deutlich musste ich denn noch werden? Großtante Gertrudes Kronleuchter, die kalifornischen Schmetterlinge, das Porträt von unserem alten Pfadfinder-Ranger … Wie hätte denn Grayson von etwas träumen sollen, das er noch nie gesehen hat?«

In meinem Kopf schwirrte es. »Mia – wieso kannst du das alles? Woher weißt du überhaupt von diesem Ort? Ich dachte immer …«

Mia sah jetzt fast beleidigt aus. »Aber ehrlich – als ob ich nicht gemerkt hätte, dass an dieser Schlafwandler-Sache was nicht stimmt!« Sie schüttelte den Kopf. »Und in der Nacht in der Küche, nachdem ich beinahe aus dem Fenster gesprungen war und Lottie Vanillekipferl gebacken hat – also, da hätte ja selbst ein Gehörgeschädigter euer Geflüster verstanden. Ich wusste also, dass Arthur dahintersteckt. Und ab da war es eine reine Rechercheleistung …«

Henry drückte Mia einen Kuss auf die Wange. »Ich war gleich dafür, dich einzuweihen«, sagte er. »Aber Grayson und Liv wollten dich beschützen. Dabei scheinst du ein echtes Naturtalent zu sein.«

Mias Versuch, einen bescheidenen Gesichtsausdruck aufzusetzen, misslang gründlich. »Allerdings! Hat zwar ein bisschen gedauert, bis ich die Sache mit den persönlichen Gegenständen geschnallt habe, aber dann …« Sie boxte mich auf den Arm. »Was meinst du denn, woher ich all diese Beweise zu Secrecys Identität habe? Die E-Mail-Adressen, die Kennwörter – hast du etwa geglaubt, ich wäre neuerdings unter die Computerhacker gegangen, Livvy?«

Ich war ausnahmsweise mal sprachlos.

»Du weißt, wer Secrecy ist?«, fragte Henry verdutzt, und da fiel mir ein, dass ich in der ganzen Aufregung um Florence und die Federn vergessen hatte, Grayson und Henry von der Secrecy-Sache zu berichten. Aber vielleicht sollte Florence das besser selber tun. Schließlich hatten über Grayson und Henry nicht wenige intime Dinge und Gemeinheiten im Tittle-Tattle-Blog gestanden – da hatte sie sicher einiges zu erklären.

»Ich weiß eine ganze Menge«, sagte Mia ausweichend. »Aber ein paar Lücken gibt es noch, und ich brenne darauf, die zu schließen. Was genau ihr mit Arthur und Anabel und dem Dämon laufen habt, zum Beispiel. Und ob die Sache mit Theo Ellis auch auf Arthurs Konto geht. Und warum Emily ständig vor Graysons Tür herumlungert und denkt, der ganze Korridor gehöre ihr. Manchmal hat sie sich nur vertreiben lassen, wenn ich einen Schwarm Fledermäuse auf sie gehetzt habe …«

Henry und ich lachten, und Mia und sogar der Papagei stimmten mit ein.

»Leute!« Grayson, der die ganze Zeit nervös zwischen den Tischen auf und ab gewandert war, sah uns mit zusammengezogenen Augenbrauen an. Unser Lachen verebbte. »Wenn man euch so zuhört, könnte man denken, es sei schon alles überstanden. Das hier ist weder ein Kaffeekränzchen noch eine Siegesfeier! Das nächste Mal haben wir vielleicht nicht so ein Glück, ist euch das nicht klar? Arthur wird nicht lockerlassen, und wir wissen jetzt, dass er vor gar nichts zurückscheut.«

Ich schluckte. Stimmt. Es gab überhaupt keinen Grund zu lachen.

Henry biss sich ebenfalls kurz auf die Lippe. »Ich war nur so erleichtert, dass …«, murmelte er. Er drehte sich kurz zu Graysons Tür um, dann schaute er mich an. »Grayson hat recht. Es ist noch nicht vorbei.«

»Aber doch wenigstens für heute Nacht?«, fragte ich hoffnungsvoll. »Morgen sehen wir dann weiter. Es wird uns schon was einfallen, wir machen einen Plan, und …«

Henry schüttelte den Kopf. »Es wird nie vorbei sein. Genau in diesem Augenblick ist Arthur da draußen und trifft sich mit Anabel.«

»Und Gnade uns Gott, wenn die beiden zusammenarbeiten.« Grayson schlug mit der Faust gegen ein Bücherregal. »Das ist doch unfair! Da habe ich all diese Dinge herausgefunden, und jetzt soll die ganze Mühe umsonst gewesen sein?«

»Nein. Nein, soll sie nicht.« Plötzlich sah Henry wild entschlossen aus. Mit wenigen Schritten war er an der Tür. »Ich werde da jetzt rausgehen und die Sache ein für alle Mal beenden!«

»Warte!« Ich sprang auf. »Ich komme mit dir. Du hast doch einen Plan?«

Henry lächelte mich an. »Eher eine Idee, von der ich nicht sicher bin, ob sie funktioniert. Aber du kannst nicht mitkommen, Liv«, schob er sofort hinterher. »Diesmal nicht. Ich kann das nur ohne dich …«

Sein Satz blieb unvollständig in der Luft hängen, denn ohne weitere Vorwarnung stieß er die Tür auf und sprang hinaus in den Korridor.

Obwohl ich sofort lossprintete, fiel die Tür direkt vor meiner Nase ins Schloss, und ich prallte gegen ein funkelndes Energiefeld.

»Das gibt's doch nicht!« Ich stampfte mit dem Fuß auf. Henry hatte dazugelernt. Diesmal hatte er mich ausgetrickst. Aufgebracht drehte ich mich zu den anderen beiden um. »Versteht ihr, was das soll? Was hat er denn vor, das er angeblich nur allein tun kann? Und warum sagt er uns nicht einfach, was das für eine Idee ist? Was soll jetzt plötzlich diese Ego-Tour?«

Grayson schüttelte nur ratlos den Kopf, und Mia sagte: »Auf jeden Fall ist es etwas Gefährliches.«

Ja genau. Deswegen regte ich mich ja so auf.

»Ich hasse es, wenn er das tut!« Wütend griff ich durch das Energiefeld nach der Türklinke, wurde aber einen halben Meter zurückgeschleudert. »Diese Beschützermasche nervt! Ich hab ihn mindestens schon genauso oft gerettet wie er mich, und er sollte mich doch wirklich besser kennen. Ich habe ihn auch nicht allein in den Traum von Mrs Honeycutts Schwester ... oh!« Blitzartig durchschoss mich die Erkenntnis, und mit einem Mal wusste ich, was Henry vorhatte.

Und ja, es war nur eine Idee – aber eine brillante.

Wenn es uns irgendwie gelang, Arthur in Muriels Traum

zu locken und dafür zu sorgen, dass er nicht mehr herauskam, musste er zwangsläufig darin erwachen. Und in der nächsten Nacht wieder dort landen, genau wie ich. Und weil er keine Ahnung hatte, um wessen Traum es sich handelte, würde er darin festsitzen, wie ich dort festgesessen hatte, Nacht für Nacht, bis ans Ende seines Lebens. Er würde niemals mehr …

»Livvy?« Mia und Grayson warfen mir fragende Blicke zu, und ich versuchte ihnen in möglichst wenigen Worten zu erklären, was es mit Muriels Traum auf sich hatte. Weder Mia noch Grayson sahen so aus, als würden sie besonders viel davon verstehen, aber als ich geendet hatte, war Henrys Schutzwall merklich schwächer geworden. Aber meiner Entschlossenheit hätte er sowieso nicht standgehalten.

»Ich geh da jetzt raus.« Ohne auch nur hinzusehen, ließ ich das Energiefeld zu glitzerndem Staub kollabieren. »Ich geh ihm nach. Und ihr solltet aufwachen und nach Florence sehen – nur zur Sicherheit.«

Mia hatte sich erhoben und schnalzte nun verärgert mit der Zunge. »Na klar, wir kümmern uns um die Alten, die Frauen und die Kinder, während du und Henry die Welt rettet – du bist im falschen Film, große Schwester! Wenn du glaubst, ich kau mir für den Rest der Nacht auf den Fingernägeln rum und warte auf dich, dann hast du dich geschnitten.«

»Nimm sie mit«, sagte auch Grayson. »Sie ist wirklich gut. Allein, wie sie diesen Jungen da imaginiert …« Er zeigte auf einen Schüler, der weiter hinten in der Bibliothek saß und abwechselnd an seinem Stift kaute und etwas in ein Heft kritzelte. Wenn mich nicht alles täuschte, war das Gil Walker. Wie die übrigen Bibliotheksbesucher-Statisten hatte er sich in der ganzen Zeit nicht von den Geschehnissen beeindrucken lassen. »Sie hat ihn unglaublich authentisch ausgestattet, und obwohl sie mit dem Rücken zu ihm saß, hat er sogar in der Nase gebohrt und die Popel in der Gegend herumgeflitscht …«

»Wenigstens einer, der meine Arbeit zu würdigen weiß.« Mia stellte sich neben mich vor die Tür und hakte sich bei mir ein. »Jetzt komm schon, Livvy, gib dir einen Ruck! Helfen wir Henry! Retten wir die Welt.«

»Wir wissen doch gar nicht …« Ich seufzte. »Also gut. Aber du musst mir versprechen, dass du auf gar keinen Fall über die Schwelle von Muriels Wollladen gehst.«

»Klingt sowieso nicht so verlockend. Ich versprech's.« Mia hob ihre freie Hand zum Schwur.

»Und ich wache dann mal auf«, sagte Grayson.

Ich war kurz davor, noch einmal zurückzulaufen, um ihn zu umarmen. »Ich bin froh, dass du nicht mein Mörder sein wirst«, sagte ich stattdessen nur.

Er lächelte. »Und ich erst«, sagte er. »Ich hätte ja nie mehr zum Friseur gehen können.«

Draußen im Korridor war alles still. Der Gang erstreckte sich im Dämmerlicht ins Unendliche, Tür an Tür an Tür, und hinter jeder Abzweigung begann ein weiterer unendlicher Gang, der wiederum von unzähligen anderen Gängen gekreuzt wurde, von denen unendliche Gänge abzweigten … Mit einem Mal schien es mir völlig aussichtslos, Arthur hier irgendwo aufspüren zu wollen. Als er gesagt hatte, er sei mit Anabel verabredet, hatte er da von einer richtigen Verabredung gesprochen, oder wollte er ihr wieder nur als Dämon auflauern, wie er es vermutlich sehr oft getan hatte? Es hatte ihm sicher unglaublich viel Spaß gemacht, ihr mit dämonischer Stimme Dinge einzuflüstern und ihr geflügelte Schattensilhouetten vorzugaukeln und sie langsam, aber sicher zurück in ihren Wahnsinn zu treiben.

Wo sollten wir mit der Suche beginnen? Vor Anabels Hello-Kitty-Tür? Wo hatte Henry nach ihnen gesucht?

In diesem Augenblick wurde es gleißend hell im Korridor, ein kurzer Moment, der sofort vorbei war, und fast gleichzeitig erreichte uns der Nachhall einer weiter entfernten Explosion. Jedenfalls hörte es sich genauso an. Wir spürten sogar den Luftdruck.

»Das kam von dort hinten.« Mia zeigte den Gang hinunter, auf die Abzweigung hinter Direktorin Cooks Tür, und ohne uns weiter abzusprechen, setzten wir uns in Bewegung. Mia hatte sich in eine Fledermaus verwandelt und sauste pfeilschnell um die Ecke.

Ich konnte als Jaguar kaum mit ihr Schritt halten.

Wieder gab es einen Lichtblitz, der uns den Weg zeigte,

und wie es aussah, führte er uns direkt in den Gang mit Mrs Honeycutts Tür. Stimmen tönten von dort zu uns hinüber, als wir fast da waren, konnten wir auch Arthurs höhnisches Lachen hören.

Vor der letzten Abzweigung bremste ich ab und spähte vorsichtig um die Ecke. Mia flatterte irgendwo über mir.

Arthur stand mit völlig derangierten Haaren in der Mitte des Ganges, direkt vor Mrs Honeycutts Tür. Von Henry war keine Spur zu sehen. Aber offensichtlich steckte er hier irgendwo, denn Arthur hatte die Arme ausgebreitet und drehte sich suchend einmal um die eigene Achse. »Henry!«, rief er. »Was soll das denn?« Sein Gesicht und seine Handflächen sahen verrußt aus, als habe er sich gerade aus einem brennenden Haus gekämpft. »Hör doch auf damit. Sollen wir uns jetzt die ganze Nacht gegenseitig beweisen, wie toll wir sind? Oder hast du mich deswegen hierhergelockt?« Er zeigte auf Mrs Honeycutts Tür. »Gibt es in eurem geheimen Versammlungs-Traum etwas, von dem du denkst, es könnte dir irgendwie helfen?«

Natürlich! Arthur wusste, dass wir uns hier getroffen hatten, er hatte uns vermutlich die ganze Zeit beobachtet. Er musste auch derjenige gewesen sein, der mir neulich diese abscheuliche Dunkelheit auf den Hals gehetzt hatte.

Mein Mut sank. War er uns wirklich immer einen Schritt voraus?

»Gelockt?«, spottete Henry. Er hatte sich aus dem Nichts

materialisiert und lehnte mit dem Rücken an Mrs Honeycutts Tür. Im Gegensatz zu Arthur sah er kein bisschen ramponiert aus. »Ich würde doch eher sagen, gezwungen, oder?«

Arthur zuckte mit den Schultern. »Von mir aus. Ja, ja, du bist wirklich gut, Henry. Wenn es das ist, was du für dein Ego brauchst, dann lass hier ruhig alles in die Luft fliegen. Aber das ändert nichts am großen Ganzen.« Er fixierte Henry mit zusammengekniffenen Augen. »Warum begreifst du das nicht? Wenn dir die Sache mit Liv noch nicht reicht, knöpfe ich mir als Nächstes halt noch jemand anderen vor. Deine kleine Schwester, zum Bei...«

Mitten im Wort wurde er von einer unsichtbaren Druckwelle nach hinten katapultiert und krachte gegen die Wand. Wütend starrte er Henry an, der nicht mal einen Finger gerührt hatte. Weil er es auch gar nicht gewesen war, der ihm den Stoß verpasst hatte, sondern ich. Mit einem leisen Knurren trat ich ins Licht. Über Henrys Gesicht huschte ein kleines Lächeln.

Arthur verdrehte die Augen und rappelte sich wieder auf. »Natürlich«, sagte er. »War ja klar. Wisst ihr was? Ihr langweilt mich! Ich gehe!«

»Ach ja? Wohin denn?«, fragte Henry.

Arthur lachte, aber es klang nicht wirklich amüsiert. »Bilde dir doch nicht ein, dass du mich mit deinen doofen Energiefeldern wirklich aufhalten kannst! Ich kann immer noch aufwachen. Jederzeit!«

»Aber dann wirst du nie erfahren, warum ich dich genau hier haben wollte«, sagte Henry. »Es geht nämlich gar nicht um die Tür hier, sondern um diese da!« Er zeigte auf Muriels Wolllädchen gegenüber, und ich hielt kurz die Luft an. Eine Fledermaus schwirrte um das Schild über der Tür und hängte sich schließlich kopfüber an den Sturz.

»Außerdem, wenn du jetzt aufwachst, verpasst du deine Verabredung mit Anabel«, setzte Henry hinzu.

Arthur zuckte wieder mit den Schultern. »Na und? Kapiert doch endlich: Im Gegensatz zu euch habe ich alle Zeit der Welt. Seit der Sache mit der Schlange denkt Anabel, der Dämon hätte mir verziehen. Wir kämpfen also auf derselben Seite. Wenn ich Anabel heute noch nicht überzeugen kann, mir ihre teuflischen Traumtrick-Geheimnisse anzuvertrauen, dann eben morgen. Oder übermorgen. Oder nach Livs verdammter Beerdigung. Auf ein paar Tage mehr oder weniger kommt es mir nicht an.«

Natürlich hatte er mit jedem Wort recht, und leider war uns das auch mehr als klar. Ich hatte mich neben Henry gesetzt und lehnte meinen Jaguarkopf an seinen Oberschenkel. Irgendwie brachte ich es nicht über mich, mich zurückzuverwandeln. Henry streichelte abwesend über meine flauschigen Ohren.

»Hat Anabel dir die Schlange in den Spind gelegt?«, fragte er.

Arthur lachte, und dieses Mal klang es wirklich amüsiert.

»Nein, Dummerchen, das musste der Dämon schon selber tun.« Direkt vor ihm rieselte eine schwarze Feder herab. »Damit Anabel erkannte, dass seine Macht auch in der realen Welt unermesslich ist.« Noch mehr Federn folgten und wirbelten um seinen Kopf herum wie ein Schwarm winzig kleiner Vögel.

»Du hast dir die Schlange selber in den Spind gelegt«, sagte Henry.

Arthur nickte. »Mein Vater ist da mit diesem Hedgefonds-Manager befreundet, der immer mit seinen Terrarien und seiner Schlangenzucht angibt, der hat mich auf die Idee gebracht. Gibt es ein dämonischeres Tier als eine Schlange? Ich wusste, das würde allen die Haare zu Berge stehen lassen. Also hab ich den Typen programmiert, mir eine von seinen Schlangen zu besorgen, gerne eine bissige, denn es sollte ja schön dramatisch aussehen.« Er stieß ein kleines Schnauben aus. »Dass der Idiot aber ausgerechnet die giftigste Schlange von allen aussuchen würde, war so nicht geplant. Ich wäre tatsächlich beinahe draufgegangen.« Er sah auf seine Hand, die im wirklichen Leben immer noch bandagiert war. »Egal – es hat seinen Zweck auf jeden Fall erfüllt. Und jetzt sag mir, was es mit dieser gelben Tür auf sich hat, oder lass es – es spielt keine Rolle.«

Eine Weile sahen er und Henry einander schweigend in die Augen.

»Die Tür«, begann Henry schließlich, »die Tür ist etwas

ganz Besonderes. Aber ich fürchte, du wirst niemals erfahren, was. Weil ich es mir gerade anders überlegt habe.«

»Das werde ich nicht überleben«, höhnte Arthur. »Diese Häkelmuster sehen so wahnsinnig aufregend aus.«

»So ganz unrecht hat er mit der Tür nicht«, sagte eine zuckersüße Stimme. Wie ein böser, blonder Flaschengeist materialisierte sich Anabel neben Arthur, der überrascht die Augenbrauen hob. Sie lächelte ihn an. »Entschuldige, dass ich erst jetzt komme, Darling, aber seine Energiefelder«, sie zeigte auf Henry, »haben mich ein wenig aufgehalten.«

Verdammt! Woher wusste Anabel über Muriels Tür Bescheid? Und warum musste sie ausgerechnet jetzt auftauchen und es Arthur verraten? Wir waren so kurz davor gewesen, ihn zu überlisten! Ich hatte genau gesehen, dass die Neugier ihn bereits gepackt hatte, auch wenn er versucht hatte, es sich nicht anmerken zu lassen.

»Und nun?«, flüsterte ich Henry zu. Ohne es selber zu merken, hatte ich meine eigene Gestalt wieder angenommen. Henry erwiderte nichts. Seine Kiefer mahlten.

Arthur lächelte seine unerwartete Verstärkung erfreut an, und mein Herz sank bei ihrem Anblick ins Bodenlose. Anabel hatte sich neben Arthur aufgestellt wie eine Königin neben ihrem König.

»Du kommst genau richtig, Bella!«, sagte Arthur.

»Ja, allerdings!« Ich machte einen Schritt auf sie zu. »Wenn du ein bisschen früher gekommen wärst, hättest du mitbekommen, wie Arthur zugegeben hat, die Schlange selber in seinen Spind gelegt zu haben!«, sagte ich eindringlich. »Er hat dich die ganze Zeit total verarscht, Anabel. Hast du Graysons Nachrichten auf deiner Mailbox abgehört? Und hast du die Kladde in deinem Briefkasten gefunden? Denn dann wüsstest du, dass …«

Anabel schnitt mir mit einer Handbewegung das Wort ab. So effektiv, dass ich tatsächlich nicht mehr sprechen konnte – es war, als würde eine unsichtbare Hand mir den Mund zuhalten.

Arthur grinste. »Den Trick musst du mir unbedingt zeigen.«

»Später«, sagte Anabel. Sie wandte sich Henry zu, der sich bis dahin nicht geregt hatte. »Mach die Tür auf«, befahl sie ihm kühl.

»Oh nein, das werde ich nicht tun«, sagte Henry, aber er glitt, wie von unsichtbaren Mächten geschoben, über den Boden, bis er vor Muriels Tür zu stehen kam. Die Fledermaus schlug unruhig mit ihren Flügeln, und ich wurde mittlerweile nicht nur von einer Hand festgehalten, sondern von vielen, die mich gegen die Wand pressten und dort fixierten. Ich konnte nichts tun als atmen und zusehen, wie Anabel neben Henry trat und unsere letzte Hoffnung zunichtemachte. Wenn sie Arthur jetzt das Geheimnis von Muriels Traum offenbarte, war unser Plan für immer unbrauchbar.

»Öffne die Tür«, wiederholte sie sanft.

Henry schüttelte den Kopf.

Arthur trat näher. »Was verbirgt sich dahinter?«, wollte er wissen, und er klang beinahe gierig.

»Das wirst du gleich sehen.« Anabel richtete ihre Handfläche auf Henry. Die Fledermaus setzte zum Sturzflug an, aber Anabel schnippte nur mit dem Finger, und die Fledermaus flog einen Kreis. Und noch einen.

»Du bist nicht befugt, diese Pforte zu benutzen, Henry«, sagte Anabel in dem dramatischen Tonfall, den sie immer anschlug, wenn es um den Dämon ging. »Das ist nur dem Herrn der Schatten und der Finsternis und seinen Kindern gestattet.«

Wie in Zeitlupe hob Henry seine Hand und drückte die Klinke herab. Ich wollte schreien, aber es kam kein Ton aus mir heraus. Die Fledermaus war noch immer in ihrer Kreisbahn gefangen. Sie fiepte wütend.

Als die Tür aufschwang, stieß Arthur einen triumphierenden Laut aus. »Du bist wirklich die Beste, Anabel. Ich verneige mich vor dir! Dass du es sogar schaffst, den großen Henry Harper wie eine Marionette zu lenken … Wir werden viel voneinander lernen können.«

»Das werden wir.« Ich konnte ihr Gesicht nicht sehen, weil sie mir den Rücken zudrehte, aber ich war sicher, dass Anabel lächelte. Kein Wunder: Solange sie Henry unter Kontrolle hatte, konnten sie in Muriels Traum ein und aus spazieren, wie es ihnen gefiel. Ich versuchte noch ein letztes Mal, mich zu befreien, dann gab ich auf.

Anabel machte eine einladende Geste. »Nach dir«, sagte sie zu Arthur.

Arthur wandte sich noch einmal zu mir um. »Ich hoffe, du tröstest Henry morgen ein bisschen, er kann doch so schlecht verlieren. Und vielleicht besprecht ihr auch schon mal Einzelheiten für deine Beerdigung. Henry könnte doch zum Beispiel was Nettes auf seiner Gitarre spielen …«

Kurz noch weidete er sich an meinen hilflos aufgerissenen Augen, dann machte er einen selbstbewussten Schritt über die Schwelle und verschwand in Muriels Traum.

Anabel zog blitzschnell die Tür hinter ihm zu und klammerte sich an der Klinke fest. »Los!«, schrie sie Henry an. »Versiegeln!«

Jetzt erst merkte ich, dass die unsichtbaren Hände, die mich gelähmt hatten, ebenfalls verschwunden waren.

Trotzdem dauerte es eine Weile, bis ich mich bewegen konnte. Fassungslos starrte ich Anabel an. Die Luft um sie herum hatte zu flimmern begonnen, und Henry drehte sich mit breitem Lächeln im Gesicht zu mir um.

»Sie … hat Arthur in die Falle gelockt«, stammelte ich.

»Ja, das hat sie.« Henry legte Anabel eine Hand auf die Schulter. »Du warst einfach nur umwerfend, Anabel«, sagte er. »Ich hab wirklich bis fast zum Schluss geglaubt, wir hätten dich an Arthur verloren.«

Anabel klammerte sich immer noch an der Klinke fest. »Bist du sicher, dass das Energiefeld hält?«, fragte sie. »Mich hat es nämlich nicht lange aufgehalten.«

»Ich glaube nicht, dass überhaupt ein Energiefeld nötig ist«, sagte Henry. »Wenn alles so funktioniert, wie es sollte, kann Arthur die Tür von innen ohne persönlichen Gegenstand gar nicht mehr sehen. Aber selbst wenn, findet er es sicher unter seiner Würde, daran zu rütteln. Ich wette meinen linken Arm, dass er lieber sofort aufwacht.«

Anabel ließ die Klinke los und stützte die Hände auf die Knie, als hätte sie einen langen Lauf hinter sich. Sie atmete schwer, und ihr sonst so ebenmäßiges Puppengesicht sah in diesem Augenblick richtig menschlich aus. In ihren Zügen spiegelte sich vor allem eins: Erleichterung. »Ich hoffe, dass du recht hast«, sagte sie zu Henry. »Sicherheitshalber sollten wir hier aber die ganze Nacht Wache stehen.

Langsam trat ich näher. »Anabel …« Ich versuchte, die richtigen Worte zu finden. »Du … warst du die ganze Zeit auf unserer Seite?«

Sie ließ den Blick durch den Korridor schweifen, bevor sie ihn dann auf mich richtete, als müsste sie erst einmal wieder zu sich kommen, und schüttelte dann langsam den Kopf. »Nicht die ganze Zeit. Ja, ich hatte Graysons Nachrichten abgehört, und ja, ich habe auch die Kladde gefunden, aber …« sie zögerte, »vor allem habe ich gehört, was Arthur gesagt hat. Was er über mich gesagt hat. Und darüber, wie er mich getäuscht hat.« Sie deutete auf die gegenüberliegende Wand. »Ich hab dort drüben gehangen – du hast mich doch die ganze Zeit mit tränenverhangenen Augen angestarrt.«

Der Briefkasten. Natürlich. Mia hatte recht, ich musste wirklich an meiner Wahrnehmung arbeiten.

Wo steckte meine kleine Schwester überhaupt? Ich drehte mich suchend um.

Noch immer zog die Fledermaus ihre Kreisbahnen über uns.

»Ich glaube, ich sollte los.« Anabel sah zu Boden. »Ich hab das Gefühl, ich muss dringend ein paar Dinge regeln. Es gibt da jemanden, der ein bisschen zu lange geträumt hat.«

Ich dachte an Senator Tod und nickte.

»Geh nur«, sagte auch Henry. »Arthur wird diesen Korridor nie wieder betreten.«

Anabel schluckte. »Ich vielleicht auch nicht. Eine Weile lang. Bis ich …« Sie räusperte sich. »Bis ich mich wieder auf die Reihe bekommen habe.«

Ich hoffte sehr, dass sie dieses Mal an einen fähigeren Psychiater geraten würde als Senator Tod.

Anabel sah hinauf zu der immer noch kreisenden Fledermaus, schnippte nach Mary-Poppins-Manier zweimal mit den Fingern und war dann einfach verschwunden.

Mit einem lauten Plumps landete Mia vor uns auf dem Fußboden. »Aua«, sagte sie. Ihr Gesicht hatte einen leichten

Grünstich. »Ist mir vielleicht übel! Ich brauche sofort ein Stück von Lotties Rüblitorte mit Schlagsahne.«

»Da hilft nur eins«, sagte ich. »Aufwachen.«

Henry grinste. »Ich kann in zehn Minuten bei euch sein«, sagte er. »Sogar in fünf, wenn ich das Fahrrad nehme und den Schlafanzug anlasse.«

Tittle-Tattle

BLOG

Der Frognal Academy Tittle-Tattle-Blog mit dem neusten Klatsch, den besten Gerüchten und brandheißen Skandalen unserer Schule

ÜBER MICH:
Mein Name ist Secrecy – ich bin mitten unter euch und kenne all eure Geheimnisse

UPDATE ACTIVITY

27. März
Eine Ära geht zu Ende. Oder sollte ich besser schreiben: ein Sozialexperiment?

Dieser Blog ist das perfekte Beispiel dafür, wie man mit Gemeinheiten, Ungerechtigkeiten und verdrehten Wahrheiten Quote macht, und ich bereue aufrichtig, was ich damit angerichtet habe.

Das hier ist Secrecys letzter Blogbeitrag. Die Seite wird geschlossen und heute Nachmittag vom Netz genommen.

Vorher aber möchte ich mich von Herzen bei allen Menschen entschuldigen, deren Geheimnisse ich ans Licht gezerrt und der Lächerlichkeit preisgegeben habe, bei all jenen, die ich verletzt, gekränkt und ihrer Würde beraubt habe – ich schäme mich, ich schäme mich, und zwar mehr, als ihr ahnen könnt.

Aber das sollte nicht nur ich tun, das solltet ihr alle. Alle, die hier mitgelesen haben und sich gierig auf jede Neuigkeit gestürzt haben, alle, die ihr mich per Mail mit Informationen und Handyfotos versorgt habt, alle, die froh waren, wenn sie selber verschont wurden und sie sich stattdessen am Unglück und den Peinlichkeiten der anderen weiden konnten. Der Tittle-Tattle-Blog hätte nie funktionieren können, wenn er die Aufmerksamkeit bekommen hätte, die er verdient hat, nämlich gar keine. Secrecy hätte niemals eine solche Macht bekommen, wenn ihr nicht so sensationslüstern und schadenfroh wärt, wenn ihr Secrecys Intoleranz, ihre Boshaftigkeit und ihre falsche Moral nicht so rückhaltlos gefeiert hättet.

Jetzt liegt es bei euch, darüber nachzudenken, was das über euch aussagt. Und ob man mit genau so einer Einstellung nicht allen Übeln in unserer Gesellschaft Vorschub leistet?

Ich jedenfalls will nicht länger einer dieser verantwortungslosen Menschen sein, die sich hinter ihrer

Oberflächlichkeit und Feigheit verstecken und zulassen, dass schlimme Dinge überhaupt erst passieren können. Ich will ab jetzt zu denen gehören, die diese Welt ein bisschen besser machen.

Amen.

Wir sehen uns – aber ab jetzt werde ich einfach nicht mehr so genau hinschauen.

Eure Secrecy

P. S. Das ist eine Botschaft für Gil Walker aus der achten Klasse. Hör auf, dein überragendes lyrisches Talent an Mia Silber zu verschwenden. Sie ist deiner Gedichte überhaupt nicht würdig.

Tittle-Tattle

BLOG

Der Frognal Academy Tittle-Tattle-Blog reloaded. Ohne den neuesten Klatsch, die besten Gerüchte und die brandheißen Skandale von Hampstead, aber mit ganz viel Liebe

ÜBER MICH: Mein Name ist Secrecy – ich bin mitten unter euch, und bei mir sind eure Geheimnisse sicher

UPDATE ACTIVITY

21. Juni

Okay, okay, da bin ich wieder. Ich hab es versucht, ehrlich. Ich wollte den Blog vom Netz nehmen. Aber euren Kommentaren habe ich entnommen, dass ihr mich braucht. Mich liebt. Ohne mich nicht leben könnt.

Also habe ich beschlossen, den Blog umzuwidmen. Mit ihm etwas Gutes zu tun. Das Thema ist klar – denn das liegt so was von auf der Hand.

Liebe.

Wo man nur hinschaut – die reinste Liebe. Und

Friede und Freude! Es wäre kaum zum Aushalten, wenn ich noch die alte Secrecy wäre.

Nehmt nur mal Liv Silber und Henry Harper. Mann, Mann, Mann, wenn das kein Match des Himmels ist! Man munkelt sogar, dass die beiden sich noch im Schlaf anlächeln. Und zwar die ganze Zeit!!!

Oder Pandora Porter-Peregrin und ihre kleine Schwester – wow, da geht einem doch das Herz auf, oder? Pandora hilft Persephone nicht nur bei den Hausaufgaben, sie leiht ihr auch widerstandslos ihre Klamotten. Und sie hat nicht mal geschimpft, als Persephone neulich mit ihren Lieblingspumps in einen Hundehaufen getreten ist. So muss Schwesternliebe sein. Weil Pandora nach ihrem Abschluss für ein Jahr nach Kanada gehen wird, hat sie Persephone sogar ihr altes Zimmer überlassen.

Ein Auslandsjahr machen übrigens viele Schüler der Abschlussklasse, aber ein paar – und wenn ihr mich fragt, die besten – bleiben uns glücklicherweise auch erhalten.

Jasper Grant zum Beispiel, der erstaunlicherweise seine A-Levels bestanden hat, möchte auf das Auslandsjahr, das seine Eltern ihm zur Belohnung schenken wollten, lieber verzichten. Er sei bereits in Frankreich vom Jungen zum Mann gereift, sagte er, und wenn es irgendwie ginge, wolle er die nächsten ein bis fünf Jahre lieber einfach nur in seinem Elternhaus verbringen und von diesem Erlebnis zehren. Das wird vor allem Persephone freuen, die beiden wurden am Montag händchenhaltend im Kino gesichtet.

Grayson Spencer bleibt natürlich ebenfalls hier, sonst hätte Großbritannien auch den letzten Ritter der Tafelrunde verloren (weshalb er im Herbstsemester Medizin studieren wird). Wenn er nicht gerade alten Leuten über die Straße hilft und sich um kleine Waisenkinder kümmert, besucht er Anabel Scott in der Klinik, in die sie sich selbst hat einweisen lassen. Ansonsten steckt er seinen Kopf öfter mit Mia Silber zusammen – Leute, lasst die Kleine noch ein paar Jahre älter werden, dann garantiere ich für nichts.

Emily Clark sieht wieder viel gesünder und ausgeschlafener aus als vor den Frühjahrsferien. Vielleicht, weil sie endlich aufgehört hat, Grayson zu stalken und mehr Zeit für ihre wahre Liebe hat – ihren Conquest of Paradise. Dieses starke Paar hat allein letztes Wochenende zwei Turniersiege eingefahren. Und die A-Levels hat sie als Drittbeste des Landes abgeschlossen, gleich hinter Theo Ellis übrigens. Nur das Verhältnis zu ihrem Bruder Sam hat sich abgekühlt – keiner weiß, warum.

Merkt ihr was? Liebe hat viele Gesichter, und hier haben wir sie alle. Geschwisterliebe, Tierliebe, Nächstenliebe, Eltern-Kind-Liebe, Selbstliebe und natürlich die Königsdisziplin eines Klatschblogs, die romantische Liebe.

Jüngstes Paradebeispiel: Ann Matthews (die Mutter von Mia und Liv Silber) und Ernest Spencer mit der Understatement-Hochzeit des Jahrhunderts (ist nicht von mir, hey, die Regenbogenpresse hatte noch viel bessere Schlagzeilen). Dem vorausgegangen war ein saftiger Skandal, eine glücklich behandelte Herzrhythmusstörung von Mrs Spencer senior und ein Krimi der allerersten Güteklasse.

Hier die Einzelheiten: Pascal de Gobineau ist gar kein Hochzeitsplaner (und übrigens auch kein Franzose), sondern ein Hochstapler mit Fake-Akzent, der mitsamt der bereits geleisteten Vorauszahlungen für nicht weniger als fünf Promihochzeiten zuletzt mit seinem Mercedes Cabriolet auf einer Fähre nach Calais gesichtet wurde. Interpol fahndet, zahlreiche Bräute heulen in ihre Kissen, und Charles Spencer feixt. Der hatte nämlich – aus anderen Gründen, die natürlich auch was mit Liebe zu tun haben – den Privatdetektiv engagiert, der Pascal de Gobineau (oder vielmehr Peter Pickering, 36, spielsüchtig) – auf die Spur gekommen ist.

Die Einzigen, die nicht heulen, sind Ann und Ernest Spencer. Sie haben sich kurzerhand letztes Wochenende in einem Naturreservat an der Küste von Kent in der Morgensonne trauen lassen. Barfuß. Im kleinen

Kreis. Klingt furchtbar kitschig und sehr nach Hippiehochzeit, aber wer einmal einen Blick in die Gesichter geworfen hat, möchte nur noch so heiraten. Zumal das Picknick danach am Strand so köstlich war, dass sogar Granny Spencer ihre Aversionen gegen eigentlich alles vergaß und ordentlich zulangte.

Hab ich mir sagen lassen.

Vor allem die Torten und Kuchen sollen ganz hervorragend gewesen sein, und Hobbybäckerin Lottie Wastlhuber ist quasi über Nacht zum neuen Geheimtipp in der Promikonditorenszene avanciert. Auch das ist Liebe: Törtchenliebe. Außerdem munkelt man, dass Lottie demnächst in die Spencer-Familie einheiraten wird. Wir dürfen gespannt sein.

Der Einzige, der zu all der herrlichen Liebe im Augenblick keinen rechten Zugang zu haben scheint, ist Arthur Hamilton. Jedenfalls rennt er mit einer Miene herum, als ob er im Gefängnis sitzen würde. Wenn er sich unbeobachtet fühlt, spricht er mit sich selbst. »Scheißsand. Scheißmöwen, Scheißsonnenuntergang«, hörte ich ihn neulich murmeln. Es ist nur eine Theorie, aber vielleicht ist er ja unglücklich in jemanden verliebt, den er aus den Augen verloren hat, vermutlich an einem Strand bei Sonnenuntergang. Hier sind jedenfalls mal die Suchbegriffe seines Browserverlaufs von seinem letzten Bibliotheksbesuch für euch, vielleicht könnt ihr ihm ja helfen? *Seebrücke. Seebrückenverzeichnis. Frauennamen mit M. Mandys Häkelkörbchen. Melanies Häkelkörbchen. Wollgeschäfte in Clevedon.* Mann, Mann, Mann, hoffentlich kommt der arme Kerl in Australien auf andere Gedanken – da geht er nämlich im August für ein Jahr hin.

So, das war es für heute – ich hoffe, ihr habt euch von der vielen Liebe ein wenig inspirieren lassen und geht hinaus und macht jemanden glücklich!

Wir sehen uns
Eure Secrecy

P. S. Hazel Pritchard: Ich LIEBE dein gelbes Abschlussballkleid. Es steht dir wirklich super.

Henry wartete schon auf mich, als ich auf den Gang hinaustrat. Ich lächelte ihn an. »He! Käsemädchen!«, sagte er zärtlich. »Wurde auch Zeit.« Er griff nach meiner Hand. »Na, wohin gehen wir denn heute?«

»Wir könnten Mrs Honeycutt noch mal einen Besuch abstatten«, schlug ich vor.

Henry grinste. »Die habe ich erst vorgestern besucht – in echt. Sie hat mir einen Schal gestrickt. Aus Mohairwolle.«

Ich kicherte. »Ist doch toll! Genau, was man im Juni dringend braucht! Oh – guck mal.« Ich blieb gerührt stehen.

An der Türklinke von »Matthew's Mondscheinantiquariat – Bücher fürs Leben« hing, ein bisschen schief, ein Schild, auf das jemand in offensichtlicher Eile gekrakelt hatte: JUST MARRIED – vorübergehend geschlossen wegen GLÜCK.

Oh ja, es war wirklich eine perfekte Hochzeit gewesen – bis auf diese eine Schrecksekunde, in der Charles Grayson angesehen und »Warst du beim Friseur?« gefragt hatte. Für einen Moment hatten wir einander wie gelähmt angeschaut, aber dann den schlimmsten Lachanfall aller Zeiten bekommen.

»So ein ähnliches Schild müsste eigentlich auch an meiner Tür hängen.« Ich strahlte Henry an. »Noch ein bisschen mehr Glück, und ich würde platzen.«

Henry legte seine Arme um meine Taille und zog mich an sich. »Da müssen wir ja echt vorsichtig sein«, sagte er und küsste mich. Aber nur, um mich zehn Sekunden später von sich zu schieben und mich mit gespielter Enttäuschung zu betrachten. »Oh, Mist, das war wohl nichts. Du bist ja gar nicht geplatzt.«

Nein, aber ein klitzekleines bisschen dahingeschmolzen. Wie immer, wenn Henry mich berührte. »Vergiss, was ich gesagt habe.« Ich seufzte auf. »Glück kann man nämlich nie genug bekommen.«

»Genau wie von der Liebe, über die Secrecy neuerdings bloggt«, sagte Henry spöttisch.

»Oder von Geheimnissen«, sagte ich.

»Ach, ich weiß nicht.« Henry verzog das Gesicht. »Geheimnisse werden ganz schön überschätzt. In den letzten Monaten haben wir auch wirklich genug davon gelöst. Mir würde es auch reichen, für den Rest meines Lebens nur noch ein Geheimnis zu erforschen: Dich.«

»Oh, das ist aber kitschig!« Ich musste lachen. »Das hast du bestimmt aus einem Film. Mal davon abgesehen, dass ich so geheimnisvoll bin wie ein offenes Buch.«

»Du hast ja keine Ahnung.« Henry strich mir eine Haarsträhne aus der Stirn. Und dann küsste er mich wieder, und ich vergaß, was ich eigentlich hatte sagen wollen. Nämlich, dass wir das eigentliche Geheimnis immer noch nicht kannten: Was es mit diesem Korridor auf sich hatte, warum ausgerechnet wir ihn entdeckt haben und wie man das alles wissenschaftlich erklären konnte. Aber warum eigentlich muss es immer eine wissenschaftliche Erklärung für alles geben?

Als wir uns voneinander lösten, sah ich mich um.

»Wonach suchst du?«, fragte Henry.

»Ich warte darauf, dass Anabel um die Ecke kommt und geheimnisvoll raunt, dass es noch nicht vorbei ist, sondern gerade erst begonnen hat.«

Henry lächelte. »Genauso ist es doch. Es hat gerade erst begonnen.«

ANHANG

Personenverzeichnis:

Liv Silber Hat so viele Träume

Henry Harper Träumt mit ihr

Mia Silber Livs jüngere Schwester, in Fachkreisen auch »die wiedergeborene Miss Marple« genannt. Bezwingerin von Secrecy

Ann Matthews Livs Mutter

Ernest Spencer Anns Zukünftiger, hat ein Faible für Schwertlilien

Lottie Wastlhuber Livs und Mias Kindermädchen. Glaubt an das Gute in den Menschen

Grayson Spencer Ernests Sohn, Ex-Besitzer eines lebensgroßen Battle-Droid-Roboters aus »Star Wars Episode I«

Florence Spencer Ernests Tochter und Zwilling von Grayson

Charles Spencer Ernests Bruder, Zahnarzt

Das Bocker auch bekannt als Mrs Spencer senior, Ernests Mutter und trauernde Witwe eines Buchsbaums namens Mr Snuggles

Arthur Hamilton Exfreund von Anabel Scott. Eigentlich Exfreund von allen, außer von Jasper

Jasper Grant Freund von Henry, Grayson und Arthur, Ex-

Träumer, hat mit dem ganzen »Traum-und-Dämonen-Quatsch« abgeschlossen

Anabel Scott Arthurs Exfreundin, leider total durchgeknallt

Emily Clark Graysons Exfreundin. Ihr Pferd heißt Conquest of Paradise

Persephone Porter-Peregrin Livs Freundin, mag Lippenstifte, verabscheut Schusswaffen. Eigentlich

Mrs Lawrence nach einem bedauernswerten Vorfall in der Schulkantine Livs Ex-Französischlehrerin

Sam Clark Emilys kleiner Bruder mit fragwürdigen Moralvorstellungen

Dr. Otto Anderson formally known as Senator Tod Nord träumt im Koma, dass er immer noch Anabels Psychiater ist

Mrs Honeycutt: achtzigjähriges Strickwunder, das Grayson, Henry und Liv Asyl in ihrem Traum gewährt

Muriel Honeycutt ihre genauso strickverliebte Schwester, wurde 1977 von ihrem Mann Alfred dahingemeuchelt

Matt von nebenan gutaussehender Jurastudent. Wundert sich manchmal über seine lebhaften Träume

Pascal de Gobineau Hochzeitsplaner der Reichen und Schönen

Harry Triggs alias BloodySword66 Rollenspieler, Altenpfleger und verkanntes Schriftstellergenie sowie neuer Besitzer eines lebensgroßen Battle-Droid-Roboters aus »Star Wars Episode I«

Timothy Donnelly erst Rollenspiel-Freund von Harry, dann arbeitsloser Dachdecker, später Sektenguru, noch später tot

Rasmus Wakefield ein Lügengebilde, benannt nach einem übergewichtigen Chow-Chow
Und nicht zu vergessen SECRECY. Se. Cre. Cy.

In Komparsenrollen glänzen außerdem noch:
Princess Buttercup der Familienhund
Spot Kater der Spencers
Ben Ryan pinkelt in Schirmständer, wenn er sich unbeobachtet glaubt
Maisie Brown kleckert manchmal. Echt jetzt!! Es war wirklich nur Limonade
Mr Vanhagen Hat Mrs Lawrence das Herz rausgerissen. Im übertragenen Sinn
Gil Walker, der Stalker schreibt Mia Liebesgedichte

Molly, der Esel und Herby, das knutschende Krokodil, Alfred, der Blümchenkissenmörder, eine Amsel, einige Flaschen Chateau Margaux von 1972, sehr viele Federn, Törtchen, Kuchen, Quiches, Schlagsahne und natürlich … DIE SCHLANGE!

Danksagung

Eigentlich hatte ich für diesen dritten und letzten Band kein Nachwort eingeplant. Die Zeit ist knapp. Während ich das hier schreibe, fehlt noch der ganze Showdown, es ist schon Ende Mai (ich wollte eigentlich im März abgeben), und überhaupt liest doch niemand diese langweiligen Danksagungen. Aber damit es noch mal richtig spannend wird, habe ich mir vorgestern einen Bambusspross ins Auge gerammt – und schon hatte ich in der Notfallambulanz jede Menge Zeit, das mit dem Nachwort noch einmal zu überdenken. Eigentlich ist es doch eine schöne Gelegenheit, danke zu sagen. Vor allem denjenigen, denen ich keine Mails, Karten und Kisten mit Wein schicken kann: Meinen Lesern. Danke, dass es euch gibt! Danke, dass ihr in meine Geschichten eintaucht, mit meinen Figuren mitfiebert und immer wissen wollt, wie es weitergeht. Nur euretwegen drehe ich jeden Satz fünfzehnmal um, bis ich das Gefühl habe, jetzt passt er endlich, und es gibt Tage, an denen stehe ich überhaupt nur euretwegen auf, ehrlich wahr. Dieses Buch ist für euch.

Wer meine Bücher kennt, weiß, dass ich ein Faible für Geheimgesellschaften habe (gerade spiele ich mit dem Gedanken, die Loge der Einäugigen Dame zu gründen, falls ihr mal davon hören solltet ...), und manchmal stelle ich mir vor, dass die Menschen, die meine Bücher mögen, im Grunde auch eine Art von Geheimgesellschaft bilden, eine verschworene Gemeinschaft, in der alle über dieselben Dinge lachen können und sich mit Insiderbemerkungen verständigen können, die niemand versteht, der die Bücher nicht gelesen hat. So was wie: »Sie ist genauso fies wie das Bocker, trägt aber immer nur rote Sachen, deshalb nennen wir sie das Brot.« Oder: »Er ist eher ein Grayson als ein Henry, weißt du?« (Und klar, die Freundin weiß ganz genau, was ihr damit meint ☺)

Diejenigen, die nicht dazugehören, tun mir manchmal ein bisschen leid. Aber so ist das nun mal: Dass nicht jeder dazugehören kann, ist ja gerade das Reizvolle an Geheimgesellschaften. Wir sind ein exklusiver, elitärer Club von Traumtänzern, Kichererbsen, Nachtschattengewächsen, Romantikern und Leseratten, und ich bin froh, stolz und dankbar, mit euch gemeinsam träumen zu dürfen.

Egal, ob nachts im unendlichen Labyrinth der Traumkorridore, virtuell auf www.silber-finale.de oder in der nächsten Geschichte – wir sehen uns!

Eure Kerstin Gier

LESEPROBE

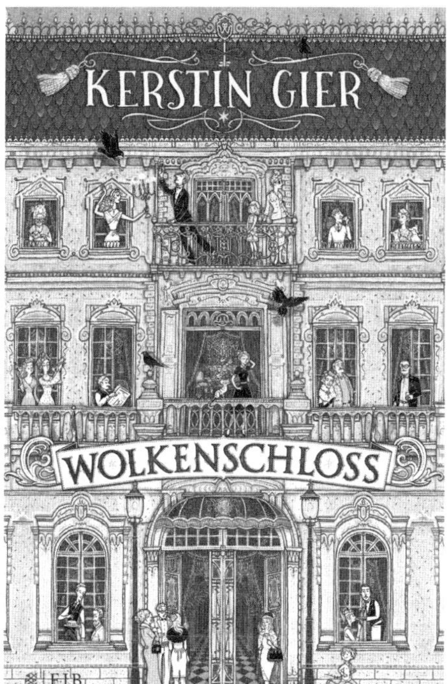

Hier stand ich also völlig erschöpft im Schnee, während vom Ballsaal Violinenklänge zu uns hinüberwehten. Um meinen Hals trug ich einen Diamanten von fünfunddreißig Karat, der mir nicht gehörte, und in meinen Armen hielt ich ein schlafendes Kleinkind, das mir ebenfalls nicht gehörte.

Irgendwo unterwegs hatte ich einen Schuh verloren.

Es heißt immer, dass man in Notlagen vor lauter Adrenalin weder Schmerz noch Kälte spürt, aber das stimmt nicht. Die Wunde an meiner Schulter pochte wie verrückt, das Blut lief den Arm hinab und tropfte in den Schnee, die Kälte biss schmerzhaft in meinen Fuß. Meine Arm- und Schultermuskeln brannten vom Tragen des Kindes, aber ich wagte nicht, es noch einmal umzubetten, weil es sonst aufwachen und unseren Verfolgern verraten könnte, wo wir uns befanden.

Es heißt auch immer, dass der Verstand in Augenblicken höchster Gefahr am besten arbeitet und einem glasklare Einsichten schenkt. Aber das war bei mir ebenso wenig der Fall. Ich wusste nicht mehr, wer gut und wer böse war. Und die einzige glasklare Einsicht, die ich gerade vorweisen konnte, war, dass Schalldämpfer an Pistolen wirklich den Schall dämpften.

Und dass es ganz sicher bessere Momente für einen Kuss gab als diesen.

Ich hatte keine Ahnung, ob der Junge, der ihn mir gab, zu den Guten oder zu den Bösen gehörte, trotzdem spürte ich, wie meine Kräfte noch einmal zurückkehrten.

»Das wollte ich schon tun, seit ich dich das erste Mal gesehen habe«, flüsterte er.

Bienvenue. Welcome. Benvenuto.
Herzlich Willkommen im

WOLKENSCHLOSS

Genießen Sie Ihren Aufenthalt.

1

Mein erster Tag als Kindermädchen drohte, ein totaler Reinfall zu werden.

»Du bist ganz bestimmt das schlechteste Kindermädchen der Welt, Fanny Funke«, meinte auch Don, als ich hektisch an ihm vorbeilief und dabei »Jungs! Das ist nicht komisch! Kommt doch bitte wieder her!« rief.

»Ja, bitte, bitte, bitte!«, äffte Don mich nach. *»Sonst werde ich nämlich gefeuert.«*

Möglich war das. Und dabei hatte ich nur eine Minute nicht aufgepasst. Zu meiner Verteidigung: Es geht schneller, als man denkt, Kinder im Schnee aus den Augen zu verlieren, wenn sie sich absichtlich wegschleichen und dabei weiße Anoraks, weiße Schneehosen und weiße Mützen tragen. Derartige Kleidung gehörte doch per Gesetz verboten. Weit konnten sie nicht gekommen sein, bergauf war die glitzernde Schneedecke unberührt. Es gab hier auf der Westseite des Hotels allerdings im engeren Umkreis reichlich Verstecke für winzig kleine, schlaue Kinder in Tarnkleidung, sie konnten nicht nur hinter diversen Schneehaufen abgetaucht sein, auch vereinzelt stehende Bäume, Brennholzstapel und Mauervorsprünge boten perfekte Tarnung.

Ich kniff die Augen zusammen, um gegen das Licht anzublinzeln. Für den Abend und über die Weihnachtsfeiertage hatte der Wetterbericht neuen Schneefall angekündigt, aber noch war der Himmel leuchtend blau, und der Schnee funkelte mit den Fenstern und den kupfergedeckten Turm-, Türmchen- und Gaubendächern um die Wette. Unten im Tal hing dagegen schon seit gestern Morgen dichter Nebel. Wetterlagen wie dieser verdankte das Hotel seinen Kosenamen *Wolkenschloss*.

»Ungewöhnlich still, nicht wahr?« Don Burkhardt junior erinnerte mich daran, dass jetzt keine Zeit war, die Schönheit der Schweizer Berglandschaft zu bewundern. »Nicht, dass die lieben Kleinen schon erfroren sind ...«

Don saß auf dem großen Schlitten, mit dem das Feuerholz zum Kellereingang gezogen wurde, baumelte mit den Beinen und leckte an einem Eis in der Waffel, das er sich persönlich in der Küche besorgt haben musste. Das Feuerholz hatte er vor dem »Willkommen im Château Janvier«-Schild einfach in den Schnee gekippt.

Das Eis brachte mich auf eine Idee. »Hey, Jungs! Wollt ihr vielleicht ein leckeres Eis essen?«, rief ich.

Aber es blieb mucksmäuschenstill.

Don kicherte vergnügt. »Du hättest dich nicht durch diesen tschechischen Saisonarbeiter von deinen Pflichten ablenken lassen sollen, Fanny Funke.«

»Heb du lieber das Holz auf, wenn du keinen Ärger bekommen willst«, sagte ich.

Obwohl Don für seine neun Jahre klein und eher schmächtig war und mit seinem Stupsnäschen und den seelenvollen, braunen Augen entzückend harmlos aussah, fürchtete ich mich insgeheim vor ihm. Nichts von dem, was er von sich gab, klang je auch nur ansatzweise altersgemäß, und das war doppelt irritierend, weil er so eine helle Kinderstimme hatte, einen niedlichen Schweizer Akzent und dazu leicht lispelte, und zwar ebenfalls auf die niedliche Art. Seine seltsame Angewohnheit, Menschen grundsätzlich mit Vor- und Nachnamen anzusprechen, manchmal noch ergänzt durch Ortsangaben, Eigenschaftswörter oder das Alter – »Du hast da eine Laufmasche in der Strumpfhose, Fanny Funke, siebzehn Jahre, aus Achim bei Bremen« –, hatte etwas seltsam Bedrohliches an sich, so wie in einem Mafia-Film, wenn jemand »Ich weiß, wo du wohnst«, raunte, um einem dann bei Gelegenheit einen Pferdekopf vor die Tür zu legen. Wenn man Glück hatte.

Don und seine Eltern waren Stammgäste im Hotel, und Don kannte sich hier bestens aus. Den ganzen Tag pflegte er durch das Haus zu stromern, Gespräche zu belauschen und Unheil zu stiften, und dabei benahm er sich, als würde das Hotel mitsamt den Menschen darin ihm gehören. Egal ob Gast oder Personal – Don wusste auf geradezu unheimliche Art und Weise über alles und jeden Bescheid. Selbst wenn er verbotenerweise die Personalakten studiert hatte, wovon ich ausging, war es gruselig, dass er sich das alles bis ins Detail merken konnte. Lastenaufzüge, Büros oder Keller – Don lungerte bevorzugt dort herum, wo Gäste keinen Zutritt hatten, und weil er so klein und süß war, hatte es selten Konsequenzen. Wen er mit seinem unschuldigen Rehblick nicht bezirzen konnte, den schüchterte er ein, indem er ihn beim vollen Namen nannte und wie nebenbei auf seinen schwerreichen Vater, Don Burkhardt senior, und dessen freundschaftliche Beziehungen zu einem der beiden Montfort-Brüder verwies, denen das Hotel gehörte. Jedenfalls machte er das mit mir so. Und auch wenn ich versuchte, es mir nicht anmerken zu lassen, so zeigten seine Mafia-Methoden doch irgendwie Wirkung. Vorgestern erst hatte ich ihn dabei erwischt, wie er seine schokoladenverschmierten Hände an den bestickten Samtportieren im kleinen Vestibül im zweiten Stock abgewischt hatte, ganz bewusst und bedächtig. Meine Empörung darüber hatte er mit einem überlegenen Lächeln quittiert. »Oh, Schulabbrecherin Fanny Funke aus Achim bei Bremen hat offenbar ein Faible für scheußliche Vorhänge!«

Das hatte mich erst recht empört: Alle Vorhänge und Kissen im gesamten Stockwerk waren aus demselben Stoff genäht, wunderschön, tiefrot, bestickt mit Vögeln und Blumenranken in mattem Gold. Man musste kein Fachmann sein, um zu erkennen, wie kostbar sie waren, auch wenn das Rot im Laufe der Jahre vielleicht ein wenig verblasst war. Wenn man vorsichtig mit den Fingern über den Samt strich, dann war es fast so, als würde der Samt einen zurückstreicheln.

»Und überhaupt: Ist es nicht deine Aufgabe, hier alles sauber zu halten, Aushilfszimmermädchen Fanny Funke mit den komischen Sommersprossen?«, hatte Don gefragt. Vorgestern war ich nämlich noch nicht der Kinderbetreuung, sondern dem Housekeeping zugeteilt gewesen. »Was glaubst du eigentlich, wie viel Geld mein Vater jedes Jahr in diesem Hotel lässt? Und was glaubst du, wen sie hier eher rausschmeißen – dich oder mich? An deiner Stelle wäre ich froh, dass es sich nur um Schokolade handelt, und würde mal ganz schnell versuchen, die Flecken rauszukriegen, bevor Fräulein Müller dir wieder die Leviten liest.« (Woher kannte er nur solche Ausdrücke? Nicht mal meine Oma sprach so.)

»Und an deiner Stelle würde ich mal ganz schnell abhauen, bevor ich dir mit dem Staubwedel den Hintern verhaue!«, hatte ich zwar erwidert, aber Don war grinsend davongeschlendert, wohl wissend, dass er gewonnen hatte. Vor Fräulein Müller, der Hausdame, fürchtete ich mich nämlich noch mehr als vor ihm. Und während ich den Schokoladenfleck aus den Samtportieren bürstete, hatte ich tatsächlich ein wenig Dankbarkeit darüber empfunden, dass es sich nur um Schokolade handelte.

»Wenn hier einer Ärger bekommt, dann bist du das«, sagte Don jetzt und leckte an seinem Eis. »Du hast mit Jaromir Novak, achtunddreißig, Schnurrbartträger, geflirtet, anstatt auf die Kinder aufzupassen. Das kann ich bezeugen.«

»Ich habe nicht geflirtet«, stellte ich sofort richtig. »Ich habe Jaromir nur schnell geholfen, diese Lichterkette zu entwirren. Was durchaus zu meinen Aufgabenbereichen gehört.« Ich war ja nicht ausschließlich Kindermädchen, laut Stellenbeschreibung war die Praktikantin im Hotel »Mädchen für alles« und »stets flexibel einsetzbar«.

Don schüttelte den Kopf. »Du hast gelächelt, dir eine Haarsträhne hinters Ohr gestrichen und deine Kehle präsentiert – das alles sind körpersprachliche Merkmale weiblichen Balzverhaltens.«

»Unsinn!«, sagte ich aufgebracht. »Jaromir ist viel zu alt für mich und hat in Tschechien Frau und Kinder, die er sehr liebt.« Und selbst wenn er zwanzig Jahre jünger und Single gewesen wäre, hätte ich niemals mit ihm geflirtet. Ich flirtete grundsätzlich nicht. Ich fand allein schon das Wort »flirten« fürchterlich. »Im Übri…« Ich brach ab. Dons Gesichtsausdruck verriet deutlich, wie sehr er sich darüber freute, dass ich mich so vehement verteidigte. Es bewies ihm einmal mehr, wie ernst ich ihn nahm. Dabei war das bestimmt das Letzte, das ich ihm vermitteln wollte.

»Also, was ist jetzt? Hast du die Zwillinge gesehen oder nicht?«, fragte ich barsch.

Sofort änderte Don seine Taktik. »Ich weiß sogar, wo sie sich versteckt haben.« Er bedachte mich mit einem zutraulichen Augenaufschlag, um den selbst Bambi ihn beneidet hätte. »Ich verrate es dir, wenn du lieb bitte, bitte sagst.«

»Bitte«, sagte ich wider besseres Wissen.

»Zweimal bitte!«, verlangte Don.

»Bitte, bitte«, sagte ich zähneknirschend.

Don lachte erfreut auf. »Ich verrate dir jetzt mal, warum du so ein schlechtes Kindermädchen bist: Du strahlst einfach keine natürliche Autorität aus. Kinder spüren so was.«

»Und ich verrate dir jetzt mal, warum du keine Freunde hast: Du strahlst einfach keine natürliche Nettigkeit aus.« Es war schon aus mir herausgesprudelt, bevor ich merkte, wie gemein es eigentlich war. Beschämt biss ich mir auf die Lippe. Ich musste wirklich das schlechteste Kindermädchen der Welt sein, wenn ich es erstens schaffte, zwei fliegengewichtige Sechsjährige zu verlieren, nur weil ich mich einmal kurz umgedreht hatte, und zweitens das dringende Bedürfnis verspürte, Bambi höchstpersönlich fertigzumachen. Dabei hatte ich den Praktikumsplatz im Hotel vermutlich überhaupt nur bekommen, weil ich meine Erfahrung im Umgang mit meinen zwei kleinen Brüdern ins Feld geführt und so den Eindruck erweckt hatte, besonders patent und kinderlieb zu sein.

»Aua!« Um ein Haar wäre es Don gelungen, mir von seinem Schlitten aus ein Bein zu stellen, aber ich schaffte es, ohne zu fallen, an ihm vorbei. Von wegen kinderlieb! Kinder waren die Pest. Aber es half ja nichts: Zwei davon musste ich jetzt wieder einfangen. Und das dritte würde ich von nun an einfach ignorieren.

»Jungs! Hallo!« Ich versuchte, meine Stimme freundlich

und nicht gestresst klingen zu lassen, so, als würden wir einfach nur Verstecken spielen. Nichts rührte sich. Dabei hatten sie vorhin nicht eine Sekunde die Klappe halten können und ununterbrochen in albernen Reimen gesprochen. Wenn mir doch wenigstens ihre blöden Vornamen wieder einfielen! Es war irgendwas Möchtegern-Englisch-Hippes wie … »Josh, Ashley? Wo seid ihr? Wollt ihr den Schneemann denn nicht zu Ende bauen? Ich hab extra eine schöne Karotte für die Nase besorgt.«

Don kicherte wieder. »Nicht mal ihre Namen kennst du, Versager-Fanny. Dein Rüebli kannst du dir sonstwohin schieben. Gib einfach auf!«

Ich tat so, als hörte ich ihn gar nicht. Auf keinen Fall würde ich jetzt aufgeben. In den letzten drei Monaten hatte ich mich schon ganz anderen Herausforderungen gestellt. Und so übel, wie es auf den ersten Blick aussah, lief es hier eigentlich gar nicht. Mein Job war es, die Bauer-Zwillinge (Laramy? Jason?) an der frischen Luft zu bespaßen, während ihre Eltern im Hotel in Ruhe ihre Sachen packen und auschecken konnten, und wenn man es genau nahm, tat ich ja gerade nichts anderes: Diese verdammten Kinder hatten bestimmt einen Heidenspaß, weil es ihnen gelungen war, abzuhauen und sich zu verstecken. An der frischen Luft.

»Schon mal was von Verletzung der Aufsichtspflicht gehört, zukünftige Expraktikantin Fanny Funke?« Don leckte an seinem Eis. »Ich hoffe, du bist gut versichert. An deiner

Stelle würde ich beten, dass die beiden nicht in eine Gletscherspalte fallen. Wenn es gleich anfängt zu schneien, können die Suchhunde nicht mal mehr eine Spur aufnehmen.«

Ich widerstand dem Drang, meine Finger in die Ohren zu stecken. Dieses Kind musste der Teufel persönlich sein. Hier gab es meines Wissens gar keine Gletscherspalten, aber ich hörte selber, dass meine Stimme jetzt schrill und ängstlich klang. »Wollt ihr vielleicht zum Abschied noch ein Eichhörnchen streicheln?«

»Darauf fallen die nicht rein.« Don schnippte sein nur halbgegessenes Waffelhörnchen in den Schnee. »Ach, aber ich will mal nicht so sein. Sie sind in die Richtung gerannt.« Er zeigte zur neuen Schlittschuhbahn hinüber, die der alte Stucky und Jaromir in den letzten Tagen neben dem antiken Kinderkarussell gezaubert hatten. »Ich glaube, sie wollen sich im Skikeller verstecken.«

Ganz blöd war ich ja nicht. Anstatt seinem ausgestreckten Zeigefinger zu folgen, stapfte ich entschlossen in die entgegengesetzte Richtung. Und richtig, kaum war ich ein paar Meter gegangen, hörte ich unterdrücktes Kichern und sah einen Zweig der riesigen Halbmondtanne wackeln, in die Jaromir und der alte Stucky in einer waghalsigen Kletterpartie im November Lichterketten gewickelt hatten. Das heißt, Jaromir war geklettert, der alte Stucky hatte die Leiter gehalten. Den Namen Halbmondtanne hatte der Baum, weil die Lichter nur in den dem Hotel zugewandten Ästen verteilt worden waren. Es waren dieselben Lichterketten wie schon vor dreißig Jahren, hatte man mir gesagt, aber da Bäume in dreißig Jahren nun mal wachsen und Lichterketten nicht, reichten sie jetzt nur noch für eine Baumhälfte. Abends strahlte und funkelte deshalb die eine Seite der Tanne mit den Fenstern des Hotels um die Wette, während die zum Tal gewandte Seite dunkel und still mit dem Nachthimmel verschmolz, wie der Mond. Die Halbmondtanne markierte zugleich die Grenze zwischen den gepflegten und beleuchteten Grünflächen und der sich selbst überlassenen Natur. Was aber jetzt, wo alles unter einer dicken Schneedecke lag, ohnehin keine Rolle spielte.

Der Baum war wirklich das perfekte Versteck, wenn man nur einen Meter zwanzig groß war. Die Zweige fächerten sich dicht und ausladend bis über den Boden, darunter war es vermutlich weich und trocken, ein Bett aus Moos und Tannennadeln, das der Schnee bisher nicht erreichen konnte.

Um die Kinder nicht aufzuscheuchen, ging ich nicht direkt auf sie zu, sondern näherte mich in einem unauffälligen Bogen. »Diese superschlauen Bauer-Zwillinge können sich wirklich verdammt gut verstecken«, sagte ich in Bühnenlautstärke. »Zu dumm, dass ich sie nicht finden und ihnen die riesengroße Überraschung zeigen kann, die ich für sie habe. Und die hat nicht nur mit Eichhörnchen zu tun …«

Getuschel unter der Tanne. Ich konnte mir ein Grinsen nicht verkneifen.

Aber die Freude währte nicht lange.

»Lasst euch nicht verarschen, Jayden und Ash Bauer aus Limburg an der Lahn!«, rief Don direkt hinter mir. Er hatte seinen Platz auf dem Holzschlitten verlassen, um mir das Leben weiterhin schwerzumachen. »Sie hat gar keine Überraschung für euch. Und schon gar kein Eichhörnchen! Sie will euch nur einfangen, und dann müsst ihr mit euren Eltern nach Hause fahren, und der Spaß ist vorbei! Haut lieber ab!«

»Jayden und Ash sind so schlau, dass sie niemals auf den doofen Don hören würden«, sagte ich hoffnungsvoll, aber da krabbelten die Kinder schon unter der Tanne hervor und rannten johlend und lachend über den Parkplatz. Don klatschte Beifall. Mir blieb nichts anderes übrig, als ebenfalls loszurennen. Leider liefen meine Schützlinge nämlich in die falsche Richtung, weg vom Hotel hinunter zur Straße. Geschickt sprangen sie über die vom Räumfahrzeug gebildete Barriere aus schmutzigem Schnee und Eis, überquerten die Fahrbahn und kletterten an der gegenüberliegenden Straßenseite erneut über eine Schneewand.

»Nicht! Das ist gefährlich!«, rief ich, während ich hinter ihnen herkraxelte. Es war tatsächlich gefährlich. Die Straße war zwar wenig befahren, weil sie hier oben am Hotel endete, aber sie schlängelte sich wie ein glänzendes, schwarzes Band in abenteuerlichen Serpentinen bis hinab ins Tal und war für sich genommen schon ziemlich steil. Noch viel steiler war der mit Fichten bewachsene Hang, an dem sie sich hochschraubte und den die Kinder nun unter lautem Lachen hinabzuschliddern begannen. Wie kleine schlaue Äffchen hielten sie sich dabei an den tiefhängenden Ästen fest und hangelten sich blitzschnell bergab. Im Gegensatz zu den beiden trug mich die mehrfach angetaute und wieder gefrorene Schneedecke nicht, krachend sank ich bei jedem Schritt mindestens bis zum Knie ein, es war, als ob ich versuchte, über die Karamellkruste einer riesigen, schräg stehenden Schüssel Crème brûlée zu laufen.

»Bleibt stehen«, rief ich verzweifelt. »Bitte!«

»Bitte, Schnitte, Lilaritte, Lilarike, rake, Mitte!«, grölten die Zwillinge fröhlich. Don hatte recht. Ich strahlte absolut keine Autorität aus.

Die Kinder enterten bereits die nächste Serpentine und kletterten erneut über die Fahrbahn.

»Ihr solltet jetzt wirklich stehenbleiben!« Hastig zog ich meinen Fuß aus einem besonders tiefen Schneeloch und versuchte es mit größeren Schritten. »Hier gibt es … Bären!«

»Bären, Schären, Lilamären, Lilarike, rake, huch …« Einer der beiden war hingefallen, rutschte auf seinem Hinterteil mit Schwung gegen den nächsten Baum und lachte sich dabei fast kaputt. Sein Bruder fand das so lustig, dass er sich ebenfalls hinsetzte und versuchte, die Strecke auf seinem Hintern zurückzulegen.

»Macht das nicht!«, schrie ich alarmiert, denn ich sah sie schon ungebremst den steilen Hang hinabsausen, bis sie sich entweder das Genick an einem Baumstamm brachen oder auf der Straße von einem Auto erfasst werden würden. Ich bildete mir ein, bereits ein Motorengeräusch zu hören, und verdoppelte meine Anstrengungen vorwärtszukommen. Dabei verlor ich selber das Gleichgewicht, landete mit dem Bauch im Schnee und verwandelte mich unmittelbar in einen menschlichen Bobschlitten. Die Gewichtsumverteilung und die glatte Oberfläche meines Mantels sorgten dafür, dass ich nun auf der Schneedecke bergab schoss, und weder meine vorgestreckten Arme noch mein Gebrüll – etwas Einfallsloses wie »Naaaaaaaaaaaaiiiiiiin!« – konnten mich stoppen. Ich sauste an den Zwillingen vorbei, mit Schwung über den nächsten Schneewall und landete direkt auf der Fahrbahn. Das alles ging so schnell, dass nicht mal mein Leben in bunten Bildern an mir vorüberziehen konnte.

Die Kinder flogen ebenfalls ungebremst über den Wall und plumpsten auf mich drauf. Ihrem ausgelassenen Lachen nach zu urteilen, hatten sie sich nicht weh getan. Bei mir war ich da nicht so sicher. Aber ehe ich überprüfen konnte, ob ich überhaupt noch lebte, hörte ich Bremsen kreischen. Und kurz darauf eine aufgebrachte Stimme: »Habt ihr den Verstand verloren? Ich hätte euch beinahe überfahren!«

Ich schob eins der Zwillingsbeine aus meinem Gesicht und versuchte, meinen Kopf zu heben. Nur wenig mehr als einen Meter von uns entfernt befand sich die Stoßstange eines Autos. Es war ein dunkelgrüner Kleinwagen mit Züricher Kennzeichen. Die Tür war weit aufgerissen, und der Fahrer, ein Junge nicht viel älter als ich, stand direkt vor uns. Er sah zu Tode erschrocken aus, was ich absolut verstehen konnte.

Vor lauter Schreck begann ich, nachträglich mit den Zähnen zu klappern. Das war wirklich verdammt knapp gewesen.

»Ist jemand verletzt?«, fragte der Junge.

Ich rappelte mich auf und war überrascht, dass das funktionierte. Es war zwar eine harte Landung gewesen, aber der gefütterte Mantel und die dicken Handschuhe hatten mich vor Abschürfungen und Schlimmerem bewahrt. »Ich glaube nicht«, sagte ich und unterzog auch die Zwillinge einer schnellen Musterung. Nirgends Blut, keine verdrehten Gliedmaßen, die Schneidezähne hatten schon vorher gefehlt, nur strahlende Augen und rote Wangen. So sahen glückliche Kinder aus.

»Noch mal!«, riefen sie. »Das war so toll!«

Sicherheitshalber krallte ich meine Hände in die Kapuzen ihrer immer noch blütenweißen Anoraks.

»Das war absolut unsinnig und gefährlich«, schimpfte der Junge. »Ihr könntet jetzt tot sein.«

Oh Gott, ja. »Das ist absolut richtig«, brachte ich unter Zähneklappern heraus. »Es tut mir wirklich leid. Nur, wenn man auf dem Hang einmal ins Rutschen gerät, dann ist es geradezu unmöglich, wieder …«

»Und ich wäre schuld«, fiel mir der Junge ins Wort. Er hatte mir gar nicht zugehört und sprach eindeutig mehr zu sich selber als zu mir. Finster starrte er an uns vorbei ins Leere. »Es gäbe ein Gerichtsverfahren, in dem alle Zeugen tot wären, ich müsste wahrscheinlich ins Gefängnis, mein Führerschein würde eingezogen, und mein Vater …« Schaudernd brach er ab.

Ich räusperte mich. »So gesehen sollten wir uns einfach nur freuen, dass wir alle noch leben!« Weil das Zähneklappern nachgelassen hatte, wagte ich ein Lächeln. Ich hätte ihm auch gern die Hand auf den Arm gelegt, um ihn aus seiner düsteren Parallelweltvision zu holen, aber ich wagte es nicht, die Kinder loszulassen. »Wie gesagt, es tut mir entsetzlich leid, dass wir dir so einen Schreck eingejagt haben. Könntest du uns netterweise in deinem Auto mit nach oben zum Hotel nehmen? Du wolltest doch dorthin, oder?« Natürlich wollte er dorthin, sonst gab es ja hier oben nichts. Wahrscheinlich war er einer der sechs zusätzlichen Servicekräfte, die für die Weihnachtsferien fürs Restaurant angeheuert worden waren.

»Ihr seid Gäste aus Deutschland, ja?«

»Ja, pa, kaderah, kaderlila, lula, schna«, sagte Ash. Oder vielleicht war es auch Jayden. Sie sahen absolut identisch aus. Der Junge nickte, als würde das alles erklären. Er öffnete den beiden Kleinen die Tür zum Rücksitz. Sicherheitshalber ließ ich ihre Kapuzen erst los, als sie angeschnallt waren.

»So! Das wäre geschafft.« Erleichtert schlug ich die Tür zu und lächelte den Jungen dankbar an. »Kindersicherungen! Die beste Erfindung seit der Druckerpresse.«

»Deine Brüder rennen wohl gern weg, was?«

»Oh, das sind gar nicht meine Brüder. Ich bin kein Hotelgast, ich bin die Jahrespraktikantin, und heute ist mein erster Tag in der Kinderbetreuung.« Ich lachte. »Nicht mein bester erster Tag, wie du sicher gemerkt hast. Ich und Kinder – das ist keine gute Kombination. Um ehrlich zu sein, hat es mir sogar in der Wäscherei besser gefallen, obwohl ich mich gleich am ersten Tag an der Heißmangel verbrannt habe. Und eine Serviette mit Monogramm habe ich auch ruiniert.« Normalerweise war ich bei Fremden eher nicht so gesprächig, das mussten der überstandene Schreck sein und die pure Freude, noch unter den Lebenden zu weilen. Außerdem hatte der Junge irgendwie ein vertrauenswürdiges Gesicht. »Erzähl bloß keinem, dass diese Kinder unter meiner Aufsicht fast überfahren worden wären, ja? Die feuern mich sonst.« Ich zog meinen Handschuh ab und streckte ihm meine Hand hin. »Ich bin übrigens Fanny. Fanny Funke.« Es fehlte nicht viel, und ich hätte »Schulabbrecherin aus Achim bei Bremen« hinzugefügt, so sehr hatte Don Burkhardt junior mich schon geprägt.

»Ben.« Der Junge ergriff meine Hand und schüttelte sie.

Mein Redeschwall schien ihn ein bisschen entspannt zu haben, denn jetzt lächelte er. »Ben Montfort.«

»Ach, lustig«, sagte ich. »Die Hotelbesitzer heißen auch Montfort mit Nachnamen. Roman und Rudolf Montfort. Sie sind Brüder …«

Oh Gott. Oh. Gott. Ich starrte ihn entsetzt an. »Bitte, bitte sag, dass du nicht mit ihnen verwandt bist.«

Ben hob bedauernd die Schultern an. »Tut mir leid«, sagte er.

Kerstin Gier
Wolkenschloss

ISBN 978-3-8414-4021-1

Kerstin Gier
Silber - Das zweite Buch der Träume
Roman

Liv ist erschüttert: Secrecy kennt ihre intimsten Geheimnisse. Woher nur? Und was verbirgt Henry vor ihr? Welche düstere Gestalt treibt nachts in den endlosen Korridoren der Traumwelt ihr Unwesen? Und warum fängt ihre Schwester Mia plötzlich mit dem Schlafwandeln an?
Albträume, mysteriöse Begegnungen und wilde Verfolgungsjagden tragen nicht gerade zu einem erholsamen Schlaf bei, dabei muss Liv sich doch schon tagsüber mit der geballten Problematik einer frischgebackenen Patchwork-Familie samt intriganter Großmutter herumschlagen. Und damit, dass es einige Menschen gibt, die noch eine Rechnung mit ihr offen haben – sowohl tagsüber als auch nachts …

432 Seiten, broschiert

Weitere Informationen finden Sie auf
www.fischerverlage.de

AZ 596-19866/1